Brian Klingborg
Das rote Zeichen

Buch

Die tote junge Frau ist geschminkt und gekleidet wie für ein Rendezvous. Erst bei der Autopsie stellt sich heraus, dass Yang Fenfangs innere Organe entfernt wurden. Der bizarre Mord reißt Kommissar Lu Fei aus der öden Routine, die seit der Strafversetzung in die nordchinesische Provinz sein Leben bestimmt. Aus Peking treffen alsbald linientreue Kollegen in dem verschneiten Ort ein, und ein Schuldiger scheint rasch gefunden. Doch Lu Fei bezweifelt, dass der einfältige Mann, den man verhaftet hat, wirklich hinter der Tat steckt. Seine Ermittlungen führen in die Kreise korrupter Beamter und Parteifunktionäre mit gefährlichem Doppelleben. Dabei kommt er einer ganzen Serie von Frauenmorden auf die Spur, die immer mysteriöser erscheinen. Doch während Lu Fei noch im Dunkeln tappt, hat der Täter ihn längst im Visier. Denn er weiß, wie er Lu Fei am empfindlichsten treffen kann …

Autor

Brian Klingborg hat in Harvard Ostasienkunde studiert und viele Jahre in Asien gelebt und gearbeitet. Heute lebt er in New York, ist im Verlagswesen beschäftigt und widmet sich weiterhin seinen Leidenschaften: dem Schreiben und der asiatischen Kultur.

Brian Klingborg

DAS ROTE ZEICHEN

Der erste Fall für Kommissar Lu Fei

Thriller

Aus dem amerikanischen Englisch
von Thomas Stegers

GOLDMANN

Die amerikanische Originalausgabe erschien 2021 unter dem Titel
»Thief of Souls« bei Minotaur Books,
an imprint of St. Martin's Publishing Group, New York.

Sollte diese Publikation Links auf Webseiten Dritter enthalten,
so übernehmen wir für deren Inhalte keine Haftung, da wir uns
diese nicht zu eigen machen, sondern lediglich auf deren Stand
zum Zeitpunkt der Erstveröffentlichung verweisen.

Penguin Random House Verlagsgruppe FSC® N001967

1. Auflage
Deutsche Erstveröffentlichung September 2022
Copyright © der Originalausgabe 2021 by Brian Klingborg
All rights reserved.
Dieses Werk wurde im Auftrag von St. Martin's Press durch die Literarische
Agentur Thomas Schlück GmbH, 302161 Hannover, vermittelt.
Copyright © der deutschsprachigen Ausgabe 2022
by Wilhelm Goldmann Verlag, München,
in der Penguin Random House Verlagsgruppe GmbH,
Neumarkter Str. 28, 81673 München
Umschlaggestaltung: UNO Werbeagentur, München,
nach einer Gestaltung der Headline Publishing Group
Umschlagmotiv: shutterstock/Xiaojiao Wang, shutterstock/freedomnaruk,
shutterstock/EhimeOrenge, Arcangel/Ilona Wellmann
Redaktion: Alexander Groß
KS · Herstellung: ik
Satz: Buch-Werkstatt GmbH, Bad Aibling
Druck und Bindung: GGP Media GmbH, Pößneck
Printed in Germany
ISBN: 978-3-442-49262-6

www.goldmann-verlag.de

Für Lanchi. Ohne dich gäbe es dieses Buch nicht.

SAMSTAG

> Abgesehen von anderen Eigenschaften, zeichnet sich das 600-Millionen Volk der Chinesen durch eine Besonderheit aus: Es ist arm und ein unbeschriebenes Blatt. Was wie ein Nachteil erscheint, ist in Wahrheit ein Vorteil. Aus Armut erwächst der Wunsch nach Veränderungen, nach Taten, nach Revolution. Auf einem unbeschriebenen Blatt lassen sich neue und schöne Schriftzeichen setzen, neue und schöne Bilder malen.
>
> *Worte des Vorsitzenden Mao*

An dem Abend, als die Frauenleiche gefunden wird, ausgehöhlt wie ein Birkenrindenkanu, sitzt Kommissar Lu Fei in der Bar Zum Roten Lotus. Er ist fest entschlossen, sich gepflegt zu betrinken.

Der Jahreszeit angemessen ist das Getränk seiner Wahl ein Reiswein aus Shaoxing, der in einem roten Tonkrug serviert und aus einem Reisschälchen getrunken wird. Draußen sind es minus sechs Grad, und Shaoxing-Wein wird für seine blutreinigende und das *Qi* wärmende Wirkung gerühmt.

Neben den gesundheitlichen Vorteilen schätzt Lu seinen einzigartigen Geschmack. Süßsauer, bitter und würzig, alles gleichzeitig. Eine passende Metapher für das Leben.

Aus den billigen Lautsprecherboxen der Bar tönen die wehmütigen Klänge einer chinesischen Laute. Die Melodie zupft an den ausgefransten Rändern von Lus Seele. Er schließt die Augen und sieht in seiner Fantasie den Mond, der sich auf der kräuselnden Oberfläche des Westsees spiegelt. Rosa Pfingstrosen, die sich im Sommerwind wiegen. Eine nackte Frau, deren Haut im Kerzenschein goldbronzen schimmert.

»*Yi! Er! San!*« Vier Männer, Anfang zwanzig, sitzen zusammen an einem anderen Tisch. Es sind die einzigen Gäste außer ihm. Er kennt sie vom Sehen, nicht aber ihre Namen. Sie reden laut und gestikulieren wild bei ihrem traditionellen Trinkspiel. Es kommt darauf an, wie viele Finger der Gegner auf drei hochhält. »Trink!«, befiehlt einer der Männer. Der Verlierer trinkt. Die Gesichter der vier glühen rot.

Lu seufzt. Heute Abend wird es in der Bar Zum Roten Lotus nicht friedlich zugehen, nicht mit diesen jungen Leuten, die Maotai-Schnaps in sich hineinkippen und eine Packung Zhongnanhai nach der anderen rauchen. Wenn er zu denen gehören würde, die gerne den Ordnungshüter herauskehren, würde er ihnen zu verstehen gegeben, dass sie sich ein bisschen zügeln sollten, doch es ist Samstagabend, und sie haben jedes Recht dazu, etwas Dampf abzulassen.

Außerdem – Yanyan braucht das Geschäft.

Kaum denkt er an sie, kommt sie auch schon mit einem leicht vorwurfsvollen Blick und einem Schälchen gekochter Erdnüsse an seinen Tisch.

»Jedes Wochenende das Gleiche.« Sie setzt sich und schiebt ihm das Schälchen zu. »Sie trinken allein vor sich hin, bis Sie nicht mehr geradeaus gucken können.«

Lu schnipst sich eine Nuss in den Mund. »Ich bin ohne

Freund, daher trink ich allein. Ich heb meinen Wein und proste dem Mond zu. Der Mond, mein Schatten und ich, zusammen sind wir zu dritt.«

Yanyan nimmt sich ebenfalls eine Nuss. »Von wem ist das? Li Bai?«

»Stimmt. Wie schön, dass unsere Beziehung vorteilhaft für uns beide ist. Sie stellen die Getränke, ich liefere die Poesie.«

»Sie kommen dabei besser weg.«

»Gewiss. Aber eigentlich muss ich nicht allein mit dem Mond und meinem Schatten trinken. Holen Sie sich einen Becher.«

»Ich kann nicht. Ich arbeite.«

»Nennen Sie es von mir aus Gästebetreuung, wenn Sie das beruhigt.«

»He! Schöne Frau!« Einer der Männer an dem anderen Tisch winkt mit einer Zigarette zwischen den Fingern. »Wir brauchen mehr Bier.«

Müde lächelnd steht Yanyan auf, um die Getränke zu holen. Lu wirft dem jungen Mann einen unheilvollen Blick zu und schenkt sich Wein nach. Er beobachtet Yanyan dabei, wie sie vier Flaschen Harbin Premium aus dem Kühlregal nimmt.

Yanyan ist groß. Sie hat lange Beine, dichtes schwarzes Haar, eine hohe Stirn und große, ausdrucksstarke Augen. Volle Lippen und Wangen, die stets rosig gefärbt sind – als hätte die Kälte sie geküsst.

Lu hat sich nie nach ihrem Alter erkundigt, aber er schätzt sie auf Mitte dreißig, einige Jahre jünger als er. Er weiß, dass sie Witwe ist. Ihr Mann ist vor einigen Jahren an irgendeiner

Krankheit gestorben; ihr blieb nur, die Bar Zum Roten Lotus allein weiterzuführen. Es ist eine winzige Bar, lediglich vier Tische, Getränke und kleine Speisen, nichts Besonderes. An den meisten Abenden kann man die Kunden an einer Hand abzählen. Kein leicht verdientes Geld. Doch für ein Mädchen vom Land, so wie Yanyan, ist es besser als Feldarbeit oder irgendeine andere niedere Tätigkeit.

Insgeheim ist Lu in sie verknallt, ebenso, vermutet er, die vier in ihr Trinkspiel vertieften Männer.

Und ein beträchtlicher Teil der männlichen Bevölkerung der Gemeinde Rabental.

Yanyan bringt die Flaschen an den Tisch. Einer der Männer zupft sie am Ärmel und bittet sie, sich zu ihnen zu setzen. Sie erteilt ihm eine Absage, so wie Lu. Alle vier schicken ihr begehrliche Blicke hinterher.

Lu findet das ärgerlich, aber verständlich. Auch seine Blicke auf sie sind begehrlich, er kann nicht anders.

Sein Handy klingelt. Es ist das *paichusuo* – die lokale Dienststelle des Amtes für Öffentliche Sicherheit.

In der Volksrepublik China entspricht das Amt für Öffentliche Sicherheit der Polizeibehörde in westlichen Ländern, mit Dienststellen auf der Ebene der Provinzen, der Bezirke, der Kreise und der Gemeinden. Die Mitarbeiter des Amtes für Öffentliche Sicherheit sind verantwortlich für Verbrechensbekämpfung und Ermittlungen, Verkehr und Brandschutz, die öffentliche Sicherheit, das Meldewesen und die Überwachung von Ausländern und Gästen.

Das Personal der Dienststelle in Rabental, einer circa siebzig Kilometer von Harbin entfernt liegenden, überschaubaren Gemeinde, besteht aus einem Polizeichef, seinem Stellvertreter – Lus offizielle Stellung –, einem Polizeiobermeister und einigen Polizeimeistern.

Lu hat heute Abend keinen Dienst. Warum also ruft das Amt für Öffentliche Sicherheit ihn an?

»Lu Fei«, meldet er sich.

»Kommissar!« Lu erkennt die Stimme am anderen Ende sofort. Polizeimeister Huang, einundzwanzig, leicht erregbar und strohdumm.

»Was gibt's, Huang? Heute ist mein freier Abend.«

»Ich weiß, Kommissar. Aber es ist etwas passiert. Ein … ein …«

»Sagen Sie es ruhig«, fordert Lu ihn auf.

»Ein Mord«, flüstert Huang.

Lu richtet sich ein wenig auf. »Warum flüstern Sie?«

»Ich weiß auch nicht.«

»Haben Sie den Chef angerufen?«

Lu spricht von Polizeichef Liang, seinen unmittelbaren Vorgesetzten.

»Er ist nicht ans Telefon gegangen«, sagt Huang.

Lu sieht auf die Uhr. Kurz nach neun. Ein bisschen früh für den Chef, doch nicht gänzlich unwahrscheinlich, dass er schon betrunken ist.

»Wo?«

»Wo ist er nicht ans Telefon gegangen?«, fragt Huang.

»Nein. Wo ist der …« Er merkt plötzlich, dass die Männer an dem anderen Tisch die Ohren spitzen. »… Ort des Geschehens?«

»Oh. Bei den Yangs zu Hause, in der Kangjian-Gasse.«

Am Stadtrand also. Lu ist vertraut mit der Gegend, kennt aber keine Yangs, die dort wohnen. »Hat man schon einen Tatverdächtigen festgenommen?«

»Noch keine Tatverdächtigen.«

»Okay. Ich bin gerade in der Bar Zum Roten Lotus. Schicken Sie mir jemanden, der mich abholt.« Er legt auf.

Die jungen Männer sehen ihn an. »Was ist los?«, fragt einer. »Was Aufregendes passiert?«

»Nein«, sagt Lu. Weiter äußert er sich nicht, trinkt den letzten Schluck Wein, überlegt, ob er sich doch noch ein Glas gönnen soll, entscheidet sich dann aber dagegen. Er legt Geld auf den Tisch und stöpselt den Tonkrug zu. »Heben Sie mir den Krug gut auf, Schwester Yan, bis ich mal wieder Zeit habe, seine Bekanntschaft zu erneuern.«

»Alles klar, Kommissar.«

Lu schlüpft in seinen Mantel und stülpt sich die Mütze über den Kopf. Er geht zum Eingang der Bar und zieht sich, während er wartet, noch Handschuhe an. Als der Streifenwagen eintrifft, winkt er Yanyan kurz zu und bricht auf in die Kälte.

In dem Streifenwagen sitzen vier Polizeibeamte. Es ist kein großes Auto. Aber das Amt für Öffentliche Sicherheit verfügt nur über zwei Streifenwagen sowie diverse Motorroller, Fahrräder und einen Mannschaftswagen, in dem es immer nach gekochtem Kohl riecht, niemand weiß, warum.

Am Steuer sitzt Polizeiobermeister Bing. Bing ist Anfang fünfzig, klein, gedrungen und zäh wie ein Panzernashorn. Lu mag ihn sehr und respektiert ihn.

Auf der Rückbank drängen sich die Polizeimeister Sun, Li, Wang und Wang. Natürlich gibt es zwei Wangs. Wang ist der zweithäufigste Familienname in China.

Polizeimeisterin Sun ist Mitte zwanzig, aufgeweckt und kompetent. Bei ihrem staatlichen Examen hat sie gut genug abgeschnitten, um eine Spitzenuniversität in der Provinz Heilongjiang zu besuchen. Es ist Lu ein Rätsel, warum sie sich für den Dienst im Amt für Öffentliche Sicherheit entschieden hat. Hätte sie Finanzbuchhaltung oder Betriebswirtschaft gelernt, wäre sie einigermaßen wohlhabend geworden. So ist sie zu einem Leben mit hohem Risiko und geringem Lohn verdammt, in einem Beruf, der von Männern dominiert wird, die anzügliche Witze reißen und sich zwanghaft am Sack kraulen.

Polizeimeister Li ist dreißig, hager wie ein Knochenmann und schweigsam; er redet nur, wenn er aufgefordert wird. Sein Spitzname lautet *Li Yaba* – der stumme Li.

Der Rufname von Wang Nummer eins ist Ming, aber da er ein paar Kilo Übergewicht hat, sagen die meisten Leute *Wang Pang Zi* zu ihm, der dicke Wang. Es kränkt ihn nicht, im Gegenteil, in der Volksrepublik ist der Spitzname liebevoll gemeint.

Wang Nummer zwei heißt mit Vornamen Guangrong. Er gehört zu denen, die aus einem tief sitzenden Gefühl der Unsicherheit Polizist geworden sind und die glauben, eine Uniform würde ihnen die Anerkennung und den Respekt verleihen, wonach sie sich verzweifelt sehnen.

Nach über tausend Jahren der Korruption, des Amtsmissbrauchs und der Inkompetenz betrachtet der Durchschnittschinese die Strafverfolgungsbehörden leider als eine Art Fallgrube. Eine Gefahr, die sich weitgehend vermeiden lässt – wer allerdings so unvorsichtig ist hineinzufallen ist geliefert.

Selbst für einen Mann aus dem Norden, der mit Getreide, Hammel- und Schweinefleisch aufgezogen wurde, ist Wang Guangrong mit eins fünfundachtzig Körpergröße und dreiundachtzig Kilo sehr groß und schwer. Folglich wird er allgemein nur der große Wang genannt.

»Sind Sie betrunken?«, begrüßt Polizeiobermeister Bing Kommissar Lu, als der sich auf dem Beifahrersitz niederlässt.

»Wenn einem Wein gereicht wird, sollte man singen«, zitiert Lu. »Denn wer weiß, wie lange man lebt.«

»Heißt das ja?«

»Ich bin nüchtern. Sozusagen.«

»Tut mir leid, dass ich Sie an Ihrem freien Abend stören muss. Wir haben versucht, den Chef zu erreichen, aber Sie wissen ja, wie das läuft.«

»Kein Problem. Es ist meine Pflicht.«

Während der Fahrt zur Kangjian-Gasse bringt Bing Kommissar Lu auf den neuesten Stand.

»Die Nachbarin, Frau Chen, berichtet, der Hund der Yangs habe seit gestern Abend ununterbrochen gebellt. Schließlich sei sie aufgestanden und rübergegangen, um sich zu beschweren, und habe den Hund vor Kälte zitternd im Garten vorgefunden. Sie habe an die Tür geklopft, und als keiner öffnete, sei sie ins Haus gegangen. Das Opfer lag im Badezimmer.«

»Was wissen wir über sie? Das Opfer.«

Sun beugt sich vor und liest ihre Notizen ab. »Frau Yang Fenfang. Dreiundzwanzig. Alleinstehend. Höherer Schulabschluss. Geboren und aufgewachsen in der Kangjian-Gasse. Seit dreißig Jahren wohnhaft in Harbin. Vater vor acht Jahren gestorben, ihre Mutter erst kürzlich. Genauer gesagt, vor einer Woche. Keine Vorstrafen.«

Lu nickt. Schon geistern in seinem Kopf mögliche Motive und Verdächtige herum, doch vorerst ignoriert er solche Gedanken; er möchte den Tatort lieber unvoreingenommen inspizieren.

Die Kangjian-Gasse ist eine der letzten Wohnstraßen, bevor das Gebiet der Gemeinde Rabental ausgedehnten, von Agrokonzernen gepachteten Getreidefeldern weicht. Die Häuser hier sind alt und marode, mit recht großen Gärten, in denen die Bewohner Gemüse anbauen und manchmal ein paar Schweine oder Hühner halten.

Der andere Streifenwagen der Polizeiwache parkt mit laufendem Motor vor dem Grundstück der Yangs, am Steuer sitzt rauchend Polizeimeister Chu. Wie der große Wang ist auch Chu ein bulliger Typ. Lu hat sich angewöhnt, ihn mit »John Wayne« anzureden, nach dem stämmigen amerikanischen Schauspieler, der in Westernfilmen immer den toughen Helden gespielt hat. Chu mag seinen Spitznamen nicht, aber da Lu sein Vorgesetzter ist, kann er nicht viel dagegen tun.

Polizeiobermeister Bing hält an, und alle steigen aus. Lus Blick wandert über die Reihe der Telefonmasten, die entlang der Straße aufgestellt wurden. Die Volksrepublik verfolgt den ehrgeizigen Plan, das ganze Land mit einem dichten

Netz aus Überwachungskameras zu überziehen. Größere Städte wie Peking oder Shanghai sind bereits zu hundert Prozent abgedeckt. In der Gemeinde Rabental steht diese Technik nur im Zentrum der Stadt zur Verfügung.

Während Lu gemischte Gefühle wegen des Programms zur totalen Überwachung hat, muss er doch einräumen, dass es seine Arbeit erleichtern würde, wenn vor Ort ein, zwei Kameras die Ereignisse eingefangen hätten, die sich hier kürzlich zugetragen haben.

Er braucht eine Minute, um sich zu orientieren, dann erteilt er Befehle. Er postiert Sun am Eingang zum Garten. Schickt John Wayne Chu und den dicken Wang los, um die Nachbarn in Richtung Osten, den großen Wang und den stummen Li, um die Nachbarn Richtung Westen abzuklappern. Er öffnet den Kofferraum des Streifenwagens, entnimmt einer Schachtel zwei Paar Latexhandschuhe und reicht eins an Polizeiobermeister Bing weiter.

Sie gehen durch den Garten zum Hauseingang. Lu bedeutet Bing, darauf zu achten, wo er hintritt. Der Boden ist mit vereistem Schneematsch bedeckt, und Lu will vermeiden, dass sie unabsichtlich auf mögliche Spuren des Täters treten.

Die Haustür ist mit einem weißen Tuch verhängt, Zeichen für einen Todesfall in der Familie.

Zwei Todesfälle, wie Lu insgeheim richtigstellt.

Lu öffnet die Haustür, und sie treten ein. Drinnen ist es fast so kalt wie draußen. Traditionelle Häuser im Norden Chinas, so wie dieses, haben keine Zentralheizung, sie werden durch den *kang* beheizt, ein gemauertes Podest, das als Bett und Sitzgelegenheit dient und unter dem sich eine Feuerstelle befindet. Heute jedoch wurde im Haus der Yangs noch nicht angeheizt.

Trotz der Kälte steigt Lu sofort der Leichengeruch in die Nase, ein Gestank, der an rohes Schweinefleisch erinnert. Polizeiobermeister Bing zieht sich eine Stoffmaske über Mund und Nase.

»Haben Sie mir auch eine mitgebracht?«, fragt Lu.

»Wir wechseln uns ab.«

Sie stehen in einem kleinen Flur. Rechts ein Wohnzimmer, links ein Schlafzimmer. Geradeaus, wie ein offener Mund, die Küche.

Lu und Bing nehmen eine erste Durchsuchung vor.

Im Wohnzimmer fällt Lu zunächst der *kang* ins Auge, auf dem sich Steppdecken und Kissen häufen, dann ein großer Schrank, zwei Holzstühle, ein Ständer, über dem eine zerschlissene Steppdecke hängt, ein Heizgerät und, als Aufheller der eintönig verputzten Wand, ein Neujahrsvers auf rotem Papier und ein Werbekalender von Abundant Harvest Industries, dem größten Agrokonzern von Rabental.

Der Schrank scheint ein antikes Stück zu sein, die rissige schwarze Lackschicht blättert ab. Der untere Teil besteht aus einem geschlossenen Kasten, der mit Perlmuttintarsien besetzt und mit Blumen und Schmetterlingen bemalt ist. Der obere Teil ist ein Regal, in das man ein Schwarz-Weiß-Porträt einer Dame mittleren Alters gestellt hat, dazu ihre Ahnentafel, eine Schale für Räucherstäbchen und ein paar Speisen und Getränke als Opfergaben. Lu beugt sich vor, um die

Ahnentafel zu entziffern, auf der der Name Yang Hong eingraviert ist, der Name der kürzlich verstorbenen Mutter von Yang Fenfang, wie Lu vermutet.

Hinter dem Regal befinden sich verschieden große Nischen, gefüllt mit Nippes, Schnitzfigürchen, einer Cloisonné-Urne, einer Porzellanvase, einem pfirsichförmigen Lackkästchen und noch mehr solcher Dinge.

Das Schlafzimmer ist aufgeräumt, aber vollgestellt, ein Bett, ein billiger Schminktisch, der Spiegel, mit einem roten Tuch verhängt, eine Kommode, ein Falt-Kleiderschrank mit Reißverschluss, ein Bodenventilator, ein weiteres Heizgerät und andere Einrichtungsgegenstände.

Auf dem Weg durch den Flur zur Küche passieren Lu und Bing die nur angelehnte Tür zum Badezimmer. Stillschweigend einigen sie sich darauf, nicht hineinzuschauen.

Noch nicht.

Die Küche ist groß und dient nicht nur zur Zubereitung von Speisen, sondern auch als allgemeiner Lagerraum und Esszimmer. Die Wand über dem alten Holzofen ist rußgeschwärzt von den Tausenden Mahlzeiten, die hier gekocht wurden. In Wandschränken stapelt sich Geschirr, in den Regalen darüber drängen sich Kochzutaten, Blechdosen mit Gebäck und anderes. Auf dem Boden stehen Reissäcke und Wasserkanister. Lu sieht ein paar moderne Haushaltsgeräte auf der Küchentheke, einen Reiskocher, eine Fritteuse und einen elektrischen Wasserkessel. Das Zentrum des Raums bildet der Esstisch. An einer Wand lehnt ein Elektroroller, auf dem Boden darunter steht ein mit Schafsfell bespanntes Hundekörbchen. Es herrscht ein organisiertes Chaos.

Polizeiobermeister Bing versucht, die Tür zum Hinterhof zu öffnen. »Abgeschlossen.«

Sie kehren zurück ins Wohnzimmer und starten eine zweite, gründlichere Durchsuchung, schauen unter die Möbel und suchen nach Flecken oder auffälligen Stellen auf dem Boden und an den Wänden. Kampfspuren sind nicht zu erkennen. Kein Blut, kein Dreck. Doch einige Gegenstände in dem Schrank scheinen leicht verschoben zu sein, als wären sie durcheinandergeraten oder umgestoßen und anschließend wieder hingestellt worden.

»Der Tatverdächtige und das Opfer haben miteinander gerungen und sind dabei gegen den Schrank gestoßen«, mutmaßt Polizeiobermeister Bing.

»Könnte sein.«

Sie gehen ins Schlafzimmer. Lu öffnet den Reißverschluss des faltbaren Kleiderschranks. Er findet zwei verschiedene Ausstattungen vor, dunkle Arbeitskleidung und schicke Outfits. Erstere gehörte wohl der verstorbenen Mutter, Letztere der verstorbenen Tochter.

»Wie ist Mutter Yang ums Leben gekommen?«, fragt Lu.

»Keine Ahnung. Aber es muss eine natürliche Ursache gewesen sein, sonst gäbe es einen Schadensbericht. Wieso? Glauben Sie, dass die beiden Todesfälle zusammenhängen?«

»Erinnern Sie mich später daran, den Totenschein zu überprüfen.«

Während Polizeiobermeister Bing in den Schubladen der Kommode stöbert, inspiziert Lu den Schminktisch. Er nimmt das Tuch vor dem Spiegel ab und findet im Rahmen eingeklemmt einen Fotostreifen aus einem Fotoautomaten, auf dem eine junge Frau in verschiedenen Posen zu sehen ist. Schwer zu sagen, ob die Frau schön ist oder nicht, denn die Fotos sind entstellt von Weichzeichnern und Verzierungen – eine Katzennase, Schnurrhaare, künstlich vergrößerte Augen. Das muss Yang Fenfang sein, denkt Lu.

Auf dem Schminktisch ein Sammelsurium von Kosmetikartikeln, eine Haarbürste, zwei Handys, ein neues und ein älteres Modell, und ein Schmuckkästchen. Lo öffnet es und findet darin Ohrringe, Halsketten und Fingerringe. Einige könnten wertvoll sein, doch Lu hat für so etwas kein Auge.

Er nimmt das neue Handy. Es ist aufgeladen, ein Passwort ist erforderlich. Der Bildschirmschoner zeigt ein weiteres Foto von Yang Fenfang, ebenfalls weichgezeichnet. Das andere Handy ist tot.

Unter dem Schminktisch, auf dem Boden, liegt eine Handtasche. Lu hebt sie auf, sucht darin nach einem Portemonnaie, findet tatsächlich eins und entnimmt ihm Yang Fenfangs Ausweis. Er zeigt ihn Bing.

»Sie sieht aus wie Fan Bingbing«, lautet Bings Einschätzung.

»Wirklich?« Lu hält den Ausweis gegen die Deckenlampe und betrachtet ihn genauer.

Fan Bingbing ist nicht nur wegen ihrer Schönheit und als bestbezahlte Schauspielerin der chinesischen Filmindustrie berühmt, sondern auch, weil sie nach dem staatlicherseits erhobenen Vorwurf der Steuerhinterziehung aus dem Blickfeld der Öffentlichkeit verschwand. Gerüchte machten die Runde, sie stünde unter Hausarrest oder sei in die Vereinigten Staaten geflohen. Als sie zehn Monate später wieder auftauchte, brachte sie eine für chinesische Verhältnisse typische Entschuldigung vor. »Ich habe das Land enttäuscht, das mich ernährt hat. Ich habe die Gesellschaft enttäuscht, die mir vertraut hat. Ich habe die Fans enttäuscht, die mich geliebt haben. Ich bitte alle um Entschuldigung.«

Lu muss bei dem Gedanken lachen. Noch vor nicht mal zehn Jahren waren Produktionen aus Hollywood die unangefochtene Nummer eins. Heute ist die am schnellsten wachsende Filmindustrie der Welt in China, mit einem Jahresumsatz und Zuschauerzahlen, die Vergleichbares in Nordamerika weit übertreffen.

Doch eine Industrie von Weltrang bringt auch Probleme mit sich, wie die Volksrepublik China tagtäglich erfahren muss.

Während Lu keinerlei Ähnlichkeit mit Fang Bingbing erkennen kann, muss er doch zugeben, dass Yang Fenfang eine attraktive Frau ist – besser gesagt, war. Ihren Ausweis steckt er ein.

Polizeiobermeister Bing findet in der Kommode ordentlich gefaltete und eingemottete Kleidung, Papiere und Rezepte sowie Schmuck und persönliche Gegenstände, wahrscheinlich Eigentum von Mutter Yang. Und ihren Ausweis, den er Lu übergibt. Lu ist erstaunt, wie jung sie auf dem Passbild aussieht, aber dann wird ihm klar, dass Yang Fenfang ja erst zweiundzwanzig Jahre alt war, ihre Mutter also zum Zeitpunkt ihres Todes wahrscheinlich noch in den Vierzigern.

»Schwer zu sagen, ob etwas fehlt«, stellt Bing fest. »Sollen wir weitersuchen?«

»Eigentlich sollten wir mal ... Sie wissen schon.«

Bing deutet mit dem Kopf zur Tür. »Nach Ihnen, Chef.«

Lu holt im Flur noch einmal tief Luft, hält den Atem an und stößt die Badezimmertür auf.

Es ist ein kleiner, spartanischer Raum mit einer Stehtoilette, einem niedrigen Wasserbassin, das aus einem Gummischlauch gespeist wird, und einem Waschbecken mit einem Spiegel darüber. Die Wände sind aus Beton.

Yang Fenfangs Leiche liegt auf dem Boden. Sie trägt ein gelbes Seidenkleid. Das Haar ist zu einem strammen Knoten zusammengebunden, das Gesicht geschminkt. Make-up, Lippenstift, Lidschatten.

Sie sieht tatsächlich wie eine Porzellanpuppe aus, bis hin zu den kalten toten Augen.

Die weiße durchscheinende Haut kontrastiert mit den grellen roten Striemen am Hals und an den Handgelenken.

Lu betritt das Badezimmer nicht. Er sieht sich nur den Boden an, die Wände und die Decke, sucht nach Spuren. Nichts.

»Als hätte sie sich für ein Rendezvous zurechtgemacht«, bemerkt Polizeiobermeister Bing.

»Sagen Sie es nicht«, ermahnt ihn Lu.

»Was?«

»Ein Rendezvous mit dem Tod.«

»So etwas würde ich niemals sagen«, beteuert Bing. »Solche Witze können nur einer krankhaften Fantasie entspringen.«

Schuldig im Sinne der Anklage, denkt Lu. »Genug gesehen?«

»Mehr als genug.«
»Gut. Gehen wir.«

Lu und Polizeiobermeister Bing befragen die Nachbarin Frau Chen, die mit ihrer ältlichen Mutter, einem erwachsenen Sohn, der Schwiegertochter und einem Enkel zusammenwohnt. Die gesamte Familie hat sich für die Befragung eingefunden. Lu schlägt vor, den Enkel solange ins Schlafzimmer oder die Küche zu bringen, vergeblich.

Frau Chens Schwiegertochter serviert ihnen Tee. Ihr Sohn raucht nervös. Ihre Mutter sieht fern, auf einem großen Bildschirm, bei voller Lautstärke. Der Enkel rennt wie ein Derwisch auf Speed im Zimmer umher.

Yang Fenfangs Hund kauert unter dem Tisch. Im Allgemeinen mag Lu Hunde, doch dieser ist außergewöhnlich hässlich. Klein, Schweineschnauze, Rattenschwanz, paillettenbesetztes Halsband. Ein Stadtköter durch und durch.

Frau Chen ist eine altmodische Person um die sechzig. Lu fragt sie, wo ihr Mann sei.

»Arbeiten, in der Stadt«, antwortet sie. Sie erzählt Lu, was er bereits weiß. Dass der Hund fast den ganzen Freitagabend gebellt habe, heute tagsüber und heute Abend ebenfalls, sodass sie es schließlich nicht mehr ausgehalten habe und rübergegangen sei, um sich zu beschweren.

»Yang Fenfang hat den Hund abgöttisch geliebt«, sagt sie. »Er hat besseres Essen gekriegt als viele Menschen. Gekläfft hat er schon immer viel, aber es sah ihr überhaupt nicht ähnlich, sich nicht wenigstens ein bisschen um das kleine Biest zu kümmern.« Sie berichtet weiter, wie sie erst den

Hund draußen in der Kälte zitternd gefunden habe, dann die Leiche von Frau Yang, und verdrückt wirkungsvoll ein paar Tränen. Wie aufs Stichwort fängt der Hund an, den Enkel anzubellen. Der Enkel schreit wie eine Schleiereule. Der Fernseher dröhnt unbeeindruckt.

»Haben Sie in letzter Zeit hier Fremde beobachtet?«, fragt Lu.

»Nein. Aber meistens bin ich gegen neun Uhr im Bett. Ich würde es gar nicht mitbekommen, wenn sich nachts hier Fremde herumtreiben würden.«

»Haben Sie eine Idee, wer das Yang Fenfang angetan haben könnte?«

Frau Chen schnäuzt sich und schüttelt den Kopf.

»Was können Sie mir über sie sagen?«

»Sie war nicht gerade klug, aber hübsch. Nach der Schule hat sie sich in der Stadt Arbeit gesucht. So ist sie, die junge Generation, keiner will mehr auf dem Land leben. Sich sein Brot ehrlich verdienen. Die Hände schmutzig machen. Sie glauben, wenn sie nach Harbin gehen, regnet es ihnen Reiskörner und Goldmünzen in die Taschen.« Sie wirft ihrem Sohn einen Seitenblick zu. Er zupft sich an der Nase und hält sich die Zigarette wie zur Abwehr vors Gesicht.

»Was für eine Arbeit?«, fragt Polizeiobermeister Bing. Er macht sich Notizen in seiner akkuraten Handschrift.

»Ich weiß es nicht, aber ich kann es mir vorstellen. Wenn sie hier ihre Mutter besucht hat, was so gut wie nie vorkam, trug sie Kleider bis hier und Blusen bis da.« Sie zeigt mit der Hand den Bereich zwischen Schritt und Bauchnabel an. »Dick aufgetragene Schminke im Gesicht. Und High

Heels! Welcher vernünftige Mensch würde in unserem kleinen Viertel High Heels tragen?«

Lu lehnt es ab, sich darüber Gedanken zu machen. »Aber vor Kurzem ist sie doch wieder ganz nach Hause gezogen?«

»Ja, vor ein paar Monaten. Als Schwester Yangs Zustand schlimmer wurde.«

»Was hatte Frau Yang für eine Krankheit?«

Frau Chen zuckt mit den Schultern. »Das weiß niemand. Die Ärzte schon gar nicht. Es ist besser, ein paar Räucherkerzen im Tempel anzuzünden, als ins Krankenhaus zu gehen.«

»Ich bin geneigt zuzustimmen, Frau Chen«, sagt Lu. »Yang Fenfang ist also zurückgekehrt, um ihre Mutter zu versorgen.«

»Ja. Und vor einer Woche ist Schwester Yang gestorben. Ich wundere mich … ich habe mich gewundert, dass Fenfang noch da war. Ich hätte gedacht, dass sie wieder abreist, sobald ihre Mutter unter der Erde ist.«

»Vielleicht hielt sie sich an die gebotene Trauerzeit.«

Frau Chen betupft sich die Augen. »Sie hätte sich besser um ihre Mutter kümmern sollen, als sie noch lebte, statt danach allein im leeren Haus herumzusitzen.«

Fran Chens Meinung über das Opfer erscheint Lu als wenig nachsichtig. Yang Fenfang hatte sich in Harbin offenbar eine neue Existenz aufgebaut, die ihr einen Lebensstandard ermöglichte, den sie in einer Gemeinde wie Rabental niemals hätte erreichen können. Trotzdem war sie, als ihre Mutter erkrankte, umgehend zurückgekehrt, wie es sich für eine Tochter gehört.

»Solange deine Eltern noch leben, folge den Regeln und

sorge für sie«, zitiert Lu. »Wenn sie tot sind, folge den Regeln und bestatte sie.«

»Wie bitte?«, sagt Frau Chen.

»Meister Kong.«

»Oh.« Frau Chen tut Konfuzius, den größten Philosophen, den China in den über viertausend Jahren seiner Zivilisation hervorgebracht hat, mit einer gleichgültigen Handbewegung ab.

Lu dringt darauf, die Befragung zu beenden. Enkel, Hund und Fernseher haben sich verschworen, ihm Kopfschmerzen zu bereiten. »Wissen Sie, ob Yang Fenfang einen Freund hatte?«

»Also, ich weiß wirklich nicht, was sie in Harbin getrieben hat. Vielleicht hatte sie viele Freunde.«

»Ich meine hier, zu Hause.«

»Oh. Auf der Schule hatte sie einen. Mit Nachnamen Zhang. Der wohnte drüben in der Yongzheng-Straße. Persönlich kenne ich die Familie nicht, ich weiß nur, dass Schwester Yang erzählt hat, er sei immer wie ein Schoßhündchen hinter Fenfang hergelaufen.«

»Vielen Dank, Frau Chen. Sie haben uns sehr geholfen. Wir kommen sicher noch mal mit mehr Fragen wieder, aber vorerst genügt uns das. Es tut mir sehr leid, dass Sie heute Abend so einen Schock erleiden mussten.«

Die Bemerkung löst einen neuerlichen Weinkrampf aus. Lu und Bing machen sich schleunigst davon.

Draußen massiert Lu sich die Schläfen. »Gut, dass ich keine Waffe trage, sonst hätte ich noch um mich geschossen.«

»Haben Sie den Sohn beobachtet? Er hat rumgezappelt, als hätte er heiße Kastanien im Hintern.«

»Eine plastische Beschreibung, Polizeiobermeister Bing. Aber ja, ich stimme zu, er schien mir sehr nervös zu sein. Vielleicht lag es an unseren Uniformen. Jedenfalls bin ich neugierig auf den Freund, von dem Frau Chen sprach.«

»Polizeimeister Huang soll mal das *hukou* durchforsten, ob wir ihn ausfindig machen können.«

Das *hukou* ist ein obligatorisches Registrierungssystem, das sämtliche Einwohner je nach Geburtsort in die Kategorie städtisch oder ländlich einordnet und alle Geburten, Todesfälle, Hochzeiten, Scheidungen und Wohnungswechsel verzeichnet. »Die gesellschaftliche Ordnung aufrechtzuerhalten und dem Aufbau des Sozialismus zu dienen«, lautet sein offizieller Zweck, in der Praxis ist es ein Instrument der Kontrolle über die riesige Bevölkerung Chinas.

Auf dem Rückweg zum Haus der Yangs ruft Bing Polizeimeister Huang an und beauftragt ihn, nach einem Herrn Zhang zu suchen, circa 23, wohnhaft in der Yongzheng-Straße.

Nach dem Chaos im Haushalt der Chens genießt Lu das sanfte Knirschen seiner Schritte auf dem gefrorenen Boden und den Geruch von brennendem Holz in der eisigen Luft. Die Straße ist still und ruhig, die Fenster der meisten Häuser sind dunkel, von dem gelegentlichen mattblau schimmernden Flackern eines Fernsehers abgesehen. Hier oben im Norden heißt es: Der frühe Vogel fängt den Wurm.

Lu betrachtet den Hinweis auf den Freund als eine brauchbare Spur. Mehr als die Hälfte aller Morde auf dem Land sind das Ergebnis einer gescheiterten Liebesaffäre. Vielleicht hatte Yang Fenfang nach ihrem Umzug nach Harbin mit dem Jungen Schluss gemacht. Es wäre nichts Ungewöhnliches. Ein Mädchen vom Land geht in die große Stadt, und plötzlich erscheint ihr der Liebhaber zu Hause hinterwäldlerisch verglichen mit den weltgewandteren und betuchteren Männern, die sie nun kennenlernt.

Mittlerweile sind die jungen Polizisten, die man losgeschickt hatte, um die Straße abzuklappern, zurück und sitzen rauchend in einem der Streifenwagen, bei geschlossenen Fenstern und laufendem Motor, zum Schutz gegen die bittere Kälte. Lu fragt, ob die anderen Nachbarn irgendwas gesehen oder gehört haben.

Nein.

Lu weist den stummen Li und den großen Wang an, das Haus zu observieren. »Holen Sie das Absperrband aus dem Kofferraum, und sperren Sie den Vorgarten und den hinteren Garten ab.«

»Wie lange sollen wir hierbleiben?«, will der große Wang wissen.

»Bis auf Weiteres.«

»Und das heißt?«

»Genau das, was ich sage.«

»Lassen Sie uns einen der Streifenwagen hier?«

»Nein.«

»Sollen wir uns den Arsch abfrieren?«

»Machen Sie kein Drama daraus, Polizeimeister Wang. Sie können sich in dem Wohnzimmer aufhalten. Aber passen Sie auf, dass Sie nichts berühren. Und betreten Sie auf gar keinen Fall das Badezimmer. Pinkeln Sie draußen. Und trampeln Sie nicht in dem hinteren Garten herum. Der Täter hat vielleicht Fußabdrücke oder andere Spuren hinterlassen.« Lu wendet sich ab, dreht sich dann aber noch einmal um. »Ach ja, und halten Sie Augen und Ohren offen, falls sich hier jemand Fremdes herumtreibt«, sagt er. »Wie heißt es doch so schön: Der Mörder kehrt immer an den Tatort zurück.«

Der stumme Li schluckt hörbar. Die erste stimmliche Äußerung, die Lu seit über einer Woche von ihm vernommen hat.

Lu schickt John Wayne Chu und den dicken Wang in einem der Streifenwagen nach Hause. »Halten Sie Ihre Handys griffbereit. Sie haben Notfalldienst, falls heute Abend noch etwas passiert.«

»Ich habe eigentlich ein freies Wochenende«, brummt Chu.

»Da sind wir schon zu zweit.«

Polizeiobermeister Bing beendet sein Telefongespräch mit Huang. »Es gibt nur eine Familie in der Yongzheng-Straße mit einem Zhang, der das passende Alter hat.«

»Und wie heißt der Junge mit vollem Namen?«

»Zhang Zhaoxing.«

»Vorstrafen?«

»Keine.«

»Na gut, dann besuchen wir ihn doch gleich mal.«

Lu, Polizeiobermeister Bing und Polizeimeisterin Sun setzen sich in den zweiten Streifenwagen und fahren zur Yongzheng-Straße.

Zhang wohnt in einem heruntergekommenen Haus, das auf einem kleinen, von einer Backsteinmauer umgebenen Grundstück steht. Lu sucht nach Überwachungskameras auf den Telefonmasten vor dem Haus, aber wie erwartet, gibt es keine.

»Gehen Sie doch schon mal zum Hintereingang«, wendet er sich an Bing.

Polizeiobermeister Bing nickt und taucht wortlos in der Dunkelheit unter. Lu geht durch die Gartenpforte und bedeutet Polizeimeisterin Sun, ihm zu folgen.

Der Vorgarten ist ungepflegt und vollgestellt. Ein abgeblühter Harbin-Birnbaum ragt aus der Erde wie eine Knochenhand aus einem Grab. Der Boden ist übersät mit Haufen alter Backsteine, kaputten landwirtschaftlichen Geräten, leeren Futtersäcken, Resten von verdorbenem Gemüse und Scherben von Pflanzentöpfen. An der Hauswand lehnt ein selbstgezimmerter Schuppen, der den Gesetzen der Physik zu trotzen scheint. Lu vernimmt leises Hühnergackern aus dem Inneren.

Das Haus ist sehr alt, Backsteinwände, Wachspapierfenster und ein von dicken Holzpfosten gestütztes Dach aus Ziegeln und Leisten.

Schwaches Licht, flackernd und pulsierend, sickert durch die Fenster. Lu wartet kurz ab, gibt Polizeiobermeister Bing Zeit, seinen Posten zu beziehen. Dann streckt er eine Hand zu Sun aus. »Geben Sie mir Ihren Schlagstock.« Sie tut wie geheißen. »Warten Sie draußen, bis ich Sie rufe«, sagt er.

»Ich bin nicht zartbesaitet, Kommissar«, protestiert Sun. »Fühlen Sie sich bitte nicht verpflichtet, mich zu beschützen.«

Lu stutzt und lässt sich ihre Worte durch den Kopf gehen. Es ist zwar außerordentlich schwierig, in der Volksrepublik an Schusswaffen zu kommen – selbst Lu trägt in seiner Funktion als Polizeibeamter nicht routinemäßig eine Waffe –, doch diverse Küchenmesser und Hackbeile finden sich in jedem chinesischen Haushalt. Die meisten Familien auf dem Land haben außerdem Zugang zu vielen, potenziell tödlichen landwirtschaftlichen Geräten wie Macheten, Sicheln und Ähnlichem.

Wer weiß, was sie im Haus der Zhangs erwartet? Ein axtschwingender Verrückter?

Doch wie sagte schon der Vorsitzende Mao: Frauen tragen die Hälfte des Himmels.

»Gut«, sagt Lu. »Aber da ich den Schlagstock habe, bleiben Sie lieber hinter mir.«

Lu hält es nicht für nötig zu klopfen. Privateigentum ist in der Volksrepublik kein klar umrissenes Konzept. Lu öffnet die Tür und ruft: »Amt für Öffentliche Sicherheit!«

Er findet sich in einem schmutzstarrenden Raum mit rissigen Gipswänden, Kachelboden und freiliegenden Deckenbalken wieder. An eine Wand ist ein riesiger *kang* gebaut, der Platz für eine vierköpfige Familie bietet. In dem Ofen darunter muss ein Feuer brennen, denn es herrscht eine stickige Hitze. Dem *kang* gegenüber steht ein Fernseher.

Der Fernseher läuft, aber er ist auf stumm geschaltet. Gezeigt wird ein uralter Klassiker: *Der Osten ist rot*. Ein Gesangs- und Tanz-Spektakel von 1960, eine Mischung aus Peking-Oper und amerikanischem Musical – *West Side Story* oder vielleicht doch eher *Oklahoma!* –, gepaart mit einer gehörigen Portion maoistischer Propaganda.

Der Film erreicht gerade seinen Höhepunkt: Zahllose rotbäckige Landarbeiterinnen, Proletarier und Angehörige der Volksbefreiungsarmee hüpfen vor einem gigantischen, über dem Eingangstor zur Verbotenen Stadt hängenden Porträt des Vorsitzenden Mao herum.

Als Schüler musste Lu diesen Film mehrmals im Unterricht zur politischen und moralischen Bildung über sich ergehen lassen. Er war ein Dauerläufer in Wartezimmern von Ärzten und in Foyers von Ämtern und Behörden, überall dort, wo ideologisch unverfängliche Unterhaltung gefragt war. An öffentlichen Feiertagen lief er manchmal im Vorprogramm zu den Trickfilmen, die Lu viel lieber sah, *Black Cat Detective* oder *The Gourd Brothers*.

Die Folge war, dass Lu den roten Osten nicht mehr sehen kann.

»Kommissar!« Sun zeigt auf den *kang*.

Ein Mann liegt auf dem Ofenbett. Lu war er im ersten Moment gar nicht aufgefallen, da er unter einem Haufen Decken begraben ist, und der Mann hatte auf Lus Eindringen auch in keiner Weise reagiert.

Lu tritt näher.

Der Mann ist um die siebzig, die Augen sind halb geschlossen. Das Geschehen auf dem Fernsehschirm spiegelt sich in den winzigen, zwischen seinen faltigen und hängenden Augenlidern sichtbaren Streifen der Hornhaut.

»*Ta ma de*«, entfährt es Lu. Wörtlich übersetzt bedeutet es »seine Mutter«, in diesem Zusammenhang jedoch: »O Scheiße!«

Lus erster Gedanke ist, dass es sich bei dem Mann um

Zhang Zhaoxings Vater handelt und Zhang auch ihn getötet hat, nicht nur das Yang-Mädchen. Er erschaudert. Tote Dinge sind unrein. Tote Dinge bringen Unglück.

Lu weiß, dass es unlogisch ist. Er hat Biologie studiert, der Tod ist lediglich das Ende der körperlichen Funktionen. Wie sein taoistischer Lieblingsphilosoph, Meister Zhuangzi, einst sagte: »Leben und Tod sind wie Tag und Nacht. Tod und Leben haben die gleiche Wurzel, wie Zwillinge.«

So einfach ist das. Der Tod ist Teil der Natur.

Doch trotz seiner durch und durch modernen Bildung – rückt erst der siebte Monat des Mondkalenders näher, wenn sich nach der Überlieferung die Tore des Himmels und der Hölle öffnen und die Geister auf der Erde wandeln dürfen, kann sich Lu des Verdachts nicht erwehren, dass unsichtbare Wesen durch die Nacht streifen und Jagd auf Opfergaben machen, auf Reis und Räucherstäbchen.

E gui. Hungrige Geister. Jene unglücklichen Seelen, die ohne Nachfahren gestorben sind, welche sie im Jenseits versorgen.

Plötzlich stößt der Mann ein starkes Husten aus. Lu erschrickt.

»*Cao!*«, murmelt er.

Also doch nicht tot. Anscheinend schläft der alte Knacker bloß mit offenen Augen.

Lu erblickt eine Türöffnung, die zum hinteren Teil des Hauses führt und mit einer halb verschlissenen Decke verhängt ist. Mit dem Schlagstock schiebt er die Decke vorsichtig beiseite. Er schlüpft hindurch, in die Küche.

Lu sieht einen altertümlichen Holzofen, daneben ein

Bambusregal, gefüllt mit diversen Speiseölen und Gewürzen sowie einer bunten Mischung aus Schüsseln, Tellern und Küchenutensilien. Ein kleiner Tisch und drei Schemel bilden die Mitte des Raums. Geradeaus befindet sich die Tür, die zum hinteren Garten führt. An die Wand gerückt, steht eine Pritsche.

Ein junger Mann liegt seitlich darauf und schaut auf etwas hinunter.

Lu bedeutet Sun, sich still zu verhalten, als sie nach ihm den Raum betritt.

»Zhang Zhaoxing«, sagt Lu.

Zhang, falls er es denn ist, reagiert nicht.

»Er hat Ohrhörer«, bemerkt Sun.

Lu beugt sich über Zhang und tippt ihm mit dem Stock auf die Schulter. Zhang wendet sich um, sieht Lu, seine Augen weiten sich vor Entsetzen, und er springt von der Pritsche auf. Das Handy fliegt ihm aus der Hand.

»Immer mit der Ruhe!«, sagt Lu und streckt eine Hand aus. »Amt für Öffentliche Sicherheit. Sind Sie Zhang Zhaoxing?«

Zhang starrt Lu völlig verschreckt an.

»Sind Sie Zhang Zhaoxing?«, wiederholt Lu seine Frage.

»Was?«

»Ich suche eine Person namens Zhang Zhaoxing. Sind Sie das?«

»Wer sind Sie?«

»Kommissar Lu. Amt für Öffentliche Sicherheit.«

»Ich habe nichts getan.«

»Sie sind also Zhang Zhaoxing?«

»Ja.«

»Haben Sie eine Waffe?«

»Was?«

»Ob Sie eine Waffe haben?«

Zhangs Augen flackern wild.

»Haben Sie eine Waffe?«, fragt Lu erneut. »Ein Messer?«

»Ich … Nein.«

»Runter auf die Knie.«

Zhang rührt sich nicht.

»Auf die Knie!«

Zhang sinkt zu Boden, seine Gelenke knacken.

»Öffnen Sie Polizeiobermeister Bing die Tür«, sagt Lu.

Polizeimeisterin Sun tut wie geheißen, und Bing tritt ein, den Schlagstock griffbereit.

»Durchsuchen Sie ihn, bitte«, sagt Lu.

Polizeiobermeister Bing steckt den Schlagstock in seinen Gürtel und filzt Zhang.

»Sehen Sie im Bett nach, Polizeimeisterin Sun«, sagt Lu.

Sun fährt mit den Händen über die Decken, das Kissen und die dünne Matratze.

Weder Bing noch Sun finden irgendetwas Verwertbares.

Lu weist mit dem Stock auf die Pritsche. »Setzen Sie sich.«

Zhang greift nach dem Handy.

»Liegen lassen!«, sagt Lu.

Zhang lässt sich widerstrebend auf der Pritsche nieder. Er bibbert wie ein nasser, unterkühlter Hund. Polizeimeisterin Sun hebt das Handy auf und übergibt es Lu.

»Ich habe nichts getan«, sagt Zhang.

Lu mustert ihn von oben bis unten. Zhang ist groß für

einen Chinesen vom Land. Nicht so hochgewachsen, aber vielleicht kräftiger als der große Wang. Er trägt kurzes Haar, kein Profischnitt, weswegen sich große kahle Stellen auf seinem Kopf finden, da, wo der Rasierapparat eine Politik der verbrannten Erde hinterlassen hat. Das Gesicht ist rund, die Nase breit, die Lippen sind dick. Aknepickel verstreut auf den Wangen und am Kinn. Augen schlammfarben.

Es ist das Gesicht eines Ochsen. Tumb. Leer.

»Wer ist das in dem anderen Zimmer?«, fragt Lu. »Der ältere Mann.«

»Mein Großvater.«

»Ist alles in Ordnung mit ihm?«

»Wieso nicht?«

»Als wir hereinkamen, hat er sich nicht gerührt oder etwas gesagt. Ist er krank?«

»Nein«, sagt Zhang. »Nur alt. Und taub.«

»Wo sind Ihre Mutter und Ihr Vater?«

»Weg.«

»Wohin?«

Zhang sieht Lu fragend an. »Tot.«

»Beide?«

»Ja.«

»Wie sind sie gestorben?«

»Sie waren krank.«

»Beide gleichzeitig?«

»Nein.«

»Also wann, Zhang Zhaoxing?«

»Meine Mutter, als ich ein Kind war. Mein Vater, als ich zur Oberschule ging.«

»Woran sind sie erkrankt?«

Zhang zuckt mit den Achseln.

»Wo ist Ihr Ausweis?«, fragt Lu.

»Da.« Zhang deutet auf den runden Tisch. Lu sieht den Ausweis, eine leere Flasche Zitronenlimonade, ein paar zerknüllte *Yuan*-Scheine, einen Schlüsselbund. Lu nimmt sich den Ausweis, betrachtet das Foto. Es ist Zhang, auf jeden Fall. Er steckt den Ausweis ein.

»Also nur noch Sie und Ihr Großvater?«, fragt Lu.

»Ja.«

»Sie sind nicht verheiratet?«

»Noch nicht.«

»Was heißt das?«

Zhang zuckt erneut mit den Achseln.

»Ich habe Sie was gefragt. Was heißt das – noch nicht?«

Zhang hält sich die Hand vor den Mund, als wollte er ein Grinsen unterdrücken.

»Antworten Sie mir.«

»Ich habe eine Freundin«, sagt Zhang.

»Was für eine Freundin?«

»Kann ich nicht sagen.«

»Warum nicht?«

Zhang zuckt zum dritten Mal mit den Achseln.

Lu fragt sich, ob Zhang absichtlich ausweichend reagiert oder ob er an einer Art *mao bing* leidet, einem geistigen Defekt.

»Ich bin vom Amt für Öffentliche Sicherheit«, sagt Lu. »Sie müssen meine Fragen beantworten.«

»Sie hat mir gesagt, dass ich es niemandem erzählen soll.«

»Ich habe keine Lust auf Spielchen. Antworten Sie mir, oder ich nehme Sie mit auf die Wache und sage dem Polizeimeister, er soll Ihnen ein paar Zehennägel ausreißen.«

Zhangs Augen weiten sich erschrocken. »Ihr Name ist Fenfen.«

»Und ihr vollständiger Name?«

»Yang Fenfang.«

Lu und Polizeiobermeister Bing wechseln einen Blick.

»Wann haben Sie diese Yang Fenfang das letzte Mal gesehen?«, fragt Lu.

»Ich weiß es nicht mehr.«

»Ich muss es aber wissen. Also wann?«

»Auf der Trauerfeier.«

»Welcher Trauerfeier?«

»Für ihre Mutter.«

»Wann war die?«

»Vor einer Woche.«

»Wo?«

»Was wo?«

»*Ta ma de*«, sagt Lu. »Wo fand die Trauerfeier statt?«

»In dem Begräbnisinstitut. Außerhalb der Stadt. Es gibt nur dieses eine.«

»Wann waren Sie das letzte Mal bei den Yangs?«

»Ich weiß es nicht. Kann ich mein Handy wiederhaben?«

»Nein. Wie lange ist es her, dass Sie im Haus der Yangs waren?«

»Ich kann mich nicht erinnern.« Zhang steckt einen Finger ins Ohr.

»Einen Monat? Ein Jahr?«

»Vielleicht … vielleicht ein paar Monate.«

»Wo arbeiten Sie, Zhaoxing?«

»In der Schweinefleischfabrik.«

»Und was machen Sie da?«

»Ich arbeite an der Zerlegungsstation.«

»Was ist das?«

»Da wird das Fleisch für die Verpackung in verschiedene Teile zerlegt.«

»Beschreiben Sie genau, was Ihre Aufgabe ist.«

»Warum?«, fragt Zhang.

Polizeiobermeister Bing beugt sich vor und schlägt Zhang auf den Kopf. »Beantworten Sie einfach nur die Fragen des Kommissars!«

»Das wird nicht nötig sein, Polizeiobermeister Bing.«

»Ja, Kommissar. Entschuldigung.«

»Durchsuchen Sie doch schon mal das Zimmer nebenan. Aber stören Sie den alten Herrn Zhang nicht, wenn es geht.«

Geduckt schlüpft Polizeiobermeister Bing durch die mit einem Vorhang verhängte Türöffnung.

Lu zieht sich einen Stuhl vom Tisch heran und setzt sich. »Erzählen Sie von Ihrer Arbeit.«

Zhang reibt sich achselzuckend die Stirn. »Die Schweine rollen über das Förderband heran. Wir schneiden sie in Stücke. Schulter, Hachse, Fuß, Lende, Rippen. Danach werden sie verpackt.«

»Seit wann arbeiten Sie dort?«

»Seit der Oberschule. Zuerst habe ich den Schweinemist weggeräumt. Dann bin ich zu der Station aufgerückt, wo das

Blut ausgelassen wird. An der Zerlegungsstation bin ich erst seit acht Monaten.«

»Blut auslassen?«

»Ja.«

»Erklären Sie mir das.«

Zhang verdreht die Augen. »Wenn die Schweine betäubt sind, schneiden wir ihnen die Kehle durch und lassen sie ausbluten.«

»Benutzen Sie dafür ein Messer?«

»Was sollen wir sonst benutzen?«

»Beantworten Sie die Frage«, brummt Lu.

»Ja. Wir benutzen dafür ein Messer.«

»Haben Sie Freitag dieser Woche auch gearbeitet?«

»Ich arbeite jeden Freitag, außer am Neujahrsfest.«

»Was haben Sie letzten Freitag nach der Arbeit gemacht?«

»Ich bin nach Hause gegangen.«

»Und was dann?«

»Nichts dann. Das war's.«

»Sie sind nicht noch mal aus dem Haus gegangen?«

»Wo sollte ich hin?«

»Ihre Freundin besuchen, zum Beispiel.«

Zhang zuckt mit den Schultern, seine unvermeidliche Reaktion auf alles.

»Ja oder nein, Zhang Zhaoxing?«

»Nein, ich bin einfach nur nach Hause gegangen.«

»Schlafen Sie hier? In der Küche?«

»Ja«, antwortet Zhang. »Mein Großvater schnarcht. Und manchmal nässt er sich ein.«

»Und er ist taub, haben Sie gesagt?«

»Er versteht nicht das Geringste.«

Wenn das stimmte, konnte Zhang durch den Hintereingang kommen und gehen, ohne dass sein Großvater es merkte. »Wir müssen uns mal ein bisschen umsehen. Sie bleiben schön hier auf dem Bett sitzen. Stehen Sie nicht auf. Verstanden?«

»Ich habe nichts getan.«

»Bleiben Sie einfach sitzen.« Lu gibt Polizeimeisterin Sun den Schlagstock zurück. »Hauen Sie ihm eine rein, wenn er nicht brav ist.«

Lu geht in das vordere Zimmer. Polizeiobermeister Bing hat bei der Durchsuchung nichts gefunden. Großvater Zhang schläft immer noch tief und fest.

»Schauen wir uns mal auf dem Grundstück um«, sagt Lu.

»Ist es nicht zu gefährlich, Polizeimeisterin Sun mit ihm allein zu lassen?«, fragt Bing.

»Wir sollten sie nicht anders behandeln als irgendeinen unserer männlichen Kollegen.«

»Von denen würde ich den meisten auch nicht zutrauen, sie mit ihm allein zu lassen.«

»Stimmt. Aber ich glaube, der Junge ist harmlos.«

»Es sind die Harmlosen, vor denen man sich hüten muss. Irgendwann schlagen sie zu.«

»Sie haben heute Abend einen Höhenflug, Polizeiobermeister Bing. Ich glaube, Kollegin Sun wird schon mit Zhang fertig. Kommen Sie.«

Sie inspizieren den Garten, betreten dann den selbstgezimmerten Anbau. Es ist ein Hühnerstall, aber hier stehen auch einige Gartengeräte, ein Fahrrad und diverses

Gerümpel. Am Dachsparren hängt ein weißer Plastik-Overall.

Lu borgt sich Bings Taschenlampe und untersucht den Overall gründlich. An den Druckknöpfen und Manschetten, den Stellen, die schwierig zu reinigen sind, finden sich kleine Verfärbungen und Flecken, die möglicherweise auf Blut hindeuten.

»Würden Sie bitte einen Beutel aus dem Auto holen und diesen Overall einpacken?«, sagt Lu. »Aber ziehen Sie sich Handschuhe an.«

»Ja. Was sollen wir mit dem Jungen machen?«

»Das weiß ich noch nicht.«

Lu geht zurück in die Küche. Zhang sitzt friedlich auf der Pritsche.

»Probleme?«, erkundigt sich Lu.

»Keine, Kommissar.«

»Wir haben einen Overall in dem Schuppen gefunden, in dem Sie die Hühner halten«, wendet sich Lu an Zhang.

»Der gehört mir nicht.«

»Nein?«

»Nein.«

»Das heißt also ... dass jemand sich hineingeschlichen und einen Overall dort aufgehängt hat?«

»Ich weiß nicht.«

Lu blickt verstohlen auf die Uhr. Es wird schon spät. Er setzt sich auf einen der Schemel und sieht sich Zhangs Handy an. »Wie lautet Ihr Passwort?«

»Warum?«

»Damit ich an das Handy kann. Was denken Sie denn?«

»Dürfen Sie das überhaupt?«
»Machen Sie mir keine Probleme.«
»Aber ...«
»Passwort. Sofort.«

Zhang widersetzt sich. Sie starren sich an. Zhang gibt nach. Er nennt Lu das Passwort. Der Schirm öffnet sich und zeigt die Seite einer Webcam. Schöne Frauen flirten mit Kunden, und manchmal, gegen Zahlung von Digitalgeld, entledigen sie sich eines Kleidungsstücks.

Lu sieht Zhang an. Zhang richtet den Blick zu Boden. Schweißperlen treten auf seine picklige Oberlippe.

Lu überprüft rasch Zhangs Anruferliste. Sie enthält keinerlei Anrufe, weder ausgehende noch ankommende. Entweder hat Zhang sie gelöscht, oder er hat keine Freunde, mit denen er korrespondiert. Beides erscheint durchaus möglich. Lu öffnet Zhangs Kamera-App.

Er ist schockiert, Dutzende Fotos nackter Frauen zu entdecken, mit gespreizten Beinen, die ihren Intimbereich vor der Kamera präsentieren. Die Fotos sind von hoher Qualität, retuschiert, professionell. Lu vermutet, dass sie aus dem Internet heruntergeladen wurden.

Pornografie ist in China verboten, doch geschäftstüchtige User haben diverse Möglichkeiten entdeckt, die Restriktionen zu umgehen. Auf Online-Foren oder Gaming-Plattformen werden Videos und Fotos geteilt. Sehr beliebt sind auch Live-Streaming-Apps. Junge Frauen, sogenannte »anchors«, filmen sich bei Alltagsbeschäftigungen, beim Essen, während sie sich die Fingernägel lackieren, Make-up auftragen, beim Kleiderwechsel – aber sie performen auch speziell für Zuschauer, die sie mit virtueller Währung bezahlen.

Lu sieht diese Technologie zwiespältig. Pornografie ist frauenfeindlich, ausbeuterisch und unethisch, sie verträgt sich nicht mit sozialistischen Werten. Doch in einem Land, in dem die Männer gegenüber den Frauen mit 34 Millionen in der Überzahl sind und wo es für einen ungebildeten, unterbezahlten und sozial unbeholfenen Jungen vom Land wie Zhang nahezu unmöglich ist, eine passende Partnerin zu finden, sind solche Mittel nicht unbedingt schlecht, schon um die Last der Einsamkeit zu lindern und ein bisschen angestaute Spannung abzulassen.

Lieber Pornografie als Alkohol und Gewalt.

Aber so denkt vielleicht nur der Polizist in ihm.

Außer den Nacktbildern sind auf dem Handy noch Fotos von einer jungen Frau in einer Umgebung, die wie die Kangjian-Gasse aussieht. Die Fotos sind nicht von guter Qualität. Lu vermutet, dass Zhang sie mit dem digitalen Zoom der Handykamera aufgenommen hat.

Aber es besteht kein Zweifel: Die Frau ist Yang Fenfang.

Das bedeutet zweierlei. Erstens: Zhang hat heimlich Schnappschüsse von Yang gemacht. Zweitens: Selbst wenn es zutrifft, dass er seit mehreren Monaten nicht mehr im Haus der Yangs war, muss er sich kürzlich doch in der Kangjian-Gasse aufgehalten haben.

Plötzlich springt Zhang vom Bett auf, schubst Sun energisch beiseite, die gegen eine Wand fliegt, und stößt Lu von seinem Hocker. Ehe Lu auf die Beine kommt, hat Zhang die Hintertür aufgerissen und stürzt hinaus in die Nacht.

Zhang läuft schnell für einen großen Mann. Lu verfolgt ihn fünfzig Meter weit bis auf ein Feld mit Winterweizen. Zhang trägt nur Strümpfe und einen schlabbrigen Trainingsanzug, ihm ist kalt, und er macht schnell schlapp. Er wird langsamer, stolpert und fällt in eine Furche. Dort entdeckt Lu ihn, bibbernd und zusammengerollt.

Als Polizeimeisterin Sun und Polizeiobermeister Bing dazukommen, helfen die drei Zhang auf die Beine und bringen ihn zurück ins Haus. Leise heulend torkelt er willenlos mit.

Sie verfrachten ihn auf den Rücksitz des Streifenwagens und wecken seinen Großvater, um ihm mitzuteilen, dass sie Zhang auf die Wache bringen. Der alte Mann scheint nicht ganz zu begreifen.

»Vielleicht ist er dement«, flüstert Bing seinem Vorgesetzten ins Ohr.

»Liegt in der Familie«, entgegnet Lu und bedauert die Bemerkung umgehend.

Zhang wird verhaftet, erkennungsdienstlich behandelt und in eine Arrestzelle gesperrt. Lu ist gesetzlich dazu verpflichtet, Zhang darüber in Kenntnis zu setzen, dass Yang Fenfang ermordet wurde und er ein Tatverdächtiger ist.

Zhang bricht in Tränen aus. »Fenfen? Tot?«

»Beruhigen Sie sich, Zhaoxing«, sagt Lu. »Sollen wir jemanden für Sie anrufen? Vielleicht jemanden, der bei Ihrem Großvater bleiben könnte?«

Es dauert eine ganze Weile, bis Zhang sich so weit gefasst hat, dass er Lu den Namen einer Verwandten nennen kann. Lu schickt Polizeimeisterin Sun los, um sie anzurufen.

Lu reicht Zhang eine Packung Papiertaschentücher. »Wischen Sie sich den Rotz vom Gesicht, Zhang.«

Zhang putzt sich die Nase, einige durchnässte Papierfetzen bleiben um die Nasenlöcher herum kleben. »Ich war's nicht, ich schwöre.«

»Dann haben Sie nichts zu befürchten.«

»Aber was passiert denn jetzt mit mir?«

»Sie bleiben inhaftiert, solange die Ermittlungen laufen. Später haben Sie die Gelegenheit, einen Richter zu sprechen. Möchten Sie mir jetzt schon etwas sagen?«

»Ich war's nicht!«, jammert Zhang.

Kommissar Lu lässt Zhang heulend in seiner Zelle zurück und meldet sich kurz bei Polizeimeister Huang. Außer dem Fund der Leiche von Yang Fenfang gab es keine besonderen Vorkommnisse. Lu füllt seine Thermosflasche in der Kantine mit heißem Wasser auf und macht sich im Büro eine Tasse Instantkaffee. Dann sucht er sich Yang Fenfangs biografische Daten heraus. Geburtsdatum, Familienstand (ledig), Kinder (keine), Bildung (Oberschule), Vorstrafen (keine). Das Haus in der Kangjian-Gasse ist weiterhin als ihre offizielle Wohnadresse eingetragen.

Sie ist angestellt bei *Hei Mao*, »Schwarze Katze«, also in einer Bar, wie Lu vermutet. Eine Arbeit, die keine besonderen Qualifikationen erfordert, außer einem hübschen Gesicht und einem geselligen Wesen. Lu notiert sich die Adresse der Bar in seinem Handy. Er sieht sich noch einmal die Informationen über Zhang Zhaoxing an. Auch hier nichts Auffälliges. Oberschule. Arbeitsplatz. Das Haus in der Yongzheng-Straße. Keine Vorstrafen.

Zur Sicherheit startet er einen Suchlauf nach der Mutter Yang. Auch hier keine Vorstrafen. Todesursache Leberversagen. Kein offensichtlicher Zusammenhang mit dem Mord an ihrer Tochter.

Lu lässt sich mit dem Hauptsitz des Ministeriums für Öffentliche Sicherheit in Peking verbinden. Als die telefonische Vermittlung sich meldet, nennt er seinen Namen, seinen Rang und seine Ausweisnummer und bittet, mit dem Kriminalamt verbunden zu werden. Der Telefonist stellt ihn zum diensthabenden Beamten durch. Lu schildert die Situation. Der Beamte sagt, es werde jemand zurückrufen.

Dreißig Minuten vergehen. Lu überlegt, ob er nach Hause gehen soll, da klingelt das Telefon.

»Ich hätte gerne Kommissar Lu gesprochen«, sagt eine männliche Stimme.

»Am Apparat.«

»Hauptkommissar Song. Stellvertretender Leiter des Kriminalamts.«

»Danke für den Rückruf.«

»Wie ich höre, gibt es bei Ihnen einen Mordfall.«

»Ja.« Lu bringt ihn auf den neuesten Stand.

»In Ordnung«, sagt Song. »Und Sie haben einen Verdächtigen, den Sie offiziell noch nicht vernommen haben, richtig?«

»Offiziell noch nicht, nein.«

»Haben Sie die Nachbarn befragt?«

»Von denen hat keiner etwas bemerkt.«

»Haben Sie irgendwelche Kameraaufnahmen aus der Umgebung?«

»Leider nicht, nein.«

»In Ordnung. Ich werde ein Team zusammenstellen, und morgen früh fliegen wir los. Wir werden wahrscheinlich gegen Mittag da sein. Unternehmen Sie nichts bis dahin. Verhören Sie den Verdächtigen nicht weiter. Durchsuchen Sie nicht das Haus. Versiegeln Sie es, und warten Sie ab. Ich will nicht, dass Ihre Leute Beweise gefährden.«

Lu versteht den Hinweis, doch ihm missfällt Songs Ton. »Ja, Herr Hauptkommissar.«

Song beendet abrupt das Gespräch, ohne sich zu verabschieden. Lu starrt eine Weile auf den Hörer, bestürzt über Songs Unhöflichkeit, und legt ihn dann zurück auf die Gabel.

Zwei Minuten später klingelt Lus Handy. Es ist Polizeichef Liang.

»Hallo, Chef.«

»Was ist das für eine Mordgeschichte bei Ihnen?«, lallt Liang. Im Hintergrund ist laute Musik zu hören. Lu sieht seinen Chef vor sich, wie er in einer schummrigen Karaoke-Bar, in der einen Hand ein Mikrofon, in der anderen ein Glas Johnnie Walker, traurige Countrysongs mit seinen Saufkumpanen singt. Neben ihm vielleicht ein etwas pummeliges Animiermädchen, dessen Hand auf seinem Schenkel ruht.

»Eine junge Frau in der Kangjian-Gasse. Yang Fenfang.«

»Kenne ich nicht. Aus was für Familienverhältnissen kommt sie?«

Mit der Frage nach den Verhältnissen meint der Polizeichef, ob die Familie Verbindungen in die lokale Wirtschaft oder Politik hat.

»Normalbürger. Mutter und Vater sind verstorben. Die Mutter sogar erst kürzlich.«

»Gibt es schon Tatverdächtige?«

»Wir haben einen Verdächtigen, aber es ist fraglich, ob er es war.«

»Haben Sie Richter Lin und Parteisekretär Mao informiert?«

Lin und Mao sind die höchsten Staatsbeamten in der Gemeinde Rabental.

»Noch nicht. Ich sah keinen Grund, sie an einem Samstagabend zu stören. Wir können sie gleich morgen früh anrufen. Aber ich habe das Kriminalamt kontaktiert. Morgen soll ein Ermittlerteam eintreffen.«

»Warum haben Sie das gemacht?«

»Weil wir nicht die Mittel und das nötige Fachwissen für so einen Fall haben, Chef.«

»Das sind arrogante Scheißkerle. Die werden uns herumkommandieren wie kleine Kaiser.«

»Wir brauchen ihre Hilfe. Meinen Sie nicht?«

Polizeichef Liang rülpst ins Telefon. »Wahrscheinlich war es irgendein notgeiler Bauer, der die junge Frau auf der Straße getroffen hat und ihr nach Hause gefolgt ist.«

Lus Instinkt sagt ihm, dass es kein liebestoller Bauer war. »Wir werden sehen, Chef. Einen schönen Abend noch.«

»Der Abend ist gelaufen.« Liang legt auf.

Lu hofft, dass der Polizeichef für heute sein Gelage beendet hat. Es wäre eine ungeheure Schmach für das Amt für

Öffentliche Sicherheit in Rabental, wenn sein Chef die Vertreter des Kriminalamts mit einer Alkoholfahne begrüßen würde.

Lu trinkt seinen Kaffee aus und überlegt kurz, ob er nach Hause gehen soll. Stattdessen fährt er mit einem Streifenwagen in die Kangjian-Gasse. Vor dem Haus der Yangs bleibt er einige Minuten stehen, lauscht dem tickenden Motor, beobachtet die Nachbarschaft. Dann steigt er aus, holt aus dem Kofferraum ein Paar Latexhandschuhe, bückt sich unter dem Absperrband hindurch und geht zum Hauseingang.

»Ich bin es«, ruft er. Er will nicht einfach ins Haus platzen und den großen Wang und den stummen Li möglicherweise zu Tode erschrecken. Er öffnet die Haustür und tritt ein.

Wang und Li stehen stramm. Li fährt sich mit der Hand durch das strubblige Haar. Beide haben geschlafen, das ist nicht zu übersehen, trotz der Kälte und ihrer anfänglichen Furcht, allein in dem Haus bleiben zu müssen.

»Habe ich etwas verpasst?«, fragt Lu.

»Ein paar neugierige Nachbarn haben vorbeigeschaut«, antwortet der große Wang. »Haben Fragen gestellt und so. Ich musste sie verscheuchen.«

»Sie können jetzt nach Hause gehen«, sagt Lu. »Aber bringen Sie zuerst den Streifenwagen zurück zur Wache. Und melden Sie sich morgen vor Mittag zum Dienst. Wir erwarten ein Team aus Peking, und ich brauche alle Mann an Bord.«

»Ich bin seit acht Uhr früh im Dienst«, hält ihm der große Wang vor. »Das sind sechzehn Stunden, und Sie wollen trotzdem, dass ich morgen arbeite?«

»Ihr Einsatz für die Bürger von Rabental ist legendär, Polizeimeister Wang«, erwidert Lu trocken. »Wir sehen uns morgen Vormittag.«

Der große Wang und der stumme Li empfehlen sich, Ersterer unter grummelndem Protest.

Lu setzt sich auf den *kang* und braucht einen Moment, um sich auf die Umgebung einzustimmen. In der Ferne bellt ein Hund, wahrscheinlich der von Yang Fenfang. Draußen startet der Streifenwagen und fährt los. Das alte Haus knarrt, sobald sein Knochengerüst in Bewegung gerät.

Bildet er es sich nur ein, oder ist der Leichengeruch stärker geworden?

Lu muss sich eingestehen, dass er es Hauptkommissar Song übelnimmt, wie der ihn am Telefon abgekanzelt hat. Die Gemeinde Rabental ist *sein* Zuständigkeitsbereich, und der Mord an Yang Fenfang fällt in *seine* Verantwortung. Lu wird nicht die Hände in den Schoß legen und darauf warten, dass Song auftaucht, ein entscheidendes Beweisstück entdeckt und ihm damit als Zeichen seines kriminalistischen Gespürs vor der Nase herumwedelt.

Lu streift sich die Latexhandschuhe über und beginnt mit einer gründlichen Durchsuchung des Wohnzimmers, gründlicher als beim ersten Mal. Er findet nichts.

Er geht ins Schlafzimmer. In einer verschimmelten Schachtel entdeckt er mehrere Stapel alter Fotos. Sie datieren zurück bis in die 70er Jahre, weiter nicht. Wenig verwunderlich, denn während der Kulturrevolution war Fotografie ausschließlich zu Propagandazwecken geduldet, und nur wenige Menschen hatten Zugang zu Kameras und

Filmen. Ohnehin mussten die meisten Menschen zusehen, dass sie nicht verhungerten, und hatten keine Zeit für frivole Schnappschüsse.

Das erste Foto ist ein förmliches Porträt eines jungen Mädchens mit seinen Eltern. Das Mädchen ist etwa acht Jahre alt. Es trägt einen Pullover, die Haare zu Zöpfen zusammengebunden, und sitzt auf dem Schoß der Mutter. Die Eltern tragen dunkle Uniformjacken und billige Mao-Mützen mit einem roten Stern über dem Schirm.

Das Mädchen wird Yang Hong sein, Yang Fenfangs Mutter, wie Lu vermutet.

Das nächste Foto zeigt eine Abschlussklasse, Mittelschule, achtzehn Mädchen in Sechserreihen hintereinander. Sie tragen bunt zusammengewürfelte Uniformjacken, einige mit Mao-Anstecknadeln an der linken Brust. Nicht eine einzige Schülerin lächelt. Yang Hong steht in der ersten Reihe rechts. Ohne Mao-Anstecknadel.

Es folgt wieder ein Familienfoto, Yang Hong als Heranwachsende, die Eltern schmal und grau.

Und dann, urplötzlich, ist das missmutige Schulmädchen zu einer glücklichen Braut erblüht. Yang Hong und ihr Mann stehen in Straßenkleidung vor einer Wand aus Seidenrosen und halten ihre Ausweise in die Kamera. Ein schönes Paar.

Als Nächstes ein neues Familienporträt, Yang Fenfang als Baby mit ihren Eltern. Weg sind die Uniformröcke und Mao-Mützen von vorgestern. Fenfang sieht gesund und glücklich aus. Pausbäckchen und ein zahnloses Grinsen.

Mutter und Vater Yang jedoch haben einen lauernden, ausgehungerten Blick.

Lu stöbert in den restlichen Bildern. Vor seinen Augen wächst Yang Fenfang allmählich heran.

Es gibt Fotos von ihr auf der Mittelschule, in weißer Bluse mit einem blauen Kragen. Auf der Oberschule, zusammen mit ihrer Mutter neben einem Porträt ihres Vaters. Zwei Blumengebinde, wahrscheinlich aus Plastik, rahmen das Porträt ein. Fenfangs Augen sind rot und geschwollen. Die Miene der Mutter ist versteinert.

Der Anlass war die Beerdigung von Yangs Vater.

Der letzte Stapel enthält Fotos, die Fenfang vermutlich selbst aufgenommen und ihrer Mutter geschickt hat. Sie ist bereits nach Harbin gezogen und genießt offenbar das Stadtleben. Isst Austern mit Knoblauch. Knipst sich in einem gelben Kleid vor der Sophienkathedrale – demselben Kleid, das sie als Tote trug –, kokett in den fast zwanzig Zentimeter hohen Stilettos. Dann mit rotem Kleid, einer falschen Fuchspelzjacke und wieder in denselben Schuhen auf dem öffentlichen Platz vor Harbins Drachenturm.

Ein paar der neuen Fotos steckt Lu ein, die anderen legt er zurück in die Schachtel.

Er wendet sich dem Schrank zu, tastet die Taschen und Säume von Fenfangs Kleidern ab. Offenbar hat sie viel Geld für ihre Garderobe ausgegeben – oder vielleicht hat auch ein Freund oder Verehrer sie ihr spendiert. Er erkennt die falsche Fuchspelzjacke und das rote Kleid von den Fotos wieder. Westliche Jeans, Seiden-Tops, noch mehr Kleider und Röcke, Boots, Sneakers und High Heels.

Lu sieht Fenfangs Handtasche auf dem Schminktisch, nimmt das Portemonnaie heraus und breitet den Inhalt auf dem Bett aus. Eine U-Bahn-Jahreskarte, eine Bankkarte der China UnionPay und eine Chipkarte für die Harbin Good Fortune Terrace, ein Apartmenthaus, wie Lu vermutet. Er fotografiert die Karte mit seinem Handy und steckt sie zurück ins Portemonnaie.

Lu inspiziert die Küche. Wie bei der ersten Durchsuchung bereits aufgefallen, sind der Reiskocher, die Fritteuse und der elektrische Teekessel neu. Wahrscheinlich hat Fenfangs Arbeit in der Stadt das nötige Geld dafür eingebracht.

Eigentlich hat er hier noch mit einem anderen Gerät gerechnet, auch in einem so ländlichen Haushalt wie diesem: einem Fernseher.

Fast neunzig Prozent der Haushalte in China verfügen über Elektrizität und von denen nahezu alle über einen Fernseher. Normalerweise ist ein Fernseher das erste moderne Elektrogerät, das sich eine Familie zulegt.

Lu geht zurück ins Wohnzimmer. Dem *kang* gegenüber steht ein niedriger Tisch, der als Fernsehtisch hätte dienen können. Dahinter entdeckt Lu ausgestöpselte Elektroleitungen und Kabel.

Seltsam.

Er sucht noch eine halbe Stunde weiter, findet aber keine blutbefleckte Mordwaffe und auch keine anderen eindeutigen Beweise. Das Badezimmer und Yang Fenfangs Leiche überlässt er lieber den Technikern des Kriminalamts. Er weiß auch so, dass er für eine professionelle Spurensicherung am Tatort nicht qualifiziert ist.

Lu legt sich auf den *kang* und schließt die Augen. Er nickt ein, nur um von Yang Fenfang zu träumen, die in der Türöffnung zum Flur hockt, die Porzellanhaut blutverschmiert, der Kopf am langen Haar von der Hand baumelnd, wie die groteske Karikatur einer Kinderlaterne.

Lu fährt aus dem Schlaf hoch. Er geht durchs Haus. Es ist leer. Er wirft keinen Blick ins Badezimmer.

Um fünf Uhr ruft er John Wayne Chu und den dicken Wang an und befiehlt ihnen, sich in einer Stunde am Haus der Yangs einzufinden. Sie kommen um Viertel nach sechs, müde und schlecht gelaunt. Lu kassiert ihren Streifenwagen und fährt nach Hause.

Er stellt den Wecker auf halb neun, zieht sich aus und geht ins Bett. Er träumt von Yang Fenfang als kleinem Mädchen, mit Zöpfen, in einem gelben Kleid. Sie rollt auf einem Förderband zu einer Station, an der Zhang Zhaoxing darauf wartet, sie mit einem Schlachtermesser zu zerlegen.

Nicht weit von dem Ort, an dem Lu Fei unruhig schläft, befindet sich ein ungewöhnlicher Raum mit Schrägdach, fensterlos, von einer einzelnen flackernden Glühbirne erleuchtet, kahl, außer einem provisorischen Altar aus Holz. Der Altar ist rot gestrichen, eine Farbe, die traditionell Glück, Zufriedenheit und Jugend symbolisiert. Es mutet ironisch an, angesichts der auf dem Altar angeordneten Dinge: Obstteller, Reisschalen mit eingesteckten Essstäbchen, wie kleine Fahnenmasten, und Tassen mit süßem Tee.

Opfergaben für die Toten.

Der Raum ist kalt und riecht stark nach Räucherwerk, doch neben diesem süßlichen Parfüm gibt es einen weiteren Geruch. Ein unangenehmer, beißender, chemischer

Gestank, der einigen dickbäuchigen, hinter dem Reis und Obst auf dem Altar aufgereihten Glasgefäßen entweicht. Formlose Klumpen einer grauen Materie schwimmen in der Flüssigkeit.

In der Mitte des Raums kniet ein Mann. Er hat ein Kohlenbecken aus Metall aufgestellt, vor ihm liegen Höllengeld-Bündel, Grabbeigaben aus Papier, darunter ein kleines Haus, Kleidung, Schmuck, sogar die Nachbildung eines BMW. Einen nach dem anderen zündet der Mann die Papiergegenstände an und wirft sie in das Kohlenbecken. Dabei murmelt er ein Dankgebet, ein Versprechen, eine Warnung, ein Mea culpa.

»Ich bete für eine zügige und reibungslose Reise in die Unterwelt. Ich schwöre feierlich, für dein Wohlergehen und all deine Bedürfnisse im Jenseits zu sorgen. Mit der Macht, die ich über deine unsterbliche Seele ausübe, ersuche ich dich, mir kein Leid anzutun. Und« – der Mann verbeugt sich so tief, dass er mit der Stirn den Boden berührt – »ich bitte dich, verzeih mir. Verzeih mir. Verzeih mir.«

SONNTAG

Du suchst eine Lösung für ein Problem? Dann schau dir die Fakten an. Wie sie sich heute darstellen und wie sie sich historisch entwickelt haben. Wenn du das Problem gründlich untersucht hast, kennst du die Lösung. Schlussfolgerungen ergeben sich erst *nach* einer Untersuchung, nicht *vorher*. Nur Dummköpfe zermartern sich das Gehirn, allein oder in Gruppen, um »eine Lösung zu finden« oder sich »eine Idee auszudenken«, ohne vorher eine Untersuchung durchzuführen. Es ist so gut wie unmöglich, dass dies zu einer erfolgreichen Lösung oder einer guten Idee führt.

Worte des Vorsitzenden Mao

Der Wecker klingelt viel zu früh, und Lu stemmt sich aus dem Bett. Er duscht und rasiert sich. Normalerweise rasiert er sich nur zweimal in der Woche – sein Bartwuchs ist spärlich, und Polizeichef Liang ist nicht pingelig, wenn es um Körperpflege geht. Doch trotz seines ersten unvorteilhaften Eindrucks von Kriminaldirektor Song, dem stellvertretenden Leiter des Kriminalamts, möchte es sich Lu nicht gleich mit ihm verderben.

Er wohnt etwa zehn Minuten von der Polizeiwache entfernt in einem relativ neuen Haus. Sein Apartment ist winzig, gemessen an westlichen Standards. Die Wohnungstür führt direkt in einen kleinen Küchenbereich mit Spülbecken, schmaler Theke, Doppelkochplatte und Minikühlschrank. Von der Küche geht ein Badezimmer ab, mit einem WC nach westlichem Vorbild und einem Waschbecken. Es gibt keine Bade- oder Duschwanne, lediglich einen aus der Wand ragenden Duschkopf. Eine sehr kleine Waschmaschine steht außerdem noch im Bad.

Durch die Küche geht es in einen etwas größeren Raum, der als Wohn-, Schlaf-, Ess- und Arbeitszimmer dient. In der angrenzenden Loggia hängt Lu seine nasse Wäsche auf.

Die Wohnung ist gemütlich, wenn auch beengt. Vorerst reicht sie ihm. Sollte er jemals heiraten und eine Familie gründen, bräuchte er sicher mehr Platz.

Lu hat es nicht eilig mit dem Heiraten, sperrt sich aber auch nicht dagegen. Mit seinem Universitätsabschluss, dem guten Gehalt und seiner Stellung im Amt für Öffentliche Sicherheit gilt er als gute Partie. Würde er sich an eine Partnervermittlung wenden, fänden sich zweifellos zahlreiche junge Frauen, die ihn gerne zum Mann nehmen würden.

Doch Lu möchte mehr als nur einen warmen menschlichen Körper und eine Gebärmaschine für seine Nachkommen.

Wonach er sich sehnt, findet seinen Ausdruck schon eher in dem Gefühl, das aus den Zeilen des alten Gedichts »O Himmel« spricht.

Mein Wunsch, Dir nahe zu sein,
Wird niemals nachlassen, ist mein Leben
auch noch so lang.

Erst wenn die Berggipfel abgetragen,
Die Flüsse vertrocknet sind,
Wenn es im Winter gewittert,
Im Sommer schneit
Und Himmel und Erde aufeinanderprallen,
Würde ich den Abschied wagen.

Nach der Dusche steigt Lu in seine offizielle Uniform, dunkle Hose, himmelblaues Hemd und dunkle Krawatte, blaues Jackett mit Schulterklappen, drei Sterne und zwei silberne Streifen, die seinen Dienstgrad anzeigen.

Darüber zieht er den Wintermantel an und setzt sich eine pelzbesetzte Mütze auf, an der vorne das Hoheitszeichen des Amtes für Öffentliche Sicherheit prangt.

Mit dem Streifenwagen fährt er zur Polizeiwache. Unterwegs kauft er sich an einem Imbisswagen ein Frühstück: zwei frittierte *shaobing*-Brötchen, gefüllt mit einer Paste aus roten Bohnen, und einen Becher *doujiang*, heiße Soja-Milch.

Die Polizeiwache ist ein tristes zweigeschossiges Gebäude mit Metalltüren und Gitterfenstern. Im Erdgeschoss befinden sich ein Warteraum mit Plastiksitzen und ein verglaster Empfangsschalter, dahinter, jenseits einer verschlossenen Tür, liegen der Verwaltungstrakt, ein Mannschaftsraum, die Büros von Lu und Polizeichef Liang, ein Verhörraum, eine Kantine und ein provisorisches Untersuchungsgefängnis mit zwei kleinen Haftzellen.

Im Obergeschoss sind Schlafräume für unverheiratete Männer und Frauen des Polizeipersonals, Umkleideschränke und Duschen, eine Waffen- und Asservatenkammer, wo

Beweisstücke und beschlagnahmte Besitzgegenstände gelagert werden.

Lu stellt den Wagen auf der Rückseite der Polizeiwache ab und betritt das Gebäude durch den Hintereingang. Zuerst schaut er in dem Untersuchungsgefängnis vorbei. Zhang schläft in seiner Zelle unter einer dünnen Baumwolldecke. Lu begibt sich in sein Büro, stellt das Frühstück ab, nimmt sich die Thermoskanne und geht hinunter zum Empfangsschalter, wo Polizeimeister Huang gerade seinen Dienst beendet. Für einen, der die ganze Nacht Wache gehalten hatte, sieht er ziemlich munter aus. Wahrscheinlich, so Lus Verdacht, hat er die meiste Zeit auf dem Boden geschlafen und seine Jacke als Kissen benutzt.

»Guten Morgen, Polizeimeister.«

»Guten Morgen, Kommissar.«

Lu überprüft das Protokollbuch. Dann füllt er in der Kantine seine Thermoskanne mit heißem Wasser, geht zurück in sein Büro, kocht Tee und isst das mitgebrachte Frühstück.

Gegen halb zehn trudelt Polizeiobermeister Bing ein. Polizeichef Liang kommt um zehn. Lu ist erleichtert, dass sein Chef einigermaßen vorzeigbar aussieht. Er betritt Lus Büro, nimmt auf dem Stuhl vor seinem Schreibtisch Platz und zündet sich eine Zigarette an, obwohl er weiß, dass Lu nicht raucht.

»Also«, sagt Liang. »Lassen Sie hören.«

Lu steht auf und kippt ein Fenster. Er berichtet dem Polizeichef, was bis jetzt bekannt ist. Es gibt keinen Aschenbecher im Raum, daher schnippt Liang die Asche in den Papierkorb.

»Dieser Zhang scheint mir ein echter Perversling und Kriecher zu sein.«

»Gut möglich«, sagt Lu. »Aber das macht ihn nicht unbedingt zu einem Mörder.«

»Sie haben nicht zufällig ein entwendetes Fernsehgerät in seinem Haus gefunden, oder?«

»Es gibt einen Fernseher, aber der ist nicht neu.«

»Vielleicht hat Zhang ihn bereits verkauft.«

»Das lässt sich leicht herausfinden. Ich schicke einen jungen Kollegen los, der sich in der Nachbarschaft umhören soll.«

»Haben Sie schon seinen Arbeitgeber befragt?«

»Heute ist Sonntag. Die Fabrik ist geschlossen. Wir müssen bis morgen warten.«

»Wen schickt uns das Kriminalamt?«

»Den stellvertretenden Leiter, Kriminaldirektor Song.«

Liang verzieht das Gesicht.

»Kennen Sie ihn?«, fragt Lu.

»Nur vom Hörensagen. Er ist ein aufsteigender Stern. War Polizeihauptmann in Nanjing, bevor er die Karriereleiter im Ministerium hochgeklettert ist. Ehrgeizig und machthungrig wie die meisten aus dem Süden.«

Lu ist in Shanghai geboren, folglich lässt Liang keine Gelegenheit zu einem bissigen Kommentar aus. Aus Sicht des Polizeichefs ist Nordchina die wahre Wiege der Zivilisation, während alle südlich des Jangtse geborenen Chinesen kaum mehr als Urwaldwilde sind.

»Wenn du auf einen Vorgesetzten triffst, überlege dir, wie du seinesgleichen werden kannst«, zitiert Lu. »Wenn du auf einen Untergebenen triffst, schau in dich hinein und suche nach deinen Unzulänglichkeiten.«

»Konfuzius?«

»Ebender.«

»Sie sind zweitausend Jahre zu spät auf die Welt gekommen, mein Junge.«

»Lieber zu spät als gar nicht«, erwidert Lu.

»Wirklich?«, fragt Liang. »Warten Sie ab, bis Prinz Song aufkreuzt und Ihnen das Leben zur Hölle macht, und dann sagen Sie mir, ob Sie immer noch dieser Meinung sind.« Er drückt seine Zigarette auf der Schuhsohle aus. »Holen Sie ihn mit dem Auto vom Flughafen ab?«

»Er kümmert sich selbst um eine Fahrgelegenheit.«

»Sorgen Sie nur dafür, dass die jungen Polizeimeister ordentlich aussehen, bevor er kommt. Ich will mich vor Seiner Kaiserlichen Hoheit nicht schämen müssen.«

»Alles klar.«

»Und reservieren Sie zu Mittag irgendwo einen Tisch. Im Restaurant Zu den neun Drachen zum Beispiel.«

»Ich kümmere mich darum, Chef.«

Gähnend erhebt sich Liang. »Ich werde mir mal Ihren Verdächtigen anschauen und dann Richter Lin und Parteisekretär Mao anrufen. Sie wollen vielleicht mitkommen ins Restaurant. Sie wissen ja, was das für Schleimer sind.«

»Was ist mit dem Volksstaatsanwalt?«

In China ist die Volksstaatsanwaltschaft das Ministerium, das für die Ermittlungen und strafrechtliche Verfolgung zuständig ist, vergleichbar den Staatsanwaltschaften in den westlichen Ländern. Die Strafprozessordnung verlangt einen formalen Antrag auf Haftbefehl, dem von der lokalen Volksstaatsanwaltschaft stattgegeben wird; erst danach können Ermittlungen eingeleitet werden. Wenn die Ermittlungen sich als beweiskräftig erweisen, was meistens der Fall ist, erhebt der Staatsanwalt Anklage und vertritt im folgenden Verfahren die staatliche Seite.

Der Name des Bezirksstaatsanwalts ist Gao, er ist ein humorloser Paragrafenhengst.

Der Polizeichef verdreht die Augen. »Ein Erfüllungsgehilfe. Den lade ich nicht zum Mittagessen ein.«

»Wir sollten ihn über den Fall informieren«, gibt Lu zu bedenken.

»Also gut. Ich rufe ihn an.« Liang geht zur Tür, dreht sich aber noch einmal um. »Sie können sich denken, dass ich wenig begeistert davon bin, wenn hier ein Haufen hochmütiger Ermittler vom Kriminalamt herumschnüffelt.«

»Wir müssen die Wahrheit in den Tatsachen suchen«, verkündet Lu. Ein alter Slogan, der keinerlei Bedeutung hat, abgesehen davon, welche die gegenwärtige Führung ihm gerade beimisst.

Liang schüttelt den Kopf und geht hinaus und nimmt seinen Zigarettenstummel mit.

Kriminaldirektor Song und sein Gefolge treffen kurz nach ein Uhr mittags ein.

Song ist groß und schlank und ziemlich gut aussehend. Anscheinend in den Fünfzigern. Er trägt eine Uniform mit zwei Sternen und Olivenblättern auf der Schulterklappe, was auf seinen Dienstgrad hinweist, Hauptkommissar Klasse zwei.

Bei seinem relativ jungen Alter wird er irgendwann zum stellvertretenden Polizeipräsidenten befördert werden und noch vor Ende seiner Karriere eine führende Rolle im Ministerium für Öffentliche Sicherheit einnehmen, vermutet Lu.

Er ist also eine Person, die man sich praktischerweise zum Freund, auf keinen Fall aber zum Feind machen sollte.

Song hat drei Kollegen vom Kriminalamt mitgebracht. Zwei Kriminaltechniker mit Namen Hu und Jin.

Die dritte Kollegin ist Dr. Ma Xiulan. Sie ist um die vierzig und so etwas wie eine kleine Berühmtheit in den Ermittlungsbehörden, eine der wenigen Frauen, die auf dem rasant wachsenden Gebiet der Forensik des Landes einen hohen Posten bekleiden, sowie Autorin eines Buches, das bei seinem Erscheinen eine echte Sensation war: *Tod ist mein Geschäft: Wahre Geschichten einer Gerichtsmedizinerin.*

Das Buch ist bemerkenswert nicht nur wegen seiner Aufmüpfigkeit und kontroversen Kritik am gegenwärtigen Zustand der chinesischen Forensik, die sie für schludrig und politisch manipuliert hält, sondern auch wegen des äußerst wagemutigen Fotos der Autorin auf der Rückseite des Umschlags. Ma in Glamour-Make-up, mit sehr tief ausgeschnittener Bluse, die viel Einblick gewährt, das Haar stromlinienförmig aus der Stirn gekämmt, als säße sie am Steuer eines rasenden offenen Sportwagens.

Jetzt hat sie weniger Lidschatten aufgetragen und ist konservativ gekleidet, was möglicherweise nur dem kühlen Wetter in der Provinz Heilongjiang geschuldet ist. Doch trotz der hochgesteckten Haare, der langen Uniformhose und des festen Schuhwerks ist sie einschüchternd attraktiv.

Man stellt sich vor. Polizeichef Liang ist auf unterwürfige Weise charmant. Mag der Zuständigkeitsbereich auch noch so klein sein, in der Volksrepublik China steigt man nicht zum Polizeichef auf, ohne zu wissen, wie man *pai ma pi* – dem Pferd auf den Hintern klatscht.

»Möchten Sie erst zu Mittag essen?«, fragt Liang die Gäste. »Es gibt hier ein Restaurant, das sehr guten Eintopf anbietet.«

»Ich möchte gleich den Tatort besichtigen«, sagt Kriminaldirektor Song. »Bei Mordermittlungen zählt jede Minute.«

»Ja, selbstverständlich«, antwortet Liang leicht enttäuscht. Er hatte sich auf den Eintopf gefreut.

Liang ergattert einen Platz in Songs Auto, einem Great-Wall-Haval-SUV. Lu und Polizeihauptmeister Bing nehmen einen der Streifenwagen. Lu bittet Bing, John Wayne Chu und den dicken Wang vorzuwarnen, dass sie auf dem Weg sind. Die beiden Polizeimeister antworten nicht. Lu gibt Gas, weil er befürchtet, dass am Tatort in der Kangjian-Gasse während seiner Abwesenheit etwas passiert sein könnte.

Als er ankommt, stößt er die Haustür auf und findet John Wayne Chu und den dicken Wang schlafend auf dem *kang* vor.

»Aufstehen, ihr faulen Säcke!«, ruft Lu. »Die Leute vom Kriminalamt sind jeden Moment hier.«

Als Song und sein Gefolge eintreffen, stehen Chu und Wang im Vorgarten stramm.

Hu und Jin hieven Metallkisten mit Ausrüstung aus dem Kofferraum des Haval-SUV. Sie ziehen sich Overalls, Überschuhe und Handschuhe über. Dr. Ma legt ihren Uniformrock ab und schlüpft in ihre mitgebrachte Schutzkleidung. Sie und die beiden Techniker tragen die Ausrüstung ins Haus.

Der dicke Wang und John Wayne Chu werden nach draußen auf die Straße geschickt, um den anderen den Rücken freizuhalten, denn vor dem Haus haben sich bereits neugierige Nachbarn eingefunden, in Schach gehalten von Polizeiobermeister Bing.

Polizeichef Liang, Kriminaldirektor Song und Lu sitzen auf der Rückbank des SUV. Liang bietet Song eine Zhongnanhai an. Song winkt ab, zieht eine Schachtel Chunghwa aus der Tasche und markiert damit deutlich seinen Status als gesellschaftlich höher stehend.

Die »guten Katzen« werden von den Einheimischen der Provinz Xian bevorzugt. Die Bewohner Sichuans rauchen »Prides«. Zigaretten der Marke Zhongnanhai, benannt nach dem Hauptquartier der Kommunistischen Partei in Peking, sind eine patriotische, wenn auch prosaische Wahl.

Eine Packung Chunghwa kostet fünfmal so viel wie die anderen Marken und wird folglich von aufstrebenden Geschäftsleuten, ehrgeizigen Politikern und ergrauten kommunistischen Parteigranden geraucht. Mit einer Packung Chunghwa als Dankeschön oder Schmiergeld für den örtlichen Regierungsvertreter liegt man immer richtig.

Song steckt sich eine Zigarette in den Mund und bietet, nach einem kurzen Zögern, Polizeichef Liang ebenfalls eine an.

»Das kann ich nicht annehmen«, sagt Liang und nimmt

sich dann eine. Widerstrebend hält Song auch Lu die Schachtel hin.

»Nein, danke«, sagt Lu.

»Sie rauchen nicht?«, fragt Song.

»Nein.«

»Er kompensiert es durch zu viel Alkohol«, sagt Liang.

Lu sieht seinen Chef böse an. Liang beachtet ihn nicht und beeilt sich, Song Feuer zu geben.

Song macht einen tiefen Zug an seiner Zigarette. »Erzählen Sie. Angefangen mit dem ersten Anruf, der Sie auf den Mord aufmerksam gemacht hat.«

Lu berichtet von den Ereignissen im Zusammenhang mit dem Auffinden von Yangs Leiche, der ersten oberflächlichen Durchsuchung des Hauses, der anschließenden Befragung von Frau Chen und Zhang Zhaoxing und den Beweisen, die bislang aufgetaucht oder genauer nicht aufgetaucht sind.

»Dieser Zhang Zhaoxing erfüllt alle Kriterien«, sagt Song. »Er ist körperlich kräftig. Konsumiert Pornografie. Hat weder Vater noch Mutter. Ist sozial inkompetent. Ein Spanner. Und hat Erfahrung mit der Schlachtung von Tieren.«

»Auf den ersten Blick«, sagt Lu. »Aber wir stehen am Anfang der Ermittlungen. Also lieber systematisch vorgehen.«

»Das versteht sich von selbst«, erwidert Song schnippisch. Er nimmt einen letzten Zug von der Zigarette, drückt das Glutende mit den Fingern aus und steckt sie zurück in die Schachtel. »Entsorgen Sie den Stummel ordentlich, wenn Sie aufgeraucht haben«, ermahnt er Polizeichef Liang. »Das Grundstück ist auch Teil des Tatorts.«

»Natürlich«, sagt Liang. Er war gerade kurz davor gewesen, den Zigarettenstummel wegzuschnippen.

Song wendet sich an Lu. »Schauen wir uns das Haus mal an.«

Er geht zum Kofferraum des SUV, holt ein Paar Überziehschuhe aus Plastik aus einer Kiste und reicht sie Lu. Er nimmt sich ein zweites Paar Schuhe, außerdem zwei Paar Latexhandschuhe und zwei Overalls. Polizeichef Liang sieht ihnen zu. »Wollen Sie sich uns anschließen?«, fragt Song ihn.

»Ach nein«, sagt Lang. »Es müssen ja nicht mehr Füße auf dem Boden herumtrampeln als nötig, oder?« In Wahrheit wollte er nicht noch mal eine Tote sehen.

»Ganz recht«, sagt Song.

Der Kriminaltechniker Hu fotografiert gerade das Schlafzimmer, als Lu und Song eintreten. Sein Kollege Jin montiert Scheinwerfer, um das Badezimmer auszuleuchten.

Lu führt den Kriminaldirektor einmal rasch durch die Wohnung und macht ihn auf die neuen Geräte und die durchtrennten Fernsehkabel aufmerksam.

Song stimmt ihm zu, dass das verdächtig wirkt, da kein Fernseher vorhanden ist.

Als die Scheinwerfer bereitstehen, fotografiert Hu Yang Fenfangs Leiche aus allen nur erdenklichen Blickwinkeln. Dann betritt Dr. Ma das Badezimmer und kniet sich auf eine neben der Leiche ausgebreitete Plane.

Sie formuliert ihren ersten Eindruck. »Großflächige Hämatome am Hals. Möglicherweise wurde sie zuerst manuell gewürgt und anschließend mit einem Riemen oder Gürtel zu

Tode stranguliert. Die Hände wurden gefesselt, vermutlich mit einem Klebeband.« Sie streicht Fenfang mit der behandschuhten Hand über die Wange. »Ich nehme stark an, dass der Täter das Make-up erst nach Eintritt des Todes aufgetragen hat. Sonst wäre es verschmiert.« Sie schaut auf zu Lu. »Wissen Sie, ob der Täter die Schminksachen des Opfers benutzt oder seine eigenen mitgebracht hat?«

»Nein, tut mir leid. Aber auf ihrem Schminktisch im Schlafzimmer liegen sehr viele Kosmetikutensilien.«

»Mit ein paar Proben lässt sich das leicht feststellen.« Dr. Ma versucht, Yangs Arm zu bewegen. »Die Leiche ist nur mäßig starr. Ich kann nicht sagen, ob es Leichenstarre ist oder ob sie einfach nur halb gefroren ist. Hier ist es kalt wie in einem Eisfach. Hm. Was ist das denn?« Dr. Ma untersucht die Vorderseite von Yangs Kleid.

»Was meinen Sie?«

Das gelbe Kleid hat vorne eine Knopfleiste, die bis zum Saum reicht. Dr. Ma knöpft das Kleid auf und legt Yangs Oberkörper frei. Ya trägt weder BH noch Schlüpfer. Lu wendet unwillkürlich den Blick ab, zwingt sich dann aber doch hinzuschauen.

Eine knubbelige Y-förmige Naht verläuft von den Schultern über die Brüste bis hinunter zu dem Dreieck aus dunklem Haar auf Yangs Schamhügel.

»Das sieht mir nach einer Autopsie aus«, bemerkt Song.

»Allerdings.« Dr. Ma beugt sich vor. »Die Schnittränder sind sauber. Ein sehr scharfer Gegenstand wurde benutzt. Kein Küchenmesser. Ein Skalpell oder etwas Ähnliches.«

»Ein Schlachtmesser?«, legt Song nahe.

»Vielleicht. Jedenfalls eins mit einer extrem scharfen Klinge.«

»Was können Sie über die Naht sagen?«, fragt Song.

»Ästhetisch wenig befriedigend, aber auch nicht das Werk eines krassen Amateurs.«

»Viele Einheimische nähen ihre Kleider und Steppdecken selbst oder machen Stickereien und so Zeug«, sagt Lu. »Meinen Sie, dass jemand mit solchen Fähigkeiten zu so etwas in der Lage ist, oder braucht man dafür eine medizinische Ausbildung?«

»Menschliche Haut zuzunähen ist nicht das Gleiche, wie Socken zu stopfen. Also eher nein. Aber ich würde sagen, das hier hätte jeder Landarzt oder auch eine Arzthelferin machen können.«

»Vielleicht hat Ihr Verdächtiger zu Hause an einem Schweinefuß geübt«, sagt Song.

Lu lässt das unkommentiert. Perverserweise ruft ihm der Anblick von Yangs verstümmelter Leiche ein paar Zeilen seines taoistischen Lieblingsklassikers, dem *Zhuangzi*, in Erinnerung:

Der Schlachter Ting zerlegte einen Ochsen für den Herrscher Wen-hui. Ritsch, ratsch! Zischend gleitet das Messer ins Fleisch, und alles geschieht in einem vollendeten Rhythmus, als würde Ting den Tanz des Maulbeerhains aufführen.

»Das ist wunderbar«, sagte der Herrscher Wen-hui. »Man stelle sich vor, eine solche Kunstfertigkeit!«

Der Schlachter Ting legte sein Messer beiseite und erwiderte: »Als ich anfing, Ochsen zu zerlegen, sah ich immerzu nur den Ochsen. Nach drei Jahren sah ich den Ochsen nicht mehr. Jetzt benutze ich meinen Geist und sehe den Ochsen dabei nicht einmal mehr an. Ich folge der natürlichen Gestalt, steche in die großen Höhlungen, führe das Messer durch die Öffnungen und berühre kein Band noch ein Gelenk.«

Lu entschuldigt sich und geht nach draußen, wo er sich die Lunge mit bitterkalter Luft füllt.

Die kriminaltechnische Untersuchung des Tatorts zieht sich über mehrere Stunden hin. Songs Team ist gründlich und effizient. Sie messen aus und fertigen Zeichnungen an, fotografieren und dokumentieren, nehmen Fingerabdrücke und heben jeden Fitzel möglichen Beweismaterials auf.

Nach einiger Zeit bittet Dr. Ma Kommissar Lu, einen Krankenwagen zu rufen. Als er eintrifft, nehmen der Techniker Jin und sie zwei Kisten Ausrüstung und fahren mit Yangs Leiche zum Bezirkskrankenhaus, wo die Obduktion stattfinden wird.

Polizeichef Liang hatte sich draußen gelangweilt und war längst gegangen, vielleicht auf der Suche nach einem Eintopf.

Zu diesem Zeitpunkt haben sich trotz der Kälte zahlreiche Nachbarn vor dem Hauseingang versammelt. Lu tritt vor die Tür, um zu ihnen zu sprechen. Er informiert sie über den Mord (davon haben sie bereits erfahren, einschließlich, dank Frau Chen, der blutrünstigen Details) und bittet jeden vorzutreten, der Hinweise zur Aufklärung des Falles geben kann. Er muss sich vieles anhören, über ungewöhnliche Lichterscheinungen am Himmel, über Tiere, die sich nachts merkwürdig verhalten haben, über schlechte Omen in den Wochen vor dem Mord. Es ist schwierig, die Spreu vom Weizen zu trennen. Trotzdem beauftragt Lu den dicken Wang und John Wayne Chu, die Aussagen aufzunehmen.

Während der Techniker Hu die Untersuchung im Haus abschließt, begleitet Lu Kriminaldirektor Song zum Haus von Frau Chen, damit er sie dort persönlich befragen kann.

Wie schon beim ersten Mal bietet die Schwiegertochter ihnen Tee an. Frau Chens Sohn sitzt rauchend auf dem *kang*. Die alte Mutter schaut fern bei brüllender Lautstärke. Der Enkel stört demonstrativ.

Song dagegen ist nicht so geduldig wie Lu. Nach dreißig Sekunden dieser Kakofonie bittet er Frau Chen, den Fernseher leiser zu stellen.

»Meine Mutter hört schlecht«, sagt Frau Chen.

»Ich höre bei diesem ganzen Lärm gar nichts!«, schnauzt Song sie an. »Und schaffen Sie das Kind raus.«

»Er hat Schnupfen«, sagt die Schwiegertochter. »Die Feuchtigkeit draußen kriecht ihm in die Knochen, und am Ende holt er sich noch eine Lungenentzündung.«

»Dann lassen Sie uns zum Reden ins Schlafzimmer gehen«, schlägt Song vor.

Frau Chens Sohn steht auf. »Nein, bemühen Sie sich nicht.« Er wischt sich Asche vom Schoß und winkt der Schwiegertochter zu. »Bring Yongyong ins Schlafzimmer.«

»Das wird ihm nicht gefallen«, sagt sie.

»Mach schon!«, blafft der Sohn sie an.

Die Schwiegertochter schnappt sich das Kind, das sich kreischend wehrt, und trägt es fort. Sie knallt die Tür hinter sich zu. Das gedämpfte Geheul des kleinen Jungen wird von der Serie, die Frau Chens Mutter im Fernsehen verfolgt, übertönt.

Song reibt sich die Augen. »Das Fernsehen noch, wenn Sie so freundlich sein wollen.«

»Aber ...«, fängt Frau Chen an.

»Ich mach schon«, sagt der Sohn mit finsterer Miene. Er nimmt sich die Fernbedienung, drückt ein paar Tasten, wechselt aber nur den Kanal. Frau Chens Mutter protestiert krächzend.

»Es dauert nur eine Minute!«, grummelt der Sohn.

»Sprich nicht in diesem Ton mit deiner Großmutter!«, sagt Frau Chen.

»Entschuldige.« Der Sohn stellt den alten Kanal wieder ein und dreht die Lautstärke leiser. Frau Chen beklagt sich, dass sie nichts hört, aber alle Anwesenden ignorieren sie.

»Ich muss Sie leider bitten, uns noch mal Rede und Antwort zu stehen. Bitte erzählen Sie mir alles, an was Sie sich erinnern. Jedes Detail ist wichtig.«

Die Tränen fließen, sobald Frau Chen die Ereignisse vom Samstagabend schildert. Song nimmt ihre Ausführungen auf einem Rekorder auf. An einigen Stellen bittet er um Klarstellung, dann beendet er die Befragung.

»Eins noch«, sagt Lu. »Wo ist eigentlich Yang Fenfangs Hund?«

»Ach, der ...« Frau Chen rutscht nervös auf dem *kang* hin und her. »Den haben wir zu Verwandten gegeben.«

Lu überlegt, ob er nachhaken soll, aber eigentlich will er gar nicht wissen, ob sie lügt oder nicht, also lässt er es bleiben.

Sobald sie wieder draußen sind, steckt sich Song eine Zigarette an. »Ganz schön nervig, diese Familie.«

Sie kehren zum Haus der Yangs zurück, um den Techniker Jin abzuholen und dann weiter in die Yongzheng-Straße zu fahren.

Sie parken vor Zhangs Haus und gehen zur Tür. Lu klopft an. Niemand antwortet. Er ruft: »Aufmachen! Polizei!« Schweigen.

Song drängt sich an Lu vorbei, öffnet die Tür und geht hinein. Lu bleibt nichts anderes übrig, als ihm zu folgen. Der Techniker Hu setzt sich ab, um sich den Hühnerstall anzusehen.

Wie schon beim ersten Besuch hat es sich Zhang Zhaoxings Großvater auf dem *kang* bequem gemacht. Er isst Instantnudeln aus einer Schüssel und sieht fern. Lus Anblick scheint ihn nicht zu überraschen.

»Guten Tag, Onkel«, sagt Lu. »Ich bin Kommissar Lu vom Amt für Öffentliche Sicherheit. Erkennen Sie mich wieder?«

Der alte Mann murmelt irgendetwas Unverständliches. Lu sieht, dass er nur noch ein oder zwei Zähne im Mund hat.

»Was ist das?«, fragt Lu.

»Ich habe in den Topf gemacht.«

»Was ... haben Sie?«

»In den Topf gemacht«, sagt der alte Mann.

»Was hat er gesagt?«, will Song wissen.

»Dass er in irgendeinen Topf gemacht hat.«

»Guten Tag, Onkel«, sagt Song. »Ich bin der stellvertretende Leiter des Kriminalamts.«

Der alte Mann wendet sich wieder dem Bildschirm zu.

»Er ist taub«, erklärt Lu. Nachdem er sich eine Weile im Zimmer aufgehalten hat, versteht er, was ihm der alte Mann sagen wollte. Vor dem *kang* steht ein Tontopf. Er ist weiß, seitlich aufgemalt sind die chinesischen Zeichen für doppeltes Glück. Wider besseres Wissen hebt Lu den Deckel hoch. Und tatsächlich.

»Rätsel gelöst«, sagt er.

»Können Sie mich hören, Onkel?«, fragt Song ein wenig lauter.

Der alte Mann gibt Lu mit einem Winken zu verstehen, er solle den Topf wegbringen. Es muss ein Dienst sein, den ihm sonst sein Sohn erweist. Abfallbeseitigung.

»Hallo, Onkel!«, sagt Song noch lauter.

»Er kann Sie nicht verstehen«, sagt Lu. »Aber ich glaube nicht, dass er was dagegen hätte, wenn Sie sich hier umschauen. Falls er es überhaupt merkt.« Er nimmt den Topf und geht durch die Küche nach draußen, wo er ihn in der Hocktoilette eines an das Haus angebauten Klohäuschens entleert. Mit einem Schlauch aus einem Wassertank spritzt er den Topf sauber.

Lu geht zurück in die Küche, wo Song die Schränke und Regale durchsucht, geht dann zurück in das vordere Zimmer. Er stellt den Topf wieder neben den *kang*. »Erledigt, Onkel.«

Der alte Mann schaut ihn an, als sähe er ihn zum ersten Mal. »Ich habe in den Topf gemacht«, sagt er.

»Glückwunsch«, erwidert Lu.

Als Song mit seiner Schnüffelei fertig ist, verabschieden sich die beiden von dem alten Mann, der nur mit den Achseln zuckt, und gehen nach draußen zum Hühnerstall.

»Was gefunden?«, erkundigt sich Song bei Kriminaltechniker Hu.

»Ja«, antwortet Hu. »Drei Eier und jede Menge Hühnerdreck.«

»Wir müssen noch mal herkommen und das Haus genauer unter die Lupe nehmen«, sagt Song. Er sieht auf die Uhr. »Aber erst einmal fahren wir jetzt ins Krankenhaus zur Obduktion.«

»Ich würde gerne gleich zur Wache«, erwidert Hu. »Und das Beweismaterial vom Tatort untersuchen.«

»Wenn Sie schon da sind, könnten Sie auch gleich einen Durchsuchungsbefehl ausstellen«, sagt Song.

»Kann ich machen. Aber darum gekümmert wird sich erst Montag.«

»In Ordnung«, sagt Song. »Der Hühnerdreck läuft uns nicht davon.«

Das Gesundheitswesen in der Volksrepublik China ist dreistufig. Auf der untersten Ebene sind die Barfußärzte, wie sie zu Maos Zeiten genannt wurden, Praktiker mit minimalen medizinischen Kenntnissen, die von örtlichen Einrichtungen aus arbeiten und nur dazu ausgebildet sind, gängige Krankheiten und kleinere Verletzungen zu behandeln. Darüber befinden sich die Gemeindekliniken, die mit Assistenzärzten besetzt und für zwanzig bis dreißig Betten ausgelegt, aber hauptsächlich für Tagespatienten gedacht sind. An der Spitze des Gesundheitswesens stehen die Kreiskrankenhäuser, die städtischen und Landeskliniken, wo ausgebildete Ärzte und Spezialisten die Versorgung der schweren Fälle übernehmen.

Die Klinik der Gemeinde Rabental ist klein, die Ausstattung veraltet, und es fehlen die nötigen Geräte zur Durchführung einer Obduktion, sodass Dr. Ma Yang Fenfangs Leiche ins nächste, anderthalb Autostunden entfernte Bezirkshospital überführen lässt. Als sie dort ankommen, stellt Lu den Wagen ab, und sie betreten den überfüllten Warteraum – Warteräume in der Volksrepublik China sind chronisch überfüllt – und fragen die Pförtnerin, wo sich die Leichenhalle befindet.

»Unten.« Sie deutet mit einer Kopfbewegung zum Treppenhaus.

Lu und Song steigen in den Keller hinunter und landen in einem grün gekachelten Flur. Zu beiden Seiten gehen Türen mit kleinen Sichtfenstern in Augenhöhe ab. Die meisten Fenster sind dunkel. Lu geht den Flur ab, bis er Dr. Ma und den Kriminaltechniker Jin in einem der Räume entdeckt. Sie tragen Kittel und Gesichtsmasken und beugen sich über die sterblichen Überreste von Yang Fenfang.

Song und Lu treten ein, und Lu ist umgehend überwältigt von einem Mix aus Gerüchen, die sich gegenseitig ausstechen. Bleichmittel und Wundbenzin. Darmgas. Kot. Verfaulter Knoblauch. Verdorbenes Fleisch. Formaldehyd.

Yang Fenfang liegt nackt unter der Untersuchungslampe, die Schultern auf ein Gummikissen gestützt, der Hals gestreckt und die Brust gewölbt. Es schmerzt Lu, sie in einer so verfänglichen, ja anstößigen Haltung zu sehen.

Dr. Ma zeigt Song und Lu ein rechteckiges Stück Papier, das sie in eine Pinzette geklemmt hochhält.

»Was ist das?«, fragt Song.

»Höllengeld.«

In der unergründlichen Kosmologie des chinesischen Volksglaubens unterscheidet sich das Leben nach dem Tod nicht allzu sehr von der Existenz auf dem Erdenplanet. Man hat zwar keinen physischen Körper mehr, aber trotzdem Bedürfnisse – Nahrung, Obdach, Kleidung, vielleicht ein, zwei Diener, ein zuverlässiges Auto, ein Smartphone, einen Flachbildschirm und vieles mehr. Höllengeld – auch Geistergeld, Goldpapier, Schicksalsgeld – ist in der Unterwelt rechtmäßiges Zahlungsmittel für solche Dinge. Stirbt ein geliebter Mensch, verbrennen Angehörige und Freunde das Zeug haufenweise als Opfergabe, einer spirituellen Banküberweisung oder Einzahlung auf ein Venmo-Konto nicht unähnlich.

Üblicherweise ist auf der einen Seite dieser Banknoten der Jadekaiser abgebildet, auf der anderen die Höllenbank, und sie tragen die Unterschriften des Jadekaisers sowie von Yan Wang, dem Gott des Todes und Herrscher der Unterwelt. Früher reichten Gaben von fünf oder zehn Yuan, doch wegen des Inflationsdrucks und des Aufstiegs des Materialismus gelten heute mindestens 10.000 Yuan-Scheine als angemessen.

»Wie viel?«, fragt Lu. Es ist nicht entscheidend für die Klärung des Falles, er ist nur neugierig.

»Eine Milliarde«, sagt Dr. Ma.

»Ein einziger Geldschein?«, fragt Song.

»Ja. In ihrem Mund.«

»Merkwürdig«, sagt Song. »Was noch?«

»Wir haben die äußere Untersuchung gerade abgeschlossen. Zu den bereits festgestellten Ligaturen am Hals und an den Handgelenken habe ich noch eine schwere Prellung des rechten hinteren Schädelbereichs entdeckt, die mit einem Hammer oder einer ähnlichen Waffe zugefügt wurde. Und ein Verletzung der Vagina.«

»Eine Vergewaltigung?«, fragt Song.

»Nach den erheblichen Rissen im Vaginalgewebe zu urteilen, denke ich eher an einen Fremdkörper.«

»Einen Fremdkörper?«, sagt Lu.

»Einen Hammerstiel zum Beispiel.«

»*Kao*«, murmelt Lu.

»Wir haben Abstriche vorgenommen. Eine gesicherte Aussage können wir erst machen, wenn die Ergebnisse da sind. Wir wollen jetzt mit der inneren Untersuchung fortfahren.«

Na wunderbar, denkt Lu.

Dr. Ma trennt die sich kreuzenden Nähte auf Yang Fenfangs Rumpf durch und spricht dabei in ein Diktafon. »Einschnitte im Torso mit dickem Nylonfaden geschlossen, tiefe Naht, kontinuierliches Muster. Schnitte reichen von beiden Acromioclaviculargelenken über die Brustwarzen, treffen am Brustbein aufeinander und führen über die Mittellinie zur Schambeinfuge.«

Der Faden wird entfernt und in einen Beweisbeutel gesteckt, und Dr. Ma und der Techniker Jin fangen an, die Haut vom Rumpf zu trennen.

»Sehen Sie?«, sagt Jin.

»Ja«, antwortet Dr. Ma.

»Was?«, fragt Song.

Dr. Ma hebt einen großen Teil des Brustkorbs an und hält ihn hoch. »Der Täter hat das Brustbein durchtrennt.«

Jin deutet auf das klaffende Loch in Yang Fenfangs Brust. »Schauen Sie mal, hier.«

Dr. Ma stochert mit einem Finger in der Höhlung. »Interessant.«

»Was?«, fragt Song.

»Ihr Herz fehlt.«

»Es fehlt? Wie meinen Sie das?«

»Es wurde herausgeschnitten.«

»*Gao shenma gui*«, sagt Song. Was zur Hölle?

Dr. Ma zuckt mit den Achseln. »Mal sehen, was wir noch so finden.«

Sie inspizieren Yangs Brust und Bauch. Lu bedeckt Mund und Nase mit den Händen. Der Geruch war bereits schlimm genug, aber jetzt ist er unerträglich.

Nach wenigen Minuten verkündet Dr. Ma: »Lunge und Leber wurden ebenfalls herausgeschnitten.«

»Organdiebstahl?«, sagt Song.

»Möglich«, antwortet Dr. Ma. »Doch die Nachfrage nach Nieren übertrifft die nach allen anderen Organen bei Weitem. Warum sollte er die Nieren dann drin lassen? Das ergibt keinen Sinn.«

»Vielleicht hat er gesehen, dass was mit den Nieren nicht

stimmt, als er das Opfer aufgeschnitten hat«, gibt Song zu bedenken.

»Schauen wir mal.« Dr. Ma entfernt eine Niere und legt sie in eine Edelstahlpfanne. »Äußerlich ist keine Abnormalität erkennbar.« Sie schneidet kreuzweise hinein. »Sieht absolut perfekt aus.«

»Vielleicht hatte der Mörder einen speziellen Auftrag zu erfüllen«, sagt Song. »Nur Herz, Lunge und die Leber.«

»Vielleicht«, erwidert Dr. Ma.

Zusammen mit Jin entfernt sie, was an Innereien in Fenfangs Körper noch übrig ist, und nimmt Proben vom Gewebe, Blut, Urin und der Galle. Dr. Ma öffnet Yangs Bauchraum und stellt fest, dass ihre letzte Mahlzeit aus Reis und Gemüse bestanden hat, wahrscheinlich Kohl. Zur weiteren Untersuchung entnimmt sie auch hier eine Probe.

Als Nächstes schneidet sie mit einem Skalpell einmal quer über Fenfangs Kopf, von einem Ohr zum anderen. Lu starrt auf den abgewetzten Linoleumboden und versucht im Stillen, den Ursprung einiger Verfärbungen und dunkler Flecken zu erraten, während Dr. Ma Fenfang die Gesichtshaut abzieht und dann mit einer Elektrosäge die Schädeldecke entfernt.

»Die rechte Schläfenregion des Schädels und das Großhirn weisen ein Trauma entsprechend einem Schlag mit einer hammerartigen Waffe auf. Sonst keine Anzeichen von Kontusionen, Hämatomen oder Risswunden.«

Das Gehirn wird entfernt und in ein Becken gelegt. Beherzt schneidet Jin ein paar Streifen ab und lässt sie in ein Röhrchen mit Fixierlösung gleiten.

Schließlich kommt die Untersuchung zum Ende. Dr. Ma und der Kriminaltechniker Jin fangen an, Yang Fenfangs zweimal ausgeschlachteten Körper wieder zusammenzusetzen.

»Ich warte draußen im Flur«, sagt Lu.

Song folgt ihm wenige Momente später. »Ich brauche Luft.«

Sie gehen nach draußen auf den Parkplatz. Es ist eiskalt, doch verglichen mit der stickigen Atmosphäre in dem Obduktionsraum findet Lu die Kälte erfrischend.

Song zündet sich eine Zigarette an. »Waren Sie schon bei vielen Autopsien dabei?«

»Mehr als genug. Im Allgemeinen waren sie nicht so spannend wie diese.«

»Wie lange sind Sie schon bei der Polizei?«

»Ungefähr siebzehn Jahre.«

»Und immer hier? In der Gemeinde Rabental?«

»Nein.« Lu führt das nicht weiter aus.

»Wo haben Sie Ihre Ausbildung gemacht?«

Lu fragt sich, was Song das angeht. »An der Volksuniversität für Öffentliche Sicherheit.«

»Aha!«, staunt Song. Die in Peking ansässige Volksuniversität für Öffentliche Sicherheit ist die unbestrittene Nummer eins unter den Polizeiakademien Chinas. Viele Abgänger steigen in den Polizeibehörden der Provinzen und im Ministerium für Öffentliche Sicherheit zu Führungspositionen auf. »Aber Sie kommen von hier, oder? Provinz Heilongjiang?«

»Ja.«

Song zieht an seiner Zigarette. »Erzählen Sie weiter.«

Lu zögert. Song sieht ihn erwartungsvoll an. »Mein Vater ist in Shanghai geboren, aber er wurde als ›gebildeter Jugendlicher‹ 1968 nach Heilongjiang geschickt.«

»Ah«, sagt Song wissend.

»Gebildete Jugend« ist in China ein belasteter Begriff. Nachdem Mao 1949 die nationalistischen chinesischen Truppen geschlagen hatte, erbte er ein durch Krieg und Vernachlässigung verwüstetes Land. Auf Anregung der Sowjetunion startete er umgehend eine Serie von sozialen und ökonomischen Entwicklungsinitiativen, die sogenannten Fünfjahrespläne. Aus Enttäuschung über den ausbleibenden Erfolg rief er 1958 eine radikale neue Kampagne ins Leben, welche die Volksrepublik durch Massenindustrialisierung und Kollektivierung sehr schnell von einer ärmlichen Agrarwirtschaft in eine prosperierende sozialistische Gesellschaft umwandeln sollte.

Er nannte sie den »Großen Sprung nach vorn«.

Maos Großer Sprung nach vorn erwies sich als Rückschritt. Statt Prosperität brachte er eine allgemeine Hungersnot.

Zig Millionen Menschen starben.

Mao verlor dramatisch an politischem Rückhalt. Alte Freunde wurden plötzlich zu gefährlichen Rivalen.

Um seine Autorität wieder geltend zu machen, erklärte er, Regierung und Militär seien von bürgerlichen Elementen infiltriert, um ein unterdrückerisches kapitalistisches System zu etablieren. Er forderte einen neuen Klassenkampf und die Zerstörung der »Vier Alten« – der alten Denkweisen, alten

Gewohnheiten, alten Sitten und alten Kulturen. 1966 erfasste eine gewaltige soziale Revolution das gesamte Land, und Horden chinesischer Studenten machten sich Maos Kampfansage zu eigen und bildeten paramilitärische Einheiten, die Roten Garden.

Diese jungen Aktivisten – städtische Arbeiter und unzufriedener Mob – nahmen Maos Direktive, Altes zu zerstören, ganz wörtlich. In Banden durchstreiften sie die Straßen der Städte, plünderten und schlugen jeden zusammen, dessen Kleidung oder Frisur ihn als Anhänger westlicher Kultur auswies. Wertvolle historische Stätten wurden bis auf die Grundmauern niedergebrannt. Tempel, Kirchen, Grabstätten, Friedhöfe: je ehrwürdiger, je heiliger, desto brutaler die Schändung.

Intellektuelle, Künstler, Lehrer, Landbesitzer, Kaufleute, jeder, der nicht rein proletarischer Herkunft war, geriet ins Visier, wurde gefoltert, eingekerkert, gezwungen, in Versammlungen Selbstkritik zu üben, seine Angehörigen zu denunzieren, ins Arbeitslager geschickt. Viele fanden den Tod.

1968 kam Mao zu der Einschätzung, dass die Rotgardisten ihren Zweck, die Regierung von seinen ideologischen Feinden zu reinigen, erfüllt hätten und zunehmend außer Kontrolle gerieten. Er ließ die Volksbefreiungsarmee in die Städte einmarschieren, löste die Roten Garden mit Gewalt auf und startete in einem Geniestreich einen neuen Feldzug unter dem bekannten Motto: Raus aufs Land.

Diese Kampagne verfolgte die Idee, die sogenannte »gebildete Jugend« – vornehmlich Teenager mit unerwünschtem bürgerlichem Hintergrund, aber auch ehemalige Rotgardisten – in weit abgelegene Dörfer zu verbannen, angeblich, um sozialistische Werte und die Bedeutung guter, ehrlicher Arbeit zu erlernen, wie sie die Bauern und Landarbeiter leisteten.

Tatsächlich wurden auf diese Weise siebzehn Millionen Jugendliche, manche keine fünfzehn Jahre alt, zwangsweise umgesiedelt.

Als Sprössling eines Universitätsprofessors und einer Künstlerin, zwei ausgesprochen bürgerlichen Berufen, war es ausgemachte Sache, dass Lus Vater zweitausend Kilometer von seiner Heimatstadt Shanghai entfernt in die Provinz Heilongjiang verbannt wurde, wo er zehn Jahre verbrachte, Schweine züchtete und Weizen anbaute.

Wie viele andere junge Leute damals, auf der Suche nach Ruhe und Geborgenheit, lernte Lus Vater schließlich ein Mädchen aus dem Ort kennen, und sie gingen eine Beziehung ein. Als das Chaos der Kulturrevolution allmählich abflaute, heirateten sie. Lus Großvater war zu dem Zeitpunkt bereits tot, er hatte das Umerziehungslager nicht überlebt, doch seine Großmutter in Shanghai lebte noch. Da sie alt und krank war, gestattete man Lus Vater und Mutter, nach Shanghai zu ziehen, wo nach einiger Zeit Lu geboren wurde.

Lus Mutter jedoch vertrug die Hitze und den Großstadtlärm nicht und drängte Lus Vater, nach dem Tod der Großmutter wieder in den Norden zu ziehen. Die kleine Familie ließ sich in Heilongjiang nieder, wo Lu auf die Mittelschule in Harbin wechselte. Er schloss die Schule ab, bestand auch die Aufnahmeprüfung für ein Studium mit besten Noten und bewarb sich, da er sich bereits für eine Laufbahn im Polizeidienst entschieden hatte, an der Volksuniversität für Öffentliche Sicherheit.

Vier Jahre später fing Lu bei der Stadtpolizei Harbin als Polizeimeisteranwärter an, dem niedrigsten Rang für Universitätsabsolventen, arbeitete sich die folgenden zehn Jahre durch die verschiedenen Abteilungen hoch und wurde schließlich zum Polizeikommissar befördert.

Das alles erzählt Lu Kriminaldirektor Song, allerdings mit weniger Worten.

»Und wie wird ein Polizist aus Harbin zweiter Polizeichef einer Gemeinde?«, fragt Song.

»Das ist kompliziert.«

Song raucht seine Zigarette zu Ende und zündet sich die nächste an. »Jetzt wird es endlich spannend.«

»Warum interessieren Sie sich für meinen Werdegang?«

»Ich weiß gerne, mit wem ich es zu tun habe.«

»Wie darf ich das verstehen?«

»Ganz einfach. Meine Arbeit bringt es mit sich, dass ich im ganzen Land herumkomme, um verschiedene Verbrechen zu untersuchen, für deren Aufklärung es der örtlichen Polizei entweder an Mitteln oder Fachkenntnissen fehlt. Eine Woche in Heilongjiang, die nächste in der Provinz Gansu und in der Woche darauf in Zhejiang. Ich fühle mich dauernd wie ein Fisch auf dem Trockenen. Jedes Mal, wenn ich aus dem Flugzeug steige, sehe ich mich unwillkürlich in einer nachteiligen Position. Ich weiß nicht, wer hier vor Ort das Sagen hat, wer Einfluss hat, wer wen besticht, wer mit wem ins Bett geht, ob die örtliche Polizei korrupt oder einfach nur inkompetent ist. Mit anderen Worten: wem ich vertrauen kann und wem nicht.« Er bläst Rauch aus dem Mundwinkel. »Bei Mordermittlungen geht es selten nur um den Mord. Zu einem gewissen Grad spielt immer auch Politik eine Rolle. Die Polizisten, die örtlichen Parteifunktionäre und Regierungsbeamten, die Strafverfolgungsbehörden – alle haben sie ihre eigene Agenda. Den Wunsch, die eigene Karriere voranzutreiben. Häufig auf Kosten anderer. Und manchmal auf Kosten der Wahrheit. Deshalb ist es hilfreich, einen Führer vor Ort an seiner Seite zu haben. Und wenn Sie das sein sollen, dann muss ich wissen: Welche Absichten verfolgen *Sie*?«

Songs Offenheit überrascht Lu. Bürokraten in der Volksrepublik China sind selten so direkt. Im Allgemeinen ziehen sie eine indirekte Herangehensweise vor. Wie eine Katze, die eine tote Maus umkreist.

»Außer dem Wunsch, den Schuldigen zu finden, habe ich keine Absichten«, sagt Lu.

»Jeder Mensch hat Absichten, Kommissar.«

»Und welche haben Sie?«

Song lächelt. »Ich will in zehn Jahren Gouverneur einer Provinz sein oder meine Karriere als Minister für Öffentliche Sicherheit krönen. Dafür brauche ich Ermittlungserfolge bei schweren Delikten.«

»Ein hehres Ziel.«

Song zitiert eine alte Spruchweisheit. »Fürchte nicht den weiten Weg, wenn dein Ziel nur hoch genug ist.«

Lu zitiert eine andere Weisheit. »Besitz und Reichtum sind nichts als Trugbilder, die man nicht festhalten kann.«

»Ach ja?«, sagt Song. »Mir erscheinen sie durchaus real. Man braucht sich nur die Häuser anzusehen, in denen hochrangige Beamte wohnen, die Autos, die sie fahren. Mit Ihrer Einstellung, Kommissar, kommen Sie nicht weit. Am Ende werden Sie in einer Sechzig-Quadratmeter-Wohnung sitzen und sich von Instantnudeln ernähren.«

»Gut möglich«, erwidert Lu.

»Also dann, fahren Sie fort. Wie sind Sie zum stellvertretenden Polizeichef der Gemeinde Rabental aufgestiegen? Ich bin sicher, das erlaubt mir einen gewissen Einblick in Ihren Charakter.«

Lu sträubt sich, Song private Details aus seinem Leben mitzuteilen. Andererseits kann er sich einem Befehl nicht widersetzen, auch wenn er als beiläufige Frage formuliert ist. »Es gab einen Konflikt mit meinem Vorgesetzten. Wir sind zu dem Schluss gekommen, dass wir nicht mehr zusammenarbeiten wollen. Er hat die Versetzung und die Beförderung arrangiert.«

Song will nachbohren, als im selben Moment Dr. Ma aus dem Krankenhaus tritt. Sie kommt auf sie zu und bindet sich ein rotes Halstuch um. »Das ist ja eisig hier.«

»Willkommen in Heilongjiang im Januar«, sagt Lu.

»Sind Sie fertig?«, fragt Song.

»Unser Techniker klärt noch ein paar Sachen.« Dr. Ma riecht stark nach Desinfektionsmittel. »Ich könnte eine Dusche vertragen. Und was zu trinken.«

»Hunger haben Sie doch bestimmt auch«, sagt Lu. Er wendet sich Song zu. »Wenn Sie möchten, lade ich Sie und Ihr Team zum Essen in ein Restaurant ein.«

»Das Essen kann warten«, erwidert Song. »Ich möchte zuerst Ihren Untersuchungsgefangenen sprechen, diesen Zhang.«

Das beste Hotel in der Gemeinde Rabental – das *einzige* Hotel in der Gemeinde Rabental – ist das Gästehaus Freundschaft. Nachdem sie Jin und Dr. Ma dort abgesetzt haben, fahren Lu und Song weiter zur Wache.

Song lässt Zhang Zhaoxing in den Verhörraum bringen. Er bietet ihm Tee und eine Zigarette an, Zhang nimmt beides. Zhang trinkt den Tee und hält die Zigarette eingerollt in der Faust wie ein gefangenes Insekt. Lu wüsste nicht, dass er Zhang je hat rauchen sehen.

Der Verhörraum verfügt nicht über einen Einwegspiegel, wie man ihn in ausländischen Polizeiwachen kennt. Stattdessen trägt der stumme Li eine Kamera auf einem Stativ herein, drückt auf Aufnahme und verzieht sich.

Die Volksrepublik kennt nicht das Recht zu schweigen und auch kein Gesetz, nach dem beim ersten Polizeiverhör ein Anwalt zugegen sein muss. Song kommt also gleich zur Sache.

»Wissen Sie, warum Sie hier sind, Herr Zhang?«

»Er da …« Zhang zeigt auf Lu. »Er hat mir gesagt, Fenfen wurde … wurde …« Tränen steigen ihm in die Augen.

»Das stimmt«, sagt Song. »Ermordet. Und Sie sind der Hauptverdächtige.«

»Warum ich?«

»Was meinen Sie, warum?«

»Ich weiß es nicht.«

»Wie haben Sie das Opfer kennengelernt?«

»Hä?«

»Woher kannten Sie Yang Fenfang?«

»Wir waren zusammen auf der Oberschule.«

»Welcher Art war Ihre Beziehung?«

Zhang zuckt mit den Schultern.

»Drücken Sie sich in Worten aus, Herr Zhang. Was waren Sie? Befreundet?«

»Sie war meine Freundin.«

»Ach ja?« Songs Stimme ist scharf. »Ihre Freundin? Können Sie das beweisen?«

Zhang zuckt mit den Schultern.

»Sie zucken mit den Schultern, Herr Zhang. Das ist keine Antwort auf meine Frage.«

Zhang zuckt mit den Schultern.

»Hören Sie auf, mit den Schultern zu zucken, verdammt noch mal!«

Zhang erbleicht vor Schreck. Er sieht Lu flehentlich an.

»Fahren Sie fort«, sagt Lu. »Antworten Sie ehrlich. Wenn Sie unschuldig sind, haben Sie nichts zu befürchten.«

Zhang wischt sich mit dem Handballen die Nase. »Sie war meine Freundin auf der Oberschule. Aber ich hatte sie schon eine ganze Weile nicht mehr gesehen. Bevor … bevor …« Es schnürt ihm die Kehle zu.

»Woher kommen dann die neuen Fotos auf Ihrem Handy?«, legt Song nach. »Sie haben sie verfolgt. Ihr aufgelauert! Habe ich recht?«

»Nein!«, schreit Zhang. »Sie war meine Freundin!«

Song schnaubt verächtlich. »So ein hübsches Mädchen

wie Yang Fenfang soll sich mit einem dummen, hässlichen Jungen wie Ihnen eingelassen haben? Allein die Vorstellung ist lächerlich.«

Lu mag Songs Verhörmethode nicht, hütet sich aber davor zu intervenieren.

»Soll ich Ihnen die Wahrheit sagen?«, brüllt Song den Tatverdächtigen an. »Sie hat Ihre Annäherungsversuche abgewiesen. War es nicht so?«

»Nein!«

»Aber Sie sind weiter hinter ihr hergelaufen. Haben sie beobachtet. Fotos von ihr gemacht. Und als sich zu viel Lust und Wut in Ihnen angestaut hatten, haben Sie sie angegriffen!«

»Nein!«

»Lügen Sie mich nicht an!«

»Ich lüge nicht.«

»Sie haben das arme Mädchen vergewaltigt und ermordet!«

»Nein. Ich schwöre!«

»Lügner!« Song haut auf den Tisch.

Zhang springt auf, die Hände zu Fäusten geballt, groß wie Ziegelsteine. Song weicht zurück, sein Stuhl kippt um.

Lu schreitet ein. »Zhang Zhaoxing! Setzen Sie sich!«

Zhang hat einen irren Blick. Schwer einzuschätzen, was er vorhat. Einen Ausbruchsversuch starten wie Samstagabend? Wenn ja, möchte Lu nicht derjenige sein, der zwischen ihm und der Tür steht.

»Zhaoxing«, wiederholt er, freundlicher diesmal. »Setzen Sie sich. Bitte.«

Zhang löst langsam die Faust und sinkt auf seinen Stuhl. Die Zigarette in der Hand ist zerbröselt. Seine Hemdbrust ist übersät mit Papierfetzchen und Tabakkrümeln.

»Warum legen Sie ihm nicht Handschellen an?«, blafft Song.

»Ich glaube nicht, dass das nötig ist«, sagt Lu. »Oder, Zhaoxing?«

Zhang senkt den Blick und schüttelt den Kopf.

Nach einer Weile streicht sich Song die Haare glatt, richtet seinen Stuhl auf und setzt sich. »Entschuldigen Sie, Herr Zhang. Ich wollte Sie nicht anschreien.« Er zieht ein Taschentuch hervor und reicht es ihm. »Putzen Sie sich die Nase.«

Zhang prustet in den Stoff. Song sieht ihm angewidert dabei zu.

»Und jetzt, *Xiao* Zhang, wollen wir ehrlich miteinander reden.« Song benutzt die Verkleinerungsform »Mein kleiner«, wie man es unter Freunden macht. »Ich bin sicher, dass es nur ein Unfall war. Sie wollten nicht, dass es so weit kommt.«

»Nein ... ich habe das nicht ... ich habe das nicht getan.«

»Wenn Sie mir die Wahrheit sagen, verspreche ich Ihnen, dass ich alles in meiner Macht Stehende tun werde, um Ihnen zu helfen.«

»Ich habe es nicht getan.«

»Sie wissen, was passiert, wenn Sie nicht gestehen«, sagt Song. »Es wird zu einer Gerichtsverhandlung kommen. Wir haben jede Menge Beweise.«

»Was für Beweise?«

»Das darf ich Ihnen nicht sagen. Aber glauben Sie mir, wir haben alles, was wir brauchen.«

Das ist natürlich eine Lüge. Dennoch sagt Lu nichts. Song ist sein Vorgesetzter, und ihn zu unterbrechen wäre ein schwerer Verstoß.

Song fährt fort: »Nach der Verhandlung, Xiao Zhang, und damit meine ich, unmittelbar nachdem der Richter das Urteil gesprochen hat, wird man Sie durch die Hintertür nach draußen führen, in ein Auto setzen und irgendwohin bringen, weit weg, und Sie dort auf freiem Feld mit einem Schuss in den Hinterkopf töten. Man wird Ihren Körper ausschlachten und die Organe entnehmen, wenn sie überhaupt noch etwas wert sind. Was von Ihnen noch übrig ist, wird in ein anonymes Grab geworfen, zusammen mit anderen moralisch verkommenen Menschen und Feinden des Volkes.«

Lu weiß, dass auch das nicht zutrifft. Wenn Zhang für schuldig befunden wird, kann er Berufung einlegen. Erst wenn auch die zweite Verhandlung mit einem Schuldspruch endet, wird er hingerichtet. Was die Organentnahme betrifft, ist sich Lu nicht sicher.

»Jetzt sagen Sie schon, was wirklich passiert ist. Sagen Sie es mir, und ich werde dafür sorgen, dass Sie einen fairen Prozess bekommen.«

»Ich habe Fotos gemacht«, sagt Zhang. »Aber ich habe sie nicht getötet.«

»Sie sind pervers, und Sie lügen«, sagt Song. »Sie sind ein Vergewaltiger und Mörder.«

»Nein!«

»Geben Sie zu, was Sie dem Mädchen angetan haben! Oder Sie werden erschossen, und jeder Einwohner von Rabental wird auch noch in tausend Jahren auf den Boden spucken, sobald Ihr Name fällt!«

»Nein!«, jammert Zhang.

»Sie krankes, widerliches Tier. Gestehen Sie endlich!«

Lu kann nicht mehr an sich halten. »Hauptkommissar, ich bitte Sie!«

Songs Miene verfinstert sich. »Was ist?«

»Entschuldigen Sie«, sagt Lu. »Aber ich glaube nicht, dass Sie auf diese Weise irgendetwas Nützliches aus ihm herauskriegen.«

»Haben Sie Erfahrung mit dem Verhören von Mordverdächtigen, Kommissar?«

»Das nicht gerade, nein.«

»Wie können Sie es dann wagen, mir zu sagen, wie ich meine Arbeit zu tun habe?«

»Nun, ich meine ...«

Song steht abrupt auf. »Wenn Sie es besser wissen, bitte, machen Sie weiter.« Er verlässt den Raum und knallt die Tür hinter sich zu.

Ta ma de. Lu schaltet die Kamera aus und setzt sich dem heulenden Zhang gegenüber. »Hören Sie auf zu weinen.«

»Ich will nach Hause.«

»Das glaube ich Ihnen gern«, sagt Lu. »Aber das wird leider noch nicht möglich sein.«

»Warum nicht?«

»Sie verstehen doch wohl, was hier läuft, Zhaoxing, oder?«

»Ich will nach Hause!«

Lu kann diesen traurigen, unglücklichen Halbidioten nicht mit dem Anblick des geschändeten Körpers von Yang Fenfang in Einklang bringen.

»Kommen Sie«, sagt Lu. »Ich führe Sie zurück in Ihre Zelle und bringe Ihnen Tee und Kekse.«

Nachdem er Zhang in seiner Zelle untergebracht hat, begibt sich Lu auf die Suche nach Song, um sich mit ihm zu versöhnen, doch die Tür zum Büro von Polizeichef Liang ist geschlossen. Er kann Stimmen hinter der Tür hören und riecht Zigarettenrauch.

Lu stellt sich vor, wie Song gerade dabei ist, Liang zusammenzustauchen – und Liang hört ihm bereitwillig zu und nickt zwischendurch zustimmend, vorausgesetzt, er kann eine Chunghwa von ihm schnorren.

Lu kehrt in sein Büro zurück. Fünf Minuten später kommt Polizeichef Liang herein und schließt die Tür hinter sich.

»Kriminaldirektor Song sagt, Sie hätten sich in das Verhör des Tatverdächtigen eingemischt.«

»Er war übermäßig aggressiv«, erwidert Lu.

»Hat er Zhang vielleicht geschlagen? Womit? Mit der Faust? Einem Wasserkessel?«

»Nein, er hat ihn nicht geschlagen.«

»Er ist also laut geworden. Hat er ihn angeschrien? Sich vielleicht einer rauen Sprache bedient? Oder was?«

Lu ordnet seine Unterlagen.

»Sie sind seit zwanzig Jahren im Polizeidienst und führen sich auf wie ein Sensibelchen«, sagt Liang.

»Ich bin kein Sensibelchen. Ich finde nur, dass es nicht das richtige Vorgehen ist, Zhang mit Erschießung und einem anonymem Grab zu drohen.«

»Jetzt haben Sie sich doch nicht so, Junge. Wenn Sie sich schon nicht für Ihre eigene Karriere interessieren, dann vermasseln Sie mir wenigstens nicht meine. Dreißig Jahre lang ist es mir gelungen, diese undankbare Arbeit zu tun, ohne dass Peking je Notiz von mir genommen hat, und Sie werden mir das nicht so kurz vor der Rente kaputtmachen.«

»Ich kann jedenfalls nicht zulassen, dass Song unseren Tatverdächtigen schlecht behandelt«, sagt Lu. »Oder ihn vorschnell verurteilt.«

»Zhang ist nicht mehr *unser* Verdächtiger. Er gehört jetzt dem Kriminalamt. Und was Sie betrifft: Song *ist* das Kriminalamt. Kapiert? Also spielen Sie brav mit. Andernfalls werde ich Polizeiobermeister Bing anweisen, mit Song zusammenzuarbeiten, und Sie können die nächsten Tage alten Damen bei der Suche nach ihren entlaufenen Katzen helfen.«

»Alles klar, Chef. Ich habe verstanden.«

»Wirklich?«

»Ja.«

»Gut. Morgen früh findet als Erstes ein Besprechung statt. Staatsanwalt Gao, Richter Lin und Parteisekretär Mao werden daran teilnehmen.«

»Gut.«

»Sie werden sich diplomatisch verhalten.«

»In Ordnung.«

Liang sieht auf die Uhr. »Es ist spät. Warum gehen Sie nicht nach Hause?«

»Soll ich Song zum Gästehaus fahren?«

»Das mache ich schon.«

»Ach so.«

»Was soll das heißen? ›Ach so‹?«

»Wieder eine Chance auf eine Chunghwa.«

»Dieser Geizkragen hat mir heute Nachmittag keine einzige angeboten. Bei seinem Gehalt kann er sich bestimmt zwei Packungen pro Tag leisten.«

»Ihr Sechzigster steht kurz bevor. Ich kaufe Ihnen eine ganze Stange als Geschenk.«

»*Cao ni de ma*. Ich bin erst fünfundfünfzig.«

»Der Stress hat Sie frühzeitig altern lassen.«

»Idiot.« Liang öffnet die Bürotür. »Sie sind ein guter Polizist, Lu Fei. Leider reicht das nicht. Sie müssen sich auch an die Regeln halten, sonst bleiben Sie für den Rest Ihres Lebens in Rabental sitzen.«

»Rabental ist gar nicht so schlecht.«

»Weiter, als Polizeichef von Rabental zu werden, reicht Ihr Ehrgeiz nicht?«

»Ihnen reicht es doch auch.«

»Meine Ziele sind bescheiden. Ein voller Magen und ein volles Glas.«

»Sie sind wie die alten Taoisten.«

»Diese Dummköpfe lebten in Heuhütten, behielten ihren Samen für sich und aßen nur ungekochtes Getreide. Ziemlich blöd, wenn Sie mich fragen.«

Lu fährt mit dem Bus nach Hause, zieht sich Alltagskleidung an und isst in einem Nudelrestaurant in der Nähe.

Dann geht er zu Fuß zur Lotusbar, die nur knapp einen Kilometer von seiner Wohnung entfernt ist.

Yanyan begrüßt ihn wie gewohnt mit einem Lächeln, das, wie er sich einbildet, nur ihm gilt, ihm allein. Yanyan trägt einen roten Pullover, der die Farbe ihrer Wangen betont und zu dem zinnoberroten Lackarmreif passt, den sie anscheinend nie ablegt. Die Haare hat sie zu einem Knoten zusammengebunden und mit einem Essstäbchen festgesteckt.

An einem der Tische sitzen zwei ältere Männer und trinken warmen Shaoxing-Wein, der mit Ingwerscheiben serviert wird. Als sie Lu sehen, stecken sie flüsternd die Köpfe zusammen.

Lu setzt sich an den Tisch, der am weitesten von ihnen entfernt steht.

»Heute Abend Wein, Kommissar?«, fragt Yanyan.

Lu hat sie schon oft gebeten, ihn mit »Bruder Lu« anzureden, aber sie weigert sich standhaft. »Lieber Bier.«

Yanyan nimmt eine Flasche aus dem Kühlregal und bringt sie ihm mit einem Glas an den Tisch. Sie öffnet den Verschluss und gießt ihm ein.

»Prost.« Lu trinkt einen großen Schluck. »Ah. Das Elixier des Lebens.«

Yanyan setzt sich zu ihm und legt die verschränkten Arme auf den Tisch. »Die Gerüchteküche brodelt«, sagt sie mit gedämpfter Stimme. Mit den Augen deutet sie zu den beiden älteren Männern, die ihrerseits Yanyan und Lu beobachten. Lu sieht die beiden streng an. Sie schauen weg.

»Was für Gerüchte?«, fragt Lu.

»Jede Menge verrücktes Zeug. Dass das arme Mädchen wie ein Schwein abgeschlachtet wurde.«

»Hm«, brummt Lu. Er trinkt das Bier aus.

»Nicht so hastig.« Yanyan schenkt nach. »Und dass ihr Hund sie angefressen hat.«

»Das kann ich jedenfalls nicht bestätigen«, sagt Lu. »Hat auch jemand eine Theorie, wer es getan hat oder warum?«

»Jeder weiß, dass Ihr einen jungen Mann verhaftet habt. Zhang Soundso.«

»Wir haben ihn nicht verhaftet. Er wurde nur zur Befragung mitgenommen. Und was sagen die Leute dazu, dass er der Tat verdächtigt wird?«

»Anscheinend kennt ihn niemand persönlich. Aber mein Schnapslieferant sagt, er habe gehört, das Mädchen sei eine Prostituierte, und Zhang habe sie ermordet, weil er nicht bereit war, ihren Wucherpreis zu zahlen.«

»Warum unterstellen die Leute ihren Mitmenschen nur immer gleich das Schlimmste«, sagt Lu kopfschüttelnd.

»Die Frau, die ein Stück die Straße hinunter den Imbisskarren betreibt, glaubt, der Geist der toten Mutter habe das Mädchen getötet.«

»Wie kommt sie darauf?«

»Das Mädchen habe nicht genug Höllengeld verbrannt oder ihr eine Papier-Mikrowelle oder sonst was geschickt.«

»Vielleicht sollte ich den Geist vorladen.« Lu trinkt sein Glas aus.

Yanyan schenkt erneut nach. »Ich hätte bestimmt eine gute Detektivin abgegeben. Haben Sie jemals Qui Xiaolongs

Bücher gelesen? Oder die von Ah Yi? Ich glaube, der war vorher bei der Polizei.«

»Ich habe eher eine Vorliebe für Richter Bao.« Bao Zheng war ein Regierungsbeamter während der Song-Dynastie und berühmt wegen seiner Unbestechlichkeit, in einer Zeit, in der Bürokraten routinemäßig Bestechungsgelder annahmen und das Recht mit Füßen traten. Im Laufe der Jahrhunderte stieg er zu einem Volksheld auf, galt als die Verkörperung des ehrlichen Staatsdieners, einer Spezies, an der es der Volksrepublik im Allgemeinen mangelt.

Yanyan rümpft die Nase. »Ich glaube, über den habe ich mal einen Film gesehen. Eine Komödie aus Hongkong.«

»Ein Sakrileg«, sagt Lu.

Einer der älteren Männer am Nachbartisch, der sich nicht länger beherrschen kann, ruft ihm zu: »He, Kommissar?«

»Ja?«

»Es heißt, hier würde ein Mörder frei herumlaufen, der die Leber von jungen Mädchen isst. Und jetzt lässt meine Frau die Schwiegertochter nicht mehr aus dem Haus.«

»Ach du lieber Himmel«, sagt Lu. »Da hat wohl jemand zu viele amerikanische Filme geguckt.«

»Dann stimmt es also nicht.«

»Tut mir leid, Onkel, darüber darf ich nicht sprechen. Doch die Leber Ihrer Schwiegertochter ist sicher nicht ernsthaft in Gefahr.«

»Das sagen Sie. Aber die Polizei sagt uns einfachen Leuten ja sowieso nie die Wahrheit.«

Lu wendet sich ab, nimmt sein Glas und trinkt es aus. »Themenwechsel. Wie geht es Ihrem Vater?«

Yanyans Miene wird traurig. »Letzte Woche hat er ziemlich abgebaut.«

Lu weiß, dass Yanyans Vater schon seit einiger Zeit krank ist – Krebs – und dass seine Krankheit schwer auf ihr lastet. Sie haben nur sich. Kein Ehemann, keine Geschwister, keine andere Familie. Und zweifellos wäre sie lieber zu Hause und würde sich um ihn kümmern, aber da sie die Ernährerin der Familie ist, steht sie in der Lotusbar hinter der Theke und schenkt Getränke aus.

»Sagen Sie Bescheid, wenn ich irgendwas für Sie tun kann.«

»Danke«, sagt Yanyan. »Noch eins?«

»Davon können Sie immer ausgehen, sofern ich nichts anderes bestelle.«

Yanyan bringt Lu ein zweites Harbin Lager und wendet sich danach den beiden älteren Männern zu, die weiterhin verstohlene Blicke in ihre Richtung werfen und miteinander tuscheln. Lu ignoriert sie geflissentlich.

Er will gerade ein drittes Bier bestellen, als die Tür aufgeht und Dr. Ma die Lotusbar betritt. Sie sieht Lu erstaunt an.

»Kommissar!«

»Dr. Ma! Wie schön.«

»Nun ja, ich brauchte was zu trinken, und seit einer halben Stunde suche ich nach einem halbwegs anständigen Lokal.«

»Die Bar Zum Roten Lotus ist absolut anständig.«

»Darf ich mich zu Ihnen setzen?«

»Es wäre mir eine Ehre.«

Dr. Ma setzt sich und streift ihren Mantel ab. Sie hat

frische Wangen und etwas Lippenstift und Eyeliner aufgelegt. Sie trägt westliche Jeans und einen schwarzen Kaschmir-Pullover mit V-Ausschnitt, der einen tiefen Blick in ihr Dekolleté gewährt.

»Haben Sie schon etwas gegessen?«, erkundigt sich Lu.

»Im Hotel. Es war erwartungsgemäß grauenhaft.«

»Ihre Kollegen haben eingecheckt?«

»Ja.«

»Aber mit Ihnen etwas trinken gehen wollten sie nicht?«

»Ich habe sie nicht gefragt. Wir sind Kollegen, keine Saufkumpanen.«

»Natürlich.«

Yanyan erscheint. »Guten Abend«, grüßt sie lächelnd Dr. Ma und sieht Lu mit hochgezogenen Brauen an.

»Yanyan, das ist Dr. Ma«, stellt Lu sie vor. »Dr. Ma, das ist Frau Luo Yanyan, Besitzerin der Bar Zum Roten Lotus.«

»Angenehm«, sagt Yanyan.

»Haben Sie Whiskey?«, fragt Dr. Ma in leicht schroffem Ton.

»Johnnie Walker?«

»Äh, nein«, sagt Dr. Ma. »Yamazaki?«

»Nein. Tut mir leid.«

»Was für einen Single-Malt hätten Sie denn da?«

»Ich habe eine Flasche Yoichi.«

»Den nehme ich. Schön.«

»Er ist ziemlich kostspielig.«

Dr. Ma kann sich gerade noch ein spöttisches Grinsen verkneifen. »Ich denke, das kann ich mir leisten.«

Yanyan begreift, dass sie Dr. Ma gekränkt hat, und verbeugt sich leicht. »Selbstverständlich. Entschuldigen Sie. Ich bringe ihn sofort.« Sie zieht sich hinter die Theke zurück.

Dr. Ma verdreht die Augen. »Ich kann diese Käffer nicht ausstehen.«

»Na ja ... gestatten Sie mir, die primitiven Bedingungen, die zu ertragen Sie genötigt sind, im Namen der Gemeinde Rabental zu entschuldigen.«

Dr. Ma sieht ihn neugierig an. »Machen Sie sich über mich lustig, Kommissar Lu?«

»Kann sein.«

Dr. Ma lächelt. »Sie haben recht. Ich bin ein bisschen griesgrämig. Ich bin müde, mir ist kalt, und noch mehr als Kleinstädte hasse ich es, Obduktionen an jungen Frauen durchzuführen.«

»Natürlich. Dafür habe ich volles Verständnis.«

Die beiden älteren Männer starren Dr. Ma ungeniert an. Sie dreht sich zu ihnen um. »Genießen Sie die Aussicht?« Beschämt nehmen sie wieder ihr Getuschel auf.

»Neugierige Einheimische«, sagt Lu leise. »Sie kriegen eine Berühmtheit wie Sie selten zu Gesicht.«

»Ich glaube nicht, dass sie mich wegen meiner Berühmtheit so anglotzen«, sagt Ma und zupft sich den Ausschnitt zurecht. »Wie dem auch sei. Ist das Ihr Stammlokal?«

»Ja. Mir gefällt es.«

Yanyan kommt an den Tisch und stellt Dr. Ma ein Glas mit einer bernsteinfarbenen Flüssigkeit hin. »Zum Wohl.«

»Bringen Sie mir bitte noch ein Bier, wenn es gerade passt«, sagt Lu.

Yanyan nimmt stumm nickend Lus leere Flasche und geht.

Dr. Ma sieht ihr hinterher. »Ich kann verstehen, warum es Ihnen hier gefällt.«

»Ich komme nur zum Trinken hierher.«

»Alles klar.« Dr. Ma trinkt einen Schluck Whiskey. »Hoffentlich mache ich Ihre Freundin nicht eifersüchtig.«

»Sie ist nicht meine Freundin.«

»Sind Sie verheiratet?«

»Nein. Sie?«

»Wer hat schon Zeit für so einen Quatsch? Haben Sie eine Freundin?«

»Nein.«

»Sind Sie schwul?«

»Wie bitte?«

»Nehmen Sie es mir nicht übel. Ich habe nichts gegen Schwule. Sie kennen ja die ›Drei Neins‹.«

Die »Drei Neins« sind ein ungeschriebenes Gesetz, die Politik der Regierung bezüglich Homosexualität: keine offizielle Zustimmung, keine offizielle Ablehnung, keine offizielle Unterstützung.

»Die Frage wird einfach nicht sehr häufig gestellt«, sagt Lu.

»Ich habe einige Zeit im Ausland gelebt. Vielleicht hat mich das in manchen Dingen ein bisschen beeinflusst.«

»Wo haben Sie gelebt?«

»Ich hatte ein Aufenthaltsstipendium an der Johns Hopkins. In Baltimore. Wissen Sie, wo das ist?«

Yanyan bringt ein frisches Lager. »Danke«, sagt Lu.

»Zum Wohl.« Yanyan überlässt Lu das Einschenken.

Lu missbilligt ihren Rückzug. »Ja, das weiß ich. Ich habe auch im Ausland studiert.«

»Tatsächlich? Wo?«

»Michigan. Ein Ausbildungsprogramm für Polizeibeamte.«

»Dann sprechen Sie also Englisch.«

»Einigermaßen. Ich habe an der Universität auch Englischkurse belegt.«

»Soll ich Sie auf die Probe stellen?«

»Bitte nicht.«

»Wie sagt man: ›Bitte einen Hamburger, Pommes und eine große Cola‹?«

»Das ist einfach.« Lu übersetzt ins Englische.

»Sehr gut. Und wie heißt: ›Hände hoch oder ich schieße‹?«

»Hm. Mal sehen.« Lu übersetzt.

»Sehr gut. Und wie heißt: ›Was hat ein netter Mensch wie Sie hier verloren?‹«

Lu entgeht die leichte Ironie dieses Satzes nicht, übersetzt ihn dennoch pflichtbewusst.

»Nicht schlecht«, sagt Dr. Ma. »Und jetzt könnte ich noch was zu trinken vertragen.«

Es dauert einen Moment, bis Lu Yanyan auf sich aufmerksam machen kann. Er zeigt auf Dr. Mas leeres Glas. Yanyan antwortet mit einem knappen Nicken.

»Definitiv eifersüchtig«, flüstert Dr. Ma.

»Unsinn.«

»Haben Sie jemals mit ihr …?«

»Nein! Nie!«

»Warum diese starke Verneinung?«

»Ich weiß nicht. Ich bin nur ... Sie ist nicht so eine.«

»Was für eine? Eine lebendige, atmende Frau, die gerne Lust bereitet und empfindet?«

»Sie provozieren wohl gerne.«

»Ich dringe gerne unter die Oberfläche«, sagt Dr. Ma. »Und stoße zum Kern einer Sache vor.«

»In der Beziehung ähneln Sie unserem Täter.«

Yanyan bringt ein neues Glas Yoichi und noch ein Bier für Lu. Mittlerweile hat Lu einen angenehmen Schwips. Er und Dr. Ma unterhalten sich angeregt über ihre Erfahrungen in Amerika. Die seltsamen Gebräuche dort. Dass jeder anscheinend mindestens zwei Waffen besitzt, selbst Kinder und alte Frauen. Und die amerikanischen Essensportionen.

»Wenn man in einem Restaurant etwas bestellt, bekommt man immer so viel, dass es für eine ganze Familie reichen würde«, sagt Dr. Ma.

»Und wenn sie nicht alles aufessen, haben sie das Gefühl, sie hätten ihr Geld zum Fenster rausgeworfen.«

»Deswegen sind sie so groß und dick.«

»Und sie trinken eiskaltes Wasser, selbst im tiefsten Winter.«

»Schlecht für das *Qi*.«

»Sie glauben an *Qi*?«, fragt Lu. »Obwohl Sie an der renommierten Johns Hopkins University westliche Medizin studiert haben?«

»Warum nicht? Wir Chinesen waren dabei, die Geheimnisse des Nervensystems zu lüften, als im Westen Krankheiten noch bösen Geistern zugeschrieben wurden.«

»Oh, ich glaube auch an *Qi*. Deswegen trinke ich normalerweise Wein statt Bier.«

»Ein Glas Wein ist Medizin, eine Flasche Wein ist Gift.«

»Ich trinke immer nur jeweils ein Glas Wein.«

Schließlich dreht sich die Unterhaltung um den Fall Yang.

»Wie lange dauert es, bis wir den toxikologischen Bericht haben?«, fragt Lu.

»Zwei bis drei Wochen.«

»Jetzt, da Ihre Arbeit getan ist: Was geschieht mit Yangs Leiche?«

»Ich habe keine Ahnung.«

»Sollten wir sie weiter bei uns lagern?«

»Von mir aus nicht. Ich habe bekommen, was ich brauche. Sie kann der Familie übergeben werden.«

»Ich glaube, sie hat hier keine Familie. Sie war Einzelkind, und die Eltern sind beide tot.«

»Aber sie hat doch sicher eine Tante oder einen Onkel oder Cousinen?«

»Ich weiß nicht. Bis jetzt hat sich niemand nach ihr erkundigt. Und selbst wenn sie Verwandte hat, wollen die vielleicht nicht für die Bestattungskosten aufkommen.«

Dr. Ma nickt. »Das ist leider sehr verbreitet heutzutage. Die Kühlhäuser quellen über vor Leichen von Menschen, die niemand vermisst.«

»Traurig, wenn sich niemand verantwortlich fühlt, die Toten zur Ruhe zu betten.«

»Die Toten sind tot. Die stört es nicht.«

»Es ist einfach eine Schande, dass man aufhört zu existieren, selbst in der Erinnerung.«

»Wenn Sie abtreten, Kommissar, dann hören Sie auf zu existieren, ganz egal, ob jemand an Ihrem Todestag Papiergeld verbrennt oder Räucherstäbchen anzündet oder Reis verstreut.«

»Da haben Sie wohl recht.« Trotzdem beunruhigt Lu der Gedanke. Zu sterben und vergessen zu werden, körperlich und geistig.

Er sieht hinüber zu Yanyan. Sie lächelt und plaudert mit den beiden älteren Männern. Eine Witwe, kinderlos; wenn sie morgen sterben würde, wäre sie in der gleichen Situation wie Yang Fenfang.

So wie er selbst auch.

»Wie auch immer – es ist spät, und ich bin betrunken«, sagt Dr. Ma. »Ich glaube, es wird Zeit, dass ich mich in meine rustikale Unterkunft begebe.«

Lu bittet um die Rechnung, und dann streitet er sich mit Dr. Ma, wer sie übernimmt. Insgeheim ist er erleichtert, dass sie darauf besteht, drei ihrer vier Whiskeys zu bezahlen. Jeder kostet so viel wie ein ganzes Menü im teuersten Restaurant von Rabental.

Nachdem die Frage des Bezahlens geklärt ist, herrscht für einen Moment Verlegenheit. Lu und Dr. Ma ziehen ihre Mäntel an und sind bereit zu gehen, doch Lu fürchtet, bei Yanyan könnte ein falscher Eindruck entstehen, wenn er jetzt gemeinsam mit Dr. Ma die Bar verlässt. Er zögert.

»Alles gut?«, fragt Dr. Ma.

»Ja, sicher. Ich will nur noch, äh …« Er spricht lauter. »Ich besorge Ihnen ein Taxi.«

»Nicht nötig«, sagt Dr. Ma. »Ich gehe zu Fuß. Das Hotel ist nicht weit.«

»Ach ja, richtig.« Er sucht Blickkontakt mit Yanyan. »Gute Nacht!«

Yanyans Abschiedsgruß fällt gedämpft aus.

Draußen bindet sich Dr. Ma ihren roten Schal um und setzt ihre Mütze auf. »Dieses Wetter ist noch mein Tod.«

»Man gewöhnt sich dran.«

»Nicht ohne einen warmen Körper, an den man sich schmiegen kann.« Sie setzen sich in Bewegung, ein wenig ziellos, doch in Richtung des Gästehauses Freundschaft. Nach einigen Minuten des Schweigens sieht Dr. Ma Lu von der Seite an. »Wie wär's?«

»Was?«

»Haben Sie Lust, einer aus dem Süden heute Abend ein bisschen Wärme abzugeben?«

Lu bleibt wie angewurzelt stehen. Fassungslos. Empört.

Und geschmeichelt.

Dr. Ma ist anders als alle Chinesinnen, die er je kennengelernt hat. Selbstbewusst, frech und offen in sexuellen Dingen. Er bewundert den Mut, den jeder Einwohner der Volksrepublik, besonders eine Frau, braucht, um die Fesseln der Jahrtausende konfuzianischer Tradition abzustreifen.

Und warum sollte er auf ihr Angebot nicht eingehen? Er ist nicht verheiratet, hat keine Freundin. Niemanden, dem gegenüber er einen Treueschwur geleistet hat.

Er wirft einen Blick zurück zur Lotusbar. Das Angebot aufgrund einer unausgesprochenen und vielleicht gar eingebildeten Bindung an Yanyan abzulehnen wäre lächerlich. Nie gab es auch nur einen Hinweis, dass da etwas ist, was über den Rahmen der üblichen Beziehung zwischen Gastwirtin und Gast hinausgeht.

»Soll ich das als ein Nein verstehen?«, fragt Dr. Ma.

»Ich weiß nicht, was ich sagen soll«, antwortet Lu. »Ich bin so etwas nicht gewohnt ... solche Angebote.«

»Vielleicht sollten wir uns dann lieber einfach eine gute Nacht wünschen«, sagt Dr. Ma.

»Ich will nicht ... ich wollte nicht ... ich meine ...«

»Ist schon gut«, sagt Dr. Ma. »Wenn es emotionalen Stress verursacht, bringt es nichts. Ist sowieso schon spät. Danke für den angenehmen Abend, Kommissar.«

»Kann ich Sie nicht wenigstens bis zum Hotel begleiten?«, fragt Lu.

»Es geht schon. Ich bin ein großes Mädchen. Bis morgen.«

Sie überquert die Straße und geht zügig weiter.

Lu könnte sich ohrfeigen. Wie oft wird man schon von einer geistreichen und schönen Quasi-Berühmtheit angemacht?

Er schlurft in der bitteren Kälte nach Hause, und ein Gedicht von Du Mu geht ihm durch den Kopf:

Erst überquellende Gefühle, dann, irgendwie –
　gar keine Gefühle
Bei einer Flasche Wein gelingt uns nicht mal ein Lächeln
Nur die Kerze veranschaulicht die Abneigung
　auseinanderzugehen
Die ganze Nacht weint sie Wachstränen für uns.

MONTAG

Konkrete Analysen konkreter Situationen, sagt Lenin, sind »das innerste Wesen des Marxismus, die lebendige Seele des Marxismus«. Aus Mangel an analytischen Methoden wollen viele unserer Genossen komplexe Materien nicht tief durchdringen, sie analysieren und immer wieder aufs Neue untersuchen; lieber ziehen sie voreilige Schlüsse, die entweder absolut positiv oder absolut negativ sind ... Diesen Missstand sollten wir beheben.

Worte des Vorsitzenden Mao

Die morgendliche Besprechung findet in der Kantine der Polizeiwache statt, dem einzigen Raum, der so viele Teilnehmer fasst.

Anwesend sind: Dr. Ma, Kriminaldirektor Song, die Kriminaltechniker Jin und Hu, Lu Fei, Polizeichef Liang, Polizeiobermeister Bing, Parteisekretär Mao (keine verwandtschaftliche Beziehung zu seinem berühmten Namensvetter), der Richter der Gemeinde Rabental, Lin und Staatsanwalt Gao.

Tee wird ausgeschenkt, Zigaretten werden angezündet.

Erst kürzlich wurde das Rauchen an den meisten Arbeitsplätzen verboten, doch da für diese Besprechung die höchsten Autoritäten der Gemeinde Rabental zusammengekommen sind, dürfen die Teilnehmer die lästigen Vorschriften zur Wahrung der Volksgesundheit ignorieren, ohne Repressalien befürchten zu müssen.

Song spricht ein paar Worte zur Begrüßung und richtet sich dann an Richter Lin und Parteisekretär Mao. »Nur zur Erinnerung, meine Herren, Ihre Anwesenheit ist eine Gefälligkeit, und ich muss Sie bitten, den Inhalt unseres Gesprächs absolut vertraulich zu behandeln. Es darf keine Information nach außen gelangen, die die Öffentlichkeit verunsichern könnte.«

Song spielt damit auf das Konzept der *weiwen* an, der Direktive, soziale Stabilität zu wahren, eine Order, die bis zu einem gewissen Grad die Hauptfunktion des Gesetzesvollzugs in der Volksrepublik China ist. Selbstverständlich gehört dazu auch die Aufklärung von Verbrechen, doch die chinesische Polizei ist notorisch verschwiegen, wenn es darum geht, Informationen herauszugeben, die auf breiter Front Angst und Panik auslösen könnten. Stabilität genießt Vorrang vor öffentlicher Sicherheit. Immer.

Die Bedeutung von *weiwen* erklärt auch die unglaublich niedrige Kriminalitätsrate des Landes. Chinesischen Statistiken zufolge beträgt die Mordrate in der Volksrepublik ein Fünftel der Mordrate der USA, obwohl das Land viermal so viele Einwohner hat.

Viele Beobachter Chinas glauben allerdings, dass diese Zahlen nicht die ganze Wahrheit sind. Nach ihren Schätzungen werden von den Regierungsbehörden nur etwa 2,5 Prozent aller kriminellen Aktivitäten landesweit als solche gewertet. Gerüchten zufolge betreiben die Polizeiwachen routinemäßig doppelte Buchführung, eine akkurate und eine zweite, stark frisierte, die für die offiziellen Berichte verwendet wird.

Richter Lin und Parteisekretär Mao jedenfalls verstehen das Procedere und geben nickend ihr Einverständnis.

Polizeichef Liang beginnt mit einer kurzen, von Lu zusammengefassten Darstellung des Falles. »Das Opfer, Yang Fenfang, war dreiundzwanzig Jahre alt, Einwohnerin von Rabental, arbeitete jedoch seit drei Jahren in Harbin. Die Eltern sind verstorben, der Vater vor zehn Jahren, die Mutter vor einer Woche. Die Todesursache bei der Mutter wird mit Leberversagen angegeben.«

Er fährt fort mit einer Beschreibung der Umstände des Leichenfundes, der Befragung der Nachbarn, zählt die Beweise gegen den Tatverdächtigen auf (Überwachungsfotos des Opfers auf seinem Handy, seine Arbeit als Schlachter, sein Ruf als pervers Veranlagter) und übergibt anschließend Lu das Wort.

»Wir haben heute früh in der Schweinefleischfabrik Zhangs Vorgesetzten und einige seiner Kollegen befragt«, fängt Lu an. »Sie alle sagen im Grunde das Gleiche, dass Zhang nicht der Intelligenteste sei, aber hart arbeite und noch nie eine Neigung zu Gewalt gezeigt habe. In Zhangs Haus haben wir einen Plastik-Overall gefunden, den er nach eigener Aussage dort nicht hingehängt hat. Unsere Kollegen vom Kriminalamt haben die Blutspuren darauf untersucht.«

»Es war Schweineblut«, attestiert Kriminaltechniker Hu.

»Sie sagen, der Verdächtige habe den Besitz des Overalls bestritten«, hakt Staatsanwalt Gao nach. Er ist in den

Vierzigern, trägt einen dunklen Anzug und Brille, der einzige Mann am Tisch außer Lu, der nicht raucht. Lu kennt ihn von zig anderen Fällen und weiß immer noch nicht, ob Gao verheiratet ist, Kinder hat, wo er wohnt und welchen familiären und Bildungshintergrund er hat.

»Richtig«, sagt Lu. »Ich vermute, dass er ihn aus der Fabrik mitgenommen hat und befürchtet, deswegen Ärger zu kriegen.«

»Warum hat er ihn dann überhaupt mitgenommen?«

»Ich weiß es nicht. Vielleicht wollte er ihn bei irgendwelchen Arbeiten am Haus anziehen, um die Kleidung zu schonen.« *Nachttöpfe leeren zum Beispiel.*

»Könnte es sein, dass er ihn getragen hat, um den Mord zu begehen, und dann das menschliche Blut abgewaschen hat?«

»Eher unwahrscheinlich«, sagt Techniker Hu. »Wir hätten auf jeden Fall mit dem Schweineblut vermischte Spuren gefunden.«

»Mit anderen Worten«, fasst Lu zusammen, »wir glauben nicht, dass der Overall für diesen Fall wichtig ist.«

»Nur insofern, als er darauf hindeutet, dass Zhang ein Lügner und Dieb ist«, sagt Gao.

Da ist was dran, gesteht Lu im Stillen ein.

»Irgendwelche Fingerabdrücke?«, möchte Gao wissen.

Wieder springt Techniker Hu ein. »Wir haben Abdrücke im Haus des Opfers und des Verdächtigen verglichen. Keine Übereinstimmungen.«

Gao nickt und bedeutet Lu fortzufahren.

»Irritiert hat uns bei der Durchsuchung von Fenfangs

Haus, dass wir kein Fernsehgerät gefunden haben«, sagt Lu. »In Zhangs Haushalt gibt es ein Fernsehgerät, aber es ist mindestens zehn Jahr alt. Unsere Polizeibeamten haben heute Morgen die Nachbarn befragt, ob Zhang vielleicht versucht hat, ein Fernsehgerät zu verkaufen. Niemand hat dergleichen gehört. Wir setzen die Befragung in der nächsten Woche fort.«

»Konnten Sie feststellen, ob das Opfer tatsächlich ein neueres Modell besessen hat?«, fragt Gao.

»Wir sind noch dabei, uns die Auszüge ihrer Bank- und WeChat-Konten zu beschaffen«, sagt Lu.

Gao notiert sich das in sein Büchlein. »Sonst noch etwas?«

»Im Moment nicht.«

»Obduktionsbericht?«, fragt Gao.

Auch Dr. Ma ist ganz Profi. Als Lu sie heute Morgen begrüßte, reagierte sie freundlich, aber ohne die leiseste Andeutung, dass sie gestern Abend bereit war, ihr Bett mit ihm zu teilen. Ihre Reserviertheit verwirrt und bestürzt ihn. Er hat das Gefühl, als hätte er sie enttäuscht.

»Das Opfer wurde in einem ungeheizten Haus gefunden. Draußen herrschten Minusgrade«, sagt Dr. Ma. »Die Körpertemperatur und die einsetzende Leichenstarre geben uns daher keine genauen Hinweise auf den Todeszeitpunkt. Die Verwesung war nicht weit fortgeschritten, was ebenfalls der Umgebungstemperatur im Raum von unter null geschuldet ist. Nach der Beschaffenheit der Verdauung des Opfers zu urteilen, ist der Tod vier Stunden nach der letzten Nahrungsaufnahme – vermutlich das Abendessen – eingetreten. Das Opfer wurde, wie Polizeichef Liang bereits ausgeführt hat,

Samstagabend entdeckt. Die Nachbarn haben ausgesagt, der Hund des Opfers habe seit Freitagnacht ununterbrochen gebellt. In Anbetracht der Indizien hat der Mord meiner Ansicht nach zwischen zehn Uhr am Freitagabend und Samstag um zwei Uhr früh stattgefunden. Der Fehlerspielraum ist natürlich sehr groß. Das Opfer wies am Hals und an den Handgelenken starke Prellungen und Druckstellen auf. Vermutlich wurde die Frau mit den Händen bis zur Bewusstlosigkeit gewürgt und anschließend an den Handgelenken mit einem Klebeband gefesselt. Im Folgenden wurde sie entweder zum Sexualverkehr gezwungen und erneut gewürgt, diesmal mit einem Gürtel oder Seil, bis sie tot war, oder umgekehrt erst zu Tode gewürgt und dann sexuell missbraucht. Es ist schwierig, die genaue Reihenfolge festzustellen, denn es kam zu Vaginalrissen, aber keinen starken Blutungen.«

Richter Lin atmet scharf durch den Mund ein. Er ist Ende fünfzig, mit dicker Brille und einem zunehmend grauen Haarschopf. Er trägt einen zerknitterten Anzug mit Krawatte und ist so dünn, dass sein Hals aus dem Hemdkragen ragt wie eine Bambusstange aus einem runden Tontopf.

»Woher wissen Sie, dass sie mit der Hand gewürgt wurde?«, fragt Staatsanwalt Gao.

»Ihr Schilddrüsenknorpel war gequetscht und gerissen. Der Schaden war großflächiger als nach einer einfachen Erdrosselung.«

Gao trägt es in sein Notizbuch ein.

Dr. Ma fährt fort: »Die rechte Schläfenwand und das Großhirn weisen Verletzungen auf, die einem Schlag entsprechen, vermutlich ausgeführt mit einem Hammer.«

»Hat der Schlag ausgereicht, das Opfer bewusstlos zu machen?«, fragt Gao.

»Möglicherweise«, sagt Dr. Ma. »Jedenfalls muss sie vorübergehend benommen gewesen sein. Ich nehme an, dass der Hammer, oder was immer es war, auch für den sexuellen Missbrauch verwendet wurde.«

Parteisekretär Mao schaltet sich ein. »Glauben Sie, dass diese ... äh ... wie war doch gleich ihr Name?«

Im Gegensatz zu Richter Lin ist Mao akkurat, im westlichen Stil gekleidet, mit Anzug, Seidenkrawatte und Lederschuhen.

Er ist der mit Abstand mächtigste Mann in Rabental.

Die Kommunalverwaltungen in der Volksrepublik China sind in vier Ebenen gegliedert: Provinz, Präfektur/Bezirk, Kreis und schließlich Gemeinde. Jedes Gericht ist gegenüber der nächstunteren Ebene weisungsbefugt. Jede Ebene hat eine Doppelspitze, bestehend aus einem gewählten Beamten und einem Vertreter der Kommunistischen Partei. In der Gemeinde Rabental sind das der gewählte Beamte Richter Lin und der Parteigenosse Mao. Aufgabe von Richter Lin ist es, die Regierungspolitik umzusetzen, Parteisekretär Mao entscheidet, wie diese Politik aussieht.

Mao entspricht genau dem Typus des widerwärtigen Funktionärs, der Lu so verhasst ist. Er strahlt eine schmierige Anspruchshaltung aus, prescht im Umgang mit anderen wie ein Schlachtross unter Volldampf vor und hinterlässt eine ölige Schleimspur.

»Yang«, sagt Lu. »Yang Fenfang.«

»Gehen Sie davon aus, dass Frau Yang ihren Mörder gekannt hat? Dass sie ihn vertrauensvoll ins Haus gelassen hat?«

»Möglich, dass sie ihn gekannt hat oder zumindest keine Vorbehalte hatte, ihm die Tür zu öffnen«, sagt Lu. »Es gibt keine Anzeichen, dass er sich mit Gewalt Zutritt verschafft hat.«

Gao macht sich wieder Notizen. »Bitte, fahren Sie fort, Dr. Ma.«

Dr. Ma nickt. »Nachdem das Opfer getötet wurde, hat der Täter die Leiche geöffnet und ihr Herz, Lunge und Leber entnommen.«

»*Tian ah!*«, entfährt es dem Richter. »Wer ist zu so etwas fähig?«

»Ein Verrückter, eindeutig«, sagt Parteisekretär Mao.

»Braucht man dafür bestimmte Kenntnisse?«, fragt Gao, wie immer praktisch orientiert.

»Grundkenntnisse der Anatomie«, antwortet Dr. Ma. »Die Fähigkeit, Organe im menschlichen Körper zu lokalisieren und herauszuschneiden. Umgang mit einem Skalpell. Und natürlich Erfahrung im Aufbrechen eines Brustkorbs, was nicht einfach ist.«

»Der Verdächtige, den Sie in Gewahrsam genommen haben«, mischt sich Parteisekretär Mao erneut ein. »Er soll Schweineschlachter sein, habe ich gehört.«

»Er ist in einer Schweinefleischfabrik beschäftigt«, sagt Lu. »Ich bin mir nicht sicher, ob er bei seiner Arbeit jemals eine der von Dr. Ma beschriebenen Tätigkeiten ausgeführt hat.«

»Nun, mit Sicherheit lässt sich zum jetzigen Zeitpunkt

gar nichts sagen«, meldet sich Song. »Ist das nicht so, Kommissar?«

»Ja, Herr Kriminaldirektor.«

Dr. Ma klopft mit ihrem Stift auf die Tischplatte. »Nach der Entfernung der Organe hat der Täter den Schnitt mit einem Nylonfaden vernäht.«

»Wozu die Mühe?«, fragt Mao. »Nimmt das nicht sehr viel Zeit in Anspruch?«

»Etwa zwanzig Minuten«, antwortet Dr. Ma. »Das ist eine gute Frage.«

»Ist es schwierig, an solche Nylonfäden heranzukommen?«, fragt Gao.

»Eigentlich nicht. Man kann sie in Geschäften für medizinischen Bedarf und im Internet kaufen.«

»Wer kommt beruflich mit so etwas in Berührung?«

»Ärzte. Tierärzte. Arzthelferinnen. Alle möglichen Berufe im Gesundheitswesen. Auch Pathologen wie ich.«

»Und die nötigen Instrumente?«, fragt Gao. »Für das Aufschneiden, die Organentnahme und das Zunähen?«

»Man braucht ein gutes Skalpell, Nadel und Faden, Schere und Pinzette.«

»Schließt das den Schweineschlachter aus?«, fragt Parteisekretär Mao.

»Nicht unbedingt«, sagt Song. »Zhang ist groß und kräftig und wäre durchaus in der Lage, das Opfer zu überwältigen und zu strangulieren. Seine Tätigkeit in der Fleischfabrik hat ihn mit Anatomie sicher einigermaßen vertraut gemacht.«

»Zhang hat Schweine geschlachtet. Sie anschließend wieder zusammenzunähen lag nicht in seinem Aufgabenbereich«, sagt Lu.

Song wirft Lu einen genervten Blick zu. »Soviel ich weiß, werden bei der medizinischen Ausbildung häufig Schweine zu Lehrzwecken verwendet, habe ich nicht recht, Dr. Ma?«

»Das ist richtig«, antwortet Dr. Ma. »Es gibt eine Vielzahl von anatomischen und physiologischen Parallelen zwischen Schweinen und Menschen.«

»Zhangs Arbeit ist in diesem Zusammenhang also relevant«, sagt Song.

Lu will etwas erwidern, doch Polizeichef Liang, aus Furcht, was sein Kommissar sagen wird, kommt ihm zuvor. »Sie haben den sexuellen Missbrauch erwähnt, Dr. Ma. Woher wissen Sie, dass sie mit einem … Hammer missbraucht und nicht vergewaltigt wurde?«

»Ich weiß es nicht. Aber wie gesagt, die Risse im Vaginalgewebe führen mich zu der Annahme, dass das verwendete Instrument etwas anderes war als ein Penis. Jedenfalls haben wir auch Abstriche vorgenommen, um Samenflüssigkeit oder Kondom-Gleitmittel, Spermizide oder Puder auszuschließen. In Kürze wissen wir Genaueres.«

Richter Lin errötet hinter einer Wolke aus Zigarettenqualm.

»Der Täter hat dem Opfer auch Höllengeld in den Mund gesteckt«, sagt Dr. Ma. »Einen Schein über eine Milliarde.«

»Lässt sich die Herkunft zurückverfolgen?«, möchte Gao wissen.

»Es ist ein üblicher Wert und eine übliche Handelsware«, sagt Kriminaltechniker Hu. »Man bekommt solches Papiergeld in jeder Großstadt oder im Internet. Wo es erworben wurde, lässt sich unmöglich zurückverfolgen.«

»Wozu das Geld?«, fragt Parteisekretär Mao. »Als Opfergabe an ihre Seele?«

»Vielleicht, um zu verhindern, dass das Mädchen ihn heimsucht«, vermutet Richter Lin.

»Unser Mörder ist also sittlich verwahrlost, hat aber auch Angst vor Geistern?«, sagt Mao.

»Ich glaube, Richter Lin liegt gar nicht so falsch«, sagt Lu. »Sicher sind Sie alle mit dem Konzept der fünf Elemente vertraut?«

»Feuer, Wasser, Erde, Holz und Metall«, sagt Song.

»Ja. Der Theorie nach sind diese Elemente die Bausteine des Universums. Sie interagieren beständig in einem produktiven oder destruktiven Zyklus und verursachen alle möglichen natürlichen Phänomene.«

»Was hat das mit dem Höllengeld zu tun?«, fragt Gao.

»Nichts. Aber jedes Element korrespondiert mit einer Himmelsrichtung, einer Jahreszeit, einer Emotion, einer Farbe …«

»Ersparen Sie uns Ihren Vortrag in Metaphysik«, blafft Song ihn an. »Kommen Sie zum Wesentlichen.«

»Die Elemente korrespondieren auch jeweils mit einem menschlichen Organ. Leber, Herz, Lunge, Niere, Milz. Und jedes Organ korrespondiert mit einem spirituellen oder geistigen Merkmal. Die Milz mit der Intention. Die Nieren mit dem Willen. Herz, Lunge und Leber dagegen stehen in enger Verbindung mit seelischen Aspekten. Es könnte also sein, dass unser Verdächtiger mit der Entnahme dieser drei

Organe seinem Opfer die Seele stehlen oder, wie Richter Lin vermutet, seinen rachsüchtigen Geist daran hindern wollte, ihn heimzusuchen. Und das Höllengeld gehörte dazu.«

»Ah ja, jetzt ist alles klar«, verkündet Song. »Wir brauchen uns bei der Suche also nur auf mörderische taoistische Priester und gewaltbereite Feng-Shui-Meister zu konzentrieren.«

»Die Theorie der fünf Elemente ist Allgemeinwissen«, sagt Lu. »Der Täter muss kein Fachmann der klassischen Philosophie sein.«

Gao sieht auf die Uhr. »So faszinierend die Diskussion auch ist, leider habe ich gleich einen Termin. Also: Wie wollen wir weiter verfahren?«

»Ungeachtet der Theorie von Kommissar Lu, glaube ich, dass wir ein einigermaßen genaues Täterprofil erstellen können«, sagt Song. »Der Täter ist asozial und lebt zurückgezogen. Er ist geduldig und handelt vorsätzlich, wenn man bedenkt, dass er für die Tat vermutlich eine ruhige nächtliche Stunde abgewartet und ein ganzes Instrumentenset mitgebracht hat. Mit Sicherheit lässt sich sagen, dass er ein Frauenhasser ist. Vielleicht musste er die schmerzhafte Erfahrung machen, wiederholt abgewiesen worden zu sein, was zu einer tief sitzenden Ablehnung des weiblichen Geschlechts geführt hat. Vielleicht hatte er eine kaltherzige und herrische Mutter. Er ist ganz bestimmt sexuell pervers veranlagt. Und in Anbetracht von Dr. Mas Schlussfolgerung, er habe zur sexuellen Nötigung des Mädchens ein fremdes Objekt benutzt, ist es mehr als wahrscheinlich, dass er impotent ist.«

»Was ist nun mit dem Schweineschlachter?«, will Parteisekretär Mao wissen.

»Wir sollten mit den Ermittlungen zu seiner Person fortfahren«, schlägt Song vor.

»Gut«, sagt Gao. »Schicken Sie mir einen Antrag auf Haftbefehl, und ich unterschreibe ihn.«

Sobald Staatsanwalt Gao den Haftbefehl unterzeichnet hat, kann Zhang nach dem Gesetz bis zu drei Monate festgehalten werden, während die Ermittlungen laufen. Sollte Gao danach zu dem Schluss kommen, dass genügend Beweise vorliegen, um strafrechtlich vorzugehen, wird Anklage gegen Zhang erhoben, und der Fall geht vor Gericht.

Die Verurteilungsrate in der Volksrepublik China beträgt 95 Prozent. Wenn Zhang vor Gericht gestellt wird, wäre sein Schicksal so gut wie besiegelt.

»Zhang verfügt nur über die geistigen Fähigkeiten eines Kindes«, sagt Lu. Polizeichef Liang winkt ab, doch Lu ignoriert die Geste. »Ich glaube nicht, dass er zu so einem vorsätzlichen Verbrechen fähig ist. Und er ist bisher nicht als Gewalttäter in Erscheinung getreten.«

»Hat er sich seiner Festnahme etwa nicht mit Gewalt widersetzt?«, entgegnet Song.

»Nicht mit Gewalt.«

»Hat er nicht einen Ihrer Beamten, nach Ihren eigenen Angaben, durch den Raum geschleudert und Sie vom Stuhl gestoßen?«

»Er hatte Angst. Das ist etwas anderes als vorsätzliche Gewaltanwendung.«

»Den Unterschied verstehe ich nicht.«

»Man braucht kein Genie zu sein, um eine Frau aufzuschlitzen, ihre Organe zu entfernen und ihr einen Hammer in die …« Parteisekretär Mao hält inne. »Man muss einfach nur krank sein.«

Gao unterbindet jede weitere Diskussion. »Ich glaube, es gibt ausreichend Grund, einen Haftbefehl auszustellen.«

»Danke, Herr Staatsanwalt«, sagt Song.

»Was sind Ihre nächsten Schritte?«, fragt Gao.

»Wir sehen uns die Konten des Opfers genauer an«, sagt Song. »Sprechen mit ihrem Arbeitgeber und mit Freunden oder Bekannten, die wir in Harbin auftreiben können. Und verschaffen uns Zutritt zu ihrer Wohnung.«

Gao klappt sein Notizbuch zu. »Klingt gut. Vielen Dank allerseits.«

Die Besprechung ist zu Ende. Lu holt Song auf seinem Weg zur Tür ein. »Herr Kriminaldirektor, hätten Sie einen Moment Zeit?«

Song bleibt stehen und dreht sich um. »Was ist?«

»Ich würde gerne mit Ihnen nach Harbin fahren«, sagt Lu.

»Konzentrieren Sie sich lieber auf die Arbeit hier. Harbin liegt nicht in Ihrem Zuständigkeitsbereich.«

»Ich kenne die Stadt. Ich habe dort zehn Jahre gearbeitet.«

Song sieht ihn kalt an. »Ich habe den Eindruck, dass wir nicht auf derselben Wellenlänge sind, Herr Kommissar.«

»Wir sind auf derselben Wellenlänge, Herr Kriminaldirektor. Das heißt, wenn Sie wirklich den wahren Mörder von Yang Fenfang fassen und nicht bloß den nächstbesten Verdächtigen verurteilen wollen, um den Fall so rasch wie möglich abzuschließen.«

»Sie beleidigen mich.«

»Keineswegs. Sie haben selbst gesagt, Sie seien ehrgeizig. Aber ich baue auf Ihre Integrität.«

»Ich habe noch nie einen Unschuldigen hinter Gitter gebracht.«

»Und ich wäre Ihnen gerne dabei behilflich, dass Ihre Bilanz makellos bleibt. Es ist so, Herr Kriminaldirektor: Yang Fenfang wurde in meiner Stadt ermordet. Meine Absicht, wie Sie es genannt haben, ist einzig und allein, ihren Mörder seiner gerechten Strafe zuzuführen. Aber dazu brauche ich Ihre Hilfe. Deswegen habe ich das Kriminalamt informiert. Mir geht es nicht um Empfehlungsschreiben, um Versetzung oder um ein Schulterklopfen. Nur um Gerechtigkeit für eine junge Frau.«

Song überlegt einen Moment. »Sind Sie damit einverstanden, dass ich die Führung übernehme?«

»Ja.«

»Und Sie werden meine Methoden nicht konterkarieren?«

Lu denkt an Songs Verhör von Zhang. Seine Methoden missfallen ihm, aber damit verdient Song nun mal seinen Lebensunterhalt. Mörder zu fangen. »Nein, Herr Kriminaldirektor.«

»In Ordnung. Sie übernehmen das Steuer. Sie kennen sich ja aus in der Stadt.«

Dreißig Minuten später brettern Lu, Song und Kriminaltechniker Jin, der noch zwei Kisten Ausrüstung mitgenommen hat, mit 130 Stundenkilometern über die Tongjiang-Schnellstraße. Song kurbelt ein Fenster herunter und zündet sich eine Zigarette an. Er schlägt ein Notizbuch auf, in das er sich die Daten zu Yang Fenfangs Wohnung in der Stadt aufgeschrieben hat, ein Apartment in der Harbin Good Fortune Terrace. Er ruft die Telefonnummer der Hausverwaltung an. Am anderen Ende der Leitung antwortet eine junge Frau. Sie klingt gereizt. Song ist umgehend verärgert.

»Song hier, stellvertretender Leiter des Kriminalamts. Ich hätte gerne Informationen über eine Ihrer Bewohnerinnen.«

»Da müssen Sie mit einem Vertreter von Ruzhu sprechen«, sagt die Dame.

»Wer ist Ruzhu?«

»Sie kennen Ruzhu nicht?«

»Würde ich Sie fragen, wenn ich es wüsste?«

»Wohl nicht.«

»Also bitte. Wer oder was ist Ruzhu?«

»Eine Vermietungsplattform«, sagt sie. »Unsere Immobilientransaktionen laufen alle über Ruzhu.«

Er bittet sie um die Telefonnummer und den Namen des Maklers bei Ruzhu, der Yang Fenfang die Wohnung vermietet hat.

»Tut mir leid, aber da müssen Sie direkt bei der Firma anrufen.« Es klingt nicht so, als täte es ihr leid.

»Wie ist Ihr Name?«, fragt Song.

»Hong«, antwortet sie genervt.

»Frau Hong. Es handelt sich hier um eine offizielle Ermittlung. Also vergeuden Sie nicht meine Zeit. Sie geben mir jetzt auf der Stelle den Namen und die Telefonnummer, oder ich lasse Sie wegen Behinderung der Justiz fest-

nehmen. Die Stammgäste in der Strafanstalt haben für feinfühlige junge Mädchen wie Sie einen Ausdruck. *Nen ji.*«
Zartes Hühnchen.

Ohne weitere Verzögerung nennt sie ihm den Namen und die Kontaktdaten des Maklers, der in Yangs Mietvertrag aufgeführt ist. Sein Name lautet Wang. Natürlich, noch ein Wang.

Song ruft die Nummer an. Er erklärt Wang, er leite Untersuchungen Frau Yang Fenfang betreffend, und bittet ihn, sich mit ihm an der Good Fortune Terrace zu treffen.

Wenig später erreichen sie die Vororte von Harbin. Früher kannte Lu die Stadt gut, aber es ist fast zehn Jahre her, dass er dort gelebt hat, und seitdem hat sich die Stadtlandschaft dramatisch verändert.

Als die Hauptstadt von Heilongjiang ist Harbin das ökonomische, politische und kulturelle Zentrum der Provinz. Ihr Ursprung als kleine bescheidene Siedlung am Ufer des Flusses spiegelt sich in ihrem Namen wider – Harbin bedeutet in der mandschurischen Sprache »ein Platz, um Fischernetze zu trocknen«. Bis 1898 war der Ort eine verschlafene Grenzstadt, wurde dann aber zum Verwaltungssitz der ostchinesischen Eisenbahn erkoren, einer Streckenerweiterung der berühmten transsibirischen Eisenbahn. In der Folge wuchs Harbin rasch zu einer internationalen Metropole heran, mit einem großen Bevölkerungsanteil von Auswanderern, vor allem Russen. Die Russen bauten Häuser, Theater und Kirchen im europäischen Stil, legten Boulevards und Parks an und gründeten Schulen und Zeitungen. Dann kamen der Russisch-Japanische Krieg, die Russische

Revolution und die japanische Invasion, und jedes Ereignis hinterließ seine Spuren. Bei Ausbruch des Bürgerkriegs zwischen den chinesischen Nationalisten und den Kommunisten war Harbin die erste Großstadt, die unter die Herrschaft von Maos Truppen geriet. Später litt sie erheblich unter den Zerstörungen der Roten Garden und dann noch einmal in den 70er Jahren unter den zunehmenden Spannungen zwischen der Sowjetunion und China.

Harbin hat all diese Herausforderungen gemeistert und sich zu einem der wichtigsten Industrie- und Agrarzentren der Volksrepublik China entwickelt.

Im Laufe seiner kurzen Geschichte wurden Harbin bereits zahlreiche Spitznamen angedichtet, darunter einige poetische: »Die Perle am Schwanenhals«, so genannt, weil Heilongjiang aus der Luft betrachtet einem Schwan ähnelt, der seine Flügel ausbreitet und Harbin dabei einen Punkt unterhalb des elegant geschwungenen Halses bildet. Oder »Das orientalische Moskau« wegen der vorherrschenden russischen Architektur.

Die meisten Bewohner Harbins nennen ihre Stadt aber einfach nur »Eisstadt«. Die Winter hier sind lang und kalt, mit Durchschnittstemperaturen von unter minus 20 Grad. Doch Harbin hat es verstanden, diesen Nachteil in einen Vorteil zu verwandeln, indem es im Rahmen eines jährlichen Winter-Festivals eine Vielzahl unterschiedlicher Kaltwetter-Aktivitäten ausrichtet. Höhepunkte sind die sagenhaft kunstvollen, über die gesamte Stadt verstreuten Eisskulpturen, Eisschlösser im Maßstab 1:1, Paläste und Nachbauten berühmter Denkmäler, mit Farbscheinwerfern in Szene gesetzt.

Die Harbin Good Fortune Terrace liegt in einem der neueren Viertel. Als Lu und Song ankommen, finden sie eine Wohnsiedlung vor, die aus mehreren modernen dreißig Stockwerke aufragenden Hochhäusern besteht, verteilt auf einem weitläufigen, landschaftlich schön gestalteten Areal mit sich schlängelnden Fußwegen, gepflegten Hecken und jungen Ulmen.

Lu parkt den Wagen. »Was jetzt?«

»Wir warten auf Herrn Wang«, sagt Song.

Lus Handy klingelt. Es ist Polizeiobermeister Bing.

»Wir haben uns mal die Auflistung der von Yang in letzter Zeit getätigten Einkäufe angeschaut«, sagt Bing. »Vor zwei Monaten hat sie einen Xiaomi-Fernseher erworben. Mit einem großen Schirm. Hundertvierzig Zentimeter.«

»Sieh einer an!«

»Und dazu noch ein ASA-Computer-Tablet.«

»Das gehörte nicht zum Inventar, soweit ich weiß.«

»Ja, es fehlt ebenfalls.«

»Moment mal.« Lu hält das Mikro am Handy zu und teilt Song und Techniker Jin die Neuigkeiten mit.

»Wenn wir die elektronischen Geräte finden, haben wir vielleicht auch den Killer gefunden«, sagt Song.

»Ja.« Lu nimmt das Telefongespräch mit Polizeiobermeister Bing wieder auf. »Besorgen Sie die Seriennummer des Fernsehgeräts und des Tablets, und erkundigen Sie sich in Elektronikgeschäften und bei Taobao, ob unser Tatverdächtiger versucht hat, sie zu verkaufen.«

Taobao ist der größte Online-Marktplatz der Welt, eine Mischung aus Amazon und eBay. Hier findet man praktisch alles. Seltene Bücher. Frische Suppenklößchen. Nike Air Jordans. Vor Kurzem bot ein Geschäftsmann sogar vietnamesische Bräute zum Schnäppchenpreis von 9.998 Yuan das Stück an, etwa 1.500 Dollar.

»Wird gemacht«, sagt Polizeiobermeister Bing.

»Und fragen Sie noch mal bei Zhangs Nachbarn nach.«

»Wir bleiben dran.«

»Ich weiß. Danke.« Lu legt auf.

»Noch etwas«, sagt Jin. »Hat das Tablet eine Standortfunktion? Ist es mit einer IP-Adresse verbunden? Dann könnten wir die Nutzung nachverfolgen.«

»Könnten Sie das mit Kommissar Lus Männern klären, wenn wir wieder zurück sind?«, sagt Song. »Wahrscheinlich haben sie keine Ahnung, wie man das macht.«

»Natürlich«, erwidert Jin.

Lu möchte die Wache in Rabental gegen Songs Verachtung in Schutz nehmen, doch in Wahrheit weiß er selbst nicht, wie man den digitalen Fußabdruck eines Tablets zurückverfolgt, und vermutlich weiß es auch niemand sonst auf der Wache.

Song zieht eine Schachtel Zigaretten aus der Hosentasche. Ehe er sich eine anzünden kann, hält ein Auto neben dem Streifenwagen. »Das muss Wang sein.« Er steigt aus.

Wang ist jung, trägt einen Anzug und einen dicken Mantel. Er ist sichtlich nervös. »Tut mir leid, dass Sie warten mussten. Der Verkehr.«

Song stellt Lu und Jin mit knappen Worten vor.

»Sie möchten Yang Fenfangs Apartment sehen?«, fragt Wang.

»Ja.«

»Hier entlang, bitte.«

Sie gehen los. Lu und Jin folgen ihnen.

»Was wissen Sie über Frau Yang?«, fragt Song.

»Eigentlich nichts. Ich habe sie nie persönlich kennengelernt.«

»Wieso nicht?«

»Alle Mietangelegenheiten werden online abgewickelt. Die Bewerbung, die Vermittlungsgebühr.«

»Was ist mit dem Schlüssel?«

»Es ist ein Kartenschlüssel, den wir mit einem Kurier schicken. Ich habe so gut wie nie persönlichen Kontakt mit meinen Kunden.«

»So geht es zu in der modernen Welt.«

»Und die Miete?«, fragt Lu. »Sie hat die letzten beiden Monate in Rabental gewohnt. Wissen Sie, ob ihre Mietzahlungen eingegangen sind?«

»Unser Mietportal bucht die Mietzahlungen automatisch am ersten jedes Monats ab«, sagt Wang. »Solange Geld auf ihrem Konto ist, kann sie sich aufhalten, wo sie will. Die Miete wird weitergezahlt, nehme ich an. Andernfalls hätte ich eine Warnmeldung erhalten.«

Wang führt sie über das Gelände, vorbei an Formgehölzen und kahlen Bäumen, zu einem der Hochhäuser. Mit einem Kartenschlüssel öffnet er die Haustür. Die kleine Eingangshalle ist leer. Hier hält kein alter Soldat der Volksbefreiungsarmee Wache und schläft auf einer Pritsche in der Besenkammer, so wie da, wo Lu aufgewachsen ist. Nur eine Reihe Briefkästen und mehrere Aufzüge. Die vier Männer fahren in die neunzehnte Etage.

»Könnten wir die Überwachungsvideos einsehen?« Lu deutet mit einem Kopfnicken zu den in der Decke eingelassenen Kameras.

»In den meisten neuen Wohnsiedlungen dienen solche Kameras nur zur Abschreckung, zeichnen aber nichts auf.«

»Typisch«, sagt Song. »Alles nur Fassade.«

Die Aufzugtüren öffnen sich, und Wang führt sie den Flur entlang zu Yang Fenfangs Apartment und entriegelt die Tür.

Lu tritt ein. Nach seinem ersten Eindruck erscheint ihm die Wohnung unglaublich groß und luxuriös für eine junge Frau aus Rabental, die in einer Bar arbeitet. Wie kann sie sich – konnte sie sich – so eine Wohnung leisten?

Sie stehen in einem großen Wohnraum, an den sich eine Küche anschließt. Das Panoramafenster bietet einen weiten Blick über das Gelände. Die Wände sind makellos weiß, der Boden gebohnertes Parkett. Die Möblierung ist entsprechend, ein Ledersofa, zwei dazu passende Sessel, ein Couchtisch mit Glasplatte und eine TV-Hifi-Konsole mit einem riesigen Flachbildschirm.

»Werden die Wohnungen möbliert oder unmöbliert vermietet?«, fragt Lu.

»Unmöbliert«, antwortet Wang.

Der Kriminaltechniker öffnet eine seiner Kisten mit Ausrüstung und entnimmt ihr mehrere Paar Latexhandschuhe. Er reicht Song und Lu jeweils ein Paar. »Bitte nichts bewegen, bis ich Fotos gemacht und einen Grundriss gezeichnet habe.«

Lu streift sich die Handschuhe über und geht zu der TV-Hifi-Konsole. Das Fernsehgerät ist von Sony. Er schaut in eine Sammlung zerfledderter Mode- und Klatschzeitschriften auf dem Couchtisch. Ein Aschenbecher fällt ihm auf, er ist sauber. Lu hält die Nase daran und schnuppert. Er riecht noch nach Zigarettenasche.

Auf der Konsole stehen ordentlich aufgereiht DVDs westlicher und chinesischer Produktion, auf der Fensterbank vertrocknen zwei Zimmerpflanzen.

Die Küche ist mit den neuesten Geräten ausgestattet, die Essecke mit einem Glastisch und modernen Stühlen möbliert.

»Das Ganze muss ein kleines Vermögen gekostet haben«, stellt Lu fest.

Während Jin nacheinander die Räume fotografiert, stöbern Lu und Song in den Küchenschränken. Sie finden Instantnudeln, Schokoladenwaffeln und salzige Snacks. Ein Schrank scheint ausschließlich für höherwertige Produkte reserviert zu sein. Eine Flasche Cognac, zu zwei Dritteln voll, westliche Gourmet-Cracker, Makrelen- und Dorschleber-Konserven, Nüsse in Dosen, getrocknete Pilze und Ähnliches.

»Das Mädchen hatte einen kostspieligen Geschmack«, bemerkt Song.

Der Kühlschrank ist leer, außer einem Karton Apfelsaft, einigen Gewürzen, einem angeschimmelten Brot, einem Plastikbehälter mit etwas Suppenrest und zwei Flaschen Wein. Westliche Weine, ein roter, ein weißer. Das Haltbarkeitsdatum des Apfelsafts ist vor zwei Monaten abgelaufen.

Lu betritt das Badezimmer. Unter dem Toilettentisch, verstaut in Plastikdosen, findet sich eine große Auswahl diverser Hautcremes und anderer Schönheitsprodukte. Eine Tampon-Packung, halb aufgebraucht. Toilettenpapier. Ein Haarföhn und ein Lockenstab. Seife, Wattetupfer, Einmalrasierer und alle möglichen anderen weiblichen Hygieneartikel.

Song steckt den Kopf durch die Tür. »Irgendwas gefunden?«

»Nichts Außergewöhnliches.«

Es gibt zwei Schlafzimmer, eins ist eindeutig Fenfangs. Während Wohnzimmer, Küche und Badezimmer makellos und minimalistisch eingerichtet sind, hat Fenfang hier ihrem mädchenhaften Geschmack freien Lauf gelassen. Die Wände sind mit Postern von Filmstars und Boybands tapeziert. Das Bett ist ungemacht, auf dem Boden liegen Kleidungsstücke. Ein kleiner Tisch ächzt unter dem Gewicht von Zeitschriften, Kosmetika und Nippes. Lu öffnet einen Schrank; darin befinden sich Röcke, Tops, Kleider, Freizeitklamotten und Unmengen von Schuhen.

Song zieht die Schublade am Nachttisch auf. »Was haben wir denn hier?«

Lu gesellt sich zu ihm. In der offenen Schublade sieht er eine Packung Kondome, einen kleinen schwarzen Vibrator und mehrere Gummidildos in unterschiedlichen Formen und Größen. Einer ist außergewöhnlich lang und dick. Lu kann sich kaum vorstellen, wie Yang sich ein solches Monstrum in eine ihrer Körperöffnungen eingeführt haben sollte.

»Allmählich verstehe ich, wie Yang sich dieses Apartment leisten konnte«, sagt Song.

Lu ist schockiert über den Inhalt der Schublade. Jin kommt ins Schlafzimmer und wirft einen Blick auf die Sachen. Seine Einschätzung ist bemerkenswert abgeklärt. »Ich lasse sie auf DNA-Spuren testen.« Er macht zahlreiche Fotos.

Lu geht weiter ins nächste Schlafzimmer. Im Gegensatz zu Fenfangs scheint dieser Raum noch nie benutzt worden zu sein. Das Bett ist nicht bezogen, die Kommode leer, ebenso der Nachttisch.

Wer mietet als Alleinstehender ein Apartment mit zwei Schlafzimmern? Das ergibt keinen Sinn. Und wenn man schon ein zweites Schlafzimmer hat, warum es dann nicht benutzen? Als Gästezimmer oder Abstellraum?

Lu geht zurück ins Wohnzimmer. »Wie hoch ist die monatliche Miete?«, fragt er Wang, der noch immer in der offenen Tür steht.

»Etwa fünftausend Yuan.«

»Ganz schön viel.«

»Angemessen, bei der Lage und der Ausstattung.«

»Ich bin kein potenzieller Kunde, Herr Wang.«

»Nein. Entschuldigen Sie. Macht der Gewohnheit. Gibt es da etwas, was ich über …. äh … Frau Yang wissen müsste?«

Song kommt aus dem Schlafzimmer. »Sie ist tot.«

Wang schnappt nach Luft. »Tot? Wie?«

»Ermordet.«

»Wie schrecklich.«

»Haben Sie Informationen, ganz egal, welche, die uns bei der Suche nach dem Mörder und dem Grund für den Mord helfen könnten?«, sagt Song.

»Es tut mir leid. Wie gesagt, ich habe sie persönlich nicht gekannt.«

Song wendet sich Lu zu. »Klappern wir mal die Nachbarn ab.«

»Die sind bestimmt alle bei der Arbeit.«

»Es wäre ein Versuch wert.«

Lu und Song gehen den Flur ab, doch wie erwartet sind nur wenige Bewohner zu Hause. Den meisten ist es unangenehm, mit der Polizei zu sprechen, und sie haben nichts Wertvolles beizutragen; nur eine etwas ältere Dame scheint gerne zu klatschen.

»Ja, ich kenne die junge Frau vom Sehen, aber mehr als zwei, drei Worte haben wir in der Zeit, als sie hier wohnte, nie miteinander gewechselt.«

»In Ordnung. Vielen Dank für Ihre Mühe«, sagt Song.

»Noch etwas«, fährt die alte Dame fort. »Mir ist aufgefallen, dass sie tagsüber schlief und erst abends aus dem Haus gegangen ist. Zurückgekommen ist sie erst in den frühen Morgenstunden.«

»Sie hat nachts gearbeitet«, sagt Lu.

»Und manchmal …«

»Ja?«, sagt Song.

»Manchmal habe ich beobachtet, dass Männer ihre Wohnung betreten haben.«

»Männer?«, fragt Song.

»Ja.«

»In Frau Yangs Begleitung?«

Die alte Dame zuckt mit den Schultern. »Das weiß ich nicht. Ich habe nicht an der Tür gestanden und durch den

Spion geguckt. Ich habe nur manchmal männliche Stimmen auf dem Gang gehört, und ich bin mir sicher, dass die Männer in ihre Wohnung gegangen sind.«

»Was können Sie uns über die Männer sagen?«, fragt Lu. »Alt, jung? Wie waren sie gekleidet?«

»Einige waren älter, andere jünger. Sie trugen normale Kleidung. Es war nichts Ungewöhnliches an ihnen, nur war ich mir ziemlich sicher, dass sie nicht hier wohnten.«

»Können es Freunde von Frau Yang gewesen sein?«, fragt Lu.

»Das hängt davon ab, was man unter Freunde versteht.«

»Wollen Sie damit andeuten, dass Frau Yang eine Prostituierte war?«

»Gar nichts will ich andeuten. Ich berichte Ihnen nur, was ich gesehen habe.«

Weitere Nachfragen bringen keine neuen Erkenntnisse. Song bedankt sich bei der alten Dame, und sie kehren zurück in Yangs Apartment.

»Kann ich jetzt gehen?«, fragt Wang. »Ich habe noch einen anderen Termin.«

»Ja, aber rufen Sie mich an, wenn Ihnen noch etwas einfällt«, sagt Song. Nachdem Wang gegangen ist, schlägt Song vor, dass der Techniker in der Wohnung zurückbleibt, um sie weiter kriminaltechnisch zu untersuchen, und dass sie beide zu Yang Fenfangs Arbeitgeber fahren.

»Sollten wir nicht lieber vorher anrufen?«, sagt Lu. »Die Bar hat sicher noch nicht geöffnet.«

»Ich ziehe den Überraschungseffekt vor. Vielleicht haben wir Glück.«

Die Schwarze Katze ist im Bezirk Daoli, im ersten Stock eines fünfgeschossigen Hauses, zwischen zwei kleinen Restaurants; das eine bietet Teigtaschen an, das andere traditionelle Gerichte mit Eselfleisch.

Lu fühlt sich an das alte Sprichwort erinnert: »Im Himmel verzehre das Fleisch von Drachen, in der Hölle iss Eselfleisch.«

Die beiden Restaurants sind geöffnet, die Bar nicht. Song klopft trotzdem an die Tür. Ihm öffnet ein kahlköpfiger Mann mit Schnauzer und Ziegenbart. Er will etwas sagen, wahrscheinlich Lu und Song auffordern zu verschwinden, doch dann sieht er das Dienstabzeichen des Büros für Öffentliche Sicherheit an Lus Mütze.

»Wir haben geschlossen«, sagt er zögernd.

»Sind Sie der Besitzer?«, fragt Song.

»Ja. Gibt es ein Problem?«

»Kein Problem«, antwortet Lu. »Können wir hereinkommen?«

»Ich habe gerade viel zu tun. Könnten Sie später noch mal vorbeischauen?«

»Es dauert nicht lange.«

Der Mann hütet sich davor abzulehnen. »Na gut.«

Lu und Song treten ein. Der Innenraum ist größer, als Lu erwartet hat. Die Wände sind schwarz gestrichen und mit Spiegeln, Plakaten und Fotos behängt, an der Decke schlängeln sich Lüftungsrohre und Wasserleitungen. Vorne ist eine Bar mit Theke, weiter hinten eine Tanzfläche, auf drei Seiten von Stühlen, Tischen und Sitznischen umgeben.

»Darf ich Ihren Ausweis sehen?«, fragt Song.

Der Mann geht zur Bar und nimmt seinen Ausweis aus einem Ledermäppchen. »Ich heiße Ji Yinxian. Aber alle nennen mich Monk.« Er streicht sich mit der Hand über den kahlen Schädel.

Song sieht sich den Ausweis an und reicht ihn weiter an Lu. Monk hat ein gepflegtes, irgendwie hipsterartiges Auftreten wie ein Künstler. Er trägt ein schwarzes T-Shirt und eine modische Sweathose, Ringe in beiden Ohren, Ringe an vielen Fingern.

»Meine Papiere sind alle in Ordnung«, sagt Monk.

»Deswegen sind wir nicht hier«, erwidert Song. »Haben Sie eine Angestellte namens Yang Fenfang?«

»Wieso?«, fragt Monk.

»Haben Sie eine Angestellte mit diesem Namen oder nicht?«

»Ja. Sie hat hier gearbeitet, aber dann wurde ihre Mutter krank, und sie ist nach Hause gefahren.«

»Wann war das?«

»Vor einigen Monaten. Dauert das noch lang? Wir sind heute unterbesetzt, und ich habe noch viel zu erledigen, bevor wir öffnen.«

»Tun Sie sich keinen Zwang an«, sagt Lu. Er gibt Monk den Ausweis zurück.

Monk steckt ihn ein und geht hinter die Theke. Er fängt an, Flaschen aus einer kleinen Kiste in ein Kühlregal zu räumen.

»Haben Sie Yang seit ihrer Abreise mal wieder gesprochen?«, sagt Song.

»Einmal vielleicht. Warum? Ist etwas passiert?«

»Wann war das?«

»Vor vier oder fünf Wochen. Sie hat angerufen, nur so, um sich zu melden. Das war das letzte Mal.«

»Was hat sie hier gemacht?«

»Hauptsächlich als Barkellnerin gearbeitet.«

»Was sonst noch?«

»Was gerade so anfiel. Den Bestand nachgefüllt. Die Toilette geputzt, wenn es nötig war. Taxis für betrunkene Gäste gerufen. Den Männern zugehört, wenn sie sich bei ihr über ihr verkorkstes Liebesleben ausgeheult haben. Das übliche Bar-Zeugs eben.«

»War sie beliebt?«, fragt Lu. »Bei den Kunden?«

»Beliebt? Ja. Sie ist ein gutes Mädchen. Kommt mit allen klar.«

»Hatte sie einen Freund?«, sagt Song.

»Keine Ahnung. Ich bin ihr Chef, nicht ihr Vater.«

»Wie viel hat Frau Yang bei Ihnen verdient?«, fragt Lu.

»Etwa tausendfünfhundert Yuan im Monat.«

»Mehr nicht?«

»Plus Trinkgeld. Also etwa das Doppelte, wenn der Laden brummt.«

Lu sieht Song an. »Das reicht nicht mal annähernd für die Miete.«

Monk stellt die leere Kiste auf den Boden und fängt an, die nächste auszuräumen. »Darüber weiß ich nichts. Ich zahle anständig, aber wir sind ein Unternehmen, kein Wohltätigkeitsverein.«

Lu sieht sich ein Plakat an der Wand näher an. Ein weißer Mann mit bloßem Oberkörper. Lu kann nicht erkennen, wofür das Plakat eigentlich wirbt.

»Ich möchte nicht unnötig Ihre Zeit verschwenden, deswegen will ich ganz offen sein«, sagt Song. »Hat Frau Yang Ihre Bar dazu benutzt, um Männer kennenzulernen? Männer, die sie für bestimmte Dienste bezahlt haben?«

»Sie meinen, ob sie eine Prostituierte ist?«

»Ganz genau.«

»Nein. Ich glaube nicht, dass sie auf so etwas steht. Und solche Kunden hätte sie hier in der Schwarzen Katze sowieso nicht kennengelernt.«

»Warum sind Sie da so sicher?«

»Weil …« Monk unterbricht seine Tätigkeit und sieht Lu und Song an. »Weil das hier eine Schwulenbar ist.«

»Ah«, entfährt es Lu, der sich ein Lachen verkneifen muss.

Song ist weniger begeistert. »Eine Schwulenbar.«

»Ganz genau«, sagt Monk. »Das ist nicht verboten.«

»Verboten nicht, nein …« Song lässt den Satz unvollendet.

»Warum erkundigen Sie sich überhaupt nach Fenfen?«, fragt Monk.

»Sie wurde ermordet«, antwortet Song barscher als nötig.

»Was?« Monk fällt die Kinnlade herunter.

»Tut mir leid«, sagt Lu.

»Können Sie uns irgendetwas mitteilen, was uns bei den Ermittlungen weiterhelfen könnte?«, fragt Song. »Vielleicht gab es einen Stalker? Einen Feind? Einen Ex?«

Monk schüttelt den Kopf. »Mein Gott! Nein. Sie wissen nicht, wer es getan hat?«

Lu reagiert auf Monks Frage mit einer Gegenfrage. »Kommen nur schwule Männer hierher?«

Monk nimmt eine Cocktailserviette und tupft sich die Augen. »Kein Hetero will in der Schwarzen Katze gesehen werden.«

»Und Ihre Angestellten?«, fragt Song. »Sind die alle …«

»Ja«, sagt Monk. »Ich kann mir nicht vorstellen, dass sie hier sonst gerne arbeiten würden.«

»Dann war Yang Fenfang also …«, setzt Song an.

»… lesbisch?«, ergänzt Monk. »Nein. Sie war die Ausnahme.«

»Woher wissen Sie das so genau?«

»Weil sie es mir gesagt hat.«

»Warum haben Sie ein heterosexuelles Mädchen eingestellt?«, fragt Song.

»Weil die Bar personell unterbesetzt war. Und als ich Yang kennenlernte, fand ich sie sehr charmant. Sie strahlte so eine … angenehme Energie aus.«

»Warum wollte sie ausgerechnet hier arbeiten, was meinen Sie?«, fragt Song.

Monk antwortet leicht gereizt: »Weil sie einen Job brauchte, nehme ich an.«

»Hat Frau Yang irgendwann mal erwähnt, ob sie mit jemandem zusammen war?«, fragt Lu.

»Über so etwas haben wir eigentlich nicht gesprochen.«

»Sie wohnte in einer sehr teuren Wohnung«, sagt Song. »Wissen Sie irgendetwas darüber, ob sie noch einen anderen Job oder eine andere Einkommensquelle hatte oder ob jemand sie unterstützt hat?«

»Nein. Tut mir leid.« Monk nimmt sich eine Zigarettenschachtel, klopft eine Zigarette heraus, steckt sie in den Mund und zündet sie an. »Wenn ich mehr wüsste, würde ich es Ihnen sagen. Ich mochte sie gern. Eine tolle Frau. Es war nichts Gemeines an ihr.«

Lu gibt ihm eine Visitenkarte. »Bitte rufen Sie mich an, wenn Ihnen noch etwas einfällt.«

»Das werde ich. Ich hoffe nur, dass Sie den finden, der das getan hat.«

Lu bedankt sich bei Monk, dass er sich die Zeit für sie genommen hat. Song wendet sich einfach ab und geht. Auf dem Bürgersteig zündet er sich die nächste Zigarette an. »Irgendwas stimmt nicht mit dieser Yang Fenfang. Dass sie in so einem Tuntennest gearbeitet hat ...«

Lu schlägt den Mantelkragen hoch. »Wahrscheinlich war sie froh, dass die Männer ihr nicht ständig an den Hintern grabschten.«

Wenn man höhnisch rauchen kann – Song tut es.

Mittlerweile ist es später Nachmittag. Lu und Song kehren zur Good Fortune Terrace zurück, um Kriminaltechniker Jin abzuholen. Er teilt ihnen mit, dass er keine Fingerabdrücke im Gästezimmer finden konnte.

»Was soll das denn heißen, keine Fingerabdrücke?«, sagt Song.

»Nicht einen einzigen«, erwidert Jin. »Da hat jemand gründlich sauber gemacht.«

Zurück auf der Polizeiwache der Gemeinde Rabental, sehen sie sich einer kleinen Menschenansammlung gegenüber, etwa ein Dutzend Einwohner und zwei Fernsehteams.

»Was hat das zu bedeuten?«, fragt Song.

»Ärger«, murmelt Lu.

Er stellt den Wagen auf der Rückseite ab, schaut, ob die Luft rein ist, und schließt dann den Hintereingang auf. Er bedeutet Song und Jin einzutreten und will ihnen folgen, als ihn jemand anspricht.

»Kommissar Lu! Was können Sie uns über den Mord an Yang Fenfang und den Verdächtigen Zhang Zhaoxing sagen, den Sie in Gewahrsam genommen haben?«

Lu dreht sich um. Eine junge Frau hält ihm ein Mikrofon ins Gesicht, und hinter ihr steht ein Kameramann. Der Scheinwerfer der Kamera blendet Lu. So muss es sein, denkt er, wenn man von der CIA verhört wird. Man sitzt irgendwo an einen Stuhl gefesselt in einem finsteren Keller und wird von grellem Licht geblendet.

Natürlich kennt Lu die Frau. Sie heißt Annie Ye und ist eine Reporterin eines in Harbin ansässigen TV-Nachrichtensenders.

Bis Mitte der 80er Jahre waren alle Medien in der Volksrepublik in staatlichem Besitz und standen unter strenger Aufsicht der Regierung. Als Nebenprodukt der ökonomischen und gesellschaftlichen Entwicklung des Landes entstand ein Wildwuchs von neuen, unabhängigen Anstalten. Im Gegensatz zu den stark zensierten offiziellen Nachrichtenquellen – Xinhua, CCTV und Renmin Ribao – gewährt man diesen neuen Medienunternehmen einen gewissen Spielraum in der Berichterstattung – auch wenn sie Tabuthemen wie Religionsfreiheit, Pornografie, Kritik an der Kommunistischen Partei und die Unruhen in Tibet und der Provinz Gansu weitgehend vermeiden.

Jüngst ist die Konkurrenz um Marktanteile noch schärfer geworden, so wie auch der Kampf um Werbegelder, mit dem Ergebnis, dass jede Story, die kommerziell attraktiv erscheint, unbedingt ausgeschlachtet wird. Entertainment, Sport, Business und ganz besonders: True Crime.

»Kein Kommentar«, sagt Lu und kehrt ihr den Rücken zu.

»Was haben Sie den Bewohnern der Gemeinde Rabental zu sagen, die behaupten, das Amt für Öffentliche Sicherheit würde einem unschuldigen, geistig zurückgebliebenen Jungen aus ihrer Mitte etwas anhängen?«

»Etwas anhängen? Machen Sie sich nicht lächerlich.« Lu ist sich bewusst, dass eine Kamera auf ihn gerichtet ist. Er schlägt einen angemesseneren Ton an. »Wir haben Herrn Zhang nur zur Befragung in Gewahrsam genommen. Er wird gut behandelt.«

»Kann ich ihn sehen?«

»Ganz sicher nicht.«

»Welche Beweise haben Sie, die seine Verhaftung rechtfertigen?«

»Wie ich schon sagte, er wurde nicht verhaftet.«

»Darf ich das so verstehen, dass Sie ihn bald wieder freilassen?«

»Die Ermittlungen dauern an.«

»Kommissar, die Menschen wollen wissen, ob in den Straßen ihrer Gemeinde ein blutrünstiger Verrückter herumläuft, der es auf junge Frauen abgesehen hat.«

Lu lächelt, um Ruhe auszustrahlen. »Ich bin mir sicher, dass in unseren Straßen kein blutrünstiger Verrückter herumläuft, und ehrlich gesagt, Frau Ye, finde ich es unverantwortlich von Ihnen, so etwas zu sagen. Denken Sie an das Gemeinwohl.«

»Das tue ich«, sagt Annie unbeeindruckt. »Wenn hier ein Killer frei herumläuft, sollten die Leute das wissen.«

»Hier läuft kein Killer frei herum.«

»Dann sind Sie also zu dem Schluss gekommen, dass Zhang Zhaoxing des Mordes an Yang Fenfang schuldig ist?«

»Das habe ich nicht gesagt.«

»Nun, wenn er unschuldig ist, haben Sie den Falschen in Gewahrsam genommen. Was bedeutet, dass der wahre Killer immer noch frei herumläuft.«

Er muss zugeben, dass sie ihn kalt erwischt hat.

»Die Ermittlungen dauern an, und wir haben uns zusätzliche Hilfe vom Kriminalamt in Peking geholt«, sagt Lu. »Wir werden die Sache bald aufgeklärt haben. Danke für Ihre Zeit.«

Er entkommt durch den Hintereingang. Als er die Tür schließt, hört er Annie Ye ins Mikrofon sprechen.

»Sie haben es aus erster Hand gehört. Nicht nur hat das Amt für Öffentliche Sicherheit einen unschuldigen, geistig behinderten Jungen verhaftet, es lauert auch noch ein kaltblütiger Mörder unseren Frauen und Kindern auf.«

Polizeichef Liang kommt ihm im Flur entgegen.

»Haben Sie die Menge draußen gesehen?«

»Ja, Chef.«

»Die Leute machen Ärger. Behaupten einfach, wir hätten Zhang zu Unrecht festgesetzt. Gestern wusste kein Schwein, wer der Junge ist. Und plötzlich hat er einen Fan-Club. Warum haben die Medien überhaupt so schnell Wind von der Sache bekommen?«

Frau Chen, denkt Lu. Sie hat es weitererzählt, hier und da, bis es sich herumgesprochen hat.

»Die Stadt ist kleiner, als wir manchmal wahrhaben wollen, Chef.«

»Wir müssen trotzdem etwas unternehmen. Wenn das Amt für Öffentliche Sicherheit der Provinz mitkriegt, dass diese Geschichte einen Flächenbrand auslöst, bin ich geliefert.«

»Treten Sie doch vor die Leute und geben Sie eine Erklärung ab. Sagen Sie ihnen, wir hätten Zhang nur zur Befragung einbestellt, wir machen Fortschritte und so weiter. Das übliche Gesäusel eben.«

»Es bleibt mir wohl nichts anderes übrig. Hatten Sie Erfolg in Harbin?«

In wenigen Worten fasst Lu zusammen, was sie in dem Apartment und der Schwarzen Katze vorgefunden haben.

»Eine Schublade voller künstlicher Schwänze? Unglaublich.«

»Glauben Sie es.«

Polizeimeister Huang kommt herein, mit Dr. Ma und Techniker Hu im Schlepptau, alle tragen Mäntel und Mützen.

»Wo wollen Sie hin?«, fragt Lu.

»Zum Flughafen«, antwortet Huang.

»Wir fliegen zurück nach Peking«, sagt Dr. Ma.

»Was?«, erwidert Lu. »Jetzt schon?«

»Meine Arbeit hier ist getan. Das Übrige müssen Sie erledigen.«

»Oh. Wenn Sie jetzt hinausgehen, werden Sie von den Kameras der Nachrichtensender umstellt sein.«

Dr. Ma lächelt. »Kameras sind mir nicht fremd, Kommissar.«

»Ja, das kann ich mir vorstellen.«

»Ich hole schon mal den Wagen«, sagt Polizeimeister Huang. Er eilt zur Tür, und Kriminaltechniker Hu folgt ihm mit den Ausrüstungskisten.

»Vielen Dank für Ihre Hilfe, Dr. Ma«, sagt Liang. »Es war mir eine Freude, mit Ihnen zusammenzuarbeiten.«

»Das ist meine Pflicht.« Dr. Ma sieht Lu an. »Viel Glück, Kommissar.«

»Danke. Und gute Reise.«

Dr. Ma drängt sich an ihm vorbei, bleibt dann stehen. »Kommissar?«

»Ja?«

»Sollte es Sie jemals nach Peking verschlagen, rufen Sie mich an. Ich werde Sie durch die Räume des Hauptkriminalamts führen. Und Ihnen vielleicht eine Chance geben, sich reinzuwaschen.« Sie dreht sich um und geht.

Liang wartet, bis sie außer Hörweite ist, und sagt dann: »Was sollte das denn heißen? Eine Chance, sich reinzuwaschen?«

»Ich habe absolut keine Ahnung«, antwortet Lu.

Lu kocht sich Tee und hat sich gerade an seinem Schreibtisch niedergelassen, als Polizeiobermeister Bing mit einem Stapel Papiere hereinkommt.

»Was haben Sie denn da?«, fragt Lu.

»Yangs Bank- und WeChat-Kontoumsätze. Sie sind in der Wohnung in Harbin nicht zufällig auf ihr Fernsehgerät oder einen Tablet-PC gestoßen, oder?«

»Nein. Haben Sie sich noch mal unter den Nachbarn umgehört?«

»Ja, bei Zhangs und bei Yangs Nachbarn. Nichts.«

Lu schlürft seinen Tee. »Und Taobao?«

»Wir haben die Einträge von Freitagabend an überprüft und nichts Passendes gefunden. Aber hier ist noch etwas anderes.« Polizeiobermeister Bing legt mehrere Blätter nebeneinander auf den Schreibtisch und deutet auf die farblich markierten Einträge. »Jeden Monat, wie ein Uhrwerk, hat Yang Fenfang fünftausend Yuan auf ihr Bankkonto eingezahlt, in bar.«

Lu überfliegt die Auszüge und sieht Beträge über exakt diese Summe, eingezahlt an einem Geldautomaten am jeweils Ersten eines Monats. »Ihr Arbeitgeber hat uns gesagt, dass sie höchstens dreitausend Yuan verdient.«

»Diese Eingänge sind auch aufgeführt«, sagt Bing. Er zeigt auf andere Beträge, die sich zwischen tausend und dreitausend Yuan bewegen. »Sie hören auf, als sie nach Rabental zurückkehrt, um sich um ihre Mutter zu kümmern. Es liegt also nahe, dass die von ihrer Arbeit in der Schwarzen Katze stammen. Die anderen Eingänge dagegen, die über fünftausend, setzten sich fort, sogar bis zu diesem Monat.«

»Vielleicht hatte sich Yang einen *gan die* zugelegt.« Die wörtliche Bedeutung von *gan die* ist Pflegeeltern, doch in diesem Zusammenhang entspricht es eher einem Sugardaddy.

»Jedenfalls hatte sie noch eine zweite Einnahmequelle.«

»Vielleicht ein Zuhälter.« Lu erwähnt die Kondome und das Sex-Spielzeug in Yangs Nachttischschränkchen.

»Wenn sie als Prostituierte gearbeitet hat, würde man erwarten, dass ihr Einkommen mal hoch, mal niedrig ausfällt, je nachdem, wie viele Kunden sie in dem jeweiligen Monat bedient hat«, gibt Bing zu bedenken. »Aber der Betrag ist immer der gleiche, fünftausend Yuan.«

Le lehnt sich in seinem Stuhl zurück. »Stimmt. Wahrscheinlicher ist, dass sie einen *gan die* hatte. Er hat ihr das Geld für die Miete gegeben, und sie gibt ihm im Gegenzug das, was er haben will. Dieses Arrangement hat es ihm ermöglicht, vollkommen anonym zu bleiben.«

»Die alte Leier«, sagt Polizeiobermeister Bing.

»Dieser *gan die* sollte als Hauptverdächtiger gelten.«

»Aber wie sollen wir ihn ausfindig machen? Gibt es in dem Wohnhaus in Harbin Überwachungskameras?«

»Kameras schon, aber keine Aufzeichnungen. Eine Nachbarin hat gesagt, sie habe ein paar Männer in Yangs Wohnung ein und aus gehen sehen, doch eine Beschreibung konnte sie uns auch nicht geben.«

»Ich schon«, sagt Bing. »Chinesischer Staatsbürger, männlich, zwischen fünfzig und sechzig, dunkles Haar, braune Augen, mittelgroß, vielleicht Brillenträger, vielleicht aber auch nicht, sonst keine besonderen Kennzeichen.«

Lu lacht. »Ja, wäre es ein rothaariger, ausländischer Teufel, wäre alles viel einfacher.«

»Noch besser, ein schwarzer ausländischer Teufel.«

Zehn Minuten später setzt Kriminaldirektor Song eine Besprechung in der Kantine an. Er bringt Polizeichef Liang, Polizeiobermeister Bing und Kriminaltechniker Jin auf den neuesten Stand darüber, was er und Lu in Harbin ermittelt haben.

Polizeichef Liang schlürft ein Sportgetränk durch einen Strohhalm. »Jemand hat absichtlich die Wohnung gesäubert, um Beweise zu entfernen?«

»Danach sieht es aus«, sagt Song.

»Wer? Und wann?«

Lu steuert seine Theorie eines *gan die* bei.

»Kein schlechter Gedanke«, sagt Liang. »Vielleicht hat sich Yang verliebt oder Forderungen gestellt oder damit gedroht, die Ehefrau des Mannes zu informieren. Oder ihn sogar damit erpresst. Deswegen hat er sie getötet, aber vorher dafür gesorgt, dass er auf keinen Fall mit der Wohnung in Verbindung gebracht werden kann.«

»Es gibt nur ein Problem«, sagt Lu. »Ein einfacher Messerstich oder Yang Fenfang zu erwürgen hätte gereicht. Warum noch die Organe entnehmen?«

»Wie Sie schon sagten«, antwortet Liang. »Unser Täter ist abergläubisch.«

»Oder er will uns auf eine falsche Fährte locken«, sagt Techniker Jin. »Damit es so aussieht wie diese rituellen Morde in Mexiko oder den Vereinigten Staaten, über die man häufig liest.«

»Es sei denn, es ist doch ein Fall von Organdiebstahl«, sagt Song.

Die Männer wägen für eine Weile die verschiedenen Theorien ab.

»Haben Sie die Ausgaben des Mädchens überprüft?«, möchte Song wissen.

Polizeiobermeister Bing richtet sich kerzengerade auf. »Ja ... habe ich. Es gibt zum einen die automatischen monatlichen Zahlungen an die Wohnungsverwaltung, zum anderen die auf das Konto der Mutter. Sonst nur Abbuchungen für die Versorgungsunternehmen, für den Erwerb des Fernsehgeräts und des Tablets. Nichts Ungewöhnliches.«

Song nickt erschöpft. »Gut. Darum kümmern wir uns morgen.«

»Was ist mit den Medien draußen?«, fragt Polizeichef Liang.

»Was soll damit sein?«

»Wir sollten eine Erklärung abgeben.«

»Nur zu.«

»Nun, das könnte ich machen, aber ich glaube, die Bewohner der Gemeinde Rabental würden ruhiger schlafen, wenn sie wüssten, dass der Kriminaldirektor aus Peking an dem Fall dran ist. Sie sind immerhin ziemlich berühmt.«

»Wohl kaum«, wendet Song ein. »Ich bin nur ein einfacher Polizist.«

»Warum so bescheiden? Sind Sie nicht vor ein paar Jahren zum Verdienten Mitarbeiter des Ministeriums für Öffentliche Sicherheit gewählt worden?«

»Ja, tatsächlich.«

»Eine Erklärung aus Ihrem Mund würde ganz sicher dazu beitragen, die öffentliche Ordnung wiederherzustellen.«

Normalerweise brennen Männer in Liangs Position darauf, vor eine Kamera zu treten und ein wenig Aufmerksamkeit auf sich zu lenken. So etwas kann der Karriere einen ordentlichen Schub geben.

Doch Liang lebt nach dem Motto: »Wer sich hervortut, wird bestimmt nicht vorne sein«. Auf dem Weg zum Ruhm gibt es viele Fallgruben, und Liang kennt sie alle.

»Gut«, sagt Song. »Geben Sie mir ein paar Minuten, um meine Gedanken zu sammeln.«

»Polizeiobermeister Bing«, sagt Polizeichef Liang. »Gehen Sie nach draußen, und sagen Sie den Leuten, dass der Kriminaldirektor in Kürze zu ihnen sprechen wird.«

Song, flankiert von Polizeichef Liang und Kommissar Lu, gibt vor dem Eingang der Wache eine Erklärung ab. Er schlägt einen ausgewogenen Ton an, zwischen Offenheit und Verschleierung, beantwortet die Fragen der Reporter, ohne Substanzielles preiszugeben. Er suggeriert, in dem Fall gäbe es wichtige Entwicklungen, die man zum gegebenen Zeitpunkt der Öffentlichkeit kundtun werde. Und mit einer wirksamen Mischung aus nüchterner Ernsthaftigkeit und leidenschaftlicher Eloquenz geht er auf die wütenden Zwischenrufe aus der Menge ein, die gegen die Inhaftierung von Zhang Zhaoxing protestieren.

Am Ende hat er mit vielen Worten wenig gesagt und dennoch die Menge davon überzeugt, dass alles unter Kontrolle ist, der Fall rasch Fortschritte macht und die Bewohner Rabentals heute Abend beruhigt schlafen können.

Der Mann sieht sich beim Abendessen die Lokalnachrichten im Fernsehen an, Annie Yes Beitrag über die Proteste vor der Polizeiwache. Eine Szene mit Kommissar Lu, der, wie eine Ratte in einem Abwasserkanal in die Enge getrieben, gegen das grelle Licht anblinzelt.

Annie: »Was haben Sie den Bewohnern unserer Gemeinde zu sagen, die behaupten, das Amt für Öffentliche Sicherheit würde einem unschuldigen, geistig zurückgebliebenen Jungen aus ihrer Mitte etwas anhängen?«

Lu: »Etwas anhängen? Machen Sie sich nicht lächerlich. Wir haben Herrn Zhang nur zur Befragung in Gewahrsam genommen. Er wird gut behandelt.«

Daraufhin lacht der Mann, verschluckt sich an dem Reis, den er dann auf den Tisch spuckt. »*Ta ma de*«, murmelt er und wischt sich die Hände mit einer Papierserviette ab.

Das Interview wird fortgesetzt, Kommissar Lu als stotternder Idiot bloßgestellt. Schließlich gelingt es ihm, sich durch die Hintertür der Polizeiwache zu verdrücken, und Annie Ye blickt wieder in die Kamera.

»Sie haben es aus erster Hand gehört. Nicht nur hat das Amt für Öffentliche Sicherheit Rabental einen unschuldigen, geistig behinderten Jungen verhaftet, es lauert auch noch ein kaltblütiger Mörder unseren Frauen und Kindern auf.«

Hm. Der Mann weiß nicht recht, was er davon halten soll. Es war ein Glücksfall, dass die Polizei einen Verdächtigen präsentierte, und nun verkündet Annie Ye dem Fernsehvolk, sie hätten den Falschen erwischt.

Der Mann schaltet den Fernseher aus und setzt den elektrischen Wasserkessel auf, um sich Tee zu kochen. Er denkt an Annie Ye. Sie ist hübsch, natürlich ist sie hübsch, sonst hätte man sie nicht als Nachrichtenreporterin angestellt. Doch mit ihren kurzen Haaren und der Brille sieht sie für seinen Geschmack ein bisschen zu maskulin aus. Und natürlich ist sie, wie kann es in Anbetracht ihrer Berufswahl anders sein, eine aggressive Person. Er zieht die klassischen Schönheiten vor, ein etwas zurückhaltenderes Auftreten.

Während der Mann am Spülbecken steht und darauf wartet, dass das Wasser kocht, denkt er an das Mädchen, das zum ersten Mal ... gewisse Gefühle in ihm geweckt hat.

Das erste Mal vergisst man nie.

Auf der Mittelschule, im Ethik-Unterricht. Frühlingsende, allmählich wird es heißer, das macht es schwieriger, während der langen Nachmittagsstunden wachzubleiben. Noch heute, nach all den Jahren, erinnert er sich lebhaft daran; er sitzt an seinem Holzpult, die Lehrerin leiert ihren Sermon herunter, sein verschwommener Blick richtet sich auf den Rücken des Mädchens vor ihm. Seine Augenlider klappen auf und zu wie ein Kameraverschluss, fangen Bilder ein, die er durch seine Benommenheit kaum registriert: den sauberen Hemdkragen des Mädchens, ihren schwarz glänzenden Pferdeschwanz, der ihren schlanken braunen Nacken sauber in zwei Hälften teilt, ihren geschwungenen Kiefer, ihr anmutiges Ohrläppchen.

Das Mädchen hieß Xiaoyan. Sie war schön und klug und Klassenbeste. Alle Jungen mochten sie, und sie wusste es.

Sie war eine eingebildete Zicke.

Immer wenn der Mann – damals ein ungelenker zwölfjähriger Junge – versuchte, Xiaoyan anzusprechen, verzog sie das Gesicht, als hätte ihre Nase ein unangenehmer Geruch gestreift.

An diesem bestimmten Nachmittag, als die Müdigkeit ihn überkam und er allmählich einnickte, hatte er eine merkwürdige und beunruhigende Vision, zwischen Traum und Fantasie schwebend.

Er stellte sich vor, er würde sich rittlings auf das Mädchen setzen. Seine Hände um ihren delikaten Hals legen. Zudrücken. Zusehen, wie ihre flache, präpubertäre Brust sich in Panik hob. Ihre korallenroten Lippen sich violett verfärbten.

Ein plötzlicher elektrischer Kitzel ließ ihn in seinem Stuhl auffahren. Die Achselhöhlen wurden feucht vom Schweiß. Sein Glied versteifte sich.

Was für ein köstliches und süchtig machendes Gefühl!

Der Mann hatte das Mädchen nie berührt. Hatte nach der Vision nie wieder versucht, ein Gespräch mit ihr anzufangen. Verbrachte jedoch von dem Tag an die zahllosen todlangweiligen Stunden im Ethik-Unterricht damit, sich Sachen auszumalen, die er und Xiaoyan miteinander tun würden. Die er ihr *antun* würde.

Er wusste, selbst in diesem frühen Alter, dass er solche Gedanken für sich behalten sollte. Xiaoyan hatte keine Ahnung.

Und auch sonst niemand.

DIENSTAG

Eine Revolution ist keine Abendgesellschaft, keine Schriftstellerei, keine Malerei, keine Stickarbeit; sie kann niemals so kultiviert sein, so bedächtig und zahm, so maßvoll, freundlich, höflich, zurückhaltend und edelmütig. Eine Revolution ist ein Aufstand, ein Akt der Gewalt, bei der eine Klasse eine andere stürzt.

Worte des Vorsitzenden Mao

Bei der morgendlichen Besprechung am Dienstag teilt Song die Ergebnisse einer Datenbankabfrage mit, die er vom Hauptkriminalamt erhalten hat.

»Ich habe mich bei meiner Analyse auf Frauenmorde konzentriert, die ein ähnliches Muster aufweisen«, sagt Song. »Wir haben Dutzende Treffer erhalten, bei denen es um eine Kombination von Erwürgen, sexuellem postmortalem Missbrauch und Organentnahme geht.«

»Dutzende?«, fragt Polizeichef Liang. »So viele?«

»Wir leben in einem Land mit 1,4 Milliarden Einwohnern«, antwortet Song. »Bei der Zahl sind ein paar Dutzend Mordfälle nicht überraschend. Die meisten sind allerdings längst abgeschlossen. Gescheiterte Liebesaffären, Organdiebstahl, Racheakte, solche Sachen.«

»Könnten einige der abgeschlossenen Mordfälle vielleicht auch mit unserem Tatverdächtigen in Zusammenhang stehen?«, sagt Lu. »Und wurden sie damals nur irrtümlich anderen Tätern zugeschrieben?«

Song bedenkt Lu mit seinem typischen kalten Blick. »Unser Justizsystem verurteilt nicht irrtümlich unschuldige Menschen.«

Lu fragt sich, wie Song so etwas behaupten kann, ohne rot zu werden.

»Jedenfalls«, fährt Song fort, »gibt es zwei lokale Fälle, die Übereinstimmungen mit unserem aufweisen, mit leichten Variationen. In dem einen Fall wurde das Opfer erstochen, ansonsten haben wir auch hier die entnommenen Organe, das Höllengeld im Mund und den zugenähten Rumpf. Beide Fälle haben sich in Harbin zugetragen, der eine 2017, der andere vergangenes Jahr.«

»Die Fälle sind mir nicht bekannt«, sagte Liang.

»Sie wurden vertraulich behandelt«, erwidert Song. »Aus Gründen der sozialen Stabilität.«

»Ah. Natürlich.«

»Ich habe die Polizeidirektion in Harbin angerufen und Zugang zu den Akten beantragt. Ich habe heute Nachmittag einen Termin mit dem Leiter der Mordkommission.«

»Ich wäre gerne dabei, falls das möglich ist«, sagt Lu.

»Verbringen Sie Ihre Zeit lieber damit, weiter gegen Zhang zu ermitteln, da er momentan unser einziger brauchbarer Tatverdächtiger ist.«

»Mit dem Wort ›brauchbar‹ bin ich nicht einverstanden«, sagt Lu.

»Kommissar Lu«, setzt Song an, »seit Zhang verhaftet wurde, haben Sie deutlich zu verstehen gegeben, dass Sie ihn für unschuldig halten. Glauben Sie wirklich, damit die Unvoreingenommenheit zu beweisen, mit der man an die Untersuchung eines Mordes herangehen sollte?«

Polizeichef Liang unterbricht das Anzünden seiner Zigarette und wirft Lu einen warnenden Blick zu.

Lu seufzt. »Sie haben recht, Kriminaldirektor. Die Beweise und mein Gefühl sagen mir, dass Zhang nicht der Mörder ist. Aber ich bin ganz Ihrer Meinung – es wäre falsch, ihn als Verdächtigen voreilig zu entlassen. Wir sollten erst alle Fakten zusammentragen, bevor wir uns festlegen.«

»Wie schön, dass wir einer Meinung sind«, sagt Song.

»Die Fallakten in Harbin werden uns vielleicht in der einen oder anderen Richtung Aufschluss geben. Ich würde mich über die Gelegenheit freuen, sie zusammen mit Ihnen zu sichten.«

»Sie meinen, um mich zu kontrollieren. Um sicherzustellen, dass ich nicht … Wie haben Sie sich doch gleich ausgedrückt: ›vorschnell den nächstbesten Verdächtigen verurteile‹.«

Ja, denkt Lu. »Nein. Ganz und gar nicht.«

Song trommelt mit den Fingern auf dem Tisch. »Ich will mit offenen Karten spielen. Ich bin mir ebenfalls nicht sicher, was Zhang betrifft. Besonders jetzt, da die beiden anderen Morde in Harbin dem Muster entsprechen. Aber solange keine eindeutigen Beweise vorliegen, die auf einen anderen Täter hindeuten oder Zhang entlasten, bleibt er in Haft, und es wird gegen ihn ermittelt.«

»Das erscheint mir logisch, Herr Kriminaldirektor. Ich bin ganz Ihrer Meinung.«

Die nachfolgende unangenehme Stille wird von Liang unterbrochen, der lächelt und sich auf die Oberschenkel klopft. »Dann ist ja alles geregelt. Ich bin gespannt, was Sie nach Ihrer Rückkehr aus Harbin zu berichten haben.«

Lu meldet sich für einen der Streifenwagen an und braust wenige Minuten später wieder mit Song über die Tongjiang-Schnellstraße. Unterwegs halten sie kurz an, um sich Tee im Becher zum Mitnehmen zu kaufen. Kurz darauf stehen sie an der Rezeption des städtischen Polizeihauptquartiers, einem älteren Bau im russischen Stil, und werden in einen kleinen Besprechungsraum geführt. Song wirkt völlig entspannt. Lu ist nervös. Es ist lange her, dass er in der Stadt gearbeitet hat. Unweigerlich kommt er sich vor wie der Vetter vom Land auf Besuch bei seinen weltläufigen Verwandten.

Nach zehn Minuten öffnet sich die Tür, und ein Mann tritt ein. Er ist Ende fünfzig, trägt einen Anzug und hat ein mit Leberflecken gesprenkeltes Gesicht, Hängebacken und heruntergezogene Mundwinkel. Lu hat er immer an eine Flunder erinnert.

Es ist Xu, Lus ehemaliger Vorgesetzter, der für seine Versetzung in die Polizeiwache der Gemeinde Rabental vor sieben Jahren verantwortlich war.

Xu hat ein einnehmendes Lächeln aufgesetzt, das sich verflüchtigt, als er Lu erblickt. »Xu«, stellt er sich vor, »Leiter der Mordkommission.« Er verbeugt sich leicht vor Song und holt eine Visitenkarte aus seiner Tasche. »Tut mir leid, dass Sie warten mussten.«

Song überreicht ihm ebenfalls eine Visitenkarte. »Kriminaldirektor Song.«

»Ihr Ruf eilt Ihnen voraus.«

Arschlecker, denkt Lu.

»Das ist Kommissar Lu, stellvertretender Leiter der Polizeiwache Rabental«, sagt Song.

»Ich weiß, wer er ist.«

»Tatsächlich?« Song sieht Lu fragend an.

»Herr Xu war mal mein Chef«, erklärt Lu.

»Ich weiß ja nicht, was Lu Fei Ihnen über mich erzählt hat«, sagt Xu, »aber er ist keine zuverlässige Informationsquelle. Deswegen arbeitet er ja auch nicht mehr in Harbin. Hätte ich gewusst, dass er bei dieser Besprechung dabei sein wird, hätte ich andere Vorkehrungen getroffen.«

»Wie dem auch sei, er ist jetzt hier«, sagt Song. »Kommen wir also bitte gleich zur Sache.«

Widerwillig nimmt Xu am Tisch Platz. Song setzt sich ihm gegenüber.

Xu räuspert sich. »Sie sagten, Sie wollten sich einige unserer Akten ansehen.«

»Wir ermitteln in Rabental in einem Mordfall, der Übereinstimmungen mit zwei von Ihren Fällen aufweist. Es betrifft die sehr außergewöhnliche Vorgehensweise des Täters. Die weiblichen Opfer wurden ermordet und einige ihrer Organe entnommen. Danach wurden sie wieder zugenäht, und Höllengeld wurde ihnen in den Mund gesteckt.«

Xu nickt. »Ja, ich erinnere mich an diese Fälle. Wir haben den Ehemann für den Täter gehalten, aber die Untersuchungsergebnisse waren nicht eindeutig. Er wurde trotzdem zu einer Haftstrafe verurteilt, wegen einer anderen Sache, die damit nicht im Zusammenhang steht. Der andere Fall lag vor meiner Beförderung zum Leiter des Morddezernats, da kenne ich die Einzelheiten nicht.«

»Aber Sie haben keine Verbindung zwischen den beiden Fällen hergestellt«, sagt Lu.

»Wie ich gerade schon sagte, ereignete sich der erste Fall vor meiner Beförderung.«

»Genau. Und natürlich sind Sie für Verbrechen, die sich kurz vor Ihrer grandiosen Thronbesteigung ereignet haben, nicht verantwortlich.«

»Und Sie haben vielleicht vergessen, wie Polizeiarbeit läuft, nachdem Sie aufs Land versetzt wurden, um Sexualdelikte gegen Nutztiere aufzuklären. Es ist jedenfalls keine übliche Praxis, gleich einen Serienmörder zu vermuten, wenn eine Leiche gefunden wird«, blafft Xu. »Im Übrigen passen Sie auf, was Sie sagen!«

»Meine Herren, bitte«, mischt sich Song ein. »Wir sind doch Profis. Herr Xu, wir würden gerne alles sehen, was Sie über diese beiden Mordfälle haben.«

Xu reagiert nicht sofort. Songs Bitte bringt ihn in eine schwierige Situation. Falls Song in den Fallakten etwas entdeckt, das die Mordkommission Harbin übersehen hat, würde das ein schlechtes Licht auf Xu werfen. Er würde sein Gesicht verlieren. Mindestens. Schlimmstenfalls würde man ihn dafür verantwortlich machen, dass er die beiden Fälle nicht früher miteinander verknüpft hat. Für jeden Fehler muss jemand den Kopf hinhalten. Er will nicht derjenige sein.

Gleichzeitig ist Songs Stellung im Kriminalamt, obwohl sie beide den gleichen Dienstgrad haben, bei Weitem höher als seine, und sehr wahrscheinlich wird er auf der Karriereleiter im Ministerium für Öffentliche Sicherheit noch höher steigen. Xu wäre gut beraten, eine freundschaftliche Beziehung mit ihm zu pflegen.

»Selbstverständlich, Herr Kriminaldirektor. Ich tue alles, um Ihnen behilflich zu sein. Ich werde hier einen Raum für Sie reservieren und lasse die Akten dorthin bringen.«

»Das wäre sehr nett von Ihnen.«

»Soll ich Ihnen noch einen meiner Beamten schicken?«

»Im Moment noch nicht, danke. Aber wir würden gerne den ein oder anderen Kollegen sprechen, der an den Ermittlungen beteiligt war.«

»Kein Problem. Im Übrigen wäre jetzt eine gute Gelegenheit für eine Mittagspause. Es dauert etwa eine Stunde, bis die Akten vorliegen. Leider kann ich nicht dabei sein, ich habe noch andere Verpflichtungen.«

»Das verstehe ich.«

Xu reicht Song die Hand und übersieht Lu geflissentlich bei seinem Weg zur Tür.

Als er weg ist, wendet sich Song Lu zu. »Ich weiß ja, dass Sie den Mann nicht leiden können, aber ihn zu verärgern ist keine gute Strategie.«

»Keine Sorge. Xu ist ein Schleimer allererster Güte. Er wird keine Gelegenheit auslassen, sich bei Ihnen einzuschmeicheln.«

»Trotzdem. Mit ein bisschen mehr Diplomatie lässt sich mehr erreichen.«

»Sie haben völlig recht, Herr Kriminaldirektor. Ich werde mich ab jetzt bemühen, taktvoller zu sein.«

»Jetzt kommen Sie mir nicht so!«

Eine Straße weiter finden sie ein kleines Restaurant. Es ist noch früh für eine Mittagsmahlzeit, daher können sie einen Tisch im hinteren Teil in Beschlag nehmen, weitab von den anderen Gästen. Sie bestellen *niurou mian*, eine scharfe Suppe mit geschmortem Rindfleisch von zweifelhafter Herkunft und dicken Eiernudeln.

Als die *laoban* ihnen die Schüsseln bringt, rührt Song noch etwas braunen Senf in die Brühe. »Was ist zwischen Ihnen und Xu vorgefallen?«

»Warum fragen Sie?«

»Weil Sie jetzt beide in den Fall Yang verwickelt sind. Und weil ich neugierig bin.«

»Ich bin bekanntlich nicht die zuverlässigste Quelle.«

»Betrachten Sie es als Gelegenheit, hinter seinem Rücken schlecht über ihn zu reden.«

Lu schlürft seine Nudelsuppe. »Wir hatten einen Vermisstenfall. Eine Sechzehnjährige. Vieles deutete darauf hin, dass sie von zu Hause weggelaufen und nicht entführt worden war. Sehr schnell konnten wir die üblichen Zufluchtsorte ausschließen, dass sie sich zum Beispiel bei einem Bekannten versteckt hielt oder mit einem Freund durchgebrannt war. Wir klapperten die Gästehäuser ab, die billigen Hotels, die Absteigen. Wir überprüften, ob sie eine Zugfahrkarte gekauft hatte, und so weiter und so fort. Schließlich beschloss ich, die lokalen Bordelle zu durchsuchen. Manchmal geraten diese jungen Mädchen, die Stress zu Hause oder Probleme in der Schule haben, unfreiwillig ins Sexgewerbe. Ich hatte mein Vorgehen nicht mit Xu abgesprochen, weil die Bordelle in unserem Bezirk eigentlich tabu waren.«

»Sie meinen, die Besitzer haben Bestechungsgeld bezahlt.«

»Entweder Bestechungsgeld. Oder sie hatten *guanxi*.«

Guanxi: Beziehungen, Einfluss, Macht. Die Schmiere, die die Räder auf allen geschäftlichen und politischen Ebenen in der Volksrepublik am Laufen hält. Mit dem richtigen *guanxi* kann man mit seinem Geschäft ein Vermögen verdienen. Gesetze missachten, Regeln umgehen.

Sogar mit Mord davonkommen.

So ist es seit tausend Jahren. Die Revolution hat vieles verändert, *das* nicht.

»Verstehe«, sagt Song. »Sie führen eine Razzia in einem dieser Läden durch, der Besitzer beschwert sich bei jemandem, der beschwert sich bei jemand anderem, und der wiederum staucht Xu zusammen.«

»Schlimmer«, sagt Lu. »Ich habe Xu mit einer Minderjährigen erwischt.«

»Was?«, ruft Song erstaunt. »Im Ernst?«

»Im Ernst.«

»Was haben Sie gemacht?«

»Erst wollte ich ihn verprügeln. Aber am Ende habe ich gar nichts gemacht. Was hätte ich schon ausrichten können?«

»Sie hätten es wenigstens melden können.«

»Der Bericht wäre vernichtet worden, so wie meine Karriere.«

»Ein so krasser Fall von Korruption in der heutigen Zeit. Es ist eine Schande.«

»Ja. Und sein Wort stand gegen meins.«

»Was ist danach passiert?«

»Nachdem wir uns einige Monate aus dem Weg gegangen waren, bin ich schließlich in sein Büro marschiert und habe ihm mitgeteilt, dass ich nicht länger für ihn arbeiten könne. Er sagte, gut, in Ordnung, er würde mich befördern und sich für meine Versetzung in die Gemeinde Rabental aussprechen.«

»Zuckerbrot und Peitsche.«

»Genau.«

Song wischt sich den Mund mit einer Serviette ab. »Und jetzt sind Sie also in der Verbannung.«

»Zu dem Zeitpunkt wollte ich sowieso aus Harbin weg. In der Gemeinde Rabental kann ich im Leben der normalen Bürger wenigstens etwas bewirken.«

»Kommissar Lu, Verdienter Mitarbeiter im Amt für Öffentliche Sicherheit!«

»Nein, danke. Auf den Leistungsdruck kann ich verzichten.«

»Ja, Sie machen auch nicht den Eindruck, als wären Sie scharf darauf. Wahrscheinlich sind Sie noch nicht mal in der Partei, oder?«

Die Mitgliedschaft in der Kommunistischen Partei der Volksrepublik ist keineswegs selbstverständlich. Man muss sich bewerben, wird zu einem Gespräch eingeladen, durchläuft eine Leumundsprüfung und ein langes ideologisches Training, ein Selbststudium und Selbstkritik. Von den geschätzten 1,4 Milliarden Staatsbürgern sind nur ungefähr 88 Millionen in der Partei.

Dabei kontrolliert die Partei nahezu jeden wichtigen Regierungsposten. Jeder, der im Geschäftsleben oder in der Politik aufsteigen will, ist gut beraten, der Partei beizutreten. Es ist wie der VIP-Bereich in einem beliebten Nachtclub. Nur die coolsten, attraktivsten oder reichsten Kids dürfen über die Samtkordel treten.

»Genau«, sagt Lu.

»Warum nicht?«

»Ich habe mich nie beworben.«

»Warum nicht?«

»Während der Kulturrevolution haben meine Großeltern alles verloren. Mein Großvater ist verhungert. Mein Vater wurde mit Gewalt von seiner Familie getrennt.«

»Wo gehobelt wird, da fallen Späne. Und wir haben es weit gebracht. Heute treten wir Amerika in den Hintern.«

»Schon richtig. Aber als Heranwachsender verhielt sich für mich die Sache mit der Revolution etwas komplizierter. Die Ideologie stand im Widerspruch zur Realität. Anstatt mir also Gedanken über abstrakte Ideen zu machen, wollte ich mich auf etwas Konkretes konzentrieren. Zum Beispiel, Polizist zu werden. So konnte ich Leute schützen, die sonst hilflos gewesen wären. Leute wie meine Großeltern.«

»Und? Hat sich das für Sie im Berufsalltag bestätigt?«

»In etwa so, wie man es erwarten kann.«

»Es ist naiv zu glauben, man könnte Polizist sein, ohne die politischen Realitäten anzuerkennen.«

»Ich weiß.«

»Deswegen sitzen Sie also jetzt hier in der Pampa fest. In beruflicher Hinsicht.«

Lu zuckt mit den Schultern. In den sieben Jahren hat er sich an das Leben in der Gemeinde Rabental gewöhnt. Die Zahl der Fälle hält sich in Grenzen. Er verbringt mehr Zeit damit, bei Familienstreitigkeiten zu vermitteln und Bauern bei der Suche nach entlaufenen Hühnern zu helfen, als mit der Aufklärung schwerer Verbrechen. Das Positive ist, dass er nicht immer wieder vor demselben ethischen Dilemma steht wie vorher beinahe täglich in Harbin. Sicher gibt es immer noch Korruption, Vetternwirtschaft, Kungelei und Betrug, selbst in einer so kleinen und unbedeutenden Gemeinde wie Rabental, aber dafür verlässt er nicht jeden Tag nach Feierabend das Büro mit dem Gefühl, er brauche eine heiße Dusche, um den Dreck abzuwaschen.

Nach dem Mittagessen kehren sie zur Hauptwache zurück. Ein Raum wird ihnen zugewiesen, und ein junger Polizeibeamter zeigt ihnen, wo sich die Kantine befindet; dort gibt es kleine Mahlzeiten und Getränke. Song bittet um einen Aschenbecher.

»Leider darf man in diesem Haus nicht rauchen«, erklärt der Beamte.

»Kein Problem«, sagt Song. Er kauft sich einen Tee in der Kantine. Wieder zurück, trinkt er den Tee, öffnet ein Fenster, zündet sich eine Zigarette an und benutzt die Tasse als provisorischen Aschenbecher.

Es dauert eine weitere Stunde, bis die Akten kommen,

verpackt in mehrere Kartons. Song und Lu nehmen sich jeder einen Fall vor und sichten das Material. Nach einiger Zeit teilen sie sich gegenseitig ihre Ergebnisse mit.

»Tang Jinglei«, fängt Lu an. »Achtundzwanzig. Alleinstehend. In einem Schönheitssalon beschäftigt. Als sie mehrere Tage nicht zur Arbeit erscheint und auch nicht ans Telefon geht, machen sich einiger ihrer Kolleginnen Sorgen und überreden den Vermieter, ihre Wohnung aufzuschließen. Sie entdecken sie im Badezimmer. Der Gerichtsmediziner stellt als Todesursache eine aufgeschlitzte Kehle fest, keine Strangulation. Der Rest ist identisch. Herz, Lunge und Leber wurden entnommen. Höllengeld im Mund. Sexueller Missbrauch. Keine DNA.«

»Serientäter sind dafür bekannt, mit zunehmender Erfahrung und Selbstvertrauen ihre Vorgehensweise zu ändern.«

»Ja. Vielleicht ist der Täter nervös geworden und musste sich beeilen und hat deswegen zum Messer gegriffen.«

»Tatverdächtige?«

»Einer. Familienname Wan. Der Verdächtige und das Opfer waren eine Zeit lang zusammen, dann hat sie ihn abserviert, und zwei Wochen später wurde sie ermordet. Entscheidend war, dass er kein Alibi hatte und die Wohnung mit seinen Fingerabdrücken übersät war.«

»Unvermeidlich, wenn sie ein Paar waren.«

»Ja. Leider hat er sich während der Ermittlungen im Gefängnis umgebracht. Fall abgeschlossen. Zumindest, was die Polizei von Harbin betrifft.«

»Das war's?«

»Die Minimalversion.«

Song zündet sich seine zwanzigste Zigarette des Tages an. »Mein Opfer heißt Qin Liying. Achtunddreißig. Höhere Bankangestellte. Verheiratet. Kinderlos. Und sie gehörte einer Swingergruppe an.«

»Swingergruppe?«

»Sie und ihr Mann betreiben einen Chatroom, wo sie Paare und Alleinstehende für Orgien rekrutierten.«

»Orgien? Also Sex?«

»Ja. Also Sex.«

»Wirklich? Ich wusste nicht, dass es so etwas gibt.«

»Die Chatrooms oder Orgien?«

»Beides.«

Song bläst den Zigarettenrauch aus dem Fenster. »Das ist eine rechtliche Grauzone. Aber dazu später. Was den Mord betrifft, sagt der Mann aus, er sei eines Abends nach Hause gekommen und habe sie tot vorgefunden. Herz, Lunge und Leber fehlten. Im Mund steckte Höllengeld.«

»Sexueller Missbrauch?«

»So wie bei dem Yang-Mädchen. Laut dem Gerichtsmediziner wurde etwas in Frau Qins Vagina eingeführt, aber es gibt keine Spuren von Samen oder einen Hinweis auf den Gebrauch eines Kondoms.« Song schnippt Zigarettenasche in die Teetasse. »Wie Xu schon sagte, hat die Polizei von Harbin den Mann dazu für fähig gehalten. Die Ermittlungen ergaben, dass der Swingerclub eigentlich eher sein Ding war. Seine Frau hatte sogar versucht, der Sache ein Ende zu bereiten, wogegen er sich gesträubt hat. Sie war wütend deswegen und hat damit gedroht, ihm das Leben schwerzumachen. So weit die Theorie. Übrigens war er Professor an der Technischen Hochschule in Harbin, Fachbereich Informatik.«

»Das erklärt wohl den obszönen Chatroom. Und wie ging die Sache weiter?«

»Die Beweise reichten nicht aus für eine Anklage wegen Mordes. Stattdessen haben sie ihn wegen öffentlicher Unzucht verhaftet, vor Gericht gestellt und zu einem Jahr Gefängnis verurteilt.«

»Er ist also wieder draußen?«

»Vor Kurzem entlassen. Ich habe seine aktuelle Adresse. Ich glaube, es würde sich lohnen, mit ihm zu sprechen.«

»Das denke ich auch«, sagt Lu. »Ich bin erstaunt, dass der Polizei die Ähnlichkeiten zwischen den beiden Morden nicht aufgefallen ist.«

»Verschiedene Bezirke, verschiedene Ermittler, schlechte Kommunikation. Und wie Xu schon sagte – wer vermutet schon gleich einen Serienmörder?«

So gerne Lu die Verantwortung allein Xu in die Schuhe schieben würde, kann er doch nicht leugnen, dass die chinesischen Behörden solche Verbrechen gerne verharmlosen. Dennoch denkt Lu, dass Yang Fenfang wohl noch am Leben wäre, wenn Xu seine Arbeit besser gemacht hätte.

Er schaut auf die Uhr. Der Nachmittag schwindet dahin. »Sollen wir den Professor aufsuchen?«

Professor Qin wohnt in einem hässlichen Betonklotz, der einen Innenhof umgibt. Hier wächst kein Gras, kein Baum, hier gibt es nichts Ansprechendes. Trotzdem ist er voller spielender Kinder, als Lu und Song eintreffen. Die Kinder kreischen und toben wie wilde Tiere.

»Die Abkehr von der Ein-Kind-Politik war ein Fehler«, murmelt Song, als sie sich zwischen den Kindern hindurchschlängeln.

Song und Lu steigen die Treppe in die dritte Etage hinauf und kommen zu einem langen offenen Laubengang, von dem mehrere Wohnungen abgehen. Auf dem Gang halten sich alte Leute und kleine Kinder auf, und er ist vollgestellt mit Wäscheständern, Küchenherden, Hockern und Bänken, Haushaltsgegenständen, Winterschuhen und Fahrrädern.

Song findet die richtige Wohnung und klopft an die Tür.

»Wer ist da?«, ertönt eine Stimme aus dem Inneren.

»Amt für Öffentliche Sicherheit«, sagt Song.

»Was wollen Sie?«

»Machen Sie auf.«

Lu vernimmt das Geräusch von Riegeln, die zur Seite geschoben werden, dann öffnet sich die Tür einen Spalt. »Zeigen Sie mir Ihre Ausweise«, sagt ein Mann.

Song und Lu halten ihre Ausweise hoch.

»Warum sind Sie hier?« Lu kann nur einen schmalen Gesichtsausschnitt erkennen, ein Auge hinter einem dicken Brillenglas. Dunkel und misstrauisch.

»Machen Sie bitte die Tür auf, Professor Qin«, sagt Song.

Der Professor zögert, geht dann zur Seite. Song und Lu treten ein. Lu schließt die Tür hinter sich.

Die Wohnung ist winzig, zugestellt mit billigem Mobiliar und wackeligen Bücherstapeln. Es riecht nach Zigarettenrauch und gekochten Innereien. Professor Qin ist in den

Fünfzigern, hat kurzes graues Haar, einen Bauchansatz, trägt eine ausgebeulte Hose und einen alten Pullover. Zwischen den Fingern klemmt eine Zigarette.

Ganz und gar nicht der Sexprotz, den Lu sich in seiner Fantasie ausgemalt hatte.

Song stellt sich und Lu vor und sagt, sie würden gerne mit ihm über Frau Qin sprechen.

»Können Sie mich nicht endlich in Ruhe lassen?«, stöhnt Qin. »Sie und Ihre Leute haben schon mein Leben zerstört. Was wollen Sie denn noch?«

»Nur Antworten auf ein paar Fragen«, erwidert Song. »Dürfen wir uns setzen?«

»Wenn es sein muss.« Qin deutet vage auf ein klappriges Sofa. Lu räumt einige Bücher beiseite, um Platz zu schaffen. Song bietet Qin seine Chunghwas an. Qin winkt ab. Song nimmt sich eine und steckt sie an. Qin sinkt in einen alten Lehnstuhl.

Song bittet ihn um Klärung einiger Details bei der Auffindung der Leiche seiner Frau.

»Warum?«, fragt Qin. »Warum jetzt? Ich habe der Polizei alles gesagt. Jedes noch so winzige Detail des Mordes und meines Privatlebens wurde genauestens untersucht. Was soll ich denn noch sagen?«

»Bitte kooperieren Sie einfach mit uns«, erwidert Song.

»Macht Ihnen das Spaß? Ist das irgendein Spiel?«

»Überhaupt nicht. Es ist eine todernste Sache.«

»Früher, da war ich ein hoch angesehener Professor der Informatik. Ich habe vier Bücher geschrieben und über zwanzig Artikel zu meinen Forschungen. Ich war meinen

Studenten treu ergeben, und sie waren mir ergeben. Jetzt habe ich nichts. Kein Geld. Keine Lehrerlaubnis. Ich verdiene mein Geld mit Webseiten für Restaurants und Fahrradwerkstätten.«

»Soweit ich weiß, Professor Qin, haben Sie gegen die sozialistischen Ideale verstoßen.«

»Verstößt sexuelle Lust tatsächlich gegen die Prinzipien von Marx und Engels? Ich wüsste nicht, dass davon im Kommunistischen Manifest die Rede ist.«

»Sie haben Orgien veranstaltet«, sagt Song.

»Na und? Kein Mensch wurde dazu gezwungen. Alle Teilnehmer sind freiwillig gekommen. Die Handlungen fanden einvernehmlich hinter verschlossenen Türen statt, zwischen Erwachsenen.«

»Und Ihre Frau? War sie auch damit einverstanden?«

»Sie hat bereitwillig daran teilgenommen. Anfangs. Im Lauf der Zeit hat sie ihre Meinung dann geändert. Das war ihr gutes Recht. So wie es mein gutes Recht war, damit weiterzumachen, offen und mit ihrem Wissen, vom ersten Tag an.«

»Obwohl Ihre Frau wollte, dass Sie damit aufhören.«

»Wenn Sie und Ihre Frau gerne Fleisch essen und Ihre Frau eines Tages morgens aufwacht und verkündet, von nun an streng vegetarisch zu leben, sind Sie dann dazu verpflichtet, ebenfalls Vegetarier zu werden?« Qin sieht zwischen Song und Lu hin und her. »Sie wusste, wer ich bin, als sie mich heiratete. Wenn sie nicht länger mit diesem Menschen zusammen sein wollte, hätte sie sich einfach scheiden lassen können.«

»Die Familie ist das Fundament der gesellschaftlichen Ordnung«, entgegnet Song. »Eltern, Mann und Frau, Kinder.«

»Das ist eine sehr konservative Einstellung, die unsere eigene Regierung unterlaufen hat, durch erzwungene Sterilisierung, durch das Zusammenpferchen von Menschen in Kommunen, um die vier alten Denkweisen zu zerschlagen. Wir leben im einundzwanzigsten Jahrhundert. Warum können die Menschen nicht selbst entscheiden, wie sie sich ihr Glück vorstellen? Was ihnen Erfüllung bringt? Vergnügen bereitet …«

»Ich bin nicht hier, um philosophische Diskussionen mit Ihnen zu führen«, sagt Song. »Ich bin hier wegen des Mordes an Ihrer Frau.«

Qin beugt sich vor. »Hat er wieder zugeschlagen?«

»Wer?«

»Der Mörder.«

»Sie kennen den Mörder, Herr Professor?«

»Ich habe der Polizei von meinem Verdacht erzählt, als meine Frau ermordet wurde.«

»Was für einen Verdacht?«

»Haben Sie sich nicht mal die Mühe gemacht, den Polizeibericht zu lesen?«

»Ich möchte es aus Ihrem Mund hören.«

Qin drückt die Zigarette aus, nimmt die Brille ab, putzt sie mit seinem Pullover und setzt sie sich dann wieder auf die Nasenspitze.

»Wie Sie wahrscheinlich wissen, habe ich eine Chatgruppe moderiert, in der sich Gleichgesinnte über sexuelle Themen austauschen und Treffen vereinbaren konnten. Es war eine geschlossene Gruppe, aber natürlich gab es auch Leute, die unter Vortäuschung falscher Tatsachen dazugestoßen sind, um uns zu trollen. Selbstverständlich habe ich diese Trolle umgehend gesperrt, aber das ist, als wollte man ein Loch in einem Damm stopfen. Hat man das eine geschlossen, tut sich an anderer Stelle das nächste auf. Besonders eine Person meldete sich unter verschiedenen Decknamen immer wieder an. Aufgrund des Inhalts seiner Nachrichten war er leicht zu identifizieren. Extrem brutale Sprache. Zum Beispiel schrieb er, er werde alle unsere weiblichen Mitglieder vergewaltigen, sie seien ja sowieso nur Nutten. Er würde ihnen die Gebärmutter herausreißen. Die Brüste abschneiden. Ein Messer in die Scheide stoßen. Solche Sachen. Außerdem würzte er seine Schmähungen mit stramm sozialistischem Jargon. Wir seien bürgerlich-dekadent. Läufige Hunde. Wir würden denen aus dem Westen die Schwänze lutschen und so weiter.«

»Und Sie hatten diese Person in Verdacht, Ihre Frau ermordet zu haben?«, fragt Lu.

»Ich fand, man hätte wenigstens gegen ihn ermitteln sollen.«

»Haben Sie selbst keinen Decknamen in Ihrem Chatroom benutzt? Damit man Ihnen nicht auf die Spur kommt?«, fragt Song.

»Doch, natürlich.«

»Woher soll er dann gewusst haben, wo Sie wohnen? Wer Ihre Frau war?«

»Keine Ahnung. Vielleicht hat sich einer der anderen Teilnehmer verplaudert. Unsere kleinen Treffen haben sich herumgesprochen, und irgendwie hat der Kerl davon erfahren. Aber sicher bin ich mir nicht.«

»Woher wussten Sie, wer *er* war, wenn er einen Decknamen benutzt hat?«, fragt Lu.

»Durch seine IP-Adresse. Schon vergessen, ich bin Professor für Informatik.«

»Sie haben also Ihre Fähigkeiten als Hacker angewandt?«

»Ich weiß nicht, was Sie damit genau meinen«, sagt Qin unaufrichtig. »Jedenfalls habe ich alle diese Informationen an die Polizei von Harbin weitergegeben, aber denen ging es gar nicht um den Mord an meiner Frau. Sie wollten einfach nur an mir ein Exempel statuieren.«

»Das ist ein schwerwiegender Vorwurf«, sagt Song.

»Allerdings. Und ich meine es ernst. Außerdem wurde der Schweinehund gedeckt.«

»Wie meinen Sie das?«

»Das haben diese Ganoven in dem offiziellen Polizeibericht wohl alles unterschlagen, was?« Qin schüttelt wütend den Kopf.

»Wir wollen nur Ihre Sichtweise verstehen«, sagt Lu vorsichtig.

Qin geht wutschnaubend zu seinem Schreibtisch und stöbert in Bergen von Papier. Schließlich findet er, wonach er sucht, nimmt sich einen Zettel, schreibt etwas darauf und gibt ihn Lu. »Hier sind sein Name und seine Adresse.«

Lu liest den Zettel. »Herr Peng Yuan. Den Bezirk kenne ich nicht.«

»Das ist am Stadtrand«, sagt Qin. »Eine Art industrielles Niemandsland.«

»Was wissen Sie noch über ihn?«, fragt Song.

»Er ist Ende sechzig. Ein ehemaliger Offizier der Volksbefreiungsarmee und ein Kriegsheld.«

»Kriegsheld?«, fragt Song. »Welcher Krieg?«

»Einer der Grenzkonflikte mit Vietnam Anfang der Achtziger«, sagt Qin.

Lu hustet. Der Zigarettenqualm sorgt für eine stickige Atmosphäre in der Wohnung. »Bitte erklären Sie uns, was Sie meinten, als Sie sagten, er würde gedeckt.«

»Er ist Vorsitzender einer Vereinigung, die sich PLA nennt. Veteranen für sozialistische Werte. Eine radikal linke, antiwestliche, antiökonomische Reformgruppe.«

»Nie gehört«, sagt Song.

»Wie auch?«, erwidert Qin. »Es ist eine lokale Organisation hier in Harbin. Ich glaube, sie besteht nur aus einer Handvoll verbitterter Hardliner. Mao-Verehrer. Aber für so eine kleine Gruppe veranstalten sie eine Menge Lärm. Ich habe den Verdacht, dass irgendjemand in der Stadtregierung die Hand über sie hält, um die Sache am Kochen zu halten. Deswegen hat die Polizei nichts unternommen, als ich ihr seine Posts zeigte.«

»Wir werden das überprüfen«, sagt Song und steht auf.

»Wollen Sie wirklich mit ihm sprechen?« Qin klingt überrascht.

»Wir fahren sofort hin.«

Eigentlich hat Lu keine Lust, so weit hinaus in die Pampa zu fahren, um einen potenziell radikalen Hitzkopf zur Rede zu stellen und sich anschließend durch die Rushhour zu quälen, doch Peng ist eine hochinteressante Spur.

»Dann stimmt es also«, sagt Qin. »Es hat noch einen weiteren Mord gegeben. Andernfalls würden Sie sich nicht die Mühe machen.«

»Vielen Dank für ihre Zeit, Herr Professor«, sagt Song. Er sieht sich in der unordentlichen Wohnung um. »Bitte versuchen Sie, ein produktives Mitglied der Gesellschaft zu sein und nach vorne zu schauen.«

Während der Fahrt zu Pengs Wohnung ruft Song Xu, den Leiter des Morddezernats, an und verlangt eine Erklärung, warum Peng Yuan in dem Polizeibericht nicht auftaucht.

Xu atmet laut und vernehmlich in den Hörer. »Wir haben natürlich mit ihm gesprochen. Er ist nicht der Mörder.«

»Warum sind Sie sich da so sicher?«

»Weil seine Internet-Kenntnisse gerade ausreichen, um einen Post in der Chatgruppe des Professors zu hinterlassen, aber nie im Leben hätte er die wahre Identität des Professors oder seine Adresse herausfinden können. Und der Professor ist nicht der Einzige, den er online bedroht hat. Er ist nur ein alter Hund, der zu laut bellt.«

»Selbst wenn das der Fall ist, hätte er in dem Bericht erwähnt werden müssen.«

»Was hätte das genutzt?«, sagt Xu. »Außer ihn an den Pranger zu stellen? Der Mann ist ein Kriegsheld.«

»Vielleicht hat ja jemand an höherer Stelle eine Schwäche für ihn«, vermutet Song.

»Kann durchaus sein«, sagt Xu vorsichtig. »Es gibt immer noch ein paar kommunistische Hardliner in der Stadtregierung von Harbin.«

»Verstehe. Ich werde trotzdem mit ihm sprechen.«
»Bitte nicht«, sagt Xu. »Das bringt nur Ärger.«
»Zu spät. Ich stehe fast vor seiner Wohnung, und wenn ich merke, dass man ihn vorgewarnt hat, weiß ich, wem ich die Schuld geben kann.«
»Herr Kriminaldirektor ...«
Song legt auf, ohne sich zu verabschieden.
»Jetzt wissen Sie, was Xu für einer ist«, sagt Lu.
»Ein typischer Polizist«, entgegnet Song. »Kümmert sich eher darum, sich abzusichern und bei Vorgesetzten einzuschleimen, als Kriminelle zu jagen. Aber ganz ehrlich, für so einen wie ihn, der bereit ist, den Wasserträger für die Mächtigen zu spielen, steht der Himmel offen. In fünf Jahren ist er vielleicht Polizeichef von ganz Harbin.«
»Nur über meine Leiche«, entgegnet Lu.
»Selbst das scheint im Bereich des Möglichen«, sagt Song. »Bleiben Sie lieber in Ihrer Gemeinde Rabental, und halten Sie sich in Zukunft von Xu fern.«
»Nichts lieber als das.«

Es dämmert bereits, als sie das Viertel erreichen, in dem Peng wohnt. Sie kurven durch eine gespenstisch leere Landschaft mit kleinen, von blassgelbem Halogenlicht erleuchteten Fabriken. Pengs Wohnhaus ist nicht so leicht zu orten. Es ist ein altes fünfgeschossiges Gebäude in billiger Bauweise aus Beton und Ziegeln, dreckig und vernachlässigt.

Lu stellt den Wagen ab, und sie betreten die Eingangshalle. Es gibt keinen Wachmann. Song drückt auf den Aufzugknopf, nichts passiert. Sie nehmen die Treppe.

Peng wohnt in der dritten Etage. Als sie den Flur entlang zu seiner Wohnung gehen, hört Lu plötzlich Musik. Er erkennt die Melodie, es ist »Nanniwan«, ein altes revolutionäres Lied:

Blumen auf den Bergen
Die Berge blühen
Ihr sollt wissen, überall in Nan Ni Wan
Ist es jetzt wie in Jiangman
Ja, wie in Jiangman
Das Land wird bestellt
Die 395. Brigade ist mit gutem Beispiel vorangegangen
Lasst uns voranschreiten
Soll das Beispiel Schule machen.

Song klopft an Pengs Tür. »Amt für Öffentliche Sicherheit. Bitte öffnen Sie die Tür, Herr Peng!«

Die Musik wird abgestellt. Die Tür geht auf. Ein alter Mann steht vor ihnen. Er ist klein, und man sieht ihm sein Alter an, aber er ist kräftig gebaut.

»Was wollen Sie?«, fragt Peng.

Song und Lu zücken ihre Ausweise. »Dürfen wir reinkommen und mit Ihnen sprechen?«, fragt Song.

»Warum?«

»Wir haben ein paar Fragen. Sie betreffen Frau Qin. Es ist einige Jahre her. Erinnern Sie sich?«

»Hauen Sie ab!« Peng will die Tür zuschlagen, doch Lu schiebt rasch eine Hand in den Spalt.

»Es dauert nur einen Augenblick, Offizier Peng.«

»Die Geschichte ist uralt. Warum behelligen Sie mich deswegen?«

»Wir tun nur unsere Arbeit«, knurrt Song. »Und jetzt lassen Sie uns herein, oder wir nehmen Sie mit ins Hauptquartier und stellen unsere Fragen dort, in einer weniger entspannten Atmosphäre.«

»Versuchen Sie es doch«, entgegnet Peng.

»Offizier Peng«, sagt Lu mit ruhiger Stimme. »Bitte. Es ist einfacher für Sie, wenn Sie uns fünf Minuten Ihrer Zeit schenken.«

Peng sieht ihn einen Moment lang finster an. Lu weht eine Alkoholfahne entgegen. Schließlich winkt Peng sie herein.

Die Wohnung ist chaotisch. Die Wände sind mit alten Propagandaplakaten beklebt, mit den entsprechenden Slogans: »Wir sind die Roten Garden des Vorsitzenden Mao« oder »Liebe dein Land heiß und innig!«. Die wenigen Möbelstücke sehen aus, als hätte man sie aus dem Sperrmüll gefischt. In einer Ecke steht ein Karton mit Einblattdrucken und Flugblättern. Auf einem Sofatisch stapeln sich Essensverpackungen aus Styropor. Das Sofa, unter einem Haufen zerschlissener Decken, dient offenbar auch als Bett. Peng setzt sich auf die Kante und nimmt sich eine Schachtel Zigaretten vom Tisch. Song bietet ihm sofort eine Chunghwa an, sein bewährtes Mittel, eine Verbindung herzustellen.

»Chunghwa, ja?« Peng nimmt sich eine und steckt sie in den Mund. »Sie müssen reich sein.«

Song gibt ihm Feuer. »Ich rauche nur reich.«

Peng zieht einmal kräftig an der Zigarette, gießt dann

Schnaps aus einer Flasche auf dem Tisch in ein schmutziges Glas und trinkt.

Lu schlendert zu dem Karton mit den Flugschriften. Es sind billige Drucke auf minderwertigem Papier. Die Vereinigung der Veteranen für sozialistische Werte schwimmt nicht gerade in Geld, wie Lu vermutet. Er liest: *Arbeiter, Bauern, Soldaten und Revolutionäre, vereinigt euch!*

Song setzt sich Peng gegenüber auf einen wackligen Stuhl und zündet sich eine Chunghwa an. »Leben Sie hier allein?«

»Was geht Sie das an?«

»Bitte beantworten Sie einfach meine Fragen.«

»Ja, ich lebe allein. Keine Frau. Keine Kinder. Ich habe mein Leben lang meinem Land gedient, nicht mir.«

»Bewundernswert.«

»Machen Sie sich über mich lustig?«

»Im Gegenteil. Danke für Ihren Dienst am Land. Wir sind uns natürlich bewusst, dass Sie früher schon mal von der Polizei wegen des Mordes an Frau Qin verhört wurden.«

»Ich habe der Polizei damals gesagt, dass ich niemanden aus der Gruppe persönlich gekannt habe; ich kannte nicht mal den richtigen Namen des Ehemannes. Er hat irgendein lächerliches und schmutziges Pseudonym benutzt, Eisenschwanz oder Goldrute oder so etwas.« Peng trinkt sein Glas aus und gießt sich nach. »Eins kann ich aber sagen: Die Nutte hat gekriegt, was sie verdient.«

»Wie kommen Sie darauf?«

»Sie war eine Nutte, weil sie für jeden Dahergelaufenen die Beine breit gemacht hat, deswegen. Und ihr Mann, das widerliche Schwein, genauso. Die beiden sind ein gutes

Beispiel dafür, was passiert, wenn wir zulassen, dass liberale Werte unsere Gesellschaft verseuchen.«

Lu nimmt eines der Flugblätter zur Hand und überfliegt den ersten Absatz:

Siebzig Jahre nach der großen sozialistischen Revolution haben sich wieder bürgerliche Elemente eingeschlichen, die alte Ideen, Kulturen, Sitten und Gebräuche propagieren, um die Arbeiterklasse auszubeuten und unsere jüngere Generation zu verderben.

»Dann lehnen Sie also ihren Lebensstil ab«, sagt Song.

»Natürlich, verdammt! Aber ich habe sie nicht getötet, auch wenn es mir nichts ausgemacht hätte.« Peng macht eine hackende Bewegung mit der Hand, lacht und gießt sich erneut nach.

Lu liest weiter: *Wir müssen alle bekämpfen, die den kapitalistischen Weg einschlagen, die die sozialistischen Werte aufgeben und sich auf dem Rücken der Arbeiter, Bauern und Soldaten bereichern wollen. Arbeiter, Bauern, Soldaten und Revolutionäre, vereinigt euch!*

»Sie sollten als Polizisten so einen bürgerlichen Abschaum wie ihn jagen, statt gediente Patrioten zu belästigen«, schleudert Peng ihnen entgegen.

»Professor Qin hat im Gefängnis gesessen«, hebt Song hervor.

»Gefängnis?«, sagt Peng. »Der Scheißkerl gehört hingerichtet. Vielleicht begreifen Sie nicht, was um Sie herum geschieht. Denken Sie etwa, wir hätten den Krieg 1949 gewonnen? Nicht annähernd. Wachen Sie auf. Tschiang Kai-sheck und die Kuomintang, die vereinte Militärmacht der

Amerikaner und Russen, der Koreaner, Japaner und Vietnamesen – sie sind nichts im Vergleich zu dem Einfluss von Coca-Cola und Zhushi Qiangsen.«

Lu muss unwillkürlich lachen. Er ist kein großer Fan von ausländischen Filmen, aber jeder kennt den Schauspieler Zhushi Qiangsen, den braun gebrannten amerikanischen Muskelprotz, ehemaliger Wrestler, der mit banalen Filmchen, die sich um schnelle Autos, King-Kong-große Affen und brennende Hochhäuser drehen, Geld in die chinesischen Kinokassen spült.

»Filme und Zeitschriften, Jeans, Hamburger und dekadente westliche Einstellungen«, schwadroniert Peng. »Es ist ein Übel. Eine Plage. Wie sagte unser großer Führer doch gleich: ›Liberalismus ist extrem schädlich in einem revolutionären Kollektiv. Es ist eine Säure, die unsere Einheit zersetzt, den Zusammenhalt untergräbt, Apathie verursacht und Zwietracht sät. Es ist eine sehr schlechte Tendenz.‹«

»Danke für die Lektion in sozialistischen Prinzipien«, entgegnet Song trocken. »Aber nur so, wegen unserer Ermittlungen, da es nicht im Polizeibericht steht: Wo waren Sie an dem Abend, als Frau Qin ermordet wurde?«

»*Ta ma de*«, sagt Peng. »Ich kann mich nicht erinnern. Das ist Jahre her.« Er raucht seine Chunghwa zu Ende und wirft den Stummel in einen leeren Teebecher. »Geben Sie mir noch eine Zigarette.«

Song zögert, zieht dann die Packung aus der Tasche, schüttelte eine Zigarette heraus und gibt sie ihm.

Peng steckt sie in den Mund und beugt sich vor. Song

nimmt sein Feuerzeug und hält die Flamme an Pengs Zigarette.

Peng inhaliert und bläst Song den Rauch ins Gesicht. »Warum so knausrig? Bestimmt haben Sie zu Hause einen ganzen Vorrat von diesen Dingern. Schmiergeld, Geschenke – nennen Sie es, wie Sie wollen.«

»Ich nehme kein Schmiergeld«, sagt Song. Seine Stimme verrät Wut.

Peng trinkt aus seinem Glas, gießt wieder nach und raucht seine Zigarette. »Scheißbullen. Um nichts besser als Kriminelle, abgesehen von ihrer blanken Dienstmarke.«

»Warum so feindselig, Offizier Peng?«

»Ich bin nur ehrlich. Anders als ihr Studierte. Ich bin zu dumm, um meine Zunge für schöne Worte zu verdrehen.«

»Kommen wir zurück zu dem Abend, an dem Frau Qin ermordet wurde.«

»Die sind wir jedenfalls los. Schade nur, dass der Killer nicht den Mann und die ganzen anderen Nutten auch gleich aufgeschlitzt hat.«

Lu betrachtet die Befragung als Zeitverschwendung. Der alte Soldat ist aggressiv, verbittert und betrunken. Bei einem triftigen Grund könnte er sich sogar als gewalttätig entpuppen. Lu glaubt trotzdem nicht, dass Peng Frau Qin ermordet hat. Für so ein Verbrechen ist er zu grob und zu durchschaubar.

Aber er hat Song vorher schon mal während der Befragung eines Verdächtigen unterbrochen, und er wird es kein zweites Mal tun.

»Wo waren Sie?«, fragt Song.

»Ich kann mich nicht erinnern.«

»Versuchen Sie es.«

Peng zieht an seiner Zigarette und grinst. »Jetzt fällt es mir ein. Ich habe Ihre Mutter gefickt.«

Song springt auf, Peng ebenfalls, und Lu geht dazwischen. »Stopp!«

Peng ignoriert Lu und provoziert Song. »Komm doch, Weichei!«

»Offizier Peng!«, ruft Lu. »Das reicht!«

Peng sieht Lu an. »Fick dich und deine Ahnen!«

»Ihr Heldenmut im Krieg wird uns nicht daran hindern, Sie zu verhaften und in eine Gefängniszelle mit lauter Ausländern, Homosexuellen und Muslimen zu sperren«, droht ihm Lu.

»Ha!«, schnaubt Peng. »Die schlage ich alle zusammen!«

»Das können Sie haben.«

»Arschkriecher«, brummt Peng, setzt sich aber wieder auf das Sofa.

Song hält die Faust geballt, er ist weiß vor Wut.

Lu wendet sich ihm zu. »Herr Kriminaldirektor«, sagt er leise.

»*Gan!*« Song dreht sich um und stürmt zum Fenster.

Peng grinst und gießt sein Glas voll. »Schlappschwänze.«

Lu überlegt kurz, was er machen soll. »Ich habe nur noch zwei Fragen, Offizier Peng«, sagt er. »Danach sind wir auch schon wieder weg. Haben Sie ein Auto oder ein Motorrad oder irgendein anderes Transportmittel?«

»Ich habe Ihnen doch gesagt, dass ich nicht reich bin. Ich besitze nur ein Fahrrad.«

»Haben Sie in letzter Zeit die Stadt Harbin verlassen?«

»Sie meinen, um die Mutter Ihres Freundes noch mal zu ficken?«

Song fährt ruckartig herum. »Jetzt reicht es. Dem Scheißkerl gehören Manieren eingeprügelt.«

Peng wirft sein Glas nach Song. Dieser duckt sich, das Glas zerspringt. Lu greift nach Pengs Arm, doch Peng holt überraschend aus und versetzt ihm einen Fausthieb.

Lu landet auf dem Hintern. Der alte Soldat kann noch kräftig zuschlagen.

Peng greift sich die Schnapsflasche und schmettert sie gegen die Tischkante. Sie zerspringt in zwei Teile, den gezackten Hals hält er in der Hand. Mit einem Satz hechtet er über den Tisch und geht auf Song los.

Song duckt sich erneut. Er ist in die Enge getrieben, und er ist kein großer Kämpfer. Peng fuchtelt mit seiner Waffe und sticht zu.

Lu schüttelt sich und rappelt sich hoch. Peng packt Songs ausgestreckten Arm, schlitzt ihn auf und rammt die Flasche dann in seine Brust. Song brüllt vor Schmerz.

Lu schlingt von hinten die Arme um Peng. Mit aller Kraft versucht er, ihn von Song loszureißen. Peng sticht wie verrückt mit der kaputten Flasche auf Song ein. Lu tritt ihm mit dem Fuß in die Kniekehle und zieht ihn auf den Boden, umklammert seine Taille mit den Beinen und nimmt ihn in den Schwitzkasten. Doch Peng ist kräftiger als gedacht; er drischt um sich, bäumt sich auf und befreit sich aus Lus Griff.

Peng und Lu kommen auf die Beine und stehen sich gegenüber. Song liegt zusammengekrümmt in einer Blutlache auf dem Boden.

Jetzt stößt Peng mit der Flasche nach Lu. Lu weicht aus und bekommt Peng an der Hand zu fassen. Mit aller Kraft verdreht er ihm das Gelenk, zwingt damit Pengs Körper zu einer halben Drehung, nutzt das Momentum und befördert ihn mit einem Salto gegen die Fensterscheibe. Das Glas zerspringt, und Peng verschwindet in dem klaffenden Loch.

Lu tritt an die Fensterbank und schaut nach unten.

Drei Stockwerke tiefer liegt Pengs Körper mit zerbrochenen Gliedmaßen auf dem Boden.

»*Ta ma de*«, sagt Lu.

Lu fährt, so schnell er kann, mit Blaulicht und Sirene. Auf dem Rücksitz liegt Song, still, reglos. Lu ist sich nicht mal sicher, ob er überhaupt noch lebt.

Er löst eine Hand vom Steuerrad, fasst in seine Hosentasche und holt sein Handy heraus. Er nähert sich einer mehrspurigen Kreuzung. Die Ampel steht auf Rot, er bremst ab, aber da keine Fahrzeuge zu sehen sind, hält er nicht an.

Er schaut auf sein Handy und wählt den Notruf. Schlechtes Timing. Er hat gerade die letzte Ziffer gedrückt, da rast er auf die Kreuzung und ist plötzlich wie gelähmt von den Scheinwerfern eines Lkws, der aus der Querstraße auf ihn zurast. Eine Hupe dröhnt.

Es bleibt ihm nichts anderes übrig, als Gas zu geben und das Steuerrad herumzureißen. Beinahe wäre er mit dem Lkw zusammengestoßen.

»Siehst du nicht, dass ich mein Blaulicht und die Sirene eingeschaltet habe!«, ruft Lu dem Lastwagenfahrer hinterher.

In dem Durcheinander hat er sein Handy verloren. Mit den Füßen tastet er den Boden ab, findet es, hebt es auf und hält es ans Ohr.

»Hallo? Hallo? Ist da jemand?«, fragt die Stimme in der Vermittlung.

Lu nennt seinen Namen und seine Kennnummer und erklärt, er habe einen schwer verwundeten Kollegen im Auto und steuere das nächste Krankenhaus an. Zufällig ist es das gleiche, in dem Dr. Ma die Autopsie an Yang Fenfang durchgeführt hat. Er bittet die Telefonistin, dort anzurufen und mitzuteilen, dass sich ein Notarzt-Team bereithalten soll.

Er wirft das Handy auf den Beifahrersitz und tritt das Gaspedal durch.

Am Krankenhaus angekommen sieht er erleichtert, dass ein Versorgungsteam mit einer Bahre am Eingang zur Notaufnahme wartet. Er hält an, springt aus dem Auto und reißt die hintere Tür auf. Die Sanitäter eilen herbei.

Lu spricht den Chefarzt an. »Dieser Mann ist ein hoher Beamter im Ministerium für Öffentliche Sicherheit. Er hat viel Blut verloren.«

»Was ist passiert?«, fragt der Arzt.

»Er wurde mit einer kaputten Glasflasche angegriffen.«

»Wie lange ist das her?«

»Etwa zwanzig Minuten.«

»Was können Sie uns noch sagen?«

»Er heißt Song, in den Fünfzigern, Raucher. Mehr nicht.«

Die Krankenwärter schieben die Bahre durch eine Pendeltür. Der Arzt hebt abwehrend eine Hand. »Sie dürfen hier nicht rein, aber wenn Sie die Dame vorne am Empfang fragen, wird sie Ihnen einen Platz zum Warten anbieten.« Er mustert Lu von oben bis unten. »Vielleicht möchten Sie sich aber erst mal waschen.« Er dreht sich um und folgt der Bahre.

Lu kehrt zum Streifenwagen zurück. Die Polster sind blutverschmiert, so wie seine Kleidung. Er findet sein Handy und ruft Polizeiobermeister Bing an, den er zu Hause bei Frau und Kind erreicht.

»Entschuldigen Sie die Störung.«

»Kein Problem, Herr Kommissar. Was gibt's?«

»Die Antwort auf diese Fragen ist komplizierter, als Sie sich vorstellen können. Vorerst brauche ich jemanden, der mir frische Kleidung zum Bezirkskrankenhaus bringt.«

Er legt auf und ruft gleich danach bei der Polizei Harbin an, um zu melden, was Peng Yuan widerfahren ist. Er rechnet mit ernsten Schwierigkeiten, weil er den alten Mann aus dem Fenster geworfen hat. Dann ruft er Polizeichef Liang an, der wie erwartet rasend vor Wut ist.

»*Cao ni de ma!*«, sagt Liang. »Wie konnten Sie es zulassen, dass Song so verletzt wurde!«

»Gar nichts habe ich zugelassen. Wir wurden von einem Verrückten angegriffen.«

»Was sagt der Arzt?«

»Sie haben ihn gerade in den OP-Saal gebracht.«

»*Cao!* Und der alte Mann?«

»Ich glaube nicht, dass er Yang getötet hat. Wir haben aus reiner Sorgfaltspflicht mit ihm gesprochen, aber es ist ziemlich deutlich geworden, dass er die Identität des Opfers nicht kannte, das in Harbin ermordet worden ist.«

»*Cao ni de ma!*«

»Ich selbst bin übrigens nicht verletzt. Danke der Nachfrage.«

Lu hört Liang schwer in die Sprechmuschel ausatmen. »Entschuldigen Sie. Sie haben recht. Jetzt ist nicht der Zeitpunkt, nach Schuldigen zu suchen. Soll ich zum Krankenhaus kommen?«

»Nicht nötig. Ich warte hier, bis ich Neues erfahre.«

»Gut. Ich rufe den Bezirkspolizeichef an. Der soll jemanden beauftragen, sich bei der Polizei in Harbin zu melden, und dafür sorgen, dass Sie Beistand haben. In Ordnung?«

»Danke, Chef.«

Lu legt auf. Er holt einen Lappen aus dem Kofferraum und wischt damit die Vorder- und Rücksitze ab. Dann wartet er im Auto, bei laufendem Motor.

Seine Hände zittern. Er schließt die Augen und konzentriert sich auf die Tiefenatmung. Als Polizeiobermeister Bing auftaucht, ist er einigermaßen ruhig.

»*Cao!*«, ruft Bing. »Jetzt sagen Sie nicht, dass das von Ihnen ist.«

»Das Blut? Das ist von Kriminaldirektor Song.«

»Ist er tot?«

»Vermutlich nicht. Bis jetzt habe ich noch nichts Gegenteiliges vom Arzt gehört.« Lu berichtet Bing, was an dem Abend vorgefallen ist.

»So eine Scheiße«, sagt Bing.

»Ja. Ich warte jedenfalls weiter hier. Sie fahren wieder

nach Hause. Danke für die Klamotten. Sie hätten nicht persönlich zu kommen brauchen. Sie hätten einen von den Polizeimeistern schicken können.«

»Ich warte hier mit Ihnen.«

»Nein. Fahren Sie nach Hause. Aber trotzdem danke.«

Lu fragt die Frau am Empfang, wo er sich waschen und umziehen kann. Sie sagt einem Krankenwärter Bescheid, der ihn zu einem Wohnheim für ledige männliche Angestellte bringt. Lu duscht und zieht sich um und stopft seine schmutzigen, blutverkrusteten Kleider in einen Plastikbeutel. Den Beutel wirft er in den Kofferraum.

An einem Getränkeautomaten kauft sich Lu einen heißen Tee. Er denkt unwillkürlich an Yang Fenfangs Autopsie, die in diesem Krankenhaus durchgeführt wurde. Er fragt die Frau am Empfang, ob gerade jemand Dienst in der Leichenhalle hat.

»Sehen Sie doch selbst nach«, sagt sie, verärgert über die Unterbrechung des Films, den sie sich auf ihrem Handy ansieht. »Kellergeschoss, letzter Raum links.«

Lu steigt die Kellertreppe hinunter, geht den grün gekachelten Korridor entlang und findet im Büro am Ende einen schlafenden jungen Wärter in OP-Hose und Pullover vor, den Kopf auf dem Tisch. Lu weckt ihn.

»Ich bin Kommissar Lu. Ich suche eine bestimmte Person. Könnten Sie mal nachschauen?«

Der Wärter reibt sich die Augen. »Die Patientenregistrierung ist oben.«

»Die Person, die ich suche, ist tot.«

»Oh. Sind Sie sicher, dass sie noch hier ist?«

»Ich habe am Sonntag bei der Autopsie zugesehen. Ihr Name ist Yang Fenfang.«

Der Wärter blättert in seinen Unterlagen. »Ja, sie befindet sich hier. Bis jetzt hat noch niemand nach ihr gefragt.«

»Was passiert mit der Leiche?«

»Sie bleibt so lange hier, bis jemand Anspruch auf sie erhebt oder wir die Genehmigung bekommen, die Überreste einzuäschern.«

»Und von wem erhalten Sie diese Genehmigung?«

»Von Ihnen. Dem Amt für Öffentliche Sicherheit.«

»Ach ja, stimmt.« Mit dieser Verwaltungsaufgabe befasst sich Lu in der Regel nicht.

»Aber ehrlich gesagt lässt sich das Amt für Öffentliche Sicherheit extrem viel Zeit damit, Totenscheine für Mordopfer, Unfallopfer oder anonyme Leichen auszustellen«, sagt der junge Mann. »Momentan haben wir sechzig solcher Fälle, die unsere Leichenhalle verstopfen. Unter uns, Herr Kommissar, einige Kühlräume mussten wir doppelt belegen.«

»Wie würdelos.«

»Völlig richtig. Ich zünde jeden Abend Räucherstäbchen für diese armen Seelen an.« Der Wärter deutet mit dem Kopf auf eine Urne auf der Fensterbank. »Aber uns sind die Hände gebunden. Wenn kein Angehöriger kommt, um die Leiche abzuholen, oder die Polizei uns nicht die Genehmigung erteilt, die Überreste zu verbrennen, bleibt sie hier, manche jahrelang.«

»Wenigstens sind Sie so freundlich, Räucherstäbchen für sie anzuzünden.«

Der Wärter sieht sich um, ob irgendwo fremde Ohren

lauschen, und spricht mit leiser Stimme weiter. »Dieses Krankenhaus steckt voller hungriger Geister. Ich füttere sie, so gut es geht, aber die Arbeit hier macht mich fertig.«

»Vielleicht sollten Sie sich lieber etwas anderes suchen.«

»Was denn? Weizen säen in brütender Hitze und bitterer Kälte? Am Fließband stehen in einer Kühlschrankfabrik? Hier bin ich wenigstens nicht draußen und dem Wetter ausgesetzt. Ich kann Tee trinken und lesen. Wenn nicht die Geister der Toten wären und der Geruch des Todes, wäre ich zufrieden.«

»Jede Arbeit hat ihre Vor- und Nachteile. Danke für die Information.«

Lu geht nach oben und kauft sich einen zweiten Becher Tee aus dem Automaten. Eine Abordnung Polizisten aus Harbin trifft ein. Lu ist froh, dass Xu nicht unter ihnen ist. Sie suchen ein leeres Büro und nehmen Lus Bericht auf. Danach klopft ihm der leitende Beamte auf die Schulter und sagt, er solle sich nichts aus der Sache machen.

»Peng wurde eine ganze Liste von Straftaten zur Last gelegt«, erklärt er. »Hauptsächlich Belästigung und Störung der öffentlichen Ordnung. Er hatte keine nennenswerte Familie. Ich glaube nicht, dass Sie wegen ihm Probleme bekommen.«

»Dann ist er also tot?«, fragt Lu. »Ist das bestätigt?«

»Ja. Mausetot.«

Lu bedankt sich bei dem Beamten. Er geht den Krankenhausflur auf und ab und versucht, die Ereignisse der Nacht zu verarbeiten. Dann verstaut er sie in einem sicheren Fach seines Gehirns und kehrt zurück in den Warteraum.

Nach einer Weile erscheint, ungewaschen und verschlafen, Kriminaltechniker Jin. Er setzt sich zu Lu, und sie trinken Tee aus dem Automaten. Jin hört sich Lus Geschichte an.

»Jemandem das Leben zu nehmen ist eine schwere Schuld, die auf einem lastet, aber dafür haben Sie ein anderes gerettet«, sagt Jin.

»Falls Song am Leben bleibt.«

»Ganz bestimmt. Er nimmt sich viel zu wichtig, um so jung zu sterben.«

Lu lacht. Es tut ihm gut.

Zehn Minuten später bringt der Arzt, abgespannt und blutbespritzt, sie auf den neuesten Stand.

»Sein Zustand ist kritisch, aber stabil«, sagt er. »Wir haben ihn vorübergehend ins Koma versetzt, um den Heilungsprozess zu fördern.«

»Wie lange wird das ungefähr dauern?«, fragt Jin.

»Vierundzwanzig bis achtundvierzig Stunden.«

»Ich bleibe hier«, sagt Jin zu Lu. »Fahren Sie nach Hause. Ruhen Sie sich aus.«

Es ist fast drei Uhr in der Früh, als Lu seine Wohnung betritt. Er duscht lange und heiß und geht gleich danach ins Bett. Er schließt die Augen, doch trotz der Erschöpfung sieht er immer wieder Pengs unnatürlich verrenkten Körper auf dem Bürgersteig liegen. Schließlich steht er auf und trinkt zwei Bier aus dem Kühlschrank. Dann nimmt er ein Aspirin und fällt in einen unruhigen Schlaf.

MITTWOCH

Wir müssen den Massen vertrauen, und wir müssen der Partei vertrauen. Dies sind zwei grundlegende Prinzipien. Wenn wir diese Prinzipien anzweifeln, werden wir gar nichts erreichen.

Worte de Vorsitzenden Mao

Am nächsten Morgen sucht Lu in der Zeitung und im Internet nach Berichten über Pengs Tod. Er findet keine.

In solchen Situationen erkennt er die Vorteile, Bürger eines Landes zu sein, in dem die Medien stark zensiert werden.

Auf der Polizeiwache angekommen sucht er als Erstes die Arrestzelle auf, um nach Zhang Zhaoxing zu sehen, doch Zhang ist weg. Lu geht den Flur entlang zum Büro des Polizeichefs und findet die Tür geschlossen vor. Er klopft an.

»Herein!«, hört er Liangs gedämpfte Stimme.

Lu öffnet und erstickt beinahe in dem Zigarettenqualm. Der Parteisekretär Mao sitzt hinter Liangs Schreibtisch, Liang selbst sitzt davor.

Lu nickt freundlich. »Entschuldigen Sie, Herr Parteisekretär. Ich wusste nicht, dass Sie in einer Besprechung sind.«

»Der Held von Harbin!«, sagt Mao.

Lu kann nicht erkennen, ob Mao ihm schmeichelt oder sich über ihn lustig macht. Vielleicht von beidem etwas.

»Was gibt es, Lu Fei?«, fragt Polizeichef Liang.

»Wo ist Zhang Zhaoxing?«

»Seine offizielle Haftanordnung ist eingetroffen, und er wurde in die Bezirksstrafanstalt überstellt.«

»Was? Die fressen ihn dort bei lebendigem Leib, Chef.«

Liang zuckt mit den Schultern. »Wie Sie wissen, haben wir nicht die nötige Einrichtung, um einen Tatverdächtigen lange festzuhalten.«

»Warum kümmert Sie das Schicksal eines brutalen Mörders?«, fragt Mao.

»Ich bin nicht so sicher, dass Zhang der Mörder ist, Herr Parteisekretär.«

»Er wurde schließlich festgenommen, oder?«

»Eine Festnahme ist kein Schuldspruch.«

Mao bläst seinen Zigarettenrauch in den Raum. »In der Regel folgt das eine auf das andere.«

»Die Ermittlungen laufen noch.«

»Ja«, sagt Mao. »Ich habe von dem Luxusapartment des Mädchens in Harbin gehört.« Lu sieht Polizeichef Liang scharf an. Wirklich, er sollte solche Details nicht weitergeben. Mao fährt fort: »Scheint mir in keinem Zusammenhang mit dem Fall zu stehen. Höchst unwahrscheinlich, dass jemand aus Harbin mitten in der Nacht den ganzen Weg nach Rabental auf sich genommen hat, um das Yang-Mädchen zu töten, finden Sie nicht? Der Mörder muss einer aus dem Ort sein. So wie der Schweineschlachter.«

»Ich sammle lieber erst die Fakten und fälle dann ein Urteil statt umgekehrt, Herr Parteisekretär.«

Mao klopft seine Zigarette am Rand des Messingaschenbechers ab. »Bis jetzt haben uns Ihre Ermittlungen einen

Tatverdächtigen und einen nur knapp dem Tod entkommenen Kriminaldirektor aus dem Ministerium für Öffentliche Sicherheit eingebracht. Vielleicht sollten Sie lieber auf den Rat Ihrer Vorgesetzten hören.«

»Ja, Herr Parteisekretär.«

Lu schließt die Tür und geht in sein Büro. Vor lauter Wut kann er jetzt nicht still am Schreibtisch sitzen und sucht deswegen erst noch die Kantine auf. Nach einer Tasse Tieguanyin-Tee hat er sich so weit abgekühlt, dass er zurück in sein Büro geht und sich vornimmt, den Posteingang abzuarbeiten.

Papierkram ist für einen chinesischen Polizisten wie das Tao: unendlich und ewig.

Doch Lu kann sich nur schwer konzentrieren. Seine Gedanken kreisen immer wieder um Yang Fenfang. Er sieht sie vor sich, ausgestreckt in einer der Schubladen im Leichenkeller, wie ein Stück Rind in einem Kühlraum.

Er überprüft ihren Eintrag im *hukou*, dem Personenstandsregister, und auch den ihrer Eltern, und sucht nach noch lebenden Familienangehörigen. Nach längerem Stöbern findet er schließlich einen Cousin in einem Dorf in der Nähe und greift zum Telefon.

»Ich rufe wegen Yang Fenfang an.«

»Hä?«

»Yang Fenfang. Ich glaube, sie war Ihre Cousine.«

»Mütterlicherseits.«

»Richtig. Offenbar sind Sie ihr nächster Verwandter.«

»Ich? Unmöglich.«

»Doch.«

»Ich habe das Mädchen kaum gekannt.«

Lu weiß genau, worauf es hinausläuft. »Das mag ja sein, aber Sie sind der nächste Verwandte, und sie wird immer noch in der Leichenhalle des Bezirks aufbewahrt. Haben Sie vor, ihr ein ordentliches Begräbnis auszurichten?«

Der Cousin pfeift durch die Zähne. »Das wäre mein Wunsch, ganz ehrlich, aber dafür fehlt mir das Geld.«

»Vielleicht kann ich etwas mit dem örtlichen Bestattungsunternehmen aushandeln.«

»Ich muss mich um meine eigene Familie kümmern. Tut mir leid, aber ich will kein *fennu* werden. Das kann ich mir nicht leisten.« *Fennu* bedeutet so viel wie »Gruftsklave«. Bestattungen in China sind so teuer geworden – man will den Nachbarn in nichts nachstehen –, dass sich viele Familien hoch verschulden, um ihre Angehörigen unter die Erde zu bringen.

»Dann soll sie also in der Leichenhalle verrotten.«

»Werden die Leichen nicht in Kühlkammern aufbewahrt?«

»Ich meinte es im übertragenen Sinn.«

»Ach so. Trotzdem. Der Bezirk wird doch für die Einäscherung aufkommen, oder?«

»Und ihre Asche? Wollen Sie keine passende Zeremonie?«

»Wie gesagt, mir sind die Hände gebunden. Ich muss auflegen. Auf Wiederhören.«

Der Cousin beendet das Gespräch.

In der Gemeinde Rabental gibt es nur ein *binyiguan*. Das Bestattungsunternehmen befindet sich am Stadtrand, am Ende einer langen, einsamen Straße, umgeben von unbebauten Feldern, der Welt der Lebenden angemessen entrückt. Zuvor von einem älteren Bestatter betrieben, wurde es kürzlich von einem jungen Mann namens Zeng übernommen, einem aus der neuen Klasse der Fachkräfte, der eine Spezialausbildung für Bestattungswesen und Trauerfeiern absolviert hat. Lu ruft ihn an und vereinbart ein Treffen.

An einem Imbissstand verschlingt er ein Nudelgericht, nimmt sich einen der Streifenwagen und fährt zwanzig Minuten, bis er in der Ferne einen niedrigen, baumbestandenen Hügel sieht, gekrönt von einem pagodenartigen Gebäude. Unterhalb des Hügels liegen der Friedhof und das Beerdigungsinstitut. Er passiert ein Tor mit einem geschmackvollen Schild: *Begräbnisinstitut Ewiger Friede*.

Lu stellt den Wagen auf dem Parkplatz ab und geht den Fußweg hinauf zu einem zweigeschossigen Haus, das als Totenhalle und Wohnhaus des Bestatters dient. Daneben stehen eine Halle für Trauerfeiern und ein gedrungener Bau aus Betonsteinen mit einem Schornstein, ebenfalls aus Beton. Lu hat seit seinerzeit in Rabental an einigen Beerdigungen teilgenommen; er weiß, dass der Bau aus Betonsteinen das Krematorium ist, eine relativ neue Erscheinung in der chinesischen Kulturlandschaft.

Über Jahrtausende haben die Chinesen ihre Toten entsprechend den Lehren des Feng-Shui in der Erde begraben und sie regelmäßig mit Essen, Räucherstäbchen und Höllengeld versorgt.

Diese Bräuche sollen ihre Liebe und ihren Respekt gegenüber den verstorbenen Angehörigen beweisen, aber auch sicherstellen, dass es den Toten an ihrer letzten Ruhestätte gut geht. Dem überlieferten Glauben zufolge kann ein zufriedener Vorfahre nach dem Tod seinen Segen spenden, ein unzufriedener dagegen Unglück bringen.

Eine von Maos ersten Handlungen nach der Machtübernahme war die Verlautbarung, dass Erdbestattungen eine Verschwendung von Geld und Grund und Boden seien. Er empfahl die Einäscherung der Toten. In städtischen Regionen gab es kaum Widerstand gegen diese Idee, auf dem Land jedoch, wo die Menschen stärker mit der Erde verwurzelt sind, kollidierten solche amtlichen Verordnungen mit den Gefühlen der Menschen.

Das Begräbnisinstitut Ewiger Friede unterhält einen kleinen Friedhof mit akkurat abgezirkelten Erdgrabmarkierungen, doch nach Lage der Dinge erwartet fast alle Einwohner der Gemeinde Rabental heute nach ihrem Tod die Einäscherung und eine Urne.

Der Geruch von gebratenem Schweinefleisch hängt in der Luft wie Sumpfgas.

Lu stellt sich vor die Tür der Privatwohnung und klopft. Bestatter Zeng öffnet und führt Lu in einen Empfangsraum, wo er ihm Tee anbietet. Zeng ist ein hochgewachsener, schlanker, ernst blickender Mann. Lu schätzt ihn auf Ende zwanzig. Ihm fällt auf, dass Zeng die Hände eines Intellektuellen hat, lange, elegante Finger, unverdorben durch körperliche Arbeit.

»Ich möchte Ihre Zeit nicht lange beanspruchen«, sagt Lu. »Ich bin wegen Yang Fenfang hier. Sicher haben Sie in den Lokalnachrichten gehört, was passiert ist.«

Zeng nickt gravitätisch. »Tragisch. Erst vor einer Woche habe ich die Trauerfeier für ihre Mutter abgehalten.«

»Ach. Die Feier fand hier statt?«

»Ja. Wir sind das einzige Bestattungsunternehmen in der Gemeinde Rabental, deshalb …«

»Ja, stimmt. Ist Ihnen dabei etwas aufgefallen? Hat sich vielleicht irgendein Teilnehmer seltsam verhalten?«

»Bei Trauerfeiern verhalten sich alle irgendwie seltsam, Kommissar.«

»Ja, da haben Sie wahrscheinlich recht. War vielleicht jemand dabei, der dort nicht hingehört hat? Oder den Yang Fenfang nicht persönlich gekannt hat?«

»Es war eine überschaubare Trauergemeinde. Ich habe eine Liste der Teilnehmer, falls Sie die sehen wollen. Wir notieren immer, wer teilnimmt und wie viel Geld er gibt, das gehört zu unserem Service für die Familien der Verstorbenen.«

»Die Liste würde ich gerne sehen. Aber eigentlich wollte ich mit Ihnen über Yang Fenfang sprechen. Sie wird in der Leichenhalle des Bezirks aufbewahrt, aber sie hat keine Angehörigen, die bereit sind, für die Einäscherung und die Bestattung aufzukommen.«

Zeng schnalzt mit der Zunge. »Ja, das ist bedauerlich. Ich weiß, dass traditionelle Bestattungsriten heutzutage verpönt sind – von wegen Vergeudung von gutem Ackerland, von Geld und Ressourcen und so weiter. Die Ahnen nicht zu ehren ist eine Nachlässigkeit der Lebenden, aber für die Toten im Jenseits bedeutet es eine Tragödie, wenn sich niemand um sie kümmert.«

»Dann glauben Sie also an ein Leben nach dem Tod?«

»Ich glaube, dass die Menschen eine Seele haben und dass die Seele nach dem Tod in irgendeiner Form weiterlebt.«

»In einer Welt, die unserer eigenen entspricht? Mit Häusern, Straßen, Städten? Handys, Fernsehen, tollen Gerichten und Karaoke-Bars?«

Zeng lächelt. »Ich weiß es nicht, ich war ja noch nicht da. Aber ich bin mir ziemlich sicher, dass unsere Vorfahren irgendwie mit uns in Verbindung stehen. Und obwohl wir sie nicht mehr als menschliche Wesen betrachten, haben sie doch Gefühle. Sie empfinden Freude, Trauer, Wut. Und da wir ihnen unsere Existenz auf dieser Welt verdanken, sind wir verpflichtet, für ihr Auskommen zu sorgen, nachdem sie von uns gegangen sind.«

»Dann sind Sie wohl der richtige Mann für diese Arbeit.«

»Meine Mutter hätte es lieber gesehen, wenn ich Arzt geworden wäre, aber ich habe ihr gesagt, dass diese Arbeit wichtig ist und sie in unserer Gesellschaft dringend gebraucht wird.« Zeng beugt sich leicht vor und fixiert Lu mit den Augen. »Darf ich offen mit Ihnen reden?«

»Bitte.«

»Das Bestattungsgewerbe in unserem Land ist ein Gewerbe, nichts anderes. Wenn ein Mensch im Krankenhaus stirbt, werden die Angehörigen von Horden von Bestattungsunternehmern bedrängt, die ihnen ihre Dienste anbieten. Das Krankenhauspersonal erlaubt das, weil es seinen Schnitt dabei macht. Die Toten werden wie Schweine auf dem Tiermarkt herumgereicht, und jeder trachtet danach, ein paar hundert Yuan an ihnen zu verdienen. Es ist eine

Schande. Wie Sie vielleicht wissen, glaubte Konfuzius, dass Respekt vor den Älteren und den Ahnen einer der Grundwerte unserer Zivilisation ist. Stabilität, Harmonie, soziale Ordnung, all diese Dinge beruhen darauf, dass wir unsere Eltern achten. Und wodurch drückt sich das besser aus als in einem ordentlichen Begräbnis für unsere verstorbenen Angehörigen?«

»Ich bin ganz Ihrer Meinung, und es ist erfrischend, jemanden in Ihrem Alter kennenzulernen, der sich die Mühe macht, Konfuzius zu lesen. Hat sich Ihre Mutter mit Ihrer Sicht der Dinge abgefunden?«

Zeng lehnt sich zurück. »Eigentlich nicht. Sie macht sich Sorgen, dass es bei meinem Beruf schwierig werden könnte, eine Frau zu finden, und sie beklagt sich, dass sie neben einem Friedhof wohnen muss.«

»Oh, sie wohnt bei Ihnen?«

»Ja. Sie ist ein bisschen gebrechlich, deshalb verbringt sie die meiste Zeit oben in ihrem Zimmer.«

»Es ist sicher nicht einfach für Sie, Ihrer Arbeit nachzugehen und sich auch noch um Ihre Mutter zu kümmern.«

»Beides ist mir gleich wichtig. Ich versuche mein Bestes.«

»Davon bin ich überzeugt. Aber ... zurück zu Yang Fenfang.«

»Ja. Wie kann ich Ihnen helfen?«

»Wie viel würde eine Bestattung der einfachsten Art kosten? Trauerfeier, Einäscherung und ein Urnengrab neben der Mutter.«

»Eine komplette Beerdigung mit allem Drum und Dran, da kämen Sie auf achtzigtausend Yuan.«

Lu holt tief Luft. »So viel?«

»Ja, aber wir können es abspecken. Bis auf die wesentlichen Teile. Natürlich ohne auf die angemessene Sorgfalt zu verzichten.«

»Natürlich.«

»Herrichtung der Leiche, Kremation, Urne, eine schlichte Zeremonie – ich könnte es für fünfzehntausend machen.«

»Das ist sehr freundlich von Ihnen, Herr Zeng.«

»Keine Ursache. Sie gehörte zur Gemeinde, daher ist es nur richtig, dass sie neben ihrer Mutter zur Ruhe gebettet wird. Möchten Sie einen kurzen Rundgang durch unsere Einrichtung machen?«

Lu würde lieber gehen, fühlt sich jedoch angesichts des großzügigen Preisangebots verpflichtet, dem jungen Mann entgegenzukommen.

Zeng zeigt Lu einen Raum im hinteren Teil des Hauses, wo die Leichen für die Bestattung hergerichtet werden. Edelstahltisch, Kühlkammer, Tabletts mit Instrumenten und Besteck. Erleichtert stellt Lu fest, dass gerade keine Leiche herumliegt.

»Was ist das?« Lu zeigt auf ein Gerät, das wie ein modischer Wasserkocher aussieht.

»Eine Einbalsamiermaschine.«

»Einbalsamieren? Das wird immer noch gemacht, obwohl die Leiche am Ende verbrannt wird?«

»Nein, in der Regel nicht. Aber gelegentlich kommen Familien, die über die … Mittel verfügen, um sich eine Grabstätte beschaffen zu können. In solchen Fällen balsamieren wir auch.«

Sie kehren zurück in die Eingangshalle, und Zeng will gerade die Haustür öffnen, als eine Stimme von oben ruft:
»Ah Zeng?«

»Ja, Mutter?«

»Wer ist da?«

»Kommissar Lu vom Amt für Öffentliche Sicherheit.«

»Was will er?«

»Er ist hier wegen einer Bestattung.«

»Bring ihn rauf.«

Zeng wendet sich Lu zu. »Entschuldigung, aber würde es Ihnen etwas ausmachen? Meine Mutter ist ein bisschen förmlich. Sie möchte Besuchern des Hauses gerne vorgestellt werden.«

»Natürlich.«

Zeng führt Kommissar Lu nach oben und einen Flur entlang in ein Zimmer, das zum Vorgarten hinausgeht. Im Zimmer befinden sich auf der einen Seite ein schmales Bett, ein Nachttisch und eine Kommode, auf der anderen ein Sofa, zwei Sessel, ein niedriger Tisch und ein Fernsehgerät.

Auf dem Sofa sitzt eine ältere Dame, etwa Mitte sechzig, in einem langen Kleid und Pullover. Ihr Haar ist zu einem straffen Knoten zusammengebunden, und sie trägt Makeup, Puder und Rouge, angedeuteten roten Lippenstift und zwei bleistiftschmale Bögen anstelle der Augenbrauen.

Sie erhebt sich nicht von ihrem Platz, als Lu das Zimmer betritt. Er sieht einen zusammengeklappten Rollstuhl und zwei Gehstützen an der Wand lehnen.

»Kommissar Lu, das ist meine Mutter.«

»Sie können *Tante* zu mir sagen«, begrüßt Zengs Mutter ihn.

Lu verbeugt sich leicht. »Guten Tag, Tante.«

»Ich würde ja gern aufstehen, um Sie anständig zu begrüßen, aber ich bin nicht mehr so mobil wie früher.«

»Meine Mutter leidet unter einer neuromuskulären Erkrankung«, erklärt Zeng.

»Ah Zeng«, ermahnt die alte Dame ihren Sohn. »Der Kommissar braucht sich nicht mit unseren gesundheitlichen Problemen zu belasten.«

»Ja, Mutter.«

»Das tut mir leid«, sagt Lu. »Kann man das behandeln?«

»Leider kann die Medizin nichts ausrichten gegen das Älterwerden.« Frau Zeng deutet auf einen Sessel. »Setzen Sie sich doch.«

»Ich würde ja gern, aber …«

»Statten Sie einer alten Frau einen kurzen Besuch ab, Herr Kommissar. Es ist furchtbar langweilig, in diesem trostlosen alten Haus eingesperrt zu sein.«

Lu möchte nicht unhöflich sein. Er setzt sich und plaudert eine Weile mit Frau Zeng. Ihm fällt auf, dass ihre Hände etwas zittern, doch ihr Verstand ist messerscharf. Sie erkundigt sich danach, was ihn hergeführt habe, und er erzählt von Yang Fenfang. Sie hat von dem Mord gehört und will ein bisschen tratschen, doch Kommissar Lu zeigt sich verschlossen. Schließlich wendet sie sich seinem familiären Hintergrund zu und fragt, ob er verheiratet sei.

»Noch nicht«, sagt er.

»Wie alt sind Sie?«

»Ich werde neununddreißig.«

»Oh, Kommissar, dann wird es aber Zeit, finden Sie nicht? Ihre Eltern warten doch bestimmt schon gespannt auf Enkelkinder. Enttäuschen Sie sie nicht.«

»Ja, ja, Sie haben recht.«

»Sie sollen nicht so enden wie ich, ohne Nachkommen, um den Familienzweig fortzuführen.«

»Mutter«, rügt Zeng seine Mutter.

»Bald werde ich tot sein, und keine Frau, die etwas auf sich hält, heiratet einen Bestattungsunternehmer. Ich werde keine Enkel haben und daher auch niemanden, der sich um *mein* Wohlergehen im Jenseits kümmert. Das ist doch paradox, oder?«

»Mutter!«

»Ich habe ihn angefleht, er solle Arzt werden. Augenarzt. Tierarzt. Apotheker. Ganz egal, nur nicht *das* hier.«

»Ich leiste einen wertvollen Beitrag für die Gesellschaft«, betont Zeng. »Und der Tod begleitet uns immer. Ich brauche keine Angst zu haben, meine Arbeit zu verlieren, und du musst nicht befürchten, kein Dach über dem Kopf zu haben oder keinen Reis in deiner Schüssel!«

»Alles gut und schön, aber was bleibt mir, wenn du auch nicht mehr da bist?«

»Ich muss jetzt wirklich los«, sagt Lu. »Es war mir eine Freude, Frau Zeng.«

Sie neigt den Kopf leicht zur Seite und schenkt Lu ein bezauberndes Lächeln. »Es hat mich sehr gefreut, Herr Kommissar.«

Zeng und Lu wickeln sich in ihre Mäntel, setzen ihre Mützen auf und machen sich auf einen Rundgang über das Gelände. Gleich hinter dem Tor zum Friedhof steht ein großer, an eine Industriehalle erinnernder Bau, das Kolumbarium, wo in kleinen Nischen die Ascheurnen aufbewahrt werden.

»Ich kann den Platz neben Frau Yang frei machen und die Urne von Yang Fenfang dorthin stellen«, bietet Zeng ihm an.

»Das wäre wunderbar, Herr Zeng.«

Sie erklimmen den Hügel zu dem pagodenähnlichen Gebäude.

»Das ist unser zweites Kolumbarium«, sagt Zeng. »Wie Sie natürlich bemerkt haben, steht es auf einer Anhöhe, es bietet daher einen sehr weiten Ausblick und bekommt viel Sonnenlicht. Ein kleines Wäldchen auf der Rückseite des Kolumbariums ist im Frühjahr und im Sommer eine einzige grüne Pracht. Der Ort hat sehr gutes Feng-Shui.«

»Es ist sicher auch um einiges teurer als das Kolumbarium unten, oder?«

»Ja. Der Preis, den ich Ihnen für die Einäscherung von Yang Fenfang genannt habe, würde für die Aufbewahrung ihrer Asche hier oben nicht reichen.«

»Das ist in Ordnung. Ich glaube, es wäre ihr sowieso lieber, bei ihrer Mutter zu sein.«

Als Nächstes führt Zeng seinen Gast in einen großen, achteckigen Raum. In der Mitte steht ein Tisch mit einem Arrangement aus Blumen, Obst und Räucherwerk. In die Wände sind mit rotem Lack und Goldfolie ausgeschlagene

Nischen eingelassen. Eine Treppe ist bündig in eine der Wände gesetzt.

»Was ist oben?«, fragt Lu.

»Zwei weitere Ebenen für die Aufbewahrung von Urnen. Von außen sieht es so aus, als hätte die Pagode sieben Geschosse, aber die Geschosse vier bis sieben sind eigentlich nur zum Schein da.«

Zeng begleitet Lu den Hügel hinunter und durch das Friedhofstor zum Parkplatz, wo sich ihre Wege trennen.

»Vielen Dank, dass Sie sich die Zeit genommen haben, Herr Zeng«, sagt Lu. »Ich überweise Ihnen heute im Laufe des Tages eine Anzahlung, sodass Sie den Leichnam so bald wie möglich abholen können.«

Zeng verbeugt sich formell. »Danke, dass Sie mir Yang Fenfang anvertrauen. Ich werde mich bestens um sie kümmern.«

Lu fährt zurück zur Polizeiwache und meldet sich bei Polizeiobermeister Bing und Kriminaltechniker Jin. Jin hat bereits eine Vollmacht erwirkt und Zhang Zhaoxings Grundstück sorgfältig durchsucht.

»Ich habe nichts gefunden«, sagt Jin auf Nachfrage. »Keine Mordwaffe, kein medizinisches Nahtmaterial, gar nichts.«

»Das wundert mich nicht. Wie geht es dem alten Mann, Zhangs Großvater?«

»Der hat uns gar nicht bemerkt. Eine junge Cousine oder andere Verwandte passt ein bisschen auf ihn auf. Eine echte Giftspritze. Sie ist mir auf Schritt und Tritt gefolgt und verlangt eine Entschädigung dafür, dass sie bei ihrem

Großvater Zhang bleiben muss und nicht zur Arbeit gehen kann. Sie sagt, wir hätten Zhang Zhaoxing gesetzeswidrig verhaftet. Sie würde Anzeige erstatten. Und so weiter und so weiter.«

»Typisch«, sagt Lu. »Keine Spur von Yang Fenfangs Fernsehgerät oder Tablet?«

Jin schüttelt den Kopf.

»Und bei den Elektrofachgeschäften, Pfandhäusern und im Internet?«

»Auch nichts«, sagt Polizeiobermeister Bing.

»Wie sieht es mit dem Beweismaterial aus der Wohnung in Harbin aus?«, fragt Lu den Kriminaltechniker.

»Wird noch untersucht.«

»Hatten Sie wenigstens bei der Ortung von Yangs Tablet mehr Erfolg?«

»Das letzte Ping-Signal kam aus Yangs Wohnung in der Nacht vor dem Mord. Danach keines mehr.«

»Wer immer es gestohlen hat, hat es also noch nicht eingeschaltet.«

»Sehr wahrscheinlich.«

»Warum es dann stehlen?«

Jin zuckt mit den Schultern. »Kriminalpsychologie ist nicht mein Fachgebiet.«

Lu nimmt Polizeiobermeister Bing beiseite und erklärt ihm, was er für Yang Fenfang vereinbart hat. Er bittet ihn, auf der Polizeiwache für die Bestattung zu sammeln und Kollegen in die Kangjian-Straße zu schicken und die Nachbarn zu fragen, ob sie bereit sind, einen Beitrag zu spenden. Danach geht er in sein Büro und überweist, bevor er erneut den Stapel mit Papierkram in Angriff nimmt, eine Anzahlung an das Begräbnisinstitut Ewiger Friede.

Nach Feierabend nimmt sich Lu Yang Fenfangs Akte, zieht Mantel und Mütze über und leiht sich eins der Dienstfahrräder der Polizeiwache. Er radelt nach Hause und legt die Uniform ab, isst tiefgekühlte Klöße und eine Kakifrucht.

Dann klemmt er sich die Akte unter den Arm und geht zu Fuß in die Bar Zum Roten Lotus.

Die Bar ist leer, als er ankommt, abgesehen von Yanyan, die hinter der Theke steht.

»Guten Abend, Yanyan.«

»Kommissar Lu. Schon den dritten Abend in dieser Woche.«

»Ein neuer Rekord«, sagt Lu. Er sucht nach Anzeichen nachhaltiger Verlegenheit wegen Sonntagabend in ihrer Miene, doch Yanyans Gesichtsausdruck verrät nichts.

»Was möchten Sie trinken?«, fragt sie.

»Einen Shaoxing, bitte. Mir gefriert das Blut in den Adern.«

»Nanu? Das hört sich an, als ginge es um Leben und Tod.«

»Nur Sie haben die Macht, mich zu retten.«

Während Yanyan den Wein anwärmt, sucht sich Lu einen Platz, schlägt die Akte auf und blättert sie durch. Noch ist sie sehr schmal, und es gibt nichts, was Lu nicht bereits kennt. Er hofft auf einen Geistesblitz, eine Offenbarung, eventuell ausgelöst durch einen Rauschzustand.

Yanyan bringt ihm die Karaffe und eine Reisschüssel. »Soll ich die Flasche Yoichi auch schon mal entstauben?«

»Dr. Ma ist zurück nach Peking gefahren.«

»Schade.« Yanyan schenkt Lu ein.

»Wirklich?«

»Sie beide schienen sich recht gut zu verstehen.«

»Ich wollte nur gesellig sein.«

»Das ist Ihnen mehr als gelungen.«

»Hm …« Lu weiß nicht recht, was er davon halten soll. Yanyan lacht. »Ich ziehe Sie nur auf.«

»Ich dachte, Sie wären vielleicht sauer deswegen.«

»Warum sollte ich sauer sein?«

Lu zuckt mit den Schultern. »Aus keinem Grund.«

»Seltsam, aber in der ganzen Zeit, die Sie nun hierherkommen, war es das erste Mal, dass Sie in Begleitung waren«, sagt Yanyan. »Und dazu noch in Begleitung einer sehr schönen Frau.«

»Ja, da haben Sie wohl recht.«

»Es ist nicht gut, allein zu trinken.«

»Sie haben schon wieder recht. Wollen Sie sich nicht zu mir setzen?«

Yanyan blickt sich in der leeren Bar um. »Aber nur auf ein Glas.«

Sie holt sich einen Becher und setzt sich an den Tisch. Er schenkt ihr ein.

»*Gan bei*«, sagt er.

»*Gan bei*.«

Sie trinken. Aus den Lautsprechern kommt schlechte chinesische Popmusik.

»Warum ist das so?«, möchte Yanyan wissen.

»Was?«

»Warum sehe ich Sie nie in Begleitung einer Frau? Oder verabreden Sie sich dafür woanders?«

»Ich habe eigentlich keine Verabredungen.«

»Warum nicht?«

»Hm. Na ja ... ich bin einfach nicht interessiert an dem Üblichen.«

Yanyan zieht die Augenbrauen hoch. »Das Übliche, Kommissar?«

»Seit zwei Jahren trinke ich jetzt Ihren Wein. Ich finde, allmählich dürfen Sie mich *Bruder Lu* nennen.«

»Bruder Lu, also gut. Und?«

»Das Übliche eben. Heiraten. Ein Kind. Wenn das erste Kind ein Mädchen ist, dann ein zweites. Eine Wohnung kaufen. Sich den Arsch aufreißen und die Kinder jeden Abend zwingen, vier Stunden zu lernen, damit sie auf eine anständige Universität gehen können.«

»Ist das nicht der chinesische Traum?«

»Meiner nicht.«

»Und wie sieht Ihrer aus?«

Lu schenkt Yanyan nach und will sich selbst auch eingießen, doch Yanyan nimmt ihm die Karaffe aus der Hand und gießt seinen Becher voll.

»Liebe«, sagt Lu. »Ich möchte eine Frau heiraten, in die ich mich verliebt habe.«

»Kommissar – ich meine, Bruder Lu! Wie romantisch von Ihnen.«

»Wer sagt, dass Polizisten nicht romantisch sein dürfen?«

»Sie verbringen den ganzen Tag mit schlechten Menschen. Gaunern, Schlägern, sogar Mördern. Das treibt einem jegliche romantische Vorstellungen aus, sollte man meinen.«

Lu trinkt einen Schluck. »So sehe ich das nicht.«

»Wie dann?«

»Sie haben sicher schon mal von Mengzi gehört, oder?«

»Den verwechsle ich immer mit dem anderen Meister.«

»Meister Xunzi.«

»Genau.«

»Die beiden waren Antipoden. Xunzi glaubte, dass der Mensch von Natur aus egoistisch ist. Die Leute kümmern sich nur um ihr eigenes Wohl. Deswegen müssen Regierungen ein strenges System von Recht und Ordnung durchsetzen, um zu verhindern, dass die Menschen ihren schlimmsten Regungen folgen. Mengzi dagegen glaubte, dass der Mensch von Natur aus gut ist. Sein berühmtes Beispiel ist das mit einem Kind, das in einen Brunnen zu fallen droht. Haben Sie davon gehört?«

»Ich habe schon mal von dem Frosch im Brunnen gehört.« Es ist eine chinesische Redewendung, die eine engstirnige Person bezeichnet.

»Das ist nicht ganz das Gleiche. Mengzi meinte, wenn man ein Kind sieht, das dabei ist, in einen Brunnen zu fallen, wird man automatisch hinlaufen, um es davor zu bewahren. Nicht weil man sich Vorteile von den Eltern des Kindes erhofft oder sich bei seinen Nachbarn als gütiger Mensch darstellen will, sondern weil man ganz natürliche Empathie für den Schmerz und das Leid anderer empfindet.«

»Aber beruht nicht der Sinn des Amtes für Öffentliche Sicherheit gerade auf der Vorstellung, dass der Mensch von

Natur aus eigennützig ist? Sie müssten doch eigentlich auf Xunzis Seite stehen. Regeln und Vorschriften. Verbrechen und Strafe.«

»In gewisser Weise ja. Aber es geht bei unserer Arbeit nicht allein darum, Gesetzesbrecher zu bestrafen. Manchmal reicht schon eine symbolische Abschreckung. In den Gesprächen des Konfuzius gibt es dazu einen Absatz.«

Yanyan schließt die Augen und tut so, als würde sie gleich einnicken.

Lu lacht. »Nein, hören Sie zu. Der Herzog von She sagt zu Konfuzius: ›In meinem Land sind die Menschen rechtschaffen. Wenn ein Vater ein Schaf stiehlt, wird der Sohn gegen ihn aussagen.‹ Und Konfuzius antwortet: ›In meinem Land deckt der Vater den Sohn, und der Sohn deckt den Vater. Das nennen wir rechtschaffen.‹«

»Für Meister Kong geht es also in Ordnung, das Gesetz zu brechen.«

»Er geht davon aus, dass die Welt nicht schwarz oder weiß ist, wie man sie gerne darstellt. Alles ist relativ. Kein Gesetz kann alle Nuancen berücksichtigen, jeden mildernden Umstand, und es spiegelt auch nicht die gesamte Palette menschlicher Erfahrungen wider. Was ist, wenn der Vater das Schaf gestohlen hat, weil er sonst verhungert wäre? Wissen Sie, welche menschliche Tugend Konfuzius als die wichtigste erachtet? Respekt gegenüber den Eltern. Ältere zu achten. Er sagt, der Respekt gegenüber den Eltern sei die Grundlage einer harmonischen Gesellschaft.«

»Der Junge verpfeift seinen Vater also nicht, weil der Vater Hunger hatte. Und das nennt Konfuzius Gerechtigkeit?«

»Das ist die eine Interpretation. Die andere geht so, dass der Sohn seinem Vater ja vielleicht gut zuredet und ihn überzeugt, das Schaf zurückzugeben, ehe er geschnappt wird. So wird die Straftat wiedergutgemacht, und man braucht die Behörden erst gar nicht einzuschalten. In so einem Fall ist es die Pflicht des Sohnes, den Vater darüber zu belehren, was das Richtige ist, statt ihn einfach der Polizei auszuliefern, was für den Vater schlimm enden und den Justizapparat Zeit und Energie kosten würde.«

Yanyan trinkt einen Schluck aus ihrem Becher. »Wenn die Leute immer so damit umgingen, hätten Sie keine Arbeit mehr.«

»Es werden immer welche gebraucht, die aufpassen, dass die Leute nicht bei Rot über die Ampel fahren.«

Yanyan tupft sich den Mund mit dem Ärmel ihres Pullovers ab. »Diese philosophischen Diskussionen sind mir zu hoch. Ich bin nur ein einfaches Mädchen vom Land.«

»Unsinn. Vielleicht haben Sie die Klassiker nicht gelesen, aber in Ihrer langen Zeit als Betreiberin der Lotusbar konnten Sie beobachten, wie sich die Menschen benehmen, wenn sie nüchtern sind, und was sie von sich preisgeben, wenn sie betrunken sind, und Sie verfügen deswegen wahrscheinlich über mehr Menschenkenntnis als die meisten Polizisten, die seit Jahrzehnten im Dienst sind.«

Yanyan schenkt Lu noch einmal nach. »Na ja, ich habe Ihnen ja schon gesagt, dass ich bestimmt eine gute Detektivin abgeben würde.«

»Ganz bestimmt. Aber jetzt will ich Sie mal etwas fragen. Warum haben Sie nicht wieder geheiratet?«

Yanyans Miene verfinstert sich. Sie senkt den Blick und spielt mit ihrem Armband.

»Entschuldigen Sie«, sagt Lu. »Ich hätte nicht fragen sollen. Das geht mich wirklich nichts an.«

»Nein, nein ... es ist nur ... ich habe noch nie mit jemandem darüber gesprochen.« Yanyan trinkt einen Schluck Wein. »Mit meinem Mann und mir war es so, wie Sie gesagt haben. Wir haben aus Liebe geheiratet. Und als er starb, war ich unendlich traurig. Ich weiß nicht, ob ich es riskieren könnte, dieses Gefühl noch einmal zu durchleben.«

Lu beugt sich vor und ergreift ihre Hand.

Yanyan weicht umgehend zurück. »Ich muss ... ich sollte wieder ...« Sie steht abrupt auf, geht zur Theke und verschwindet in dem Raum dahinter.

Lu hat unabsichtlich eine rote Linie überschritten. Er überlegt, ob er Geld auf den Tisch legen und gehen soll, doch er kommt zu dem Schluss, dass es dadurch nur noch schlimmer würde.

Außerdem ist der Shaoxing genau auf die richtige Temperatur erwärmt, um sein komplexes Aroma zu entfalten. Es wäre eine Verschwendung, ihn nicht zu trinken.

Lu nimmt den letzten Schluck aus seinem Becher und gießt nach. Er schlägt die Fallakte auf und überfliegt den Autopsiebericht, schaut sich die Tatortskizzen an und geht die Serie der von Kriminaltechniker Hu aufgenommenen Fotos durch. Das Wohnzimmer. Der leere Fernsehschrank. Das Schlafzimmer. Das Badezimmer.

Er zieht das Foto von Yang Fenfang vor der Sophienkathedrale in Harbin heraus. Lu schaut in das Gesicht einer Toten und versucht zu ergründen, welche Rolle sie selbst bei dem Mord an ihr gespielt hat. Hat sie einem reichen Liebhaber gedroht? Ist sie ihn um Geld angegangen? Hat sie die Scheidung von seiner Frau verlangt?

Das Perverse an dem Verbrechen beschäftigt ihn. Lu ist sich sicher, dass es dabei nicht einfach nur um Gier ging, um Erpressung oder Eifersucht. Der Zustand von Yang Fenfangs Leiche deutet darauf hin, dass es ein sehr persönliches Verbrechen war. Die Tat eines echten Psychopathen.

Yanyan kommt mit einem Teller kandierter Weißdornfrüchte als Friedensangebot zurück. Sie stellt ihn auf den Tisch, und dabei sieht sie das Foto in Lus Hand.

»Hübsch.«

»Sie haben sie nicht gekannt, oder?«

»Darf ich?« Yanyan nimmt das Foto und hält es unter die Tischlampe. »Nein. Nie gesehen. Sind das echte *Hong Di Xie*?«

»Was sind *Hong Di Xie*?« Wörtlich übersetzt heißt der Ausdruck »rot besohlte Schuhe«.

»Schuhe. Hochhackige Schuhe. Sehr teuer. Die werden hier für viertausend Yuan angeboten.«

»Viertausend? Für ein einziges Paar Schuhe? Das ist doch Wucher!«

Yanyan lacht. »Das ist Mode.«

»Woran erkennen Sie, dass es *Hong Di Xie* sind?«

»An den roten Sohlen. Die sind sehr markant. Es könnten natürlich auch Fälschungen sein, aber wenn man sich ihre übrige Kleidung ansieht, schien sich die Frau nicht mit halben Sachen zufriedenzugeben.«

»Sie kennen sich ja gut aus mit Schuhen.«

»Nur weil ich eine Bar betreibe, darf ich mich nicht auch für schöne Schuhe begeistern?«

»Doch, natürlich dürfen Sie das.«

»Wenn Sie sich versichern wollen, ob sie echt sind oder nicht, probiere ich sie gerne für Sie an.«

Jetzt muss Lu lachen.

Dann erinnert er sich, dass an der Garderobe in Yangs Haus mehrere Paar Schuhe standen und ebenso im Kleiderschrank in der Wohnung in Harbin.

Diese *Hong Di Xie* jedoch waren ganz sicher nicht darunter.

Mit viertausend Yuan kostet ein einziges Paar mehr als doppelt so viel wie die monatliche Miete in Harbin. Fenfang hätte sie niemals einfach so herumliegen lassen.

»Was meinen Sie, Yanyan, könnte man solche Schuhe auf Xianyu verkaufen?« Xianyu ist, so wie Taobao, ein Internethändler, allerdings beliebter für Gebrauchtwaren.

»Ganz bestimmt. Aber glauben Sie, dass die Person, die … Das wäre allerdings dumm von ihm, oder? Es wäre ein Leichtes, ihm auf die Spur zu kommen.«

»Ja.«

Dennoch versetzt es Lu in helle Aufregung.

Er schlägt die Akte zu und nimmt den letzten Schluck Wein. Er schnappt sich Yanyans beinahe vollen Becher und trinkt auch den aus. Er steht auf, schlüpft in seinen Mantel und legt Geld auf den Tisch.

»Wo wollen Sie denn auf einmal hin?«, fragt Yanyan.

»Sie haben mir einen wichtigen Hinweis gegeben.«

Lu hält ein Taxi an. Es bringt ihn zum Polizeirevier, wo er sich aus der Asservatenkammer die Schlüssel zu Yangs Haus holt. Mit einem Streifenwagen fährt er in den Kangjian-Weg, bricht das Siegel an der Haustür und schließt sie auf. Er sucht in allen Räumen nach den Schuhen.

Er findet sie nicht.

DONNERSTAG

Was ist Arbeit? Arbeit ist Kampf. Die Schwierigkeiten und Probleme auf diesen Gebieten gilt es zu überwinden und zu lösen. Daran arbeiten wir, dafür kämpfen wir. Ein guter Genosse brennt darauf, dorthin zu gehen, wo die Schwierigkeiten größer sind.

Worte des Vorsitzenden Mao

Am Donnerstagmorgen leitet Zeng die Totenwache in Yang Fenfangs Haus.

Früher wurde nach einem Todesfall in der Familie der Leichnam mehrere Tage zu Hause aufgebahrt. Nachbarn, Freunde und Verwandte erwiesen dem Toten die letzte Ehre und spendeten kleine Geldsummen, um die Bestattungskosten zu begleichen. Buddhistische oder taoistische Mönche verrichteten rituelle Handlungen, um die Seele des Verstorbenen ins Jenseits und schließlich zur Wiedergeburt zu geleiten. An einem günstigen Tag wurden eine Trauerprozession und die Bestattung abgehalten.

Heute werden die Toten direkt vom Krankenhaus in eine Leichenhalle und von dort ins Krematorium überführt. Die Tradition, zwei, drei Tage lang Gäste im Haus des Verstorbenen zu empfangen, hat sich jedoch gehalten.

In Yang Fenfangs Fall sind es keine nahestehenden Verwandten, die die Gäste empfangen, sondern Zeng, der sie begrüßt und zugleich als Bestatter fungiert. Ein paar Nachbarn kommen vorbei – die Chens bemerkenswerterweise nicht –, sonst sind nur Zeng, Lu, Polizeiobermeister Bing, Polizeichef Liang und einige Polizeimeister anwesend.

Zeng hat einen buddhistischen und einen taoistischen Priester engagiert, die ihre jeweiligen Zeremonien nebeneinander offenbar ohne Konflikt oder Rivalität vollziehen. Lu und die anderen Trauergäste verbrennen Höllengeld und Gegenstände aus Papier in Yangs Namen. Bevor Lu aufbricht, überreicht er Zeng einen Briefumschlag mit Bargeld, Spenden des Polizeireviers, ergänzt durch einen höheren Beitrag aus eigener Tasche.

»Leider können wir an der Beerdigung nicht teilnehmen«, sagt Lu.

»Das macht nichts«, antwortet Zeng. »Danke, dass Sie gekommen sind, um ihr die letzte Ehre zu erweisen.«

Zurück auf dem Polizeirevier, kommen Lu, Polizeichef Liang, Polizeiobermeister Bing und der Kriminaltechniker Jin zu einer kurzen Besprechung zusammen.

Lu teilt ihnen seine Beobachtung mit. »Nachdem ich die Schuhe gestern Abend in Yangs Haus nicht gefunden hatte, habe ich Jin angerufen und ihn gebeten, in der Inventarliste für die Wohnung in Harbin nachzusehen.«

»Da tauchen die Schuhe auch nicht auf«, sagt Jin.

»Vielleicht hatte Yang sie einer Freundin verliehen«, überlegt Polizeiobermeister Bing. »Oder sie hat sie verloren.«

»Alles ist möglich«, sagt Lu. »Aber die Schuhe sind eine Menge Geld wert. Ich könnte mir eher vorstellen, dass Yang

Fenfang deswegen ganz besonders achtsam mit ihnen umgegangen ist.«

»Wenn das stimmt, was Sie sagen – hat der Täter sie dann wegen ihres Werts mitgenommen?«, fragt Liang. »Oder als Trophäe?«

»Diese *Hong Di Xie* sind so selten, dass es ein hohes Risiko für den Täter wäre, sie offen zu verkaufen«, erklärt Lu. »Aber vielleicht kann er sie auf einem Markt für Privatsammler anbieten.«

Liang verzieht angewidert das Gesicht. »Vielleicht ist er Fußfetischist.«

Jin schlürft seinen Tee. »Heute Morgen habe ich im Polizeipräsidium angerufen und einen unserer Kriminalanalytiker gebeten, die Mordfälle herauszusuchen, bei denen Schuhdiebstahl zum Tathergang gehört. Er hat nichts gefunden.«

»Das wundert mich nicht«, erwidert Liang. »Unterwäsche ja, aber Schuhe?«

»Denken Sie an Gao Chengyong«, sagt Lu, was ein kollektives Aufstöhnen in der Tischrunde zur Folge hat.

Gao Chengyong hat in einem Zeitraum von dreißig Jahren mindestens elf Frauen und Mädchen getötet und verstümmelt. In manchen Fällen entfernte er Körperteile, Kopfhaut, Ohren, Brüste. Auf seine Spur kam man zufällig, als einer seiner Cousins wegen Betrugsvorwürfen verhaftet und einem Routine-DNA-Test unterzogen wurde, dessen Ergebnis eine verwandtschaftliche Nähe zu einer an Gaos Tatorten gefundenen Spur offenbarte.

»Es gab die Theorie, dass Gao sich zu jungen Mädchen

mit langen Haaren und in roter Kleidung und High Heels hingezogen fühlte.«

»Das war nicht eindeutig«, gibt Jin zu bedenken. »Gao selbst hat nie zu erkennen gegeben, ob er seine Opfer aus bestimmten Gründen ausgewählt hat. Sie waren einfach zur richtigen Zeit am richtigen Ort.«

»Ja«, sagt Lu. »Trotzdem sind die Schuhe eine wertvolle Spur. Bedenken Sie, dass es vielleicht nicht so sehr um die Schuhe geht, sondern um die Farbe. Vielleicht ist Rot der Auslösemechanismus. Rote Schuhe, rote Bluse, alles Rote.«

»Rot ist so gut wie alles in diesem Land«, sagt Liang. »Wenn die Farbe Rot bei ihm der Auslöser ist, würde er praktisch bei jedem Neujahrsfest die Leute massenhaft kaltmachen.«

»Offenbar verhält es sich etwas subtiler«, sagt Lu. »Das Opferprofil ist eine junge Frau, die rote Schuhe trägt oder rote Kleidung. Sie verkörpert Jugend, Fruchtbarkeit, Glück. Das nimmt er ihr übel. Er will es zerstören.«

»Oder vielleicht sind es ja doch die Schuhe«, sagt Jin. »High Heels. Schuhe aus dem Westen. Es könnte so einer sein wie der verrückte Alte, der versucht hat, Sie und den Kriminaldirektor zu töten. In dem Anblick einer jungen Chinesin in High Heels zeigt sich für ihn die Infizierung der traditionellen Kultur mit der Krankheit des Westens.«

»Gute Beobachtung«, sagt Lu.

Liang wird ungeduldig. »Und was jetzt?«

»Wieder ins Internet. Mal sehen, ob jemand ein Paar *Hong Di Xie* anbietet«, sagt Lu. »Sollte der Killer tatsächlich so dumm sein. Und ich durchforste die Fallakten aus Harbin, ob dort an irgendeiner Stelle vermisste Schuhe oder andere Dinge erwähnt werden, besonders rote.«

»Ich glaube nicht, dass der Mörder dumm ist«, sagt Jin.

»Leider glaube ich das auch nicht«, erwidert Lu.

Die Fallakten sind ins Polizeiarchiv der Stadt Harbin zurückgebracht worden, wo Lu die frühen Nachmittagsstunden in einem fensterlosen Raum verbringt, der nach Staub und Schimmel riecht und in dem es fast so kalt ist wie draußen. Durch den Nebel seines Atems liest er sich durch Polizeiberichte und Aussagen von Kollegen und Freunden der Opfer.

Schuhe werden in keinem der Schriftstücke erwähnt, doch in der Akte über Tang Jinglei findet sich ein Vermerk über ein vermisstes Schmuckstück. *Kollegin des Opfers behauptet, sie habe dem Opfer einen Ring im Wert von 675 Renminbi geliehen, den sie ihr nicht zurückgegeben habe. Ring wurde weder am Opfer noch in der Wohnung des Opfers gefunden.*

Leider enthält der Vermerk keine Beschreibung des Rings, nur eine Telefonnummer der Kollegin. In dem fensterlosen Raum gibt es keinen Empfang, deshalb geht Lu in die Eingangshalle und ruft von dort aus an.

»*Wei*«, antwortet eine weibliche Stimme.

»Spreche ich mit Frau Liu?«

»Wer ist da bitte?«

Lu stellt sich vor und erklärt, was er will.

»Ah … Jingjing«, sagt Liu. »Warum erkundigen Sie sich nach ihr?«

»Ich habe mir noch mal die Akte vorgenommen und bin

dabei auf Ihre Aussage bei der Polizei gestoßen. Es geht um einen vermissten Ring.«

»Haben Sie ihn gefunden?«

»Nein.«

»Mist. Der Ring hat über sechshundert Yuan gekostet. Ich habe ihn Jingjing geliehen, das war einige Monate, bevor ... bevor es passiert ist.«

»Und dann?«

»Ich habe sie immer wieder darum gebeten, ihn mir zurückzugeben, aber sie hat es nicht gemacht. Als wir das letzte Mal miteinander gesprochen haben, sind wir in Streit geraten, und sie hat mir versprochen, ihn mir zu bringen. Zwei Tage später war sie ...« Ihre Stimme bricht.

»Entschuldigung. Ich kann mir vorstellen, dass es schwierig für Sie ist, darüber zu sprechen«, sagt Lu sanft.

»Die Polizei hat *gesagt*, dass sie den Ring nicht gefunden haben. Aber die Polizei in Harbin – die lassen alles mitgehen, was nicht niet- und nagelfest ist. Wahrscheinlich hat ein Polizist ihn einfach an sich genommen und ihn seiner Freundin geschenkt.«

»Könnten Sie ihn bitte beschreiben?«

»Es war ein sehr schönes Stück Koralle in einem vierzehnkarätigen Goldrahmen.«

»Koralle, sagen Sie?«

»Ja.«

»Welche Farbe hatte die Koralle, Frau Liu?«

»Rot.«

»Vielen Dank. Sie haben mir sehr geholfen.«

Lu sucht die seiner Meinung nach maßgeblichen Dokumente in den Fallakten heraus – Autopsieberichte, Tatortskizzen, Informationen über die Opfer – und steckt sie sich vorne ins Hemd. Er knöpft den Mantel zu, geht zur Eingangshalle und teilt dem diensthabenden Beamten mit, er mache jetzt eine Mittagspause und sei in einer Stunde wieder da.

Draußen sucht er auf seinem Handy nach dem nächsten Copyshop, geht hin und sagt dem Inhaber, er sei in offiziellem Polizeiauftrag hier, er brauche ein Kopiergerät und müsse ungestört sein. Er fertigt Kopien an, bezahlt sie bei dem Inhaber, nimmt an einem Straßenimbiss rasch etwas zu sich und kehrt ins Polizeiarchiv zurück. Er legt die Originale wieder in die Akten und verlässt das Haus mit den Kopien, vorbei an dem ahnungslosen diensthabenden Beamten.

Lu fährt zurück nach Rabental. Polizeichef Liang ist irgendwo in einer Besprechung, und Lu bittet Kriminaltechniker Jin und Polizeiobermeister Bing in sein Büro.

»Ich glaube, es geht doch um die Farbe Rot«, sagt Lu und schildert die Sache mit dem vermissten Ring.

»Gab es bei dem anderen Opfer in Harbin ein ähnliches Detail?«, fragt Jin.

»Nein, aber vielleicht war es in dem Fall etwas ganz Unauffälliges, ein Halstuch oder eine Mütze, und niemand hat bemerkt, dass es fehlt.« Er wendet sich Bing zu. »Bei der Suche nach den Schuhen hatten Sie sicher auch kein Glück, oder?«

»Eins kann ich Ihnen sagen: Es gibt sehr viele Webseiten, die jede Art von Fußbekleidung verkaufen. Die meisten sind allerdings von Markengeschäften. Deswegen haben wir die

Suche auf Webseiten eingeengt, wo Privatleute Schuhe kaufen und verkaufen, besonders High Heels aus dem Westen.«

»Und?«

»*Hong Di Xie* haben wir keine gefunden.«

»Wie erwartet«, sagt Lu. »Vielleicht bewahrt er sie als Trophäe auf. Aber wenn dem so ist, würde mich doch der Verbleib des Fernsehgeräts und des Tablets interessieren. Wir haben es hier mit einem brutalen, rituellen Mord zu tun. Da scheint es befremdlich, dass er mit dem Diebstahl mittelpreisiger Elektronik einhergeht, mit Geräten, die der Täter, wie er vermutlich selbst weiß, ohnehin nicht verkaufen kann. Wie groß war der Fernsehschirm noch mal?«

»Hundertvierzig Zentimeter.«

Lu sucht nach Xiaomi-Fernsehgeräten im Internet. »Ungefähr zwanzig Kilo. Nicht allzu schwer, aber auch nicht gerade leicht. Umständlich zu tragen. Auf einem Fahrrad hätte der Täter den Schirm sicher nicht so ohne Weiteres transportieren können. Er muss in Reichweite ein Auto abgestellt haben.«

»Es sei denn, er wohnt in der Gegend«, sagt Jin.

Plötzlich kommt Lu eine Idee. Er fragt sich nur, warum er nicht schon eher darauf gekommen ist. Er sieht Polizeiobermeister Bing an. »Heiße Kastanien«, sagt er.

»Heiße Kastanien?«, wiederholt Bing, dann erinnert er sich. »Ja, stimmt!«

»Hä?«, entfährt es Kriminaltechniker Jin.

»Trommeln Sie ein paar Beamte zusammen«, sagt Lu zu Bing.

»Was ist los?«, fragt Jin.

»Kommen Sie doch mit«, bietet Lu ihm an. »Und bringen Sie Ihre Ausrüstung.«

»Wohin geht es denn?«

»In die Kangjian-Gasse.«

Lu, Polizeiobermeister Bing, Polizeimeisterin Sun und Techniker Jin nehmen sich einen der Streifenwagen. Der große Wang, John Wayne Chu und der stumme Li folgen in dem anderen Streifenwagen.

Lu parkt vor dem Grundstück der Chens. Alle steigen aus, ziehen gegen die Kälte die Schultern hoch und stecken die Hände in die Taschen.

»Wir suchen nach einem sehr großen Xiaomi-Bildschirm und einem ASUS-Laptop.«

»Hier?«, fragt der große Wang.

»Ja, hier.«

»Glauben Sie, dass die Chens etwas mit dem Mord zu tun haben?«, fragt Jin.

»Suchen wir erst mal nach dem Bildschirm und dem Laptop. Dann sehen wir weiter.«

Lu schickt Polizeiobermeister Bing und den großen Wang nach hinten. Er selbst und die Übrigen gehen zur Haustür, Lu klopft an. »Frau Chen! Kommissar Lu hier.«

Lu vernimmt stampfende, schabende Geräusche im Haus. Er klopft erneut.

»Machen Sie auf!« Er drückt die Türklinke herunter, die Tür ist abgeschlossen. »Machen Sie sofort die Tür auf.«

Die Tür öffnet sich einen Spalt, und Frau Chen schaut heraus. »Ja? Was wollen Sie?«

»Dürfen wir reinkommen?«

»Wozu all die Polizisten?«

»Dürfen wir reinkommen? Wir möchten mit Ihnen sprechen.«

»Worüber?«

»*Ta ma de.* Lassen Sie uns bitte rein.«

»Kommen Sie später wieder. Ich habe gerade zu tun.« Frau Chen versucht, die Tür zu schließen, doch Lu schiebt rechtzeitig den Fuß in den Spalt.

»Treten Sie zur Seite, Frau Chen.« Er drängt sich an ihr vorbei, und sie protestiert krächzend.

Im Wohnzimmer, auf dem *kang*, sitzt Frau Chens Mutter, die Lu mit ihren wässrigen Augen unverhohlen feindselig anstarrt.

Der Fernsehschrank ist leer.

»Wo ist Ihr Sohn?«, fragt Lu.

»Arbeiten«, blafft Frau Chen ihn an. »Das ist mein Haus. Sie können hier nicht einfach so hereinplatzen.«

»Machen Sie Polizeiobermeister Bing den Hintereingang auf«, sagt Lu. Der stumme Li nickt und geht in die Küche.

Frau Chen sticht mit dem Finger auf Lus Brust ein. »Sagen Sie mir, was Sie wollen, oder verschwinden Sie.«

Lu eilt Richtung Schlafzimmer, doch Frau Chen stellt sich ihm in den Weg. »Da können Sie nicht rein.«

»Warum nicht?«, will Lu wissen.

»Mein Enkel schläft.«

Lu stößt Frau Chen zur Seite und drückt die Klinke runter. Die Tür ist abgeschlossen. »Aufmachen, oder ich trete die Tür ein!«

»Ich habe Rechte!«, schreit Frau Chen. »Sie können mich nicht so behandeln!«

Lu ruft laut: »Wenn sich jemand in dem Zimmer aufhält, soll er zurücktreten. Ich komme rein!« Er tritt gegen die Tür, der Rahmen zersplittert, und die Tür springt auf.

Die Schwiegertochter kauert auf dem Bett, den Sohn fest an sich gedrückt. Der Junge fängt an zu heulen.

Lu zeigt mit dem Daumen hinter sich. »Raus!«

Er stellt das Schlafzimmer auf den Kopf, während Polizeiobermeister Bing versucht, Frau Chen zu beruhigen. Sie schlägt ihm ins Gesicht. Bing verliert die Nerven und stößt sie mit dem Gesicht nach unten auf den *kang* und dreht ihr den Arm auf den Rücken.

Die ganze Familie, drei Generationen, blökt wie ausgenommene Schafe.

Lu entdeckt den Bildschirm schließlich unter dem Bett. Es ist ein Xiaomi, und er schätzt die Größe auf hundertvierzig Zentimeter. Er geht zurück ins Wohnzimmer.

»Schaffen Sie sie alle auf die Wache«, sagt er. »Auch die Großmutter.«

Der stumme Li und John Wayne Chu werden damit beauftragt, die Familie auf die Polizeiwache zu bringen. Der große Wang bleibt mit Techniker Jin zurück, um das Haus nach verwertbaren Spuren und dem noch vermissten Tablet abzusuchen.

Frau Chens Sohn – Vorname Shiyi – ist in der Reparaturwerkstatt einer der großen Agrokonzerne außerhalb von Rabental angestellt. Lu, Polizeiobermeister Bing und Polizeimeisterin Sun fahren hin und parken vor einer riesigen Wellblechhalle, die inmitten eines von Frost überzogenen Weizenfeldes steht. Drinnen arbeiten etwa zwanzig Mechaniker an Traktoren, Mähdreschern, Heuwagen, Pflanzmaschinen und verschiedenen anderen Fahrzeugen, deren Zweck sich Lu auf den ersten Blick nicht erschließt.

Sie finden das Büro des Betriebsleiters und fragen nach Chen Shiyi. Der Betriebsleiter überprüft rauchend Unmengen von Auftragseingängen. In der Ecke steht ein Heizgerät, aber in dem Büro herrscht eine klirrende Kälte, gegen die er sich mit Pullover, Jacke, Strickmütze und Baumwollhandschuhen gewappnet hat.

»Chen Shiyi?«, fragt er verwundert. »Warum?«

»Das braucht Sie nicht zu kümmern«, blafft Lu ihn an. »Ist er hier?«

»Ja.« Der Betriebsleiter deutet mit der Zigarette zum Bürofenster. »Aber wir können uns kaum retten vor Arbeit. Dauert es lange?«

Wortlos verlässt Lu das Büro. Er sucht nach Chen, und der Betriebsleiter folgt ihm auf den Fersen.

»Wir haben ein Plansoll zu erfüllen!«

Lu entdeckt Chen, der an einem Traktormotor herumwerkelt. Er trägt einen ölverschmierten Overall und hält einen Schraubenschlüssel in der Hand. Zwischen den Lippen baumelt eine Zigarette. Möglicherweise ist Rauchen hier verboten, denn als er den Betriebsleiter sieht, lässt er die Zigarette fallen und tritt sie aus.

Dann erblickt er Lu. Panik zeichnet sich in seinem Gesicht ab, und er stürzt auf den Ausgang zu.

»Halten Sie ihn fest!«, ruft Lu.

Chen ist schmal und läuft schnell. Er hat den Parkplatz zur Hälfte überquert, bevor Lu aus der Halle draußen ist. Chen springt auf ein Motorrad und startet panisch den Motor.

Lu macht sich gar nicht erst die Mühe, ihn zu Fuß einzuholen, es hätte keinen Zweck. Er geht schnurstracks zum Streifenwagen, öffnet die Tür und klemmt sich hinters Steuer. Er lässt den Motor an und legt den Rückwärtsgang ein. Während er mit quietschenden Reifen zurücksetzt, sieht er verschwommen durch das Seitenfenster Polizeimeisterin Sun und fünf Meter hinter ihr Polizeiobermeister Bing. Lu hält nicht an. Er legt den Gang ein und rast auf die Ausfahrt des Parkplatzes zu.

Chen hat fünfzig Meter Vorsprung. Links und rechts der Straße erstrecken sich endlose Getreidefelder, deren öde Gleichförmigkeit nur hier und da von einem Bauernhaus oder Wassertank unterbrochen wird. Lu fragt sich, wo Chen bloß hinwill.

Chen fährt ein 150er Motorrad mit einer Höchstgeschwindigkeit von 95 Stundenkilometern. Es kann mit dem Streifenwagen nicht mithalten. Lu holt auf und schaltet, kurz bevor er mit der Stoßstange das Rücklicht berührt, die Sirene ein. Chen beugt sich über den Lenker, als würde ihm die Reduzierung des Luftwiderstands erheblich mehr Geschwindigkeit verleihen.

Lu will nicht zu aggressiv fahren und riskieren, Chen von der Straße zu fegen, deshalb bleibt er über eine Strecke von gut fünf Kilometern dicht an ihm dran. Chen fährt stur weiter.

»Dummkopf«, brummt Lu.

Lu gleitet mit dem Wagen langsam hinüber zum Seitenstreifen, bis er auf gleicher Höhe mit Chens linker Hüfte ist, und schert dann leicht aus, um Chen von der Fahrbahn zu drängen.

Chen versucht, noch mehr Tempo zu machen, aber das Motorrad hat bereits die Maximalgeschwindigkeit erreicht. Dann versucht er, sich auf der Spur zu halten, die Lu ihm lässt, die aber immer schmaler wird. Schließlich reduziert er die Geschwindigkeit und fällt hinter das Polizeiauto zurück. Lu tritt aufs Gas, rast ein Stück vor, tritt auf die Bremse und reißt das Lenkrad zur Seite, sodass der Wagen die Straße blockiert.

Er steigt aus und wartet auf Chen.

Chen kommt näher und fährt, ohne abzubremsen, um den Streifenwagen herum auf den unbefestigten Seitenstreifen. Sein Motorrad ist jedoch nicht geeignet für Geländefahrten. Der Vorderreifen schlingert, Chen verliert die Kontrolle. Der Lenker schlackert, das Motorrad überschlägt sich wie ein Pferd, das über Draht stolpert, und Chen stürzt in einer Staubwolke zu Boden.

Lu rennt zu ihm und kniet sich neben ihn, um seine Wunden zu begutachten. Chen hat ein paar Beulen und Kratzer abbekommen, er blutet, jammert und stöhnt, doch als Lu ihn bittet, Hände und Füße zu bewegen, tut er es. Lu kann also davon ausgehen, dass er sich nicht das Genick gebrochen hat.

Vorsichtig versucht er, Chen auf die Beine zu helfen, doch der windet sich wie ein quengeliges Kleinkind. Lu legt ihm Handschellen an, zieht ihn zum Streifenwagen und verfrachtet ihn auf die Rückbank. Er beschließt, Chen in die Klinik der Gemeinde Rabental zu bringen, die nächste medizinische Einrichtung.

Während der Fahrt jammert Chen ununterbrochen. Über Funk entschuldigt sich Lu bei Polizeiobermeister Bing, dass er ihn und Sun hat sitzen lassen, und schlägt vor, sie mögen jemanden aus der Werkstatt bitten, sie zurück in die Stadt zu fahren.

Mit Blaulicht und Sirene rast er zur Klinik. Chen wird auf eine Bahre gelegt und in einen Behandlungsraum gebracht. Lu nimmt ihm die Handschellen ab und überwacht die Geschehnisse, bis Bing und Sun eintreffen, dann überlässt er ihnen diese Aufgabe und geht nach draußen, um sich einen Tee zu kaufen und Polizeichef Liang anzurufen.

»Hat der Kerl gestanden?«, fragt Liang.

»Ich habe ihn noch nicht verhört«, sagt Lu. »Im Moment wird er von einem Arzt untersucht.«

»Falls er sterben sollte, besorgen Sie sich vorher unbedingt ein Geständnis.«

»Er wird nicht sterben.«

»Besorgen Sie sich trotzdem ein Geständnis.«

Als Lu zurückkehrt, ist der Behandlungsraum leer. Er sucht den Assistenzarzt und findet ihn draußen auf dem Parkplatz, rauchend.

»Wo ist der Patient, den ich eben eingeliefert habe?«

»Auf der Aufwachstation.«

»Wie geht es ihm?«

»Einige Schürfwunden, vielleicht eine leichte Gehirnerschütterung, eine ausgerenkte Schulter, aber kein Knochenbruch. Ich habe die Wunden gereinigt und ihm Schmerztabletten gegeben. Jetzt döst er vor sich hin.«

»Kann ich ihm ein paar Fragen stellen?«, möchte Lu wissen.

»Ich glaube, es wäre besser, wenn Sie ihn vorerst in Ruhe ließen.«

»Für ihn vielleicht, aber nicht für mich.«

»Er ist ein bisschen neben der Spur.«

»Umso besser. Vielleicht kriege ich dann ehrliche Antworten von ihm.«

Der Assistenzarzt zuckt mit den Schultern. »Das liegt nicht in meiner Entscheidungsbefugnis.«

»Könnten Sie ihn in ein Privatzimmer schieben?«

»Für so etwas habe ich keine Zeit. Können Sie ihn nicht einfach auf der Station befragen?«

»Dafür sind einige Fragen vielleicht etwas zu heikel«, sagt Lu. »Egal. Ich schiebe sein Bett selbst.«

Lu geht zur Aufwachstation und findet dort Chen, Polizeiobermeister Bing, Polizeimeisterin Sun sowie ein halbes Dutzend anderer Patienten vor. Chen ist an einen Pulsometer angeschlossen, den Lu abtrennt und damit einen schrillen Alarm auslöst. Eine Schwester und der Assistenzarzt kommen angerannt. Der Arzt ist genervt, schaltet dann aber die Geräte ab und hilft Lu, Chens Bett in ein anderes Zimmer zu schieben.

»Schlagen Sie ihn nicht«, sagt der Arzt.

»Das würde ich niemals tun«, erwidert Lu.

Der Arzt verlässt den Raum und schließt die Tür hinter sich.

Lu rückt einen Stuhl an Chens Bett. Chens Augen sind

nur halb geöffnet. Er sieht aus, als wäre eine Herde Esel über ihn hinweggetrampelt. Lu nimmt die Befragung mit seinem Handy auf.

Lu: Es spricht Kommissar Lu Fei, stellvertretender Leiter des Amtes für Öffentliche Sicherheit im Bezirk Rabental. Heute ist der 17. Januar, wir befinden uns in der Klinik des Bezirks. Der Befragte ist Herr Chen Shiyi, wohnhaft in der Kangjian-Gasse. Herr Chen – wissen Sie, warum ich Sie befrage?

Chen: (Antwort unverständlich)

Lu: Warum sind Sie weggerannt, als wir Sie an Ihrem Arbeitsplatz aufgesucht haben?

Chen: (Stöhnt)

Lu: Wir haben bei Ihnen zu Hause ein Fernsehgerät gefunden, das Frau Yang Fenfang gehört hat. Es war unterm Bett versteckt. Wie sind Sie dazu gekommen, diesen Fernseher in Ihren Besitz zu bringen?

Chen: (Unverständlich)

Lu: Sprechen Sie lauter.

Chen: Ich habe es nicht getan.

Lu: Was haben Sie nicht getan?

Chen: Sie umgebracht.

Lu: Wie sind Sie dann an ihr Eigentum gekommen?

Chen: (Unverständlich)

Lu: Sie sind in ernsthaften Schwierigkeiten, Herr Chen. Es ist besser, wenn Sie mir alles sagen.

Chen: Ich habe sie nicht umgebracht.

Lu: Was haben Sie dann gemacht?

Chen: Ich … (Weint) …

Lu: Beherrschen Sie sich.

Chen: Meine Mutter ... Sie hat mir gesagt, ich soll zu den Nachbarn gehen, weil der Hund bellte.

Lu: Dann sind also Sie letzten Samstagabend zu dem Haus der Yangs gegangen und nicht Ihre Mutter.

Chen: Ja. Ich bin hingegangen, und da sah ich ... *Tian*!

Lu: Würden Sie ihm bitte ein Papiertaschentuch geben, Polizeimeisterin Sun? Erzählen Sie weiter, Herr Chen. Ich höre zu.

Chen: (Schnäuzt sich vernehmlich) Ich sah den Hund im Hof. Ich habe geklopft, aber niemand hat aufgemacht. Ich dachte, vielleicht ist irgendwas, deshalb bin ich hineingegangen. Ich ... Es war schrecklich. Ich bin nach Hause gelaufen und habe es meiner Mutter erzählt.

Lu: Sie behaupten also, dass Frau Yang schon tot war, als Sie das Haus betraten?

Chen: Ja. Zuerst war ich nicht sicher. Ich ... ich habe ihren Arm angefasst. Sie war ganz kalt.

Lu: Haben Sie jemanden im Haus gesehen?

Chen: Nein. Ich bin nicht dortgeblieben, um nachzuschauen. Ich bin weggelaufen.

Lu: Was dann?

Chen: Mir platzt gleich der Kopf. Bitte, rufen Sie den Arzt.

Lu: Beantworten Sie zuerst meine Frage. Was ist dann passiert?

Chen: (Unverständlich)

Lu: Was?

Chen: Sie war von ihr.

Lu: Was?

Chen: Die Idee, den Fernseher zu nehmen.

Lu: Ihr?

Chen: Von meiner Mutter. (Würgt) Mir ist schlecht.

Lu: Polizeimeisterin Sun. Bitte stellen Sie den Papierkorb neben Herrn Chens Bett. Danke. Herr Chen – Sie sagen, Sie seien nach Hause gegangen, nachdem Sie Yang Fenfangs Leiche entdeckt hatten, und Ihre Mutter habe Ihnen gesagt, Sie sollten das Fernsehgerät stehlen.

Chen: Ja.

Lu: Woher wusste Ihre Mutter überhaupt, dass die Yangs einen Fernseher hatten?

Chen: Sie und Frau Yang waren befreundet. Sie ist öfter hingegangen, und sie haben zusammen ferngesehen.

Lu: Verstehe. Sie sind also zurück ins Haus der Yangs gegangen und haben den Fernseher an sich genommen?

Eine Pause in der Befragung, weil Chen sich in den Papierkorb übergibt.

Lu: Geht es jetzt besser?

Chen: Ich sterbe.

Lu: Was ist mit dem Computer-Tablet, Herr Chen? Yang Fenfang hatte auch ein Computer-Tablet.

Chen: Ja.

Lu: Ja?

Chen: Das auch.

Lu: Eine Idee Ihrer Mutter?

Pause

Lu: Herr Chen?

Chen: Ich muss was trinken.

Lu: Polizeimeisterin, bitte bringen Sie Herrn Chen ein Glas Wasser. Wo haben Sie das Computer-Tablet gefunden?

Chen: Im Schlafzimmer. Auf dem Bett.

Lu: Sie haben sich also die Mühe gemacht, das Schlafzimmer zu durchsuchen?

Chen: Es war gleich der erste Raum, in den ich geschaut habe!

Lu: Damit keine Missverständnisse entstehen: Warum haben Sie das Fernsehgerät und das Tablet mitgenommen?

Chen: Das Fernsehgerät wollte meine Mutter für meine Großmutter.

Lu: Und das Tablet?

Chen: Ich dachte … ich meine, meine Mutter dachte, wir könnten es gebrauchen.

Lu: Wo ist das Tablet jetzt?

Chen: In der Schublade des Nachttischs. Wir haben es gar nicht eingeschaltet.

Lu: Warum nicht?

Chen: Der Akku war leer. Und ich hatte das Ladegerät im Haus vergessen.

Lu: Ein Meisterdieb sind Sie nicht gerade, Herr Chen. Ich stelle Ihnen jetzt eine einfache Frage. Haben Sie oder Ihre Mutter irgendetwas mit Yang Fenfangs Tod zu tun?

Chen: Nein. Ich schwöre. Ich habe nur das Fernsehgerät und das Tablet genommen. Mehr nicht.

Lu: Haben Sie noch irgendwelche anderen Informationen über den Mord? Oder wer es gewesen sein könnte?

Chen: Nein. Ich habe Ihnen alles gesagt.

Lu beendet die Aufnahme. Polizeimeisterin Sun kehrt mit einem Glas Wasser zurück. Chen stürzt es hinunter.

Lu sieht ihm angewidert zu. »Wenn es wahr ist, was Sie sagen, Herr Chen, dann mögen Sie vielleicht kein Mörder sein, aber ganz bestimmt sind Sie und Ihre Mutter die schlimmsten Nachbarn im ganzen Bezirk Rabental.«

Polizeimeisterin Sun bleibt zur Bewachung von Chen Shiyi in der Klinik. Lu und Polizeiobermeister Bing kehren zurück zur Polizeiwache, wo Lu seinen Vorgesetzten Liang gerade noch rechtzeitig erwischt, bevor der zu einem Karaoke-Abend aufbricht.

»Ich bin schon spät dran«, drängt Liang. »Erzählen Sie mir einfach die Stelle, wo er gesteht, dass er das Mädchen getötet und die Organe entnommen hat, um sie an reiche Thais zu verkaufen.«

»Chen gibt den Diebstahl des Fernsehers und des Tablets zu, aber nicht den Mord.«

»Glauben Sie, dass er die Wahrheit sagt?«

»Ja.«

»*Ta ma de.*«

»Ich befrage jetzt als Nächstes Frau Chen und ihre Schwiegertochter. Mal sehen, ob es mit der Geschichte von Chen Shiyi übereinstimmt. Wenn ja, beantrage ich bei Staatsanwalt Gao ein Festnahmeersuchen. Für Chen und seine Mutter.«

»Und der Vorwurf?«

»Zunächst mal Diebstahl. Was eventuell noch, das werden wir dann sehen.«

»Gut.« Polizeichef Liang sieht auf die Uhr. »Wäre das alles?«

»Ja, Chef. Schönen Abend noch.«

Lu und Bing befragen zuerst Frau Chen. Sie weigert sich, etwas zu sagen, außer: »Ich will einen Anwalt.«

»Vielleicht begreifen Sie nicht, wie das hier abläuft«, sagt Lu. »Sie müssen meine Fragen in dieser Sache beantworten, erst dann können Sie einen Anwalt sprechen.«

»Ich will einen Anwalt. Ich will einen Anwalt. Ich will einen Anwalt.«

Lu lässt Frau Chen zurück in die Zelle bringen und die Schwiegertochter holen. Sie bestätigt mehr oder weniger Chen Shiyis Bericht.

»Shiyi wollte das nicht, aber seine Mutter hat ihn dazu gedrängt. Sie ist eine schreckliche Frau. Bitte haben Sie Erbarmen mit ihm.«

Lu geht in sein Büro und schreibt einen Haftantrag für Staatsanwalt Gao. Während er am Computer sitzt, hört er Frau Chen in ihrer Arrestzelle ein paar Türen weiter herumstänkern. Er ruft den dicken Wang in sein Büro. »Sagen Sie Frau Chen, sie soll sich beruhigen, sonst kleben wir ihr den Mund zu. Und wenn sie trotzdem weiter so brüllt, dann tun Sie es.«

»Ich, ganz allein?«, sagt der dicke Wang.

»Holen Sie sich noch John Wayne Chu dazu. Er verprügelt gerne alte Frauen.«

Es ist fast acht, als Techniker Jin und der große Wang von der Durchsuchung bei den Chens zurückkehren.

»Haben Sie das Tablet gefunden?«, fragt Lu.

»Nein«, sagt Jin.

»Haben Sie in der Nachttischschublade nachgesehen?«

»Natürlich. Es lag nicht drin.«

»Wo könnte es sein?«

»Vielleicht hat Chen es einem Freund oder Kollegen verkauft.«

»Vielleicht. Und Skalpelle oder medizinischen Faden haben Sie auch nicht zufällig herumliegen sehen, oder?«

»Nein. Nur haufenweise Tabletten gegen Durchfall und Verstopfung.«

»Meine Schicht ist vor zwei Stunden zu Ende gegangen«, sagt der große Wang. »Kann ich jetzt gehen?«

»Ja«, sagt Lu.

Er kauft sich etwas zu essen an einem Straßenimbiss und kehrt in sein Büro zurück. Würstchen am Spieß und eine Schüssel stinkender *Dofu*-Suppe. Danach trinkt er eine Tasse Tee und grübelt.

Kriminaltechniker Jin ist bereits zum Gästehaus Freundschaft aufgebrochen, doch Lu ruft ihn trotzdem auf seinem Handy an. Jin hat den Mund voll, als er das Gespräch annimmt.

»Entschuldigen Sie, dass ich Sie beim Essen störe, Jin. Ich habe eine Frage.«

»Schießen Sie los.«

»War Wachtmeister Wang die ganze Zeit bei Ihnen, als Sie das Haus durchsucht haben?«

»Also … nein. Wir waren nicht die ganze Zeit über zusammen in einem Raum, wenn Sie das meinen.«

»War er jemals allein im Schlafzimmer?«

»Wahrscheinlich, ja. Wollen Sie damit sagen …?«

»Ich bin nicht sicher. Bitte behalten Sie es für sich.«

»Natürlich, Kommissar.«

Lu ruft den großen Wang auf seinem Handy an, doch Wang geht nicht dran. Er fährt zu Wangs Wohnung, die er sich mit John Wayne Chu teilt. Sie sind beide nicht zu Hause. Er klappert die Restaurants und Bars in der Umgebung ab. Nach kurzer Zeit findet er Wang und Chun in einem Rattenloch, wo Speisen als Ergänzung zum Alkohol serviert werden, nicht umgekehrt. Das Restaurant ist nur wenige Quadratmeter groß, mit einer offenen Küche im hinteren Teil. An einem der Tische sitzen zwei alte Männer, essen gegrillte Lammspieße und trinken Bier. Chu und der dicke Wang sitzen an einem anderen. Sie tragen noch immer ihre Polizeiuniformen, ihre Gesichter sind vom Alkohol gerötet.

Lu setzt sich zu ihnen. »Guten Abend, Polizeimeister.«

»Was machen Sie hier?«, fragt der große Wang ziemlich unfreundlich.

»Sie sollten in Uniform nicht trinken«, sagt Lu.

»Wir trinken nur ein paar Gläschen«, erwidert Wang. »Was wollen Sie, Kommissar? Wir sind außer Dienst.«

»Sie und ich haben etwas zu besprechen«, sagt Lu.

»Was?« Wang zieht eine Schachtel Zigaretten aus der Tasche und steckt sich eine in den Mund. Er hält auch Chu die Schachtel hin.

»Würden Sie uns bitte entschuldigen, Polizeimeister Chu?«, sagt Lu.

»Nein«, antwortet Chu. »Wir sind jetzt nicht im Dienst. Sie können mir nicht befehlen, was ich zu tun habe.« Er nimmt sich eine Zigarette aus der Schachtel und zündet erst Wangs Zigarette an, dann seine.

Auf dem Tisch stehen mindestes vier leere Harbin-Pure-Ice-Flaschen und eine Flasche *bai jiu*. Lu staunt nicht schlecht, dass Wang und Chu in der einen Stunde seit Feierabend so viel Alkohol konsumiert haben.

»Wo ist Yang Fenfangs Computer-Tablet?«, fragt Lu.

»Was?«, erwidert Wang.

»Sie haben mich sehr gut verstanden.«

»Woher soll ich das wissen?«

»Kommissar«, sagt Chu. »Warum hacken Sie immer so auf uns rum?«

»Auf Ihnen rumhacken? So sehen Sie das?«

»Sie behandeln uns wie den letzten Dreck. Und in die eingebildete Zicke Sun sind Sie ganz vernarrt, als wäre sie eine kleine Kaiserin.«

»Sprechen Sie nicht in diesem Ton von Ihrer Kollegin«, sagt Lu. »Ich behandle Sie so, weil Sie zwei übellaunige Faulpelze sind.«

»*Cao!*«, knurrt der große Wang. »Sie glauben wohl, Sie sind was Besseres mit Ihrem schicken Diplom aus Peking. Eins kann ich Ihnen verraten, Kommissar, Ihre Scheiße stinkt genauso wie unsere.«

Lu unterdrückt seine Wut. Vielleicht hat der Polizeimeister ja nicht ganz unrecht. Er will ihn ausreden lassen.

Soll er Dampf ablassen, solange der Alkohol seine Zunge löst.

»Reden Sie nur weiter«, sagt Lu.

»Warum?«, entgegnet Wang. »Es interessiert Sie doch sowieso nicht, was ich zu sagen habe.«

»Das stimmt nicht. Es gehört zu meinem Job.«

»Ihr Job? Sie sagen mir und Ah Chu, was wir zu tun haben. Und wir? Wir tun das, was man uns sagt. Gehen hierhin, gehen dorthin, stehen in der Kälte rum, füllen Formulare aus, nehmen das Telefon ab, haben Zehn-, Zwölf-, Vierundzwanzig-Stunden-Schichten am Stück ohne Pause. So sieht es aus! Und das alles für einen Scheißlohn. Mein Freund ist Kellner, und er verdient doppelt so viel wie ich. Jeder behandelt uns wie Witzfiguren. Wir geben Befehle, und sie lachen uns ins Gesicht.«

Lu weiß, dass Wang recht hat, und dass die Polizei in dem Ruf steht, Bestechungsgelder anzunehmen und nebenher unerlaubte Geschäfte zu tätigen, macht die Sache nicht besser.

»Die Situation ist schwierig«, gesteht Lu ein.

»Der fehlende Respekt«, schimpft Chu. »Die Missachtung. Der ganze Blödsinn, den wir für die Leute erledigen sollen. Haben Sie eine Ahnung, wie oft alte Damen die Polizei rufen, weil sie ihr QQ-Passwort verloren haben?« QQ ist eine beliebte App, die Instant-Messaging, Games, Musik und Shopping-Service anbietet. »Wir sind die Polizei, kein Internet-Helpdesk.«

»Wir haben die Pflicht, der Öffentlichkeit zu dienen.«

»Wirklich?«, sagt Wang. »Ich dachte, es wäre unsere

Pflicht, dem Gesetz Geltung zu verschaffen. Verbrecher zu fangen. Wenn ich Diener sein wollte, würde ich mir einen Rock anziehen und mich von einem reichen Mann vögeln lassen, während ich seine Wanduhren abstaube.«

»Vielleicht sind Sie enttäuscht, dass die Uniform keine Angst auslöst oder die Leute gefügig macht, wie Sie erwartet hatten«, sagt Lu. »Vielleicht sind Sie sauer, dass Sie keine Schusswaffe tragen und die Leute nicht mit Ihrem Knüppel schlagen dürfen.«

»Manche Leute könnten ein paar Knüppelschläge durchaus vertragen«, erwidert Chu.

»Wenn Sie kein Polizist sein wollen«, sagt Lu, »kaufen Sie sich doch einen Rock und einen Staubwedel.«

Wang flucht leise.

»Entschuldigung?«, schnauzt Lu ihn an.

Wang leert sein Glas *bai jiu* und gießt sich und Chu die nächste Runde ein.

Lu holt tief Luft. »Na gut. Ich habe Ihre Beschwerden zur Kenntnis genommen. Und jetzt geben Sie mir das Computer-Tablet, Polizeimeister Wang.«

Wang knallt die Faust auf den Tisch, wobei eine der leeren Bierflaschen umkippt. »*Cao ni niang.* Ich habe es nicht genommen.«

Lu steht auf und haut Wang mit einem Fausthieb vom Stuhl.

Chu springt auf, stößt gegen die Tischkante, Bierflaschen und Gläser fliegen durch die Luft. Er zieht den Knüppel und setzt zum Schlag auf Lus Kopf an. Lu duckt sich, sodass die Schulter die meiste Wucht abbekommt.

Chu holt ein zweites Mal aus, doch Lu gelingt es, seinen Oberarm zu packen, und rammt ihm den Ellbogen ins Gesicht.

Blut spritzt auf Chus Hemd. Er lässt den Schlagstock fallen und fasst sich mit beiden Händen an die Nase. Lu stößt ihm das Knie in den Bauch.

Wang kommt wieder auf die Füße. Lu hört den *laoban* des Restaurants im Hintergrund schreien. Ihm ist klar, was sich für ein Bild bietet: Drei Uniformierte prügeln sich. Kein erfreulicher Anblick, aber unvermeidlich.

Dieser Streit schwelt seit Langem.

Lu tritt mit der Schuhspitze gegen Wangs Schienbein. Wang hüpft auf einem Fuß, und Lu tritt von unten gegen das andere.

Wang stürzt in ein Meer aus Glasscherben und verschüttetem Alkohol. Lu kauert sich über Wang, packt ihn am Kragen und ballt die andere Hand zur Faust.

»Wo ist das Tablet, du Bastard?«

Wang hebt abwehrend die Hände. »Ich weiß es nicht. Ich habe es nicht genommen. Ich schwöre!«

Lu ist drauf und dran, Wang ins Gesicht zu schlagen, kann sich aber bremsen.

Und wenn er die Wahrheit sagt?, denkt er.

Nach der Auseinandersetzung eilen fast alle Beamten des Polizeireviers Rabental zu dem Restaurant, wo sie herumstehen und das Chaos begaffen. Polizeichef Liang trifft ein, selbst halb betrunken von dem Karaoke-Abend, und muss seine ganze Überzeugungskraft aufbieten, um den Restaurantbesitzer zu beruhigen; er verspricht ihm, den Schaden zu begleichen. Und den beiden alten Männern am anderen Tisch bietet er Zigaretten an und sagt ihnen, man werde für ihr Essen aufkommen.

»Wenn Sie mir noch einen großen Gefallen tun möchten«, sagt Liang, »dann erzählen Sie bitte niemandem davon. Offen gestanden ist es beschämend für das Amt für Öffentliche Sicherheit.«

»Wir werden kein Sterbenswörtchen sagen«, verspricht einer der alten Männer.

»Besser so – wenn Sie schlau sind«, sagt Liang mit bedrohlichem Unterton. Dann lächelt er breit, klopft den Männern auf die Schulter und geleitet sie aus dem Restaurant. »Gute Nacht, Onkel. Kommen Sie gut nach Hause.«

John Wayne Chu und der große Wang werden zur Behandlung in die Rabental-Klinik transportiert, Chu wegen eines Nasenbeinbruchs, Wang wegen eines mit Glasscherben gespickten Rückens.

Polizeichef Liang stößt Lu in einen der bereitstehenden Streifenwagen und beugt sich zu ihm. »Was haben Sie sich bloß dabei gedacht, Lu Fei?«

»Ich hatte Wang in Verdacht, dass er das Computer-Tablet an sich genommen hat.«

»Und deswegen mussten Sie ihn gleich zusammenschlagen?«

»Nein … er …« Lu will ihm erklären, dass Wang den Streit angefangen hat, aber das entspricht nicht ganz der Wahrheit. »Es ist einfach aus dem Ruder gelaufen.«

»Darüber unterhalten wir uns morgen.« Liang knallt die

Tür zu und sagt Polizeiobermeister Bing, er solle Lu nach Hause bringen.

Bing schweigt während der Fahrt. Als sie an Lus Wohnung ankommen, dreht er sich zu ihm um. »Machen Sie sich nichts draus. Es wird vorübergehen. Und Typen wie Wang und Chu haben ab und zu eine Tracht Prügel verdient.«

»Danke, Bruder Bing.«

»Schlafen Sie sich erst mal aus. Sie können es gebrauchen.«

FREITAG

> Wir sind Marxisten, und der Marxismus lehrt, dass wir uns an objektiven Tatsachen und nicht an abstrakten Definitionen orientieren sollten, wenn wir an ein Problem herangehen, und dass wir unsere Richtlinien, unsere Politik und unsere Maßnahmen an der Analyse dieser Tatsachen ausrichten.
>
> *Worte des Vorsitzenden Mao*

Lu schläft aus, duscht lange und heiß und kocht sich eine Tasse Pu-Erh-Tee. Sein Handy zeigt einen unbekannten Anrufer an, der aber keine Nachricht hinterlassen hat. Wahrscheinlich Spam. Er zieht sich an und fährt mit dem Bus zur Arbeit.

Auf der Polizeistation angekommen sieht er als Erstes in der Arrestzelle nach. Die Chens sind nicht mehr da. Er fragt Polizeimeister Huang vorne an der Auskunft.

»Ihrer Haftanordnung wurde von der Staatsanwaltschaft stattgegeben und Frau Chen in die Haftanstalt überstellt«, sagt Huang. »Die Schwiegertochter und die Großmutter wurden freigelassen.«

»Und Chen Shiyi?«

»Wurde auf die Krankenstation der Haftanstalt verlegt.«

Lu steckt den Kopf durch die Tür zum Mannschaftsraum. Polizeimeisterin Sun, der dicke Wang, der stumme

Li und Polizeiobermeister Bing arbeiten an ihren Schreibtischen.

»Guten Morgen«, sagt Lu.

Er erntet einen stummen Gruß. Selbst Polizeimeisterin Sun weicht seinem Blick aus.

Bing steht auf. »Kann ich Sie mal kurz sprechen?«

Er geht mit Lu nach oben zur Asservatenkammer. Drinnen stehen reihenweise deckenhohe Regale, gefüllt mit Pappkartons und in Plastikfolie eingewickelten Gegenständen. Bing führt ihn zu einem Regal und zeigt ihm ein Computer-Tablet in einem durchsichtigen verschließbaren Plastikbeutel.

»Was ist das?«, fragt Lu.

»Yang Fenfangs Tablet.«

»Wo haben Sie das gefunden?«

»Vergraben in Chens Garten.«

»Von wem?«

»Der Schwiegertochter.«

Lu sieht Polizeiobermeister Bing ausdruckslos an.

»Ich hatte von Anfang an den Eindruck, dass sie die Vernünftigste der ganzen Sippe ist, deshalb habe ich heute Morgen noch mal mit ihr gesprochen«, sagt Bing. »Ich habe sie nach dem Tablet gefragt. Nachdem sie zuerst herumdruckste, hat sie gestanden, sie habe ihren Mann davor gewarnt, es einzuschalten. Sie vermutete, dass man es dann hätte orten können. Sie hat gesehen, wie er es in die Nachttischschublade steckte, und weil er und seine Mutter Idioten seien, habe sie ihnen nicht vertraut, dass sie nicht doch etwas Dummes damit anstellen. Deswegen hat sie es ein paar

Tage später an sich genommen und im Garten vergraben. Und gestern hat sie nach eigenen Worten den Mund gehalten, weil sie Angst hatte, sie würde in das Verbrechen mit hineingezogen und wir würden ihr ihren Sohn wegnehmen und sie ins Gefängnis werfen.«

»Das könnten wir immer noch tun.«

»Wollen Sie wirklich diesen Weg gehen, Herr Kommissar?«

»Nein. Eigentlich nicht«, seufzt Lu. »Ich habe voreilige Schlüsse gezogen, was Polizeiobermeister Wang betrifft.«

»Allerdings.«

»Nicht dass es ihm nicht ähnlich sähe, ein Tablet zu stehlen.«

»Vielleicht, ja.«

»Trotzdem.«

»Trotzdem«, stimmt Bing ihm zu.

»*Ta ma de.*«

»Was du nicht willst, das man dir tut, das füg auch keinem anderen zu.«

»Zitieren Sie Meister Kong, Polizeiobermeister Bing?«

»Nein. Ich dachte, das hätte der christliche Gott gesagt, Jesus.«

»Der mit den langen Haaren und dem Bart? Oder der Vater?« Lus Kenntnisse über das Christentum sind bestenfalls oberflächlich.

»Der Sohn.«

»Hm. Vielleicht war Jesus ein Konfuzianer.«

Lu fährt mit einem Streifenwagen zur Rabental-Klinik. John Wayne Chu liegt auf der allgemeinen Station und starrt, die Augen geschwollen, die Nase in Gips, die Decke an.

Lu zieht den Vorhang um das Bett herum zu, obwohl dadurch die Geräusche und Gespräche der anderen Patienten und deren Familien nicht ausgeblendet werden. Chus Blick wandert zu Lu und dann zurück zur Decke.

»Ich habe mich bei dem Tablet geirrt«, sagt Lu.

Chu antwortet nicht.

»Wie geht es Ihrer Nase?«

Chu schweigt.

»Sie hätten nicht mit Ihrem Schlagstock auf mich losgehen sollen. Ich könnte Sie aus dem Dienst entlassen. Sogar verhaften.«

»Nur zu.«

»Nein. Das werde ich nicht tun. Ich sage Ihnen, was ich tun werde. Ich gebe Ihnen das Wochenende Zeit, es sich zu überlegen. Sie haben die Wahl. Falls Sie sich dazu entschließen, Polizeibeamter bleiben zu wollen, dann kommen Sie Montag wieder zur Arbeit. Falls nicht, viel Glück bei Ihrem nächsten Unternehmen. Wie auch immer, ich werde dafür sorgen, dass dieser Zwischenfall nicht in Ihre Akte aufgenommen wird.«

»Erwarten Sie jetzt Dankbarkeit von mir?«

»Nein. Ich erwarte, dass Sie sich entscheiden, ob Sie Polizist sein wollen oder nicht. Wo ist Wang Guangrong?«

»Entlassen.«

»Na gut.« Lu zieht die Vorhänge zurück. »Ich hoffe, wir sehen uns Montag, Polizeimeister.«

Lu fährt zu Wangs Wohnung. Wang freut sich nicht über seinen Besuch und bietet Lu auch keinen Tee an. Lu entschuldigt sich, dass er ihn fälschlich für einen Dieb gehalten hat, und macht ihm das gleiche Angebot. Ein paar Tage zum Überlegen und dann eine Entscheidung. »Wollen Sie das wirklich Ihr ganzes Leben lang machen? Sie sind noch jung. Sie würden ohne Weiteres eine andere Arbeit finden.«

Wang schweigt mürrisch.

»Falls Sie zurückkommen, wird sich einiges ändern. Ich werde enger mit Ihnen zusammenarbeiten.«

»Das ist das Letzte, was ich will«, sagt Wang.

Lus Handy klingelt. Er geht dran. Es ist das Bezirks-Krankenhaus. Kriminaldirektor Song ist aufgewacht.

Im Krankenhaus wird Lu direkt auf die VIP-Station geführt, wo für Song ein Privatzimmer reserviert wurde. Song ist eingehüllt in Verbandsmull und Klebeband und an einen Tropf, einen Pulsometer und einen Blutdruckmonitor angeschlossen.

Lu rückt einen Stuhl ans Bett. »Wie geht es Ihnen?«

»Schrecklich. Wo ist der alte Mann?«

»Tot.«

Song stöhnt vor Schmerz auf. »Bekommen Sie nun Probleme?«

»Ich habe bei der Polizei von Harbin eine Aussage gemacht. Seitdem habe ich nichts von ihr gehört.«

»Sagen Sie Bescheid, wenn Sie Ärger bekommen.«

»Mach ich. Danke.«

»Hat man seine Wohnung durchsucht?«

»Die Polizei von Harbin, ja. Keine Hinweise auf einen Zusammenhang mit dem Mord an Yang Fenfang. Er war es nicht. Da bin ich mir sicher.«

Song schließt die Augen und stöhnt leise.

»Alles in Ordnung?«

»Was haben Sie noch?«

Lu berichtet ihm von dem Fernseher, dem Computer-Tablet und den Chens. Er spricht über die *Hong Di Xie*-Schuhe, den Korallenring und seine Theorie, die Farbe Rot sei eine Art Auslöser für den Killer.

Song ächzt. »Der Mörder sieht also irgendwo diese Mädchen, die rote Sachen tragen, und entwickelt eine Fixierung. Aber wo?«

»Wir können alle drei Opfer zuverlässig in Harbin verorten, allerdings nicht im gleichen Zeitraum, und es wird unmöglich sein, ihre Wege nachzuverfolgen und zu bestimmen, bei welchen Gelegenheiten sie die fraglichen roten Sachen getragen haben. Es könnte überall gewesen sein. Eine Bar. Ein Restaurant. Ein Taxi. Auf der Straße.«

»Das ist Polizeiarbeit«, sagt Song. »Methodisch. Akribisch.«

»Ich verstehe die Bedeutung von Polizeiarbeit«, kontert Lu.

»Durchforsten Sie ihre Kontobewegungen, Einzahlungen, Abbuchungen, und schauen Sie, ob es Überschneidungen gibt. Wie Sie schon sagten: eine Bar, ein Restaurant, ein Taxi … Ich rufe in Peking an und bitte das Ministerium, alle Gewaltverbrechen nach einer wie auch immer gearteten Verbindung zur Farbe Rot abzusuchen.«

Lus Handy klingelt. Es ist dieselbe unbekannte Nummer wie gestern Abend. Er ignoriert den Anruf. »Ich lasse Sie jetzt besser allein, damit Sie sich ausruhen können.«

Song nickt, schließt die Augen und schläft sofort ein.

Lu fährt mit dem Aufzug nach unten und bahnt sich einen Weg durch das überfüllte Wartezimmer zum Ausgang. Plötzlich entdeckt er ein bekanntes Gesicht und bleibt wie angewurzelt stehen.

Yanyan.

Sie sitzt allein inmitten des menschlichen Elends, schreiende Babys, ungezogene Kleinkinder, Husten, Keuchen, Pfeifen, Handygeklingel und angespannte Gespräche.

Lu geht zu ihr. Sie starrt auf den schmutzigen Linoleumboden und bemerkt Lu nicht.

»Yanyan?«

Sie hebt den Kopf. »Kommissar? Was machen Sie denn hier?«

»Ich habe jemanden besucht. Und was machen Sie hier? Ihr Vater?«

Sie nickt.

»Das tut mir leid, Yanyan. Was meinen die Ärzte?«

Yanyan schüttelt den Kopf. Tränen laufen ihr über die Wangen.

Es ist ein unerträglich quälender Moment. Lu möchte sie in den Arm nehmen, aber er traut sich nicht – nicht nach ihrer Reaktion neulich in der Lotusbar, als er ihre Hand berührt hat.

Er hockt sich hin, um auf Augenhöhe mit ihr zu sein. »Soll ich mit jemandem reden, der den Ärzten einschärft, dass es wichtig ist, Ihrem Vater die bestmögliche Versorgung zukommen zu lassen?«

»Bitte stehen Sie auf, Kommissar.« Yanyan erhebt sich ebenfalls und zieht den Kommissar mit hoch. Dann fällt sie ihm in die Arme und drückt ihr Gesicht in seinen Mantelaufschlag.

Lu hält sie fest, und sein Herz schlägt noch schneller als bei dem Angriff des verrückten Alten mit der abgeschlagenen Flasche.

So verharren sie etwa zehn Sekunden lang, dann tritt sie zurück, wischt sich Augen und Nase mit dem Handrücken. Lu reicht ihr ein, wie er hofft, einigermaßen sauberes Taschentuch.

»Wenn ich irgendetwas für Sie tun kann …«, sagt Lu.

Yanyan schaut verlegen zur Seite. »Vielen Dank.«

Lu spürt sein Handy in der Hosentasche vibrieren. »Soll ich Ihnen irgendetwas holen? Etwas zu essen?«

»Nein, nein. Danke.«

»Sind Sie sicher? Wie wäre es mit einem Tee?«

»Ja, in Ordnung. Tee.«

In dem Wartebereich stehen ein Heißwasserspender und ein Automat mit warmen und kalten Getränken, doch Lu geht nach draußen zu einem Imbisswagen und kauft Tee und eine Schale Suppe. Während er darauf wartet, dass die Suppe ausgeteilt wird, schaut er auf sein Handy. Der Anruf kam wieder von der unbekannten Nummer, doch diesmal hat der Anrufer eine Nachricht hinterlassen.

»Monk hier, aus der Schwarzen Katze in Harbin. Ich muss Sie sprechen, Kommissar. Aber ich werde … vielleicht … Es kann sein, dass ich überwacht werde. Bitte rufen Sie mich an.«

Lu ruft umgehend zurück.

»*Wei?*«, sagt Monk.

»Kommissar Lu hier.«

»Ich muss mit Ihnen sprechen.«

»Sagen Sie einfach, wann und wo.«

Monk nennt eine Adresse und beschreibt ihm den Weg. Sie vereinbaren, sich in einer Stunde zu treffen.

Lu bleibt nun nicht mehr viel Zeit. Er bringt die Suppe und den Tee ins Wartezimmer. »Ich muss gehen. Aber kann ich Sie später anrufen?«

»Das ist nicht nötig, Kommissar.«

»Bruder Lu.«

»Bruder Lu. Bitte machen Sie sich keine Sorgen.«

»Mach ich aber.« Er gibt ihr seine Visitenkarte. »Das ist meine Handynummer. Rufen Sie mich an.«

»Gut.«

Bei der Adresse handelt es sich um ein Café, das sich ein paar Straßen von der Schwarzen Katze entfernt befindet. Es nennt sich *Tongzhi*, was Genosse bedeutet, eine in der Mao-Ära weit verbreitete, genderneutrale Anrede, heute ironischerweise ein Slangwort für homosexuell.

Monk wartet an einem Tisch im hinteren Bereich. Lu sieht ihn zuerst nicht, der Raum ist düster und höhlenartig, doch dann steht Monk auf und winkt Lu zu sich.

»Entschuldigen Sie, dass ich diesen Treffpunkt vorgeschlagen habe«, sagt Monk. »Aber an einem Ort wie diesem kennt jeder jeden. Fremde werden sofort erkannt.«

»Daher die misstrauischen Blicke?«

»Und weil Sie eine Uniform tragen. Die meisten Gäste hier haben nicht die besten Erfahrungen mit der Polizei gemacht.«

Ein Kellner kommt an ihren Tisch. »Alles in Ordnung, Monk?«

»Ja, Ah Q. Ein Freund von mir.«

Der Kellner, vermutlich in den Zwanzigern, ist schlank und gut aussehend, das Haar blond gefärbt. Er reicht Lu die Hand. »Freunde von Monk sind auch meine Freunde. Sie können *Ah Q* zu mir sagen.«

Lu schüttelt kurz seine Hand. »Wie in der Geschichte von Lu Xun?«

»Ein Mann der Literatur! Selten genug in diesen unkultivierten Zeiten. Wie heißen Sie, schöner Mann?«

»Kommissar Lu. Nicht verwandt mit Lu Xun.«

»Kommissar, hm?« Ah Q sieht Monk an. »Ist das so eine Art Cosplay, das du dir ausgedacht hast, du frecher Teufel?«

»Nein. Kommissar Lu ist ein echter Kommissar.«

»Oh.« Ah Q mustert Lu von oben bis unten. »Die Uniform steht Ihnen gut.«

»Danke.«

Sie bestellen Tee. Sobald Ah Q außer Hörweite ist, beugt sich Monk vor. »Montagabend sind zwei Männer zu mir gekommen, kurz nachdem Sie und Ihre Kollegen da waren.«

»Zwei Männer? Polizei?«

»Nein. Schlägertypen. Sie hatten zwar kein Fleischerbeil dabei, aber trotzdem, das waren Schläger. Sie haben nach Fenfen gefragt. Was ich über sie wüsste. Ob sie etwas gesagt habe, was Aufschluss über ihren Mörder geben könnte. Ob die Polizei da gewesen sei und was ich ihr gesagt habe.«

»Und was haben Sie gesagt?«

»Die Wahrheit. Ich dachte, die sind vielleicht von der Staatssicherheit.«

Das Ministerium für Staatssicherheit ist eine eigenständige Institution, ein Pendant zum Ministerium für Öffentliche Sicherheit auf höherer Ebene. Während Letzteres im Wesentlichen für die Strafverfolgung zuständig ist, lautet die Direktive des Ministeriums für Staatssicherheit, »durch geeignete Maßnahmen gegen feindliche Agenten, Spione und konterrevolutionäre Aktivitäten, die darauf abzielen, Chinas sozialistisches System zu sabotieren oder zu stürzen, die Sicherheit des Staates zu gewährleisten«.

Mit anderen Worten, Spionageabwehr. Ausländischer und heimischer Spionage.

Als geheimer staatlichen Institution mit der Befugnis, praktisch jeden Bürger des Landes ohne ordentliches Gerichtsverfahren »verschwinden« zu lassen, wird der Staatssicherheit weitgehend mit Angst und Misstrauen begegnet. Lu kann es Monk daher schlecht verdenken, dass er den Männern Auskunft gegeben hat.

»Jedenfalls waren sie sehr grob und haben mir gedroht«, sagt er. »Wenn ich mit anderen über ihren Besuch oder über Fenfen sprechen würde, selbst mit der Polizei, würde ich es bereuen.«

»Und trotzdem haben Sie mich angerufen.«

»Ich mochte Fenfen. Und ich will, dass Sie den Kerl schnappen, der ihr das angetan hat. Ich habe noch einen anderen Angestellten, wahrscheinlich Fenfens engster Freund in der Bar. Sein Name ist Ruyi, aber alle nennen ihn nur *Brando*.«

»Brando?«

»Ja, nach Marlon Brando. Junge Leute sind gerne ein bisschen anmaßend bei der Wahl ihres Spitznamens.«

»So wie Ihr Freund Ah Q?«

»Sie hatten doch sicher auch irgendwann mal einen blöden Spitznamen.«

Lu verschweigt ihm lieber, dass er auf der Oberschule eine Zeit lang wegen seiner Vorliebe für Kampfsport *Bruce Lu* genannt wurde.

»Brando war für Mittwoch eingeteilt, aber er ist nicht zur Arbeit erschienen«, sagt Monk. »Das ist sehr ungewöhnlich. Ich habe ihn angerufen und eine Nachricht hinterlassen. Keine Reaktion.«

Ah Q bringt ihnen den Tee auf einem Tablett. Er stellt eine Tasse vor Monk, die andere vor Lu. »Und, Kommissar?«

»Ja?«

»Dürfte ich mir mal für eine halbe Stunde Ihre Handschellen ausleihen?«

»Ah Q, bitte«, ermahnt ihn Monk.

»War nur Spaß. Genießen Sie Ihren Tee.«

Monk sieht Ah Q kopfschüttelnd hinterher, nimmt dann seine Teetasse auf und pustet. »Und so kam ich ins Grübeln. Wenn die beiden Männer zu mir gekommen sind, dann wollen sie vielleicht auch zu Brando.«

»Die Verbindung zwischen Ihnen drei ist eindeutig die Schwarze Katze.«

»Genau.«

»Was können Sie mir noch über die beiden Männer sagen, die Sie bedroht haben? Besondere Merkmale? Ein auffallender Dialekt?«

»Der eine war älter, um die vierzig, sehr groß und schlank. Der andere jünger. Kleiner, breiter. Sah aus wie ein Gewichtheber. Nach dem Dialekt zu urteilen, kamen sie beide aus Harbin. Der Kleine hatte hier eine Warze.« Monk zeigt auf eine Stelle unter der Lippe.

»So eine wie der Vorsitzende?« Lu meint die berühmte Warze auf Maos Kinn.

Monk schlürft seinen Tee. »Ja, sehr ähnlich.«

»Sonst noch etwas?«

»Eigentlich nicht.«

»Was ist mit diesem … Brando? Können Sie mir seine Adresse und Telefonnummer geben?«

Monk schiebt ihm einen gefalteten Zettel mit Namen, Telefonnummer und Adresse hin.

Lu holt sein Handy aus der Tasche und ruft die Nummer an. Er wird sofort an den AB weitergeleitet.

»Dachten Sie, es wäre so einfach?«, sagt Monk.

»Die Hoffnung stirbt zuletzt«, erwidert Lu. »Ich werde versuchen, ihn aufzuspüren. Und Sie machen einfach so weiter wie bisher. Wenn die beiden Schläger noch mal auftauchen oder Sie von Brando hören, rufen Sie mich an.«

Die von Monk auf den Zettel gekritzelte Adresse führt Lu zu einem der älteren Hochhäuser im Wohnbezirk Wangzhao, etwa zwölf Kilometer vom Café Tongzhi entfernt. Bei dem Nachmittagsverkehr braucht er fast eine Stunde bis dorthin.

Das Gebäude ist nicht spektakulär, und mit seinen zwanzig Jahren zeigen sich erste Alterserscheinungen. Der goldene Schriftzug über dem Eingang – *Lilac Terrace* – ist abgeplatzt, der Kachelboden hat Sprünge, und im Foyer riecht es nach eingelegtem Gemüse.

Ein alter Pförtner sitzt hinter seinem Tisch und sieht sich auf einem billigen Computer-Tablet eine Aufführung der Peking-Oper an.

»Amt für Öffentliche Sicherheit«, verkündet Lu. Seinen Ausweis vorzuzeigen hält er nicht für nötig, die Uniform ist Nachweis genug.

Der alte Mann steht auf und nickt respektvoll. Lu beugt sich vor und wirft einen Blick auf den Bildschirm. Er sieht einen in den Farben Rot und Gelb gekleideten Schauspieler mit aufgeschminktem Affengesicht und einem silbernen Stab.

»*Die Reise nach Westen!*«, sagt Lu. Es ist seine Lieblingsoper, eine Nacherzählung des alten Volksmärchens über einen frommen Mönch, der während der Tang-Dynastie nach Indien geschickt wird, um Buddhas Schriften nach China zu holen; sein Gegenpart ist ein böswilliger Affe.

Der Pförtner lächelt. Er hat nur noch die Hälfte seiner Zähne im Mund, und die sind in sehr schlechtem Zustand. »Mögen Sie die Oper?«

»Also, dass ich den Gesang liebe, kann ich, ehrlich gesagt, nicht behaupten, aber die Kostüme, die Akrobatik – sagenhaft!«

»Kein anderes Land der Welt hätte sich so etwas ausdenken können«, sagt der Pförtner. »Schon gar nicht die Amerikaner. Oder die Japaner. Die Peking-Oper ist der Stolz der Nation.«

»Da könnten Sie recht haben, Onkel«, erwidert Lu. »Ich würde ja gerne bleiben und weiter mit Ihnen zuschauen, aber ich bin dienstlich hier. Ich suche einen jungen Mann ...« Er sagt den vollen Namen, den Monk ihm genannt hat. »Cheng Ruyi, Apartment 16H.«

Der Pförtner trinkt Tee aus einer metallenen Thermoskanne. »Der muss ja was Schlimmes angestellt haben.«

»Wie kommen Sie darauf?«

»Sie sind nicht der Erste, der nach ihm fragt.«

»Soll ich raten? Zwei Männer, der eine groß und schlank, der andere klein und kräftig.«

»Richtig geraten.«

»Haben sie sich irgendwie ausgewiesen?«

»Nein, aber ich habe mir gedacht, dass sie welche von Ihrer Sorte sind, Polizei oder so.«

»Und was haben sie gemacht?«

Der Pförtner zuckt mit den Schultern. »Sie sind hochgegangen, und sie sind wieder runtergekommen. Am nächsten Tag ist der Junge weggefahren. Er trug einige Taschen bei sich.«

»Ist er ausgezogen?«, fragt Lu.

»Wahrscheinlich. Ich habe nicht gefragt. Ich habe nur die Eingangstür im Auge.«

»Wann war das?«

»Ich glaube ... die Männer waren Montag hier. Also am Dienstag.«

»Können Sie mich zu seiner Wohnung bringen?«

Der Pförtner zeigt zum Aufzug. »Fahren Sie selbst hoch.«

»Und der Schlüssel?«

»Sein Mitbewohner müsste zu Hause sein, aber ich gucke mal nach, ob ich noch einen habe.« Der Pförtner kramt volle fünf Minuten in diversen Schubladen. »Nein. Klopfen Sie einfach an die Tür.«

Lu fährt in die 16. Etage und geht den schmalen Gang entlang zum Apartment 16H. Er klopft. Keine Reaktion. »Amt für Öffentliche Sicherheit! Machen Sie auf!«, ruft er. Nach einer Minute vernimmt er eine gedämpfte Stimme aus der Wohnung.

»Zeigen Sie mir Ihren Ausweis.«

»Erst wenn Sie die Tür aufgemacht haben«, sagt Lu.

»Nein, halten Sie ihn an den Türspion.«

Lu zögert kurz und hält seinen Ausweis dann vor den Spion.

»Sind Sie allein?«, fragt der Mann.

»Ja.«

Die Tür geht auf. Ein junger Mann schaut heraus. »Was wollen Sie?«

»Ich suche Brando.«

»Der ist nicht da.«

»Das habe ich schon gehört. Und auch, dass zwei Ganoventypen ihn hier aufgesucht haben. Waren Sie dabei?«

Der Mann antwortet nicht.

»Hören Sie«, sagt Lu. »Ich ermittle in einem Fall, und Brando könnte etwas wissen, das uns weiterhilft. Ich möchte ihm keinen Ärger machen, aber irgendjemand will, dass er nicht aussagt, und deshalb befindet er sich in Gefahr. Kann ich kurz hereinkommen und Sie sprechen?«

»Ich weiß nichts.«

»Darf ich bitte hereinkommen?«

»Können wir uns nicht auch so unterhalten?«

»Nein.«

Widerstrebend tritt der Mann zur Seite, und Lu tritt ein. Die Wohnung ist klein, eng und sorgfältig dekoriert. Moderne Möbel, bunter Nippes, an den Wänden extravagante Kunstwerke, einschließlich halbpornografischer Illustrationen, die extrem muskulöse Männer darstellen, mit ausladenden Wölbungen in ihren Lederhosen.

»Wie heißen Sie?«, fragt Lu.

»Sie können Daniel zu mir sagen.«

Wieder ein englischer Spitzname. Lu schaut kurz ins Badezimmer und ins Schlafzimmer.

»Ich muss doch sehr bitten«, sagt Daniel.

»Entschuldigung. Können wir uns kurz hinsetzen?«

»Sie fühlen sich ja sowieso schon wie zu Hause.«

Lu lässt sich auf dem Sofa nieder. »Keine Sorge. Ich werde Sie nicht um Tee und Kekse bitten.«

»Das trifft sich gut. Die sind mir nämlich gerade ausgegangen.«

»Wo ist Brando hingegangen?«

»Ich weiß es nicht.«

»Die Männer, die hier waren«, sagt Lu, »haben vielleicht den Eindruck vermittelt, sie würden für das Ministerium für Staatssicherheit arbeiten, aber ich vermute, dass das nicht stimmt.«

»Wer waren sie dann?«

»Ich ermittle in einem Mordfall, und ich glaube, dass jemand mit Geld und vermutlich Verbindungen darin verwickelt ist. Er versucht, alle einzuschüchtern, die möglicherweise Auskunft über seine Identität geben könnten. Aber ich werde die Wahrheit ans Licht bringen.«

»Sie müssen neu in der Stadt sein. Den meisten Polizisten ist die Wahrheit ziemlich egal.«

»Ich nehme meine Arbeit ernst.«

»Dann sind Sie so selten wie ein *qilin*.« Ein *qilin* ist die chinesische Version eines Einhorns.

»Ich kann Ihnen Ihren Zynismus nicht verdenken«, sagt Lu. »Aber ich bin nicht hier, um mit Ihnen darüber zu diskutieren, wie es um die Gerechtigkeit in der Volksrepublik bestellt ist. Ich bin hier, weil ich Brando helfen will. Ich weiß nicht, wozu diese Männer fähig sind. Wenn Ihnen irgendetwas an Brando liegt, dann sagen Sie mir lieber, wo er sich aufhält.«

»Brando interessiert Sie doch gar nicht. Sie interessiert nur der Mordfall.«

»Das ist ein und dasselbe, Daniel. Brando kann sich nur sicher fühlen, wenn ich herausfinde, für wen diese Ganoven arbeiten.«

Daniel überlegt kurz, geht in die Küche und kommt mit einer Schachtel Zigaretten wieder. Er bietet Lu eine Zigarette an.

»Ich rauche nicht, aber trotzdem vielen Dank.«

Daniel rückt auf die Stuhlkante vor und zündet sich eine Zigarette an. »Brando ist nach Hause gefahren.«

»Und wo ist das?«

»Irgendwo in der Provinz. Ein Dorf, von dem ich noch nie gehört habe und wo er sich wegen seiner gefärbten Haare wahrscheinlich jede Menge Mist von den Dorfbewohnern anhören muss.«

»Waren Sie und er …«

»Nur weil wir schwul sind, müssen wir nicht auch ein Paar sein.«

»Das hatte ich auch nicht angenommen – mir ist aufgefallen, dass Sie nur ein Bett haben.«

»Die Wohnung gehört mir. Brando und ich haben uns angefreundet. Er brauchte eine Unterkunft, deswegen ist er vor einem Jahr eingezogen. Er hat auf dem Sofa geschlafen.« Daniel zeigt mit der Zigarette auf den Platz, auf dem Lu sitzt. »Da hatte er auch Sex mit den Jungen, die er manchmal mitbrachte.«

Das ist ein Test, wie Lu spürt. »Hat er Ihnen gesagt, aus welchem Grund er die Stadt verlassen hat?«

»Er sagte, eine Freundin in der Schwarzen Katze sei ermordet worden. Das ist Ihr Fall, ja? Er wusste es nicht einmal und hat erst davon erfahren, als die beiden Männer erschienen. Sie haben ihn davor gewarnt, mit der Polizei zu reden. Ihr auf keinen Fall zu erzählen, was das Mädchen ihm vielleicht gesagt hat.«

»Was genau soll sie ihm denn gesagt haben?«

»Ich weiß es nicht. Sie haben ihm nahegelegt, es sei ratsam, die Stadt für eine Weile zu verlassen. Sie haben ihm sogar etwas Geld gegeben.«

»Wie viel?«

»Keine Ahnung.«

»Also ist er abgehauen.«

»Ja.«

»Hat er Ihnen gegenüber den Namen des Mädchens erwähnt?«

»Nein.«

»Sie hieß Yang Fenfang. Haben Sie sie jemals kennengelernt, vielleicht irgendwann mal über Brando?«

»Nein, tut mir leid.«

»Hat er die Männer beschrieben? Haben sie etwas gesagt oder getan, was darauf hindeutet, für wen sie arbeiten?«

»Nein, tut mir leid.«

»Können Sie mir sonst noch irgendetwas mitteilen?«

»Nein, tut mir leid.«

»Die Männer sind nicht wegen Ihnen gekommen?«

»Nein.«

Lu zieht eine Visitenkarte aus der Tasche und legt sie auf das Sofa. »Wenn sie kommen, lassen Sie sie nicht herein. Rufen Sie mich umgehend an und danach die nächste Polizeiwache.«

»Muss ich mir Sorgen machen?«

»Umsicht zahlt sich immer aus.«

»Wie beruhigend.«

»Es wird alles gut. Chinas letztes Einhorn ist an dem Fall dran.«

Lu fährt zurück nach Rabental und sucht Polizeichef Liang in der Kantine auf, wo er einen Nachtmittagsimbiss aus Instantnudeln zu sich nimmt. Lu berichtet von seinen Gesprächen mit Monk und Daniel.

Liang spricht mit vollem Mund. »Der Fall wird ja immer verwickelter. Unser Sugardaddy sorgt dafür, dass niemand plaudert. Entweder hat er Geld oder Macht. Oder beides. Heißt das, wir sind wieder bei der Theorie gelandet, dass es sich um Erpressung handelt?«

»Die Verbindung zwischen Yang, Brando und Monk ist eine Schwulenbar. Ich glaube nicht, dass die Sugardaddy-Theorie uns weiterhilft.«

»Brando?«

»Ein Spitzname. Die jungen Leute haben heute alle Spitznamen.«

»Dieses Land ist dem Untergang geweiht.« Polizeichef Liang schlürft die nächste Portion Nudeln in sich hinein. »Vielleicht ist es ja kein Sugardaddy, sondern ein *tongzhi*, den Yang in der Schwarzen Katze ausgemacht und dem sie gedroht hat, ihn bloßzustellen.«

»Eigentlich kann ich mir Yang Fenfang nicht als Erpresserin vorstellen. Sie hat einige Jahre in der Schwarzen Katze gearbeitet, bevor sie ermordet wurde. Sie hätte schon vorher reichlich Gelegenheit gehabt, so eine Nummer abzuziehen.«

»Wer weiß? Vielleicht hat sie abgewartet, bis sie einen dicken Fisch an der Angel hatte.«

»Jedenfalls«, sagt Lu, »passen die fehlenden Organe und das Höllengeld nicht in diese Theorie.«

»Vielleicht sollte uns das auf eine falsche Fährte locken.«

»Das erscheint mir zu extrem«, sagt Lu.

»Ein Mädchen zu ermorden ist auch extrem. Ganz egal, wie man sie aufschlitzt.«

»Und die beiden anderen Morde in Harbin?«

»Ich weiß nicht. Da müsste ich mal meine Zauberschale befragen.« Liang schwenkt die Brühe in der Schale, führt sie an den Mund und trinkt geräuschvoll. Er stellt die Schale wieder hin und wischt sich die Lippen mit einer Serviette ab. »Heute schweigen die Götter. Diese Frage müssen Sie wohl oder übel selbst klären.«

Zurück in seinem Büro gibt Lu den Namen Cheng Ruyi alias Brando in die polizeiinterne Suchmaschine ein und stellt fest, dass sein Heimatort tatsächlich auf dem Land ist. Die nächste Stadt von einiger Bedeutung ist Qitaihe im östlichen Teil von Heilongjiang, einer hauptsächlich für den Kohlebergbau bekannten Region.

Lu ruft Brandos Handy an, und sofort meldet sich die Voicemail. Er vergleicht die Nummer mit Brandos *hukou*-Einträgen, findet darin die Telefonnummer seiner Mutter und ruft sie an. Auch hier keine Antwort.

Er sucht die nächste Polizeistation und ruft dort an. Der diensthabende Beamte ist keine Hilfe.

»Kennen Sie die Familie Cheng?« Lu gibt dem Kollegen die Adresse durch.

»Was erwarten Sie? Dass ich jeden einzelnen Einwohner unseres Bezirks namentlich kenne?«

»Nein, aber ...«

»Meinen Sie, ich verfüge über Fähigkeiten, dass ich Ihnen auf Anhieb alles sagen kann, was Sie über irgendeinen Kartoffelbauern draußen in der Pampa wissen wollen?«

»Nein, aber ...«

»Haben Sie schon im *hukou* nachgesehen?«

»Ja.«

»Was wollen Sie mehr?«

»Ich versuche, eine bestimmte Person zu erreichen, Cheng Ruyi ...«

»Dann rufen Sie ihn doch an.«

»Das habe ich schon. Es geht niemand dran.«

»Ich könnte nach draußen gehen und laut rufen, das würde das Problem vielleicht lösen. Hatten Sie an so etwas gedacht?«

»Wie heißen Sie bitte?«, fragt Lu.

»Mao Zedong!«

»Ich möchte bitte Ihren Vorgesetzten sprechen.«

»Der ist gerade sehr beschäftigt. Wir sind alle beschäftigt.«

»Hören Sie, Sie unfreundlicher Mistkerl, geben Sie mir Ihren Chef, oder ich komme vorbei und trete Ihnen persönlich in den Hintern.«

Als Antwort ertönt das Freizeichen. Der unverschämte Bastard hat aufgelegt.

»*Ta ma de!*« Lu knallt den Hörer auf, kocht innerlich und überlegt sich dann den nächsten Schritt. Am Ende entscheidet er sich dafür, etwas trinken zu gehen.

Die Lotusbar ist heute erstaunlich voll. Lu hatte schon halb damit gerechnet, dass sie geschlossen ist, weil sich Yanyans Vater im Krankenhaus befindet. Doch nein, Yanyan ist da, hetzt mit Bierflaschen, Schnapsgläsern und kleinen Snacks zwischen den Tischen hin und her.

Lu setzt sich an einen freien Tisch und wartet geduldig, um Yanyan nicht noch weiter zu stressen. Angespannt lächelnd grüßt sie ihn mit einem knappen Kopfnicken und kommt, als sie mal einen freien Moment hat, an seinen Tisch.

»Guten Abend, Kommissar. Ich meine ... Bruder Lu.«

»Viel zu tun heute Abend?«

»Es ist Freitag.«

»Wie geht es Ihrem Vater?«

»Sie haben ihn ins Krankenhaus eingewiesen.«

»Sie sollten bei ihm sein, an seiner Seite.«

»Ich muss mich ums Geschäft kümmern, und ich habe keine Aushilfe. Wir sind nur zu zweit, mein Vater und ich.«

»Ich könnte die Arbeit übernehmen. Nur für heute Abend.«

Yanyan deutet ein Lächeln an. »Was verstehen Sie schon davon, wie man eine Bar betreibt, Bruder Lu?«

»Zumindest die Grundidee. Sie bringen den Gästen was zu trinken, und die Gäste geben Ihnen dafür Geld.«

»Der stellvertretende Polizeichef als Kellner. Das kann ich nicht zulassen. Auf gar keinen Fall.«

»Ich bin mir nicht zu fein, einer Freundin zu helfen.«

»Kommt nicht in Frage. Also, was kann ich Ihnen bringen?«

»Bier, bitte.«

Sie bringt ihm ein Bier und ein Glas und eilt zum nächsten Gast.

Lu beschließt, nach dem nächsten Bier alle Gäste hinauszukomplimentieren und Yanyan zu überreden, den Laden für heute zu schließen. Das hier verdiente Geld ist wichtig, aber ebenso wichtig ist es, dass sie ihrem Vater beisteht. Vor allem jetzt, da sein Zustand so schlimm ist.

Nachdem er sein erstes Bier halb ausgetrunken hat, geht die Tür auf, und der Bestatter Zeng betritt die Bar. Er bleibt stehen, überfliegt mit einem Blick die besetzten Tische, bis er Lu entdeckt. Lu winkt ihn zu sich.

Zögernd nähert sich Zeng ihm. »Guten Abend, Kommissar.«

»Guten Abend, Herr Zeng. Bitte, setzen Sie sich zu mir.«

»Sind Sie sicher?«

»Aber ja.«

Zeng setzt sich. Er legt Mütze und Mantel ab, blickt sich im Raum um und sieht dann wieder Lu an. »Ist ja brechend voll.«

»Kommen Sie öfter in die Lotusbar? Ich habe Sie hier noch nie gesehen.«

»Etwa einmal im Monat, höchstens, und nur, wenn ich geschäftlich in der Stadt zu tun habe. Ansonsten bleibe ich eher für mich. Meine Anwesenheit macht die Menschen nervös.«

»Tatsächlich?«

»Das negative Image meines Berufes haftet mir an wie ein ... ein übler Geruch. Einige Geschäftsinhaber weigern sich sogar, Geld anzufassen, das vorher ich in der Hand hatte. Sie betrachten den Tod als ansteckende Krankheit.«

»Das hätte ich nicht gedacht.«

Zeng zuckt mit den Schultern. »Ich muss mich nicht schämen deswegen. Ich biete einen wichtigen Dienst an. Sie als Polizist machen sicher ähnliche Erfahrungen. Die Leute sehen Ihre Uniform und werden sofort unruhig. Als hätten sie ein schlechtes Gewissen.«

Lu nickt. »Das stimmt. Es ist, als glaubten sie, ich könnte bis auf den Grund ihrer dunklen Seele schauen und sähe jede schlechte Tat, die sie jemals begangen haben.«

»Wahrscheinlich gehen sie Ihnen möglichst aus dem Weg, und wenn sie doch mal mit Ihnen reden, sind sie auf der Hut. Das macht eine echte Unterhaltung so gut wie unmöglich. Oder echte Freundschaft.«

Lu starrt in sein Bierglas. Dieser Gedanke war ihm bisher noch nie gekommen, doch Zeng hat absolut recht. Abgesehen von Yanyan und den Kollegen auf der Polizeiwache hat er kaum andere Beziehungen, von engen Freundschaften ganz zu schweigen.

»Entschuldigen Sie«, sagt Zeng. »Ich wollte keinen Schatten auf den Abend werfen.«

»Unsinn. Besorgen wir lieber etwas zu trinken für Sie, ja?«

Zeng bestellt einen Schlehen-Cocktail, Lu ein zweites Bier. Sie trinken und unterhalten sich.

Lu fallen die gelegentlichen finsteren Blicke von einem der anderen Tische in Zengs Richtung auf. Oder gelten sie ihm?

Aus den beabsichtigten zwei Bier werden drei. Irgendwann während ihrer Unterhaltung fragt er Zeng, ob Yanyan ihm mitgeteilt hat, dass ihr Vater schwer krank ist.

»Nein«, antwortet Zeng. »Aber im Allgemeinen treffen die Leute im Voraus keine Vorkehrungen für den Fall, dass ein Angehöriger stirbt. Das bringt Unglück.«

»Wenn die Zeit gekommen ist, braucht sie einen guten Bestatter. Jemanden, der ihr einen fairen Preis macht.«

»Ich helfe gerne, wenn die Zeit gekommen ist. Zu einem fairen Preis.«

Nach seinem vierten Bier erzählt Lu seinem Tischnachbarn von dem alten Peng Yuan. Er weiß auch nicht, warum. Der Versuch eines Geständnisses? Um sich von seiner Schuld reinzuwaschen? Weil Zeng als Bestatter vielleicht über einen einzigartigen Einblick in die Mysterien des Todes verfügt?

»Das klingt, als hätten Sie sich nur selbst verteidigt und natürlich Ihren Kollegen«, sagt Zeng.

»Ja, aber … ich hätte ihn nicht unbedingt aus dem Fenster werfen müssen.«

»Haben Sie bewusst entschieden, ihn zu töten, und dann entsprechend gehandelt?«

»Nein. Es passierte alles wahnsinnig schnell.«

»Dieser Peng scheint mir voller Hass gewesen zu sein und gewalttätig und vielleicht von dem heimlichen Wunsch beseelt, auch mal zu swingen.«

»Ja, kann sein.«

»Es mag herzlos klingen, aber vielleicht haben Sie ihm und der Welt einen Gefallen getan. Wer weiß, welche Verbrechen er begangen hätte, wenn er noch tiefer in seinem Groll und im Alkohol versunken wäre? Hätte er Schulkinder an einer Bushaltestelle niedergestochen? Einen schwarzen Ausländer auf einer Straße in Harbin ermordet?«

»Wenn man es so sieht … Sie sind sehr weise für Ihr Alter, Herr Zeng.«

»Ganz und gar nicht.«

Sie trinken aus, dann meint Lu, es sei Zeit, nach Hause zu gehen. Er besteht darauf, Zengs Rechnung zu zahlen.

»Das kann ich nicht annehmen«, sagt Zeng.

»Betrachten Sie es als Honorar für Ihre aufmunternden

Worte.« Lu begleicht die Rechnung und überredet dann die letzten Verbliebenen, zwei betrunkene junge Männer, sich zu verziehen. Er begleitet alle zur Tür hinaus und bietet dann Yanyan an, ihr beim Aufräumen und Putzen zu helfen und sie anschließend ins Krankenhaus zu fahren.

»Das kann ich nicht von Ihnen verlangen«, sagt Yanyan.

»Tun Sie ja auch nicht. Es war meine Idee.« Er trägt leere Flaschen, Becher und Gläser zur Theke.

»Belassen wir es dabei«, sagt Yanyan. »Den Rest mache ich morgen sauber.«

»Sehr vernünftig.«

Yanyan holt ihre Sachen, löscht das Licht und schließt die Tür ab. Draußen, während sich ihre Atemwölkchen vermischen, lächelt sie ihn müde an. »Vielen Dank, Bruder Lu. Sie sind sehr freundlich.«

»Aber nicht doch. Wir fahren mit dem Taxi zur Polizeiwache, und von da bringe ich Sie mit einem Streifenwagen zum Krankenhaus.«

»Nein, nein. Gehen Sie nach Hause. Ich rufe einen Wagen über Didi Chuxing.« Das ist die chinesische Entsprechung von Uber oder Lyft.

»Ich werde Sie fahren.«

»Bruder Lu, Sie haben getrunken.« Sie legt behutsam eine Hand auf seine Schulter. »Gehen Sie nach Hause. Schlafen Sie sich aus. Vielen Dank für alles.«

»Keine Ursache.«

Er wartet mit ihr, bis das Auto kommt, und schaut ihr dann hinterher.

Lu überlegt, ob er ein Taxi rufen soll, gelangt dann aber zu dem Schluss, dass der Heimweg zu Fuß in der Kälte ihn wieder nüchtern machen wird. Es hilft tatsächlich, doch als er in seiner Straße ankommt, sind seine Finger und Zehen halb erfroren, und er braucht dringend einen heißen Tee und eine heiße Dusche.

Er nähert sich dem Hauseingang, als er zwei Männer aus einem auf der gegenüberliegenden Straßenseite parkenden Auto steigen sieht. Sie kommen direkt auf ihn zu.

Der eine Mann, sehr groß, hat einen Schlagstock oder eine Keule dabei. Der andere Mann ist eher klein und untersetzt, wie ein Gewichtheber oder Wrestler.

Der Große rennt die letzten paar Meter und holt mit dem Knüppel gegen Lu aus, der gerade noch ausweichen kann und jetzt mit dem Rücken zu einer Ladenfront steht. Die beiden Angreifer schwärmen aus. Beide tragen dunkle Mützen und Gesichtsmasken aus Wolle.

Der Große täuscht einen Schlag mit der Keule an, und Lu reißt die Arme hoch. Der Wrestler geht in die Hocke, schnellt nach vorn und rammt Lu den Kopf in den Bauch. Lu krümmt sich und fällt zu Boden, zusammen mit dem Wrestler; Lu landet unter ihm. Er wehrt sich mit den Ellbogen, doch die dumpfen Stöße prallen an dem dicken Schädel des Wrestlers ab. Lu versucht, ihm den Daumen in die Augenhöhle zu drücken. Vergebens.

Sein Leben lang hat er Kampfsport betrieben. Von Kind an die fünf Tiersysteme des Shaolin trainiert. Später, auf der Universität, ein bisschen Judo und sehr viel *san shou*, eine chinesische Kampfsportart, die Kicks, Ellbogen, Knie, Sweeps und

Wurftechnik mit einbezieht. Als Polizeischüler hat er unterschiedliche Hebel- und Ringkampftechniken gelernt, und als er in Harbin wohnte, hatte er das Glück, mit einem der letzten praktizierenden »dog boxing«-Sportler zu trainieren.

Im Moment hilft ihm das gar nichts. Der Wrestler ist einfach zu groß und zu stark.

Lu schiebt eine Hand zwischen sich und den Wrestler, tastet sich vor, wird fündig und packt den Hodensack des Wrestlers. Er quetscht und dreht ihn. Der Wrestler brüllt, und Lu stößt ihn zur Seite. Als er auf die Beine kommt, trifft ihn der Große mit seiner Keule an der Schulter. Ein stechender Schmerz schießt seinen Arm hinunter. Lu tritt dem Wrestler ins Gesicht, springt über ihn hinweg, außer Reichweite der Keule.

Der Große nähert sich ihm vorsichtig. Lu schüttelt den Arm aus, und als der Große nahe genug herangekommen ist, täuscht Lu einen Faustrückenschlag vor. Instinktiv hebt der Gegner zur Abwehr die Keule, und Lu tritt ihm fest in die Seite. Der Große taumelt nach hinten und stolpert über den am Boden liegenden Wrestler.

Grundkurs im Kickboxen. Das älteste Manöver aus der Trickkiste. Lu ist erstaunt, dass es immer noch funktioniert.

Er dreht sich um und rennt zum Hauseingang. Er kramt nach seinem Schlüsselbund, zieht ihn aus der Hosentasche, findet rasch den richtigen Schlüssel und schiebt ihn ins Schloss. Hinter sich hört er die beiden Angreifer stöhnen und fluchen, Schuhe klatschen auf den Bürgersteig. Er dreht den Schlüssel um, reißt die Tür auf, schlüpft hindurch und knallt die Tür hinter sich zu.

Auf der anderen Seite der Glastür stehen ihm der Große und der Wrestler gegenüber. Er sieht ihre Gesichtszüge nicht, nur die Augen, aber er hat keine Zweifel, dass es die beiden Schläger sind, die auch Monk und Brando aufgesucht haben.

Lu zeigt ihnen die Faust, mit erhobenem kleinem Finger, eine rüde Geste.

Der Große fuchtelt mit der Keule, und für einen Moment fürchtet Lu, er könnte die Tür einschlagen. Stattdessen zeigt er auf Lu, wedelt dabei mit dem Finger und legt ihn dann an die Lippen. Er und der Wrestler treten den Rückzug an und überqueren die Straße, der Wrestler bleibt zwischendurch stehen, schüttelt die Beine aus und fasst sich in den Schritt.

Lu wartet, bis sie in ihrem Auto sitzen, öffnet dann die Haustür und rennt hinterher. Das Auto schießt los, rast die Straße entlang und biegt mit quietschenden Reifen um die nächste Ecke.

Lu ist sich nicht ganz sicher, aber er vermutet, dass es sich um einen VW Jetta Night handelt. Blau. Blau auf jeden Fall. Oder doch eher grau? Vielleicht auch hellgrün? Bei der Straßenbeleuchtung schwer zu unterscheiden. Was das Nummernschild betrifft, kann Lu nur das erste Zeichen lesen – *hei*, was »schwarz« bedeutet und darauf hinweist, dass es in der Provinz Heilongjiang ausgestellt wurde.

Lu geht nach oben in seine Wohnung, duscht, putzt sich die Zähne und legt sich schlafen.

In den vornehmlich vom Buddhismus geprägten Ländern ist es üblich, nach dem Tod eines Angehörigen jeweils alle sieben Tage ein rituelles Opfer zu bringen, bis neunundvierzig Tage vergangen sind – sieben mal sieben ergibt eine heilige Zahl –, und dann noch einmal nach einhundert Tagen.

Heute ist Freitag, der erste Wochentag von Yang Fenfangs Tod. Offiziell ist die Volksrepublik China natürlich ein atheistischer Staat, und der Mann ist kein frommer Buddhist, aber definitiv abergläubisch, und er möchte auf Nummer sicher gehen.

Also findet er sich wieder in dem ungewöhnlich geformten fensterlosen Raum ein, kniet vor dem Altar nieder, verbrennt Höllengeld und spricht ein aus buddhistischen Sutras, taoistischen Segenssprüchen und Bibelzitaten zusammengeklaubtes Gebet.

Neben dem Papiergeld und einigen anderen Grabbeigaben hat er ein Tablett mit frischen Speisen dabei. Dampfenden Reis, kaltes Hühnchen, Obst, Tee, sogar ein kühles Harbin-Lagerbier. Er stellt die Speisen nacheinander auf den Altar, verbrennt etwas Räucherwerk und lädt Yang Fenfang zu der Mahlzeit ein. Nachdem er sich dreimal verbeugt hat, steckt er das Räucherstäbchen in eine Tasse mit ungekochtem Reis und stellt es an einen besonderen Platz: neben ein Paar rote hochhackige Schuhe.

SAMSTAG

Zu keinem Zeitpunkt und unter keinen Umständen sollte ein Kommunist seine persönlichen Interessen an die erste Stelle setzen; vielmehr sollte er diese den Interessen des Landes und der Massen unterordnen. Egoismus, Bummelei, Korruption, Ruhmsucht und so weiter sind daher verachtenswert, wohingegen Selbstlosigkeit, Tatkraft, Pflichteifer und geräuschloses Arbeiten allgemeine Anerkennung finden.

Worte des Vorsitzenden Mao

Lu hat an diesem Wochenende eigentlich frei, fährt aber trotzdem zur Polizeistation. Von seinem Büro aus ruft er noch mal Brandos Nummer an, und wieder meldet sich die Voicemail. Er versucht es bei der Mutter, und diesmal antwortet eine Frau.

Sie spricht den Dialekt des Nordostens, ähnlich dem Pekinger, nur so, als hätte man den Mund voller Klebreis.

»Ich suche einen gewissen Cheng Ruyi.«

»Hä?«

»Ich rufe vom Amt für Öffentliche Sicherheit in Rabental an, und ich hätte gerne umgehend Cheng Ruyi gesprochen.«

»Hä?«

Geduld, ermahnt sich Lu. Lieber fünf Minuten investieren, um die alte Dame dazu zu bringen, Brando an den

Apparat zu holen, als eine vierstündige Autofahrt nach Qitaihe. »Cheng ... Ru ... yi!«

»Das ist mein Sohn. Was wollen Sie von ihm?«

Lu entscheidet sich für die autoritäre Gangart. »Holen Sie Ihren Sohn ans Telefon. Es handelt sich um eine polizeiliche Angelegenheit.«

»Hä?«

Ta ma de. »Eine polizeiliche Angelegenheit! Holen Sie ihn ans Telefon!«

»Er ist nicht da.«

»Hören Sie. Sie wollen doch sicher nicht, dass ich vor Ihrer Tür stehe, oder? Also holen Sie Ruyi ans Telefon! Sofort!«

Die Frau murrt. Lu versteht nicht genau, was sie sagt, aber der Sinn ihrer Worte entgeht ihm nicht. Es folgt eine lange Stille, dann sagt eine männliche Stimme in chinesischer Hochsprache: »*Wei?*«

»Cheng Ruyi? Auch bekannt unter dem Namen Brando?«

»Mit wem spreche ich?«

Lu erklärt, worum es geht, nennt die Namen von Monk, Daniel und Yang Fenfang. »Ich will Ihnen keine Probleme machen, Herr Cheng. Ich will einfach nur den Mörder von Yang Fenfang kriegen. Wenn ich es recht verstehe, waren Sie mit ihr befreundet. Sie wollen doch sicher auch, dass ihr Gerechtigkeit widerfährt.«

Schweigen am anderen Ende.

»Soweit ich weiß, hat man Sie bedroht«, fährt Lu fort. »Man hat Ihnen nahegelegt, mit niemandem darüber zu sprechen.«

»Ich kenne Sie nicht«, sagt Brando.

»Das verstehe ich. Wenn es Sie beruhigt, können Sie Daniel oder Monk anrufen. Sie werden für mich bürgen.«

Wieder eine Pause. Dann: »Wer waren die Männer, die mich aufgesucht haben?«

»Ein Großer und ein kleiner Breiter?«

»Ja.«

»Je früher ich weiß, für wen die beiden arbeiten, desto eher kann ich sie fangen, und Sie können wieder ein normales Leben führen.«

»Das wäre schön.«

»Und? Können Sie mir helfen?«

»Einen Moment.« Lu hört Schritte und Stimmen, dann atmosphärische Geräusche. »Entschuldigung. Ich musste nach draußen gehen. Meine ganze Familie und die halbe Nachbarschaft sind im Haus versammelt, und alle wollen mithören.«

»Was können Sie mir über die beiden Männer sagen?«, fragt Lu.

»Nicht viel.« Brando berichtet, zwei Männer hätten ihn in seiner Wohnung aufgesucht und ihm geraten, nicht mit der Polizei zu sprechen, auf Tauchstation zu gehen, und ihm fünftausend Yuan gegeben. »Die Botschaft war eindeutig. Nimm das Geld und hau ab, oder es wird dir etwas passieren.«

»Können Sie die Männer genauer beschreiben, oder haben Sie sonst irgendwelche Informationen, die uns bei ihrer Identifizierung helfen könnten?«

Leider kann Brando nicht viel mehr beisteuern als das, was Daniel und Monk ihm bereits gesagt haben.

»In Ordnung«, sagt Lu. »Ich vermute, dass die beiden für jemanden arbeiten, den Frau Yang in der Schwarzen Katze kennengelernt hat, und daher nehme ich an, dass Sie diese Person ebenfalls kennen.«

Wieder folgt eine lang anhaltende Stille, dann sagt Brando sehr leise: »Ja.«

»Bitte, erzählen Sie mehr.«

»Offensichtlich wissen Sie über die Schwarze Katze Bescheid und was für ein Personenkreis dort verkehrt.«

»Ja.«

»Manche sind sehr offen, andere nicht. Schwulsein ist nicht verboten, aber es ist absolut nicht leicht, sein Leben danach auszurichten.«

»Das verstehe ich.«

»Um die Privatsphäre unserer Kunden zu schützen, achten wir streng darauf, dass keine Fotos in der Bar gemacht werden. Wir akzeptieren Barzahlung. Wir wollen niemandem schaden, der aufgrund seiner Arbeitsstelle oder seiner Position versteckt lebt oder weil er verheiratet ist. Ist das nachvollziehbar?«

»Ja.«

»Vor zwei, drei Jahren kam ein Mann in die Bar. Anfang fünfzig. Sah nicht besonders gut aus, doch ihn umwehte der Geruch des Erfolgs. Verstehen Sie, was ich meine? Man braucht keinen teuren Anzug zu tragen, aber man erkennt es an den Schuhen, der Uhr, der Brille. An der Frisur. Der Zigarettenmarke.«

»Was rauchte er denn?«

»Chunghwas.«

»Natürlich.«

»Er kam ungefähr ein-, zweimal im Monat, bestellte einen teuren ausländischen Wein und verzog sich immer in eine dunkle Ecke, sprach auch kaum mit den anderen Gästen. Ich hatte den Eindruck, dass er neu in der Szene war. Aus seiner Komfortzone herauswollte. Wahrscheinlich verheiratet. Besaß entweder eine Fabrik oder war ein hohes Tier in der städtischen oder der Provinzverwaltung.«

»Verstehe.«

»Nach einiger Zeit taute er auf, unterhielt sich auch mal mit anderen Gästen. Ein-, zweimal sah ich ihn in einer Ecke mit einem anderen Mann rummachen, wie ein geiler Teenager, aber er war immer vorsichtig. Hat bar bezahlt. Nannte sich Herr Wang. Eine Kreditkarte oder einen Ausweis habe ich allerdings nie zu Gesicht bekommen.«

»Okay.«

»Ungefähr zur gleichen Zeit, als er in die Bar kam, hat Monk Fenfen angestellt. Fenfen war bei allen beliebt. Sie hatte einfach eine sehr umgängliche, liebe Art. Sie war ein Sonnenschein.«

»Ja …«

»Zuerst hat sie als Tresenkraft gearbeitet. Wenn der Laden brummte, hat sie auch schon mal gekellnert. An einem Abend, sie trug gerade ein Tablett mit Getränken, hat jemand sie versehentlich angerempelt, als sie an Herrn Wangs Tisch vorbeiging, und sie verschüttete ein Glas Punch auf seinen Schoß. Es gab natürlich eine Szene, aber sie hat sich hundertmal entschuldigt, bis Herr Wang schließlich sagte, es sei gut, sie solle den Vorfall vergessen. Später habe ich sie noch mal darauf angesprochen, und da sagte sie, als sie ihm den Punch von der Hose gewischt habe, sei ihr klar geworden, dass sie ihn kennt.«

»Sie hat ihn gekannt?«

»Nicht persönlich, aber sie habe ihn vorher schon mal gesehen. Er sei aus ihrem Heimatort. Irgendein hohes Tier. Mehr wollte sie nicht preisgeben. Ich dachte, vielleicht hat sie Angst.«

»Wovor?«

»Vor die Tür gesetzt zu werden, zum einen. Sie hat Monk nicht gesagt, dass sie ihn wiedererkannt hat. Aber auch Angst davor, dass er, falls er Regierungsbeamter war, ihr schweren Schaden zufügen könnte, wenn er wollte.«

»Verständlich.«

»Als Herr Wang das nächste Mal kam, hat er nach ihr gefragt.«

»Namentlich?«

»Nein, nein. Er hat nur auf sie gezeigt und gesagt: ›Dieses Mädchen.‹ Was hätte ich anderes tun sollen, als sie zu ihm zu schicken?«

»Was ist dann passiert?«

»Glauben Sie mir, ich habe sie nicht aus den Augen gelassen. Sie hat sich zu ihm gesetzt, und sie haben sich lange unterhalten, und alles schien in Ordnung. Als sie zurückkam, habe ich sie gefragt, was los sei, aber sie hat mich praktisch abblitzen lassen. Er hätte sie um ihren Ratschlag in einer Kleiderfrage gebeten, und das war's.«

»Und danach?«

»Er ist weiterhin gekommen, ein-, zweimal im Monat,

hat Fenfen aber nicht sonderlich beachtet und sie ihn auch nicht, außer wenn sie sich gegrüßt haben.«

»Und damit war die Sache erledigt?«

»Dann wurde Fenfens Mutter krank, und sie ist nach Hause gefahren.«

»Kam der Mann danach nicht mehr in die Schwarze Katze?«

»Doch, er kam auch danach. Ab und zu.«

»Wann haben Sie ihn das letzte Mal gesehen?«

»Vor drei, vier Wochen etwa. Ich weiß es nicht mehr genau. Wir haben uns sogar ganz nett unterhalten. Er hat gefragt, wie ich heiße, wo ich herkomme, das Übliche. Ich dachte, vielleicht will er mich abschleppen.«

»Kein Interesse?«

»Ich stehe nicht so auf Daddys.«

»Und Sie sind ganz sicher, dass er es war, der Ihnen die beiden Männer auf den Hals geschickt hat?«

»Wer sonst? Sie sind zu mir gekommen, um mich davor zu warnen, über Fenfen zu sprechen, und meine Verbindung zu Fenfen war die Schwarze Katze. Herr Wang hat uns oft genug zusammen gesehen. Ich zähle nur zwei und zwei zusammen.«

»Glauben Sie, dass der Mann jemanden beauftragt hat, sie zu töten?«

»Das weiß ich nicht. Ich halte es aber für möglich. Solche Typen sind zu allem fähig, um ein für sie möglicherweise gefährliches Geheimnis unter Verschluss zu halten.«

»Aber wenn er eine Schwulenbar besucht, gibt es doch immer das Risiko, erkannt zu werden, oder nicht?«

»Wie gesagt, Fenfen hat mir erzählt, er stamme aus ihrer Heimatstadt.«

»Aus der Gemeinde Rabental?«

»An den Namen erinnere ich mich nicht mehr, aber ich hatte den Eindruck, dass es ein kleiner Ort war und ein gutes Stück entfernt von Harbin.«

»Etwa vierzig Minuten mit dem Auto.«

»Ja. Die Frage ist nur, wie hoch die Wahrscheinlichkeit ist, dass er in einer Schwulenbar in Harbin jemanden aus Rabental trifft.«

»Nicht sehr hoch, es sei denn, die andere Person ist ebenfalls schwul.«

»Genau. In dem Fall käme keiner von beiden in Versuchung, das weiterzuerzählen.«

»In jedem Fall wäre es ein Schock«, sagt Lu, »Yang Fenfang dort zu begegnen und zu merken, dass sie ihn erkannt hat.«

»Ja.«

»Kennen Sie irgendeinen der Männer, die Herr Wang in der Bar abgeschleppt hat?«

»Nein, leider nicht. Stammgäste waren keine darunter, sonst hätte ich vielleicht mit ihnen darüber geredet.«

»Würden Sie ihn wiedererkennen, wenn Sie ihn sähen?«

»Auf jeden Fall.«

»Eine letzte Frage noch. Sie kommt Ihnen vielleicht seltsam vor.«

»Die ganze Situation ist seltsam«, sagt Brando.

»Erinnern Sie sich, ob Yang Fenfang jemals hochhackige Schuhe mit roten Sohlen getragen hat, als der Mann in der Bar war?«

»Tut mir leid, aber auf ihre Garderobe habe ich nie geachtet.«

»Na ja, war nur so eine Idee. Wie kann ich Sie am besten erreichen?«

»Schicken Sie mir eine E-Mail.« Er gibt ihm die Adresse durch, und Lu notiert sie sich. »Ich hoffe, Sie kriegen den Kerl bald.« Aus Brandos Stimme klingt Verzweiflung. »Ich werde noch wahnsinnig hier.«

Lu ruft Monk an und fragt ihn nach Herrn Wang.

»Ich erinnere mich dunkel«, sagt Monk. »Mehr als ein paar Worte habe ich nie mit ihm gewechselt. Er war ein eher sporadischer Gast. Wenn Sie möchten, kann ich die alten Quittungen nach Zahlungsinformationen über ihn absuchen, aber das würde eine Zeit lang dauern, es sei denn, Sie hätten ein bestimmtes Datum, an dem er in der Bar war.«

»Brando sagt, er habe immer bar bezahlt.«

»Ach so. Also dann kann ich nur die anderen Angestellten oder ein paar von den Stammgästen fragen, ob sie etwas über ihn wissen.«

»Das wäre sehr freundlich.«

Lu kocht sich Instantkaffee, legt die Füße auf den Schreibtisch und nippt an seinem heißen Getränk. Da heute Samstag ist, herrscht Ruhe auf der Wache, und es weht auch nicht wie üblich Zigarettenqualm aus Liangs Büro herüber. Die Atmosphäre fördert das Nachdenken.

Ein reicher älterer *tongzhi* aus der Gemeinde Rabental,

den Yang Fenfang wiedererkannt hat. Ihre Beziehung beruht nicht auf Sex. Er ist nicht scharf auf ihren Körper.

Aber vielleicht eröffnet sich mit ihr eine Gelegenheit für ihn. Vielleicht sieht er in ihr eine Chance, seinen eigenen geheimen Lüsten zu frönen. Er mietet eine Wohnung auf ihren Namen und zahlt die Miete in bar, sodass sie nicht zu seiner Person zurückverfolgt werden kann.

Sie bezieht ein Zimmer, er nutzt das andere für seine gelegentlichen Rendezvous. So profitieren sie beide.

Dann passiert irgendetwas. Er tötet sie, oder er gibt den Auftrag dazu. Warum?

Abgesehen von der Erpressungstheorie, fällt Lu kein anderer Grund ein.

Jedenfalls lässt er, sobald Yang tot ist oder kurz davor, die Wohnung reinigen, um alle Spuren seiner Anwesenheit zu verwischen. Dann schickt er angeheuerte Gangster los, die dafür sorgen, dass auch ja niemand aus der Schwarzen Katze, der ihn mit Yang Fenfang in Verbindung bringen könnte, mit der Polizei redet.

Aber was ist die Verbindung zu den Morden in Harbin? Die roten Schuhe und der Ring?

Waren die Verstümmelung von Yang Fenfangs Leiche und der Diebstahl ihrer Schuhe nur ein Ablenkungsmanöver? Eher unwahrscheinlich. Bevor Yang tot aufgefunden wurde und sich das Kriminalamt einschaltete, schien ohnehin niemandem aufgefallen zu sein, dass in Harbin ein potenzieller Serienmörder sein Unwesen trieb.

Es sei denn, jemand wusste es, hatte die Fakten aber nicht öffentlich gemacht. Jemand, der Zugang zum Polizeiarchiv von Harbin hat. Es ist nur eine Spekulation. Die Vorgehensweise des Serienmörders zu kopieren, um den Verdacht abzulenken, würde voraussetzen, dass der Ermittler in Yangs Mordfall eine Verbindung zwischen den drei Morden herstellte.

Lu trinkt einen Schluck Kaffee.

Es gibt tatsächlich eine Person, die Zugang zu den Akten hat. Die zu dem Schluss hätte kommen können, dass Tang Jinglei und Qin Liying vom selben Täter ermordet wurden. Und die mit einiger Sicherheit hätte vorhersagen können, dass Lu das Kriminalamt einschalten würde.

Wer ist so verdorben und würde sogar so weit gehen, den Mord an einem unschuldigen Mädchen gegen die Zahlung eines größeren Geldbetrags zu verschleiern?

Bitte, bitte, lass es Xu sein, denkt Lu. Was für eine Genugtuung wäre es, diesem Bastard an die Eier zu gehen.

Aber eins nach dem anderen. Zuerst den Mann aus der Schwarzen Katze identifizieren.

Selbst in einer kleinen Gemeinde wie Rabental gibt es zahlreiche wohlhabende Geschäftsleute, hauptsächlich im produzierenden Gewerbe beziehungsweise in der Agrarwirtschaft, und eine staatliche Bürokratie, die aus dem lokalen Komitee der Kommunistischen Partei besteht, den Gerichten und seinen Beamten, dem Volkskomitee Rabental und verschiedenen Dienststellen.

Die Geschäftsleute auszusortieren wird schwierig; darunter sind Fabrikbesitzer, die in Rabental geboren und aufgewachsen sind, aber auch Verwaltungsleute, die von den

Zentralen der Agrokonglomerate in Harbin, Peking oder Shanghai in die Provinz geschickt wurden, um die Getreide- und Viehproduktion zu überwachen.

Lu beschließt, den Anfang bei den Amtsträgern zu machen.

Die meisten Regierungsfunktionäre von Rabental sind von niederem Rang, kleine Beamte, ohne die Möglichkeit, Reichtum oder Status anzuhäufen. Lu streicht sie von seiner Liste. Andere dagegen, wie Richter Lin, sind sehr mächtig, aber zu alt, um auf Herrn Wangs Beschreibung zu passen.

Lu durchforstet die amtlichen örtlichen Internetseiten und die der Kommunistischen Partei. Er sortiert nach Alter, finanzieller und politischer Stellung. Am Ende bleiben elf Verdächtige, darunter auch Parteisekretär Mao, was Lu besonders amüsiert. Obwohl Mao verheiratet ist und Kinder hat, steht er in dem Ruf, ein Lüstling zu sein. Sollte er der Mann aus der Schwarzen Katze sein, dann hat er sich tatsächlich alle Mühe gegeben, seine Spuren zu verwischen.

Lu sucht Fotos aus verschiedenen Quellen zusammen und kopiert sie in eine Datei. Er kramt nach dem Zettel, auf dem er sich Brandos E-Mail-Adresse notiert hat, und schickt ihm die Datei.

Am frühen Nachmittag bekommt er einen Anruf von dem Bestatter Zeng.

»Yanyans Vater ist gestern Abend gestorben. Ich dachte, das könnte Sie vielleicht interessieren.«

»Wie schrecklich.«

»Ja«, sagt Zeng. »Sie wird morgen ab zehn Uhr Gäste bei sich zu Hause empfangen.«

»Ich sage es weiter.«

Lu legt auf. Er will Yanyan anrufen, doch dann fällt ihm ein, dass er ihre Handynummer nicht hat. Er ruft in der Lotusbar an, aber dort hebt niemand ab. Er meldet sich noch mal bei Zeng und bittet ihn um Yanyans Nummer. Lu ruft Yanyan an und hinterlässt ihr eine Nachricht. Er drückt ihr sein Beileid aus und sagt, sie solle Bescheid geben, falls sie etwas braucht.

Er stellt sich vor, dass sie nun allein zu Hause ist, die Spiegel mit roten Tüchern verhängt und einen provisorischen Altar mit Obst und Räucherstäbchen errichtet hat. Zusammengerollt auf dem Bett liegt. Das Kissen tränengetränkt.

Er sieht ihre Adresse im *hukou*-Verzeichnis nach. Sie wohnt nicht weit von der Lotusbar, auch nicht weit von seiner eigenen Wohnung. Er möchte hinfahren, an ihre Tür klopfen, er möchte, dass sie in seine tröstenden Arme sinkt.

Stattdessen sieht er in sein E-Mail-Postfach. Keine Nachricht von Brando.

Eine Stunde beschäftigt er sich mit Papierkram, dann begibt er sich nach Hause. Er zieht sich dicke Trainingssachen an und geht in einem Park in der Nähe joggen. Trotz der Kälte sind viele Anwohner draußen, um Sport zu treiben. Einige laufen auf einem Parcours um den Park herum. Mehrere Paare mittleren Alters, eingepackt in Mäntel, Schals und Mützen, tanzen zu Swingmusik aus einem betagten Kassettenrekorder. Eine Handvoll Frauen praktiziert Tai-Chi mit Schwertern.

Lu wärmt sich mit einigen Kung-Fu-Bewegungen auf, Tiger, Kranich und Leopard. Er kickt und boxt gegen seinen Schatten. Es nützt alles nichts. Er gibt auf, geht nach Hause, duscht und schläft ein wenig.

Abends besucht Lu das alljährliche Bankett des Amtes für Öffentliche Sicherheit. Der Bezirkspolizeichef und seine Mitarbeiter sind anwesend, ebenso die Chefs der verschiedenen lokalen Polizeiwachen und ihre Stellvertreter. Auch einige VIPs – Parteisekretäre, Richter, Staatsanwälte – haben sich zu dem Festakt eingefunden, angelockt von den freien Getränken, dem guten Essen und der Gelegenheit, Tuchfühlung mit Personen aus den noch höheren Etagen aufzunehmen.

Eigentlich ist das Festessen nur eine bessere Entschuldigung für ein allgemeines Besäufnis, aber für jemanden wie Lu bietet es die seltene Gelegenheit, mit den örtlichen Granden zusammenzukommen. Kaum hat er das Restaurant betreten, entführt ihn Polizeichef Liang in eine Ecke, um in Ruhe ein paar Worte mit dem Bezirks-Polizeichef zu wechseln.

Der Mann heißt Bao, er ist ein nörgeliger, grauhaariger Karrierepolizist mit einem mürrischen Ausdruck, der sich tief in sein Gesicht eingeschnitten hat. Diverse Gerüchte sind über ihn im Umlauf: Er hat eine Frau und zwei Freundinnen. Er hat zwei Frauen und eine Freundin. Er hat in Ausübung seines Dienstes drei Verbrecher getötet. Er hat einen Mann geschnappt, der ein neunjähriges Mädchen vergewaltigt hat, und ihn mit einem Stuhlbein aus Holz zu Tode geprügelt. Und er ist käuflich.

Es ist kein Geheimnis, dass die Volksrepublik ein Problem mit Korruption hat. Schmiergeld, Bestechung, Veruntreuung, selbst widerrechtliche Aneignung von Privatbesitz – alles und jedes, aus dem sich Geld schlagen lässt, ist genehm, angefangen beim Dorfkomitee bis hinauf zum Politbüro.

Experten machen die Marktöffnung unter Deng Xiaoping in den 70er Jahren dafür verantwortlich. Tatsache ist, dass sich viele sozialistische Länder im sowjetischen Ostblock im Zuge ihrer Wirtschaftsreformen mit steigernder Korruption konfrontiert sahen.

In China allerdings ist die Korruption endemisch wie Malaria in einem Sumpfgebiet.

In der dynastischen Ära schwärmten Regierungsbeamte im Land aus, um dem Gesetz Geltung zu verschaffen und die gesellschaftliche Ordnung zu bewahren, eine nahezu unmögliche Aufgabe, für die sie schlecht geeignet und mangelhaft ausgestattet waren. Sie bekamen ein mageres Gehalt, von dem sie auch noch ihre Gehilfen und Ausgaben bezahlen sowie Geschenke für gesellschaftlich und politisch Höherstehende kaufen mussten, um sich deren Gunst zu bewahren.

Obwohl es gegen die Prinzipien des Konfuzianismus verstieß, war das Eintreiben von Schmiergeldern nicht allein eine ökonomische Notwendigkeit, es wurde auch stillschweigend geduldet. Wie heißt es so schön: Geld fällt in die Hände der Beamten wie das Lamm ins Maul des Tigers.

Ob die Gerüchte der Wahrheit entsprechen oder nicht, auf jeden Fall ist es Polizeichef Bao gelungen, in den unsicheren Gewässern einer exponierten und unter Umständen höchst gefährlichen Position zu navigieren. Ein Mann, mit dem nicht zu spaßen ist. Entsprechend nervös ist Lu.

»Polizeichef Liang sagt, Sie würden rasche Fortschritte in dem Fall machen«, sagt Bao.

»Ja. Rasch? Auf jeden Fall machen wir Fortschritte.«

»Welche genau?«

Die Frage bringt Lu ins Schwitzen. Er hat Liang noch nicht mitgeteilt, dass er einige Beamte als Verdächtige im Visier hat, womit er sich zudem auf ein höchst gefährliches Terrain begibt. Möglicherweise pflegt Bezirkspolizeichef Bao eine persönliche oder geschäftliche Beziehung mit einem der Herren auf Lus Liste. Und selbst wenn nicht, ist die Vorstellung, dass ein kleiner Polizeibeamter ohne die Unterstützung der Kommunistischen Partei gegen Bürokraten ermittelt, eigentlich undenkbar.

»Wir vermuten, dass die junge Frau so etwas wie einen Gönner hatte, der für die Miete aufgekommen ist und die Wohnung nach ihrem Tod hat reinigen lassen, um Spuren seiner Anwesenheit zu verwischen. Sobald wir diese Person ausfindig gemacht haben, werden wir einige Wissenslücken füllen können. Wir glauben ferner, dass der Täter möglicherweise durch die Farbe Rot animiert wird. Oder dass er von den vorhergehenden Morden in Harbin 2017 weiß, die Ähnlichkeiten in der Vorgehensweise zeigen. Schlimmstenfalls haben wir es mit einem Serientäter zu tun.«

Bao sieht ihn durch den Zigarettenrauch mit zusammengekniffenen Augen an. »Das klingt in meinen Ohren so, als hätten Sie nicht die geringste Ahnung, wer es war.«

»Wir nähern uns von Tag zu Tag der Lösung«, sagt Liang.

»Und der Junge, den Sie schon in Gewahrsam genommen haben?«

»Der bleibt ein Verdächtiger«, antwortet Liang. »Vorerst.«

Bao brummt und zieht kräftig an seiner Zigarette. »Gestern habe ich mit Kriminaldirektor Song gesprochen. Er sagt, Sie hätten ihm das Leben gerettet.«

»Ach ja?« Lu ist angenehm überrascht.

»Das haben Sie gut gemacht, den alten Haudegen auszuschalten. Der war offenbar ein Pulverfass, das nur auf einen Funken gewartet hat.«

»Ja, das stimmt. Danke.«

Bao zeigt mit der Zigarette auf Liang. »Wir können das nicht viel länger vor der Öffentlichkeit geheim halten. Ich rate Ihnen, schnappen Sie diesen Mistkerl, und zwar bald, und beten Sie zu Buddha, dass nicht noch ein weiterer Mord geschieht.«

»Ja«, sagt Liang.

Bao entdeckt jemanden weiter hinten im Raum und winkt. »Oh, schauen Sie mal. Da ist ja der Präsident des Volksgerichts. Ich gehe besser gleich zu ihm und küsse ihm die Hand, bevor er noch einen Wutanfall bekommt.« Er zieht ein letztes Mal an seiner Zigarette und lässt sie in den Bodensatz seines Glases fallen. »Ich will Ergebnisse, Liang. Schnell.«

»Die sollen Sie kriegen, Chef.«

Beim Essen sitzt Lu neben einer Frau mit Nachnamen Hong, der Parteisekretärin einer anderen Gemeinde des Bezirks. Sie ist Ende dreißig, und Gerüchten zufolge soll sie sich in die führende Position hochgeschlafen haben.

Lu schenkt solchen Gerüchten nicht viel Glauben. So reden Männer über Frauen, wenn sie neidisch auf ihre Erfolge sind.

Frau Hong isst wenig, trinkt reichlich und pariert verfängliche Kommentare in ihre Richtung mit einem scharfen Witz. Lu genießt die Unterhaltung mit ihr. Natürlich hat sie von dem Mordfall gehört und will mit ihm darüber reden, doch er lehnt es ab, Details preiszugeben.

»Sie sind ein Langweiler«, sagt sie gespielt schmollend.

»Berufsrisiko«, entgegnet er.

Irgendwann im Laufe des Abends läuft er in der Toilette Parteisekretär Mao über den Weg. Mao ist erhitzt vom Alkohol und in ausgelassener Stimmung.

»Wie steht es um Ihren Fall?«, fragt Mao und quetscht sich an das Pissoir neben Lu.

»Hält Liang Sie nicht auf dem Laufenden?« Lu weiß, dass der Polizeichef Mao regelmäßig Bericht erstattet, was gegen das Protokoll verstößt, doch als Parteisekretär übt Mao ungeheure Macht aus. Im nüchternen Zustand würde sich Lu so eine dreiste Bemerkung allerdings nicht herausnehmen.

Mao knurrt: »Was hat Ihnen das Glück verschafft, neben Parteisekretärin Hong platziert zu werden?«

»Keine Ahnung. Vielleicht ist der Protokollchef der Meinung, ich sei harmlos.«

»Ich bin pappsatt, aber ich hätte nichts dagegen, mal von

ihrem gebratenen Reis zu kosten.« Mao lacht sich halb tot über die sexuelle Anspielung.

»Wie Sie meinen ... Schönen Abend noch.« Lu tritt rasch die Flucht an.

Das Bankett geht ohne weitere Zwischenfälle zu Ende. Lu verfrachtet den berauschten Liang in ein Auto und fährt ihn zurück nach Rabental. Liang schläft die ganze Zeit, was Lu von der unangenehmen Pflicht befreit, sich mit ihm zu unterhalten. Als sie an Liangs Wohnung ankommen, hilft Lu ihm die Treppe hinauf. Die Vorstellung, in Liangs Hosentasche nach dem Schlüssel zu kramen, erscheint ihm wenig attraktiv, also klopft er. Liangs Frau öffnet die Tür. Sie ist nicht gerade erfreut darüber, ihren Mann in diesem Zustand zu sehen, aber auch nicht sonderlich überrascht.

»Wieder mal besoffen, du Rüpel!« Sie hakt sich bei ihm unter. »Helfen Sie mir, den fetten Faulpelz reinzutragen«, sagt sie. Die beiden befördern Liang zu dem Sofa und legen ihn ab. Liang streckt alle viere von sich und schnarcht mit offenem Mund.

»Sollen wir ihn auf die Seite drehen?«, fragt Lu.

»Nein. Soll er sich an den Fliegen verschlucken und daran ersticken.«

»Sollen wir ihm nicht wenigstens Mantel und Schuhe ausziehen?«

»Ist er vielleicht der Kaiser von China?«

»Nein. Ähm ... na gut, dann nicht.« Lu wendet sich zur Tür. »Entschuldigen Sie, dass ich Sie geweckt habe.«

»Ich sollte mich bei Ihnen entschuldigen, weil Sie mit dieser erbärmlichen alten Ziege so viel Ärger hatten.«

»Keine Sorge«, sagt Lu. »Das macht mir nichts aus.«

Auch wenn es nicht ganz auf seinem Weg liegt und er kaum die Augen offen halten kann, hält Lu vor Yanyans Haus. Es ist ein kleines zweigeschossiges Gebäude mit einem bescheidenen Garten. Alt, aber gut erhalten. Lu bleibt bei laufendem Motor im Auto sitzen, bis er merkt, dass er jeden Moment einzunicken droht. Er kurbelt das Fenster herunter, um sich die kalte Luft ins Gesicht wehen zu lassen, und fährt nach Hause.

SONNTAG

Die Kommunistische Partei Chinas bildet den Kern der Führung des gesamten chinesischen Volkes. Ohne diesen Kern kann die Sache des Sozialismus nicht siegen.

Worte des Vorsitzenden Mao

Lu wird von einer Nachricht geweckt.

Sie ist von Brando, und sie lautet: *Mao Zhanshu.*

Lu ist noch etwas benebelt von dem Alkohol. Er reibt sich die Augen und liest die Nachricht noch einmal.

Mao Zhanshu.

Kein Irrtum. Brando hat Parteisekretär Mao, der gerne von Frau Hongs Reis gegessen hätte, als den Mann aus der Schwarzen Katze identifiziert.

Yang Fenfangs Freund, ehemaliger Gönner und möglicher Killer.

Cao ni de ma!

Eine üble Geschichte. Mao vorzuwerfen, er sei homosexuell und noch dazu ein Mörder, ist glatter beruflicher Selbstmord.

Polizeichef Liang wird außer sich sein.

Aber es lässt sich nun mal nicht ändern. Die Spur führt zu Mao, und der Spur muss nachgegangen werden, unabhängig von den Folgen.

Lu duscht und isst gerade so viel, wie sein Magen aufnehmen kann, dann fährt er zur Wohnung des Polizeichefs.

Er klopft an die Tür. Als ihm aufgemacht wird, steht zum Glück Liang vor ihm, nicht seine Frau. Er trägt ein T-Shirt und Boxershorts und sieht aus, als hätte er einen schweren Kater. In wenigen Minuten wird sich seine Miene weiter verfinstern, denkt Lu.

Liang fährt sich mit der dicken Zunge über die Lippen. Seine Stimme ist ein Krächzen. »Was wollen Sie denn hier?«

»Ich muss Sie sprechen.«

»Warum?«

»Kann ich reinkommen?«

Liang rülpst. Der saure Geruch von Whiskey, mit Galle versetzt, weht Lu wie eine giftige Wolke entgegen. Er muss würgen.

Liang dreht sich um und geht ins Badezimmer.

Lu folgt ihm. »Ist Ihre Frau nicht da?«

»Sieht ganz so aus.«

Lu hört Urin in die Toilettenschüssel plätschern und schließt daraufhin die Badezimmertür. »Ich koche Tee.«

Er geht in die Küche, schließt den elektrischen Wasserkocher an und stöbert so lange in den Regalen, bis er zwei Tassen und eine Dose Oolong-Tee gefunden hat.

Jetzt hört Lu, wie Liang das Wasser anstellt, sich schnäuzt und spuckt. Nach ein paar Minuten taucht er aus dem Badezimmer auf, trocknet sich das Gesicht mit einem Handtuch ab. Er und Lu setzen sich an den Küchentisch, Lu stellt ihm den Tee hin.

»Wo sind meine Zigaretten?«, sagt Liang, steht auf, sucht

in seinen Manteltaschen und holt eine etwas lädierte Schachtel hervor. Er setzt sich wieder hin, zündet sich eine Zigarette an und schlürft seinen Tee. »Also, was gibt es?«

»Ich habe den vermissten Angestellten aus der Bar gefunden. Brando.«

»Er ist hoffentlich nicht tot.«

»Er lebt, und er hat bestätigt, dass Yang Fenfang in der Schwarzen Katze einen Mann kennengelernt hat. Vor etwas über einem Jahr. Einen älteren Herrn, der aussah, als hätte er Geld und Verbindungen.«

»Wie sehen Leute aus, die Verbindungen haben?«

»Sie rauchen Chunghwas.«

»Ah.«

»Brando sagt, der Mann sei definitiv ein *tongzhi*, er hatte also keine Affäre mit Yang. Aber ich gehe immer noch von der Vermutung aus, dass er die Geldquelle ist, aus der die Wohnung in Harbin bezahlt wurde. Damit hatte er einen Ort, wo er mit seinen gelegentlichen Eroberungen hingehen und der nicht mit ihm in Verbindung gebracht werden konnte.«

»Gut. Die beiden hatten also eine Vereinbarung getroffen. Was dann?«

»Brando sagt, Yang hätte den Mann wiedererkannt.«

»Wiedererkannt? Wie meinen Sie das? Ist er berühmt?«

»Sie hat gesagt, er stamme aus ihrem Heimatort.«

»Von hier?«

»Ja.«

Liang schnippt die Asche seiner Zigarette in eine alte Teetasse. »Worauf wollen Sie hinaus, Lu Fei?«

»Ich habe eine Liste der in Frage kommenden Verdächtigen zusammengestellt. Leute von hier. Dabei bin ich davon ausgegangen, dass die Person Geld hat und einen gewissen Status genießt. Es erschien mir sinnvoll, mit Amtsträgern anzufangen. Ihre Fotos habe ich an Brando geschickt, und er hat den Mann aus der Schwarzen Katze identifiziert.«

Liang hebt abwehrend die Hand. »Sagen Sie mir nicht, wer es ist. Ich will es gar nicht wissen.«

»Brando sagt, es sei Parteisekretär Mao.«

Liang lacht. »Dieser geile alte Bock? Absurd.«

»Brando hält ihn für den Mann aus der Schwarzen Katze.«

»Es ist immer schummrig in diesen *tongzhi*-Bars. Wie kann er da so sicher sein?«

»Mao hat die Bar ein- bis zweimal im Monat aufgesucht. Brando hat ihn mehr als ein Dutzend Mal gesehen.«

»Nein. Das kann ich nicht glauben. Mao redet nur über Titten und Ärsche.«

»Das würde ich auch, wenn ich Nebelkerzen werfen wollte.«

»Er ist verheiratet und hat zwei Kinder.«

»Chef, bitte, seien Sie nicht naiv.«

Kopfschüttelnd sackt Liang in sich zusammen.

»Wir müssen Mao befragen«, sagt Lu.

»Wissen Sie, was passiert, wenn wir ihn des Mordes beschuldigen?«

»Wir beschuldigen ihn nicht des Mordes. Noch nicht.«

»Klar. Wir werfen ihm nur vor, ein alter *ji lao* zu sein und Zeugen einzuschüchtern. Vorerst.«

»Ja.«

»Er wird uns bei lebendigem Leib verspeisen.«

»Falls wir recht haben, nicht.«

»Welche Beweise haben Sie, außer der Behauptung dieses Typs mit dem lächerlichen Namen Brando? Wer weiß schon, ob er glaubhaft ist? Vielleicht hat ihn jemand dafür bezahlt, Mao zu verleumden.«

»Wenn das der Fall wäre, hätte er sich wohl kaum die Mühe gemacht unterzutauchen und sich in einem winzigen Nest irgendwo an der russischen Grenze zu verstecken.«

»Wir können Mao nicht ohne einen stichhaltigen Beweis in die Mangel nehmen, Lu Fei.«

»Wir haben einen Zeugen. Das ist Beweis genug. Wenn wir Maos Bild in der Schwarzen Katze herumzeigen, erhärtet sich der Verdacht vielleicht. Und wenn wir Zugang zu seinem Bankkonto erhalten, finden sich vielleicht auch die monatlichen Abbuchungen in Höhe von fünftausend Yuan.«

»Alles nur Indizien.«

»Stimmt. Deswegen müssen wir ihn hart rannehmen. Ihn glauben machen, wir hätten noch mehr gegen ihn in der Hand. Dann knickt er hoffentlich ein.«

»Ein Parteisekretär? Einknicken? Wissen Sie, wie viel Leuten Sie in den Rücken fallen müssen, um so eine Position zu erreichen? Was für dicke Eier Sie haben müssen?«

»Das könnte der Durchbruch sein, Chef. Es könnte ganz neue Perspektiven eröffnen.«

Liang raucht seine Zigarette zu Ende und zündet gleich die nächste an. Er pafft wie wild. Lu bleibt ruhig, gibt Liang Zeit, sich die Sache durch den Kopf gehen zu lassen, die Chancen abzuwägen und zu dem unausweichlichen Schluss zu kommen. Liang seufzt. »Ich lege mich noch mal für ein paar Stunden ins Bett. Holen Sie mich nach der Mittagspause ab.«

»Ja, Chef.«

»Ich kann nur hoffen, dass Sie recht haben, Lu Fei. Wenn nicht, dürfen wir für den Rest unseres Lebens in Xinjiang Straßen fegen.«

Um ein Uhr kehrt Lu in Uniform und mit einem Streifenwagen zurück. Vorsichtshalber hat er sich aus der Waffenkammer der Polizeiwache eine Schusswaffe aushändigen lassen.

Die Waffe ist einer der kürzlich ausgegebenen chinesischen 05-Polizeirevolver, sechs Schuss, Kaliber neun Millimeter. Mit der einfachen Bedienung, der Leistungsfähigkeit und dem Kaliber der 05 wollte man zweierlei erreichen: Zum einen sollte es die Risiken minimieren, eine Waffe bei einer Polizei einzuführen, die kaum über Training oder ausreichend Erfahrung im Umgang mit Schusswaffen verfügt; zum anderen wollte man es Kriminellen schwer machen, sich die richtige Munition zu beschaffen, falls ihnen eine in die Hände fiel.

Lu ist erleichtert, als er Polizeichef Liang geduscht, frisch rasiert, bekleidet und überhaupt einigermaßen wiederhergestellt vorfindet.

»Haben Sie Mao angerufen?«, fragt Lu.

»Ja.«

»Erstaunlich, dass Sie ihn an einem Sonntag erreichen.«

»Sie sind vielleicht lustig. Der Mann drangsaliert mich,

seit die Sache angefangen hat. Jetzt habe ich so eine Vorstellung, warum.«

»Was haben Sie ihm gesagt?«

»Dass es eine neue Entwicklung in dem Fall gibt, die ich nicht am Telefon besprechen möchte.«

»Und wie hat er reagiert?«

»Er klang höchst interessiert. Fahren wir los.«

»Wo geht es hin?«, fragt Lu, als sie ins Auto gestiegen sind. »In sein Büro oder zu ihm nach Hause?«

»Weder noch. Irgendwo außerhalb.«

»Kommt Ihnen das nicht seltsam vor?«

»Ja, schon. Aber was soll er machen? Zwei Polizisten umnieten?«

»Kommt ganz darauf an, wie aussichtslos seine Lage ist.«

»Zum Glück haben Sie ja eine Waffe dabei«, sagt Liang.

»Woran haben Sie das erkannt?«

»Ein Tiger wird nicht alt, nur weil er scharfe Zähne hat.«

Sie folgen den Anweisungen von Liangs GPS-Handy-App, fahren durch Vororte, und allmählich gehen Häuser und Fabriken in Getreidefelder und Schweinefarmen über. Sie biegen in einen Schotterweg und kommen an ein offenes Tor mit einem Schild:

Agrobetrieb Reiche Ernte
Zutritt verboten

»Haben Sie das gesehen?«, fragt Lu.

»Ich kann selbst lesen, Streber.«

»Das gefällt mir überhaupt nicht.«

»Es gibt jetzt kein Zurück mehr.«

Vor ihnen befindet sich eine riesige Stahlkonstruktion, eine Ansammlung kegelförmiger, durch ein Gewirr von Leitern und Fließbändern miteinander verbundener Getreidesilos.

Lu fährt im Schneckentempo weiter. Durch die Windschutzscheibe späht er hinauf zu den Silos, sucht nach einem verräterischen Aufblitzen reflektierter Sonnenstrahlen in Zielfernrohren und Gewehrläufen.

»Wir sind hier nicht in einem amerikanischen Spionagethriller, Lu Fei«, spottet Polizeichef Liang. »Sie brauchen nicht nach Scharfschützen Ausschau zu halten.«

»Mao könnte uns ermorden, an die Schweine verfüttern und das Auto irgendwo auf dem Feld vergraben, und niemand würde es je erfahren.«

Hinter den Silos sind eine Handvoll Häuser, Geräteschuppen, ein gesicherter Parkplatz und ein als Büro genutzter Wohnwagen, vor dem ein SUV und eine Mercedes-Limousine stehen.

»Zwei Fahrzeuge«, bemerkt Liang.

Lu parkt neben dem SUV. Sie steigen aus dem Streifenwagen, und Lu kommt sich sofort ungeschützt und ausgeliefert vor.

Die Tür zum Büro öffnet sich. Mao steckt den Kopf hindurch und winkt sie mit einem gekrümmten Finger zu sich. Lu sieht Liang an, Liang zuckt mit den Schultern. Er bleibt kurz stehen, um sich eine Zigarette anzuzünden, und geht dann über den gefrorenen Boden auf den Wohnwagen zu.

Lu fasst in seine Manteltasche und versichert sich, dass

der Revolver griffbereit ist, bevor er Liang folgt. Sie steigen die Stufen zum Wohnwagen hinauf und treten ein.

Drinnen herrscht ein einziges Durcheinander: Schreibtische, Aktenschränke, ein klappriges Sofa, ein Turm aus Pappkartons, orangefarbene Sicherheitswesten und Bauhelme, die an mehreren Wandhaken hängen. Hinten führt eine offene Tür zu einer verdreckten Toilette.

Parteisekretär Mao lehnt an einem der Schreibtische. Auf dem Sofa sitzt ein weiterer Mann, um die sechzig, mit kurzen grauen Haaren und dicker Brille. Er raucht.

Lu kennt den Mann, Liang ebenso. Es ist Deng Qiao, der örtliche Vorsitzende des Agrobetriebs Reiche Ernte. Als solcher steht er beispielhaft für den Wandel in der Ernährungspolitik der Volksrepublik.

In der Mao-Ära waren die Volkskommunen die Hauptstütze der sozialistischen Agrarrevolution. Heute, unter der Führung von Profis wie Deng, die Unternehmer sind, keine Bauern, ist der Agrokonzern das A und O.

Die Höfe der familienbetriebenen Kleinbauern in China sind im Durchschnitt nur wenige Hektar groß. Die Bewirtschaftung ist arbeitsintensiv, der Dünge- und Wasserverbrauch ineffektiv. Die Landbewohner, besonders die jungen, strömen zunehmend in die Städte, wo die ökonomischen Weiden saftiger sprießen, und lassen den fruchtbaren Boden daheim unbestellt.

Die Lösung der Regierung besteht darin, kleinere Parzellen zu mittelgroßen Farmen zusammenzuführen und die alleinige Berechtigung der Landbewohner, Ackerland zu nutzen, auf kommerzielle Agrokonzerne zu übertragen.

Das führt dazu, dass Unternehmen wie Reiche Ernte und Männer wie Deng Qiao Schwergewichte in der Wirtschaft und Lokalpolitik sind.

»Herr Deng«, sagt Liang. »Dass ich Sie hier antreffe ...«

Deng blickt nicht einmal von seiner Zigarette auf, nickt nur gebieterisch.

»Ich habe den Herrn Vorsitzenden dazugebeten«, sagt Mao.

»Warum?«, fragt Liang.

»Worüber wollten Sie mit mir sprechen, Herr Polizeichef?«

»Das ist eine private Polizeiangelegenheit.«

»Wenn es mich betrifft, dann erlaube ich dem Vorsitzenden Deng ausdrücklich, im Raum zu bleiben.«

Lu ist überrascht, Deng hier anzutreffen, aber vielleicht ist es gar nicht so ungewöhnlich. Als Parteisekretär der Gemeinde Rabental könnte Mao ihm durchaus nützlich sein, um Deng Verträge über Bodennutzung in den umliegenden Dörfern zuzuschanzen. Im Gegenzug dürfte Mao Provisionen oder eine andere Art der Vergütung einstreichen. So funktionieren die Dinge nun mal.

Mao und Deng stecken unter einer Decke, und ihr politischer und ökonomischer Einfluss gleicht den beiden Läufen einer großkalibrigen Schrotflinte.

Polizeichef Liang, politisch scharfsinnig, ist zu dem gleichen Schluss gekommen. Er seufzt, lässt die Zigarette zu Boden fallen und drückt sie aus. »Na gut, dann erzählen Sie uns doch mal, was es mit der Wohnung in Harbin auf sich hat, die Sie für Yang Fenfang angemietet haben.«

»Welche Wohnung?«, fragt Mao.

»Wo waren Sie Freitag vor einer Woche?«

»Zu Hause. Bei meiner Familie. Fragen Sie meine Frau und meine Kinder. Sie werden das bestätigen. Ich bin um acht Uhr abends heimgekommen und habe das Haus erst am nächsten Morgen wieder verlassen.«

»Und wohin sind Sie gegangen?«

»Zum Golfspielen.«

»Mit wem?«

»Mit mir«, sagt Deng.

»Aber natürlich«, sagt Liang. Er holt weiter aus. »Wollen Sie abstreiten, in den vergangenen Jahren ein Lokal in Harbin aufgesucht zu haben, das die Schwarze Katze heißt?«

»Die Schwarze Katze? Da klingelt bei mir gar nichts. Ich war in vielen Lokalen in Harbin. Nicht immer nach meinem Geschmack, aber wenn ich von Geschäftspartnern eingeladen werde, kann ich nicht ablehnen.«

»Wir haben mehrere Zeugen, die aussagen, Sie hätten die Schwarze Katze regelmäßig aufgesucht«, erklärt Lu.

»Was für Zeugen?«

»Ich glaube, Sie wissen, um wen es sich handelt«, erwidert Lu. »Apropos: Das bringt mich auf eine Frage an Herrn Deng.«

Deng wischt Asche von seinem Ärmel. »Ihre Fragen interessieren mich nicht.«

»Wo sind Ihre Angestellten?«, fragt Lu. »Ein Großer mit einer Warze am Kinn und ein Kleinerer mit Ringerfigur.«

»Hinter Ihnen«, sagt Deng.

Lu und Liang drehen sich um. Der Große und der Ringertyp stehen auf der Trittstufe direkt vor dem Türdurchgang. Sie sind unbewaffnet, weswegen Lu noch nicht seinen Revolver zieht.

»Wer sind die Männer?«, fragt Liang.

»Diese Schläger haben versucht, den Besitzer der Schwarzen Katze und seine Angestellten einzuschüchtern.«

»Aha«, sagt Liang. »Sofort schießen, wenn sie auch nur eine Bewegung machen.«

»Aber gerne doch, Chef.«

Liang wendet sich wieder Mao zu. »Warum haben Sie Fenfang ermordet?«

Mao lacht. »Ich habe sie nicht ermordet!«

»Vielleicht deswegen, weil sie Sie erpresst hat? Damit gedroht hat, Ihre Homosexualität öffentlich zu machen?«

Maos Lachen verstummt. »Selbst wenn Sie das beweisen könnten – es ist nicht verboten.«

»Ihrer Frau würde das wohl nicht gefallen.«

»Meiner Frau? Ich bitte Sie. Wie viele Menschen heiraten denn heutzutage noch aus Liebe? Wenn überhaupt je aus Liebe geheiratet wurde. Die Ehe ist eine praktische Angelegenheit, die auf Zweckmäßigkeit, ökonomischen Erwägungen und gesellschaftlichem Status beruht. Die Beziehung zu meiner Frau ist stabiler als die von vielen anderen. Wir respektieren einander. Wir funktionieren als Team, um erfolgreich einen Haushalt zu führen und unsere Kinder zu erziehen. Und solange keiner von uns beiden Gesichtsverlust riskiert, stellen wir keine Fragen, und der andere kann ins Bett gehen, mit wem er will.«

Es ist ein erstaunliches Geständnis, und Lu kann nicht

umhin, ihm weitgehend zuzustimmen. Bei den meisten Paaren in seinem Bekanntenkreis herrscht eine Art Burgfrieden. Der Mann ist immer außer Haus und trinkt. Die Frau gibt zu viel Geld aus. So oder so ähnlich lauten die Klagen. Im besten Fall lernen die Ehepartner, Kompromisse zu schließen, die weder für den einen noch den anderen ganz zufriedenstellend sind, aber von beiderseitigem Vorteil für das weitere Zusammenleben.

»Und der Parteiapparat?«, fragt Liang.

»Glauben Sie vielleicht, meine Kollegen hätten nicht ihre eigenen Geheimnisse?«, erwidert Mao. »Sie verraten meins nicht, ich verrate ihres nicht.«

»Dann geben Sie es also zu?«, sagt Liang. »Dass Sie homosexuell sind?«

»Gar nichts gebe ich zu«, entgegnet Mao.

»Seien wir ehrlich, Parteisekretär Mao«, sagt Liang. »Bei allem Respekt, Sie sind geliefert. Wir haben Zeugen. Rechtlich gesehen könnte ich Sie auf der Stelle festnehmen. Staatsanwalt Gao würde einem Haftbefehl zustimmen, wenn ich ihm die Sache erklärte. Die anschließende Untersuchung würde unseren Verdacht bestätigen, und selbst wenn alles nur auf Indizien beruhte, wären Ihr Ruf und Ihre Karriere ruiniert.«

Mao fasst in die Tasche. Lu greift nach seinem Revolver. Mao hält die Hand hoch. »Ich hole mir nur Zigaretten heraus.« Er zieht eine Zigarettenpackung aus der Tasche. »Und wenn ich Ihnen nun sage, dass Sie teilweise recht haben?«

»Das hängt ganz von dem teilweise ab.«

»Sagen wir, rein theoretisch, dass ich Yang Fenfang in Harbin kennengelernt habe. Irgendwas an ihrer Reaktion hat mir gezeigt, dass sie mich erkannt hat. Vielleicht habe ich mit ihr darüber gesprochen. Ein Mann in meiner Position kann nicht vorsichtig genug sein. Vielleicht hatte ich ursprünglich die Absicht, ihr zu drohen, sie einzuschüchtern, doch ihre offene, ehrliche Art hat mich sofort für sie eingenommen, und ich habe ihr geglaubt, als sie sagte, sie würde mein Vertrauen nicht missbrauchen.« Mao zündet sich eine Zigarette an. »Und dann, sagen wir, hatte ich eine Idee. Ein Arrangement, von dem wir beide profitieren würden. Ich gebe ihr Geld, und sie mietet eine Wohnung auf ihren Namen. Sie wohnt dort umsonst, und ein-, zweimal im Monat zieht sie aus, und ich nutze die Wohnung.«

Lu sieht zu Deng. Ist das ein höhnisches Grinsen in seinem Gesicht? Vielleicht widert Maos Lebensstil ihn an. Aber Geld ist Geld.

»Und dann wird das arme Mädchen ermordet«, fährt Mao fort. »Nicht von mir. Nicht auf meine Veranlassung. Ich bin genauso überrascht wie alle anderen auch. Ich habe erst davon erfahren, als Sie mich, einen Tag nachdem ihre Leiche entdeckt worden war, angerufen haben. Aber ich mache mir Sorgen. Mir ist klar, dass man die Wohnung in Harbin durchsuchen wird. Ich wende mich also an einen Freund.« Er weist mit der Zigarettenspitze auf Deng. »Und mein Freund, mein enger Geschäftspartner, sagt, er werde sich darum kümmern. Ich stelle keine Fragen. Ich gehe einfach davon aus, dass es geschieht. Und es ist geschehen.«

»Sie haben also Ihre Schergen losgeschickt, um die Wohnung zu reinigen und eventuelle Zeugen zu bedrohen«, wendet sich Liang an Deng.

»Schergen?« Deng lacht. »Sie lesen zu viele Thriller.«

»Sie haben sie trotzdem losgeschickt.«

»Ich weiß nicht, wovon Sie reden. Was Parteisekretär Mao gesagt hat, war rein hypothetisch.«

»Unser Zeuge kann die beiden identifizieren«, sagt Liang und zeigt auf den Großen und den Ringertypen.

»Ich habe das Mädchen nicht getötet«, sagt Mao. »Ich schwöre. Ich bin nicht die Person, nach der Sie suchen.«

»Können Sie das beweisen?«, fragt Liang.

»Nach meinem Rechtsverständnis«, sagt Mao, »liegt die Beweislast bei Ihnen.«

»Dafür sind die Ermittlungen da.«

Deng steht auf und wirft Lu seinen Zigarettenstummel vor die Füße. »Es wird keine Ermittlungen geben. Deswegen hat man Sie herbestellt. Um Ihnen das unmissverständlich klarzumachen.«

»Entschuldigen Sie bitte, aber diese Entscheidung liegt nicht bei Ihnen«, sagt Liang.

Deng baut sich vor Liang auf – er ist einen halben Kopf größer – und sieht ihn von oben herab an. »Wollen Sie mich nicht verstehen? Ihr Vorgesetzter wird nicht zulassen, dass Sie Ermittlungen aufnehmen. Und Staatsanwalt Gao wird keinen Haftbefehl ausstellen. Seien Sie kein verdammter Narr.«

Liang blickt finster drein. »Treten Sie einen Schritt zurück, Deng, oder ich ramme Ihnen Ihre Brille in den Schädel.«

Dengs Schergen nehmen die oberste Stufe. Lu zieht den Revolver und richtet ihn auf die beiden. »Platz! Brave Hunde.«

»Meine Herren!« Mao hält die Hände hoch. »Bitte. Das ist doch nicht nötig.«

Deng und Liang starren sich an. Die Schlägertypen verharren auf der Stufe. »Sie«, richtet sich Lu an Deng. »Sagen Sie Ihren Kläffern, sie sollen keine Dummheiten machen. Und pflanzen Sie gefälligst Ihren Arsch wieder aufs Sofa.«

»Wie können Sie es wagen ...«

»Wird's bald!«

Deng plustert sich auf.

Lu spannt den Hahn. »Letzte Gelegenheit!«

Deng stapft wütend zum Sofa und setzt sich. »Ihr Scheißkerle schneidet euch bloß ins eigene Fleisch.«

Lu entspannt den Abzug, hält die Mündung aber weiter auf die offene Tür gerichtet.

»Schon besser«, sagt Mao. »Ich bin sicher, dass wir eine Lösung finden.«

Liang lacht. »Immer optimistisch, unser Parteisekretär Mao.« Er wischt sich mit einem Taschentuch den Schweiß von der Stirn. »Sagen Sie, Herr Deng, habe ich da eben den unverwechselbaren Duft einer Chunghwa gerochen?«

»Und?«

»Dürfte ich Sie um eine bitten?«

»Sie machen Witze.«

»Nicht doch. Ich meine es ernst.«

»Nicht zu fassen.« Deng klopft eine Zigarette aus seiner Chunghwa-Packung.

Liang geht zu ihm und nimmt sie. »Vielen Dank.« Er steckt sich die Zigarette in den Mund und zieht einmal tief daran. Er nickt Mao zu. »Was schlagen Sie vor?«

»Sie bekommen von mir jede Unterstützung und Hilfe bei Ihren Ermittlungen. Im Gegenzug erwarte ich von Ihnen, dass Sie die Wohnung in Harbin, die Schwarze Katze und meine Privatangelegenheit vertraulich behandeln.«

»Und der Inhaber der Schwarzen Katze und die Angestellten, die der Vorsitzende Deng versucht hat einzuschüchtern?«, fragt Lu.

»Solange sie den Mund halten und sich um ihre eigenen Angelegenheiten kümmern«, sagt Mao, »wird niemand sie behelligen. Der Angestellte kann zurück nach Harbin und seine Arbeit wieder aufnehmen, wenn er will. Entschädigt für seine Unannehmlichkeiten wurde er ja schon, oder? Es ist also nichts passiert.«

»Er könnte das anders sehen«, sagt Lu.

»Nun machen Sie mal einen Punkt«, erwidert Deng. »Mao hat das Mädchen nicht getötet. Haben Sie nicht zugehört? Er ist kein Unschuldslamm, aber er ist kein Mörder. Sie verschwenden hier nur Ihre Zeit. Wollen Sie den wahren Killer fangen? Dann suchen Sie woanders.« Deng will sich wieder vom Sofa erheben, zögert jedoch. »Ich stehe jetzt auf, ja?« Deng erhebt sich und knöpft seinen Mantel zu. »Für mich hat sich die Sache erledigt. Tun Sie Ihre Arbeit, und mischen Sie sich nicht in unsere Angelegenheiten, dann mischen wir uns auch nicht in Ihre. Haben wir eine Vereinbarung?«

Polizeichef Liang und Lu schauen sich an, keiner von beiden sagt etwas.

»Gut«, sagt Deng. »Ich gehe jetzt. Lassen Sie mich durch.«

Lu rührt sich nicht von der Stelle. Er und Deng fixieren sich gegenseitig.

»Lassen Sie's gut sein, Lu Fei«, sagt Liang. »Er kann gehen.«

Widerstrebend lässt Lu den Revolver sinken und tritt zur Seite.

Deng drängt sich an ihm vorbei. »Kommt schon, ihr Idioten!«, knurrt er seine Handlanger an.

Lu sieht Deng und seinen Schlägern von der Tür aus nach. Sie gehen zu dem Mercedes. Der Große eilt voraus, um Deng die Tür zu öffnen, doch der schlägt seine Hand am Griff beiseite, öffnet die Tür selbst und steigt ein. Der Große und der Ringertyp steigen vorne ein. Der Mercedes fährt los, umrundet einmal die Getreidesilos und verschwindet dann außer Sicht.

»Darf ich jetzt gehen?«, fragt Mao.

»Chef …«, setzt Lu an.

»Ich weiß«, sagt Liang. Er zieht an seiner Zigarette. »Wir sind noch nicht fertig mit Ihnen, Herr Parteisekretär. Bis das Gegenteil bewiesen ist, stehen Sie weiterhin unter Verdacht.«

»Ich verstehe, Herr Polizeichef. Ich bitte Sie nur darum, die Sache vorerst inoffiziell zu behandeln. Ich vertraue darauf, dass Sie den wahren Mörder finden, und dann können wir das hier vergessen.«

»Wir werden sehen.«

»Ich bin unschuldig«, sagt Mao. »Darf ich jetzt gehen?«

»Jetzt hauen Sie schon ab.«

Lu fährt zurück in die Stadt und setzt Polizeichef Liang zu Hause ab. Liang steigt aus, lehnt sich aber noch mal ins Fenster. »Fahren Sie auch nach Hause. Ruhen Sie sich aus.«

»Glauben Sie Mao?«

»Er ist Politiker, was bedeutet, dass ihm Lügen genauso leichtfällt wie Luftholen. Trotzdem, ich glaube ihm. Mein Bauch sagt mir, dass er ein alter *tongzhi* und ein Gauner ist, aber kein Mörder.«

»Für einen Polizisten sind Sie sehr vertrauensselig.«

»Täuschen Sie sich nicht. Mao ist noch nicht aus dem Schneider. Aber im Moment, denke ich, sollten wir lieber was anderes versuchen.«

»Gut.«

»Jetzt, da das Rätsel um die Wohnung in Harbin fast geklärt ist, könnten Sie sich mit Ihrem gerissenen Verstand ja einen neuen verlockenden Ansatz ausdenken.«

»Ja, vielleicht. Grüßen Sie Ihre Frau von mir.«

Liang zieht eine Grimasse. »Warum so herzlos, Lu Fei?«

Statt sich zu Hause auszuruhen, fährt Lu erst noch bei Yanyan vorbei. Er parkt vor ihrem Haus und ruft von seinem Handy aus erst Monk und dann Brando an. Beide sind nicht da, und er hinterlässt die Nachricht, dass sie sehr wahrscheinlich nie wieder von »Herrn Wang« hören oder ihn sehen werden.

Er steigt aus und klopft an Yanyans Tür. Zeng öffnet ihm. »Kommissar«, sagt Zeng. »Gut, dass Sie kommen.«

»Ich hoffe, nicht zu spät.«

»Nein, nein.« Zeng winkt Lu herein.

Yanyan sitzt im Wohnzimmer, ein älteres Ehepaar ist zu Besuch. Yanyan trägt gedeckte Kleidung und eine weiße Blüte im Haar. Lu spricht ihr sein Beileid aus. Sie bedankt sich für seine Anteilnahme. Er zündet Räucherstäbchen als Opfergabe auf dem provisorischen Altar mit einem Foto von Yanyans Vater an. Zeng bittet ihn nach draußen, um die mitgebrachten Papiergegenstände zu verbrennen – Höllengeld, Kleidungsstücke aus Papier, Haushaltsgeräte, einen Laptop und eine Prepaid-Bankomatkarte, für den Fall, dass es in der Unterwelt einen Bankautomaten gibt.

Als Lu fertig ist, übergibt er Zeng einen weißen Umschlag mit Geld. Er geht wieder ins Haus und setzt sich für die Dauer einer Tasse Tee zu Yanyan und dem älteren Ehepaar. Lieber wäre er allein mit ihr, doch das Paar scheint nicht die Absicht zu haben, bald zu gehen, deshalb verabschiedet er sich und fährt in gedrückter Stimmung nach Hause.

MONTAG

Neue Dinge, die sich noch entwickeln, erfahren immer Schwierigkeiten und Rückschläge. Es ist ein Irrglauben, der Sozialismus sei eine einfache und kinderleichte Sache, sei ohne Schwierigkeiten und Rückschläge und ohne ungeheure Kraftanstrengung zu erreichen.

Worte des Vorsitzenden Mao

Am Montagmorgen wird der stellvertretende Kriminaldirektor Song aus dem Krankenhaus entlassen. Ein Flug wird gebucht, der ihn und Kriminaltechniker Jin zurück nach Peking bringen soll.

»Jetzt schon?«, fragt Lu, als Song ihn früh telefonisch erreicht.

»Wir haben den Tatort untersucht und Beweise zusammengetragen. Jetzt beginnt die gute alte kriminalistische Arbeit. Ich habe keine Zeit, jeden einzelnen Ihrer Untersuchungsschritte mitzugehen.« Lu hört am anderen Ende der Leitung, wie ein Feuerzeug angezündet wird. Song nimmt einen tiefen Zug. »Es gibt immer mehr Opfer, mehr Verbrechen, mehr Morde, die meine Aufmerksamkeit verdienen.«

Lu hört im Hintergrund eine laute Stimme.

»*Ta ma de*«, sagt Song. »Sie schimpfen mit mir, ich soll meine Zigarette ausmachen. Würden Sie Jin bitten, meine

Sachen zu holen, und Sie beide mich abholen? Wir können von hier aus direkt zum Flughafen fahren.«

Lu beauftragt Polizeimeister Huang, Jin zum Gästehaus Freundschaft zu fahren, um dessen und Songs Gepäck zu holen. Als Huang und Jin zurückkehren, übernimmt Lu das Steuer, Huang bleibt in der Polizeiwache. Lu und Jin fahren zum Krankenhaus. Lu wartet in der Eingangshalle, während Jin seinem Vorgesetzten Song frische Kleidung bringt.

Schließlich erscheint Song, dünn und unrasiert, und schlurft, als wäre er um dreißig Jahre gealtert. Sie steigen in den Streifenwagen ein und fahren zum Flughafen.

»Wie geht es Ihnen?«, fragt Lu ihn unterwegs auf der Schnellstraße.

Song öffnet das Fenster einen Spaltbreit und zündet sich eine Zigarette an. »Ich fühle mich wie ein geschlachtetes Schwein.«

»Können Sie in dem Zustand fliegen?«

»Ist doch egal. Nehmen Sie es mir nicht übel, aber ich will nur noch weg hier.«

Lu nimmt es ihm trotzdem ein wenig übel, doch er zuckt nur mit den Schultern. Er hatte bisher keine Gelegenheit, Song und Jin über die gestrige Entwicklung, Mao betreffend, in Kenntnis zu setzen. Das holt er jetzt nach.

»Perverses Schwein«, sagt Song.

»Bitte behandeln Sie das, was ich Ihnen gerade erzählt habe, vorerst vertraulich.«

Song bläst den Zigarettenrauch aus dem Fenster. »Wir haben es hier mit einem Mordfall zu tun. Ob Mao gerne mit Gummischwänzen spielt, ist unerheblich. Aber er scheint mit Deng unter einer Decke zu stecken. Jedenfalls wechselt da Geld den Besitzer. Gegen Landkonzessionen.«

»Ja«, pflichtet Lu ihm bei, »aber wir verfolgen hier keinen Korruptionsansatz.«

»Wen haben wir denn jetzt noch, nachdem die Verbindung mit der Wohnung in Harbin geplatzt ist?«

»Zhang Zhaoxing, Schweineschlachter und Einfaltspinsel, der Yang aufgelauert hat.«

»Was noch?«

»Drei Opfer, Zusammenhang unbekannt.«

»Und mit höchst verschiedenen Profilen«, sagt Song. »Zwei Singles, eine verheiratet. Keine Kinder. Unterschiedlicher soziökonomischer Status. Unterschiedliche Arbeitsbereiche. Zwei in Harbin ermordet, eine in Rabental. Bei der Überprüfung ihrer Kontoauszüge, Taxiquittungen, Restaurantrechnungen und dergleichen ließ sich wohl auch keine Verbindung zwischen den dreien herstellen, oder?«

»Die Auszüge von Qin haben wir noch nicht, aber ich habe Beamte darangesetzt, die Umsätze von Yang und Tang zu überprüfen. Bis jetzt nichts gefunden. Es ist ein mühsames Geschäft.«

»Das ist es immer.«

»Woher sollte der Täter überhaupt wissen, wo er Yang Fenfang in Rabental finden kann, wenn er sie in Harbin kennengelernt hat?«

»Vielleicht hat er irgendwie ihr Vertrauen gewonnen«, sagt Song. »Vielleicht waren sie befreundet. Kollegen. Vielleicht war es Herr Wang, der Vermieter der Good Fortune Terrace.« Er seufzt. »Da gibt es viele Möglichkeiten.«

»Dann hätten wir noch den roten Ring und die roten Schuhe. Das Höllengeld nicht zu vergessen. Und die Organentnahme, die auf Kenntnisse der menschlichen Anatomie hindeutet, auf die Fünf-Elemente-Lehre und den Glauben an das Übernatürliche.«

Song kratzt sich an einem seiner Wundverbände. »Dem Kerl ist schwer beizukommen.« Er wirft den Zigarettenstummel aus dem Fenster und kurbelt es hoch. »Wenn das Labor keine verwertbare DNA liefert, bleibt uns nichts anderes übrig, als in die Kontobewegungen zu schauen und nach einem Berührungspunkt zwischen den drei Opfern zu suchen.«

»Keine Treffer in der Verbrechens-Datenbank bei Morden, die irgendeine Verbindung zur Farbe Rot aufweisen?«

»Nichts. Leider.«

Lu setzt Song und Jin am Abflug-Terminal ab und bietet ihnen noch Hilfe beim Gepäcktragen an. Song lehnt ab und winkt einen Träger heran. »Melden Sie sich, Kommissar.«

»Das werde ich. Und vielen Dank an Sie und Ihre Truppe für die Unterstützung.«

»Nicht vergessen, wir sind noch an dem Fall dran. Sobald Sie eine Spur haben – wir sind nur ein paar Flugstunden auseinander.«

»Alles klar. Guten Flug.«

Lu sieht ihnen hinterher, bis sie im Terminal verschwunden sind. Obwohl seine Beziehung zu Song schwierig war, fühlt er sich im Moment leer, als hätte Song ihn nach einer kurzen, intensiven Liebesaffäre verlassen. Es erinnert ihn an ein Gedicht des berühmten Dichters der Tang-Dynastie, Wang Wei.

Wir sagen uns Lebewohl am Hügel
Als der Tag in die Dämmerung übergeht, schließe ich das
  Weidentor. Das Frühlingsgras
Wird nächstes Jahr wieder grün
Doch ob mein Freund zurückkehrt?

DIENSTAG

Der chinesische Mann ist in der Regel drei Herrschaftssystemen ausgesetzt – der politischen Herrschaft, der Familienherrschaft und der religiösen Herrschaft … Was Frauen betrifft, kommt zu diesen drei Herrschaftssystemen noch die Herrschaft des Mannes hinzu … Diese vier Herrschaftssysteme – politisch, familiär, religiös und männlich – verkörpern die feudale patriarchale Ideologie … Unter den armen Bauern war die Herrschaft des Ehemannes schon immer schwächer ausgeprägt, da ihre Frauen aus ökonomischer Notwendigkeit mehr körperliche Arbeit verrichten müssen als die Frauen der wohlhabenderen Klassen und daher mehr zu sagen und bei Familienangelegenheiten mehr Entscheidungsbefugnis haben … Mit dem Aufkommen der Bauernbewegung haben die Frauen angefangen, sich in Landfrauenverbänden zu organisieren: Sie können erhobenen Hauptes gehen, und die Herrschaft des Mannes bröckelt mit jedem Tag.

Worte des Vorsitzenden Mao

Die Trauerfeier für Yanyans Vater findet am Dienstagmorgen in den Räumlichkeiten des Begräbnisinstituts Ewiger Friede statt. Erstaunlich viele Gäste sind zusammengekommen: etwa ein Dutzend älterer Herrschaften, zweifellos Freunde des Verstorbenen, und doppelt so viele andere, in denen Lu manche Stammgäste der Lotusbar wiedererkennt.

Yanyan ist ausnehmend schön in ihrer Trauer, ihre Haut durchscheinend wie Reispapier, abgesehen von den dunklen Ringen unter den Augen. Sie trägt gedeckte Farben, und der zinnoberrote Armreif ist der einzige Farbtupfer.

Zeng führt effizient durch die Zeremonie, hält eine kurze, aber bewegende Rede und hilft Yanyan dabei, diverse Opfergaben aus Papier zu verbrennen. Dann ruft er die Trauergäste dazu auf, dem Toten die letzte Ehre zu erweisen, indem sie Räucherwerk anzünden und sich dreimal in Richtung des Sarges verbeugen.

Das Ganze dauert keine zwanzig Minuten. Da Yanyans Vater kremiert wird, werden sie und die engsten Freunde des alten Mannes am nächsten Tag wiederkommen, um der Aufstellung der Urne im Kolumbarium beizuwohnen. Vorerst jedoch gehen die meisten Teilnehmer langsam auseinander und begeben sich zu ihren Autos, um nach Hause zu fahren.

Während Lu auf eine Gelegenheit wartet, ungestört mit Yanyan zu sprechen, schlendert er über das Gelände. Morbide Neugier lenkt seine Schritte zum Krematorium. Er schaut sich um, dann versucht er, die Tür zu öffnen. Sie ist abgeschlossen. Na gut. Eigentlich will er gar nicht genau wissen, was darin vor sich geht.

Lu geht weiter über den Friedhof zum Kolumbarium, wo die Urne von Yang Fenfangs Mutter aufbewahrt wird. Und tatsächlich, wie versprochen, steht in der Nische daneben eine neue Urne, zusammen mit einem Foto von Yang Fenfang und einem kleinen Schild mit den chinesischen Schriftzeichen für ihren Namen.

Zeng hat sogar für einen frischen Blumenstrauß gesorgt.

Lu begibt sich zurück zum Eingangsbereich und trifft dort auf Yanyan, die sich gerade von den letzten Gästen verabschiedet. Er wartet, bis sie fertig ist, und geht dann auf sie zu.

»Kann ich Sie nach Hause bringen?«, fragt er.

»Tante und Onkel nehmen mich mit.« Yanyan deutet mit dem Kopf zu einem älteren Paar, das sich mühselig den Weg entlang zum Parkplatz schleppt.

Mit der Bezeichnung »Tante und Onkel« weist sie Lu darauf hin, dass es sich nicht um Blutsverwandte handelt, sondern um alte Freunde ihres Vaters.

»Gut. Kann ich später vorbeikommen, nur so, um zu sehen, wie es Ihnen geht?«

»Das ist nicht nötig, Kommissar. Ich meine ...« Sie lächelt müde. »Bruder Lu.«

»Macht nichts.«

»Es geht schon.«

»Ich könnte Ihnen etwas zu essen vorbeibringen. Pilz-Hähnchen-Eintopf?«

Yanyan lenkt ein: »Ich habe eigentlich gar keinen Appetit, aber trotzdem vielen Dank. Das ist sehr freundlich.«

»Bis heute Abend dann.«

Den Tag verbringt Lu mit banalen Tätigkeiten, in Vorfreude auf das Wiedersehen mit Yanyan, trotz der traurigen Umstände.

Er ruft in der Bezirksstrafanstalt an und erkundigt sich, wie es Zhang Zhaoxing, Frau Chen und Chen Shiyi geht. Zhang, wird ihm mitgeteilt, sei in die Krankenabteilung verlegt worden. Er weigere sich zu essen. Der Appetit der Chens dagegen sei beeindruckend, und Frau Chen drohe jedem Mitarbeiter, der ihr über den Weg laufe, mit einer Klage.

Um halb sechs verlässt Lu die Polizeiwache, kauft eine große Portion Pilz-Hähnchen-Eintopf in einem Restaurant in der Nähe und fährt zu Yanyan. Sie kommt auf sein Klopfen in einer ausgebeulten Jogginghose und einem alten Pullover an die Tür. Sie sieht aus, als hätte sie geweint oder geschlafen, vielleicht beides abwechselnd.

»Hunger?«, fragt Lu und hält die Tüte mit dem Essen hoch.

»Eigentlich nicht.«

In der Küche stellt Yanyan zwei Schüsseln bereit, legt Essstäbchen und Löffel dazu und bietet Lu an, etwas Shaoxing-Wein zu erwärmen.

»Nur wenn Sie auch ein Glas trinken«, sagt er.

»Natürlich.«

Sie erwärmt den Wein, und sie setzen sich an den Tisch. Von dem Eintopf isst Yanyan kaum etwas. Sie schenkt ihm immer wieder nach, und er trinkt jedes Mal, doch sie hält nicht mit, trinkt kaum einen Schluck.

Er versucht, wenigstens ein oberflächliches Gespräch in Gang zu halten. Sie schmunzelt über seine Witze, meistens jedoch starrt sie in ihre Schüssel mit dem erkaltenden Eintopf. Mit den Gedanken ist sie woanders.

Als sie mit dem Essen fertig sind, bietet Lu ihr an, das Geschirr abzuwaschen, doch Yanyan sagt, er solle es einfach stehen lassen. »Das mache ich morgen.«

»Na gut«, erwidert Lu. »Ich gehe jetzt besser, damit Sie sich ausruhen können. Danke für den Wein. Falls Sie irgendetwas brauchen, rufen Sie mich bitte an.«

»Das werde ich.«

Sie bringt ihn zur Tür. Er wünscht ihr eine gute Nacht, und sie bedankt sich noch mal für seinen Besuch.

Dann schließt sich die Tür, und Lu steht draußen in der Kälte. Diesmal ist der Shaoxing-Wein kläglich damit gescheitert, Lus *Qi* zu wärmen.

Der Mann sitzt in seinem Auto und beobachtet Yanyans Haus. Trotz dickem Mantel, Mütze und Handschuhen friert er, doch er scheut davor zurück, den Motor anzustellen und die Heizung aufzudrehen, falls ein Nachbar die Auspuffgase sieht, aus dem Haus kommt und fragt, was er hier zu suchen habe.

In Wahrheit wüsste er keine genaue Antwort auf die Frage. Im Handschuhfach befindet sich eine Rolle Klebeband, und auf dem Boden unter seinem Sitz liegt ein silberner Hammer mit einem schweren zylinderförmigen Kopf.

Er weiß, dass die Zeit noch nicht gekommen ist. Es ist viel zu früh, so kurz nach Yang Fenfang.

Bei Einbruch der Dämmerung fährt ein Streifenwagen vor. Kommissar Lu steigt aus, in der Hand eine Plastiktüte mit Essen. Er geht zur Haustür, klopft an und wird hereingelassen.

Der Mann umklammert krampfhaft das Lenkrad, knirscht mit den Zähnen und schimpft leise fluchend vor sich hin.

Er überlegt, ob er den silbernen Hammer holen, zur Haustür gehen und sie mit Gewalt eintreten soll. Er stellt sich vor, wie er den Hammer auf Lu Feis Kopf niedersausen lässt. Knochen splittern. Blut spritzt. Gehirnmasse klatscht wie Rührei auf den Boden.

Doch der Mann ist nicht davon überzeugt, dass er den Kommissar, der im Ruf steht, ein erfahrener Kampfsportler zu sein, überwältigen kann. Und trotz seiner vergangenen Taten ist der Mann kein Wilder, kein Killer, der wahllos tötet. Wenn er jemandem das Leben nimmt, dann für einen höheren Zweck.

Lu Fei jedoch ist ein Problem, nicht nur, weil er im Fall des Todes von Yang Fenfang der leitende Ermittlungsbeamte ist.

Genauso besorgniserregend ist seine Beziehung zu Luo Yanyan.

Sie ist nicht für dich bestimmt, denkt der Mann.

Er beobachtet das Haus. Seine Zehen und Finger sind taub, sein Blut kocht, er spürt ohnmächtige Wut, bis schließlich zwanzig Minuten später Lu Fei niedergeschlagen aus dem Haus tritt und wegfährt.

Erleichtert atmet der Mann auf. *Hat sie dich also abgewiesen, was, du Bastard?*

Er ist entspannt, aber immer noch verunsichert. Lu Fei sieht gut aus, und er ist angesehen. Luo Yanyan ist sehr schön, das ja, aber eine Witwe, die eine Bar führt. Sie könnte es weit schlechter treffen als mit dem Kommissar. Es ist vielleicht nur eine Frage der Zeit, bis er ihren Widerstand gebrochen hat.

Es ist riskant, es ist gefährlich, es ist tollkühn. Aber der Mann kann es sich nicht leisten zu warten.

Zunächst wird er eine Ablenkung schaffen. Kommissar Lu von der Spur abbringen.

Dann wird er sich Luo Yanyan vornehmen.

MITTWOCH

Wir müssen mit der Vorstellung unter unseren Kadern aufräumen, Siege ließen sich leicht erringen, ohne harte und bittere Kämpfe, ohne Schweiß und Blut und nur mit Glück.

Worte des Vorsitzenden Mao

Lu ist nach einer schlaflosen Nacht früh auf den Beinen. Er kommt als Erster zur Tagschicht auf die Polizeiwache und liest die Berichte über die nächtlichen Ereignisse. Ein Bauer meldet ein gestohlenes Schwein. In der Stadt gab es einen Verkehrsunfall, zum Glück nur mit Leichtverletzten. In einer Restaurantküche ist ein Feuer ausgebrochen, das schnell gelöscht werden konnte. Eine alte Dame bittet um Hilfe bei ihrem Internet-Service.

Das Übliche.

Lu legt die aus Harbin entwendeten Akten über die Morde an Tang und Qin vor sich hin und nimmt Yang Fenfangs Akte dazu. Er kocht sich Kaffee – heute Kaffee, keinen Tee. Der bittere Geschmack wird seinen Verstand schärfen.

Er trägt Informationen zusammen und erstellt ein Diagramm aus Kästchen, Pfeilen und Notizen, dazu kommt eine mit Kommentaren versehene Liste von Daten, Adressen, Arbeitsplätzen und Verkehrsknotenpunkten. Er nennt es sein persönliches Mord-Diagramm.

Die Schwarze Katze ist im Bezirk Daoli, unweit des Stadtzentrums. Der Schönheitssalon, in dem Tang gearbeitet hat, befindet sich im Nachbarbezirk, Frau Qins Bankfiliale am anderen Ende der Stadt. Die Wohnungen der drei sind über die ganze Stadt verstreut. Es gibt keine klaren Anzeichen, wo sich ihre Wege gekreuzt haben könnten.

Die Kontoauszüge von Frau Qin sind auch endlich eingetroffen, und als der große Wang und John Wayne Chu zu Arbeitsbeginn die Uhr stechen – beide haben die Ereignisse vom vergangenen Donnerstag mit keinem Wort mehr erwähnt, Chu trägt noch immer einen Verband auf der Nase und hat dunkle Ringe unter den Augen –, bedient sich Lu gleich ihrer Hilfe, um die Belege zu sichten. Es ist eine mühevolle Arbeit, und nach einer Stunde hat Lu den Überblick verloren. Er überlässt die Sache Wang und Chu und kehrt zurück in sein Büro, um eine andere Spur zu verfolgen.

Das Mord-Diagramm wird kontinuierlich erweitert. Familienstand: Zwei Opfer waren Single, eins verheiratet, Kinder keine. Bildungsstand: Frau Qin war Akademikerin, Tang und Yang hatten überhaupt keine höhere Bildung. Nach bisherigen Erkenntnissen gehörte keine der drei denselben Hobbygruppen, Vereinen oder Fanclubs an. Sie besuchten nicht dieselben Restaurants und hatten, soweit Lu das überblicken kann, auch keine gemeinsamen Freunde oder Bekannten.

Keine der drei hatte Geschwister. Tangs Eltern waren beide tot, ebenso Yang Fenfangs Eltern. Frau Qins Vater lebt noch, nur ihre Mutter ist verstorben.

Auf Lus Apparat wird ein Anruf angezeigt. Lu hebt ab. Es ist der dicke Wang, der heute Dienst an der Auskunft hat.

»Kommissar Lu – wir haben gerade erfahren, dass auf Zhang Zhaoxings Grundstück ein Organ gefunden wurde.«

Lu ist sich nicht sicher, ob er richtig verstanden hat. »Was?«

»Ein Organ. Eine Lunge.«

»Wo?«

»Zhangs Haus.«

»Ja, das habe ich verstanden. Aber wo genau?«

»Anscheinend hat es der Hund des Nachbarn ausgegraben.«

Lu, Polizeiobermeister Bing, der große Wang und John Wayne Chu fahren in die Yongzheng-Straße. Vor dem Haus der Zhangs hat sich wieder eine kleine Menschenmenge versammelt. Hauptsächlich Frauen ab sechzig, ein paar alte Männer und einige kleine Kinder. Lu hört Rufe und Hundegebell. Er bahnt sich einen Weg durch die Menge und sieht ein junges Mädchen, das eine ältere Dame anschreit, die einen Hund am Halsband festhält.

»Was ist hier los?«, fragt Lu. Niemand hört ihm zu. Die Menschen sind erhitzt vor Aufregung. Was hier geboten wird, ist beste Unterhaltung.

»Ruhe!«, donnert Polizeiobermeister Bing.

Das Geschrei verebbt auf der Stelle.

»Danke, Polizeiobermeister«, sagt Lu. »Also, was ist hier los?«

Das Mädchen fängt wieder an zu schreien, die alte Dame mit dem Hund schreit zurück.

»Ruhe!«, donnert Polizeiobermeister Bing ein zweites Mal.

In der kurzen Stille, die dann einsetzt, zeigt Lu auf das Mädchen. »Wer sind Sie?«

»Zhaoxings Cousine. Zhang Mei. Und wer sind Sie?«

Lu ist perplex. Aufgrund seiner Uniform ist klar, wer er ist. »Kommissar Lu Fei, stellvertretender Direktor des Amtes für Öffentliche Sicherheit in Rabental.«

»Aha! Sie sind also derjenige, der meinen Cousin verhaftet und ins Gefängnis geworfen hat.«

»Ich …«

»Wegen Ihnen muss ich hierbleiben und mich um meinen Großonkel kümmern, obwohl ich eigentlich zur Arbeit gehen sollte. Wer entschädigt mich für das ausgebliebene Gehalt? Wie soll ich meine Familie ernähren? Hä?«

Das ist *lihai*, denkt Lu. Heftig. »Zhang Zhaoxing wird des Mordes verdächtigt.«

»Der dumme Ochse könnte keiner Kakerlake was zuleide tun!«, sagt das Mädchen. »Wie können Sie es wagen, ihn zu verhaften? Er ist unschuldig.«

»Warum ist dann eine Lunge in seinem Garten vergraben?«, blafft die Frau mit dem Hund sie an.

»Ihr dreckiger Köter hat die von irgendwoher angeschleppt«, blafft das Mädchen zurück.

»Sehen Sie, da ist das Loch!« Die Hundefrau zeigt auf eine kleine Grube im Boden. »Wir wohnen in einer Straße mit einem Mörder!«, wendet sie sich an die Menge. »Als Nächstes schlachtet Zhang Zhaoxing noch unsere Kinder ab!«

Das Mädchen gibt der alten Dame eine saftige Ohrfeige.

Lu, Polizeiobermeister Bing, Chu und der große Wang brauchen einige Minuten, um den Tumult aufzulösen. Der große Wang bekommt dabei einen Hundebiss ab und Lu – er kann nicht erkennen, von wem – einen Tritt in den Hintern.

Es gelingt ihnen schließlich, das Mädchen ins Haus der Zhangs zu bringen und es dazu zu bewegen, sich auf den *kang* zu setzen, neben Zhangs Großvater, der wie üblich fernsieht, ohne jedes Bewusstsein oder gar Interesse dafür, was sich vor seiner Haustür abspielt. Die andere Frau, die Nachbarin, wie sich zeigt, wird zusammen mit ihrem wild kläffenden Hund zu ihrem Haus eskortiert.

Lu fängt an, das Mädchen zu befragen.

»Wie alt sind Sie?«

»Sechzehn.«

»Warum sind Sie nicht in der Schule?«

»Einige von uns müssen arbeiten, damit sie etwas zu essen haben.«

»Erzählen Sie mir, was hier passiert ist?«

»Wenn Sie mir sagen, wer mich für den entgangenen Arbeitslohn entschädigt. Ich muss nämlich für diesen senilen Blödmann hier sorgen.«

»Hören Sie, Frau … Mei, sagten Sie, sei Ihr Name?«

Sie verschränkt die Arme und sieht zur Decke.

Lu atmet einmal tief durch. »Reden Sie mit mir, wenn Sie Ihrem Cousin helfen wollen.«

»Sie sind doch derjenige, der ihn inhaftiert hat.«

»Nein. Ich habe ihn festgenommen. Inhaftiert wurde er später.«

»Und wo ist da der Unterschied?«

»Sagen Sie mir doch einfach, was passiert ist.«

»Die alte Hexe nebenan behauptet, ihr Hund hätte in unserem Vorgarten eine Lunge ausgegraben. Warum nehmen Sie die nicht fest, weil ihr Hund unser Grundstück betreten hat?«

»Und was dann?«

»Mir egal, was dann mit ihr passiert.«

»Ich meine, was ist passiert, nachdem der Hund die Lunge ausgegraben hat?«

»Oh. Sie hat einen Aufstand gemacht, hat geschrien und angefangen, den Leuten zu erzählen, Zhaoxing hätte überall menschliche Körperteile verbuddelt. Ihr blöder Köter hat sie wahrscheinlich in ihrem eigenen Garten ausgegraben, und jetzt will sie uns die Schuld in die Schuhe schieben. Vielleicht hat *sie* ja die Frau umgebracht!«

Lu stellt noch mehr Fragen, doch Mei bleibt bei ihrer Aussage. Er begibt sich zum Haus der Nachbarin, die mit Nachnamen Yuan heißt.

»Es war schrecklich! Ekelhaft!«

»Bitte von Anfang an«, sagt Lu.

»Ich habe Xiao Li nach draußen gelassen …«

»Xiao Li ist Ihr Hund?«

»Ja.«

»Fahren Sie fort.«

»Also, ich bin im Garten, arbeite so vor mich hin, da kommt Xiao Li und hat etwas im Maul. Es stank furchtbar und sah ziemlich verfault aus. Ich habe ihm gesagt, er soll es fallen lassen, und da habe ich gesehen, dass es eine Lunge ist.«

»Woher wussten Sie, dass es eine Lunge ist?«

»Woher? Woher? Na, woher wohl? Ich bin keine reiche Frau aus der Stadt, die ihr Essen in schicken, hell erleuchteten klimatisierten Supermärkten kauft, wo alles in Plastik verpackt ist. Ich habe schon jedes Teil vom Tier gesehen.«

»Also gut. Eine Lunge. Woher wussten Sie, dass es eine menschliche Lunge war?«

»Habe ich nicht gerade gesagt, ich hätte schon jedes Teil vom Tier gesehen?«

»Kann schon sein.«

»Also frage ich Xiao Li, woher er das schmutzige Ding hat. Er führt mich zum Garten der Zhangs, und da sehe ich die Grube im Boden. Natürlich wusste ich, dass Zhaoxing verhaftet worden war, weil er das arme Mädchen abgeschlachtet hat.«

»Und dann haben Sie uns angerufen?«

»Ganz genau. Das ist doch der Beweis, dass er der Mörder ist, oder? *Tian ah!* Ich muss gleich Räucherkerzen anzünden und Opfergaben aufstellen, um die hungrigen Geister abzuwehren.«

Das fragliche Objekt liegt noch immer in Frau Yangs Gemüsebeet, und es handelt sich tatsächlich um eine Lunge. Lu geht auf alle viere und untersucht das Organ aus nächster Nähe. Es sondert einen stechenden Geruch ab, den Lu noch gut aus dem Biologieunterricht und den Anatomiekursen auf dem College in Erinnerung hat.

Formaldehyd.

Lu und Polizeiobermeister Bing gehen zurück zum Haus der Zhangs. Lu entdeckt eine alte Hacke, die am Hühnerstall lehnt, und stochert versuchsweise ein bisschen im

Boden um die Grube herum, findet aber keine weiteren Organe, nur ein Stück Plastik, in das die Lunge vermutlich eingewickelt gewesen war.

»Wenn doch Kriminaltechniker Jin nicht schon abgereist wäre«, sagt Lu.

»Ich werde den Garten absperren lassen und noch mehr Beamte herbringen, um das Gelände abzusuchen«, sagt Bing.

»Achten Sie darauf, dass sie keine Beweismittel vernichten. Wenn sie etwas finden, sollen sie es liegen lassen, damit wir es zuerst fotografieren können.«

»Und was machen wir mit den Zhangs und den Yuans?«

»Ich rede mit ihnen.«

Lu holt einen Beweisbeutel aus dem Kofferraum des Streifenwagens und lässt die Lunge hineingleiten. Er teilt Zhang Mei mit, dass Beamte gleich eine Durchsuchung durchführen werden, worauf sie ihn beschimpft. Der alte Zhang schweigt, nickt Lu kurz zu und deutet dann mit dem Kopf zum Nachttopf.

»Nein, nein, Onkel«, sagt Lu. »In der Hinsicht habe ich meine Pflicht getan.«

Er lässt Zhang Mei allein, geht nach nebenan und bittet Frau Yuan, ihren Hund nicht frei herumlaufen zu lassen und damit aufzuhören, die Nachbarn gegen die Zhangs aufzubringen. »Wir wissen nicht, ob Zhang Zhaoxing schuldig ist oder nicht«, erklärt er ihr. »Die Ermittlungen dauern an.«

»Und die Lunge?«

»Wie gesagt, die Ermittlungen sind noch nicht abgeschlossen. Also belästigen Sie die Familie Zhang gefälligst nicht weiter. Und wenn mir zu Ohren kommt, dass Sie wieder in der Gegend herumtratschen, lasse ich Sie wegen Störung der öffentlichen Ordnung festnehmen.«

»Die Zhangs sind eine Familie kannibalistischer Mörder, und *mir* drohen Sie mit Festnahme?«

»Machen Sie sich nicht lächerlich, Frau Yuan. Und hören Sie endlich auf, Gerüchte zu verbreiten.«

Lu bringt die Lunge auf die Polizeiwache und bittet den dicken Wang, sie mit der Post zum Hauptkriminalamt nach Peking zu schicken.

»Wie soll ich sie verpacken?«, fragt Wang. »In einem Umschlag? Per Express?«

»Lassen Sie sich was einfallen.«

Lu informiert erst Polizeichef Liang und danach Kriminaldirektor Song über die neuen Entwicklungen.

»Ich schicke die Lunge mit dem Nachtexpress«, sagt Lu. »Könnten Techniker Hu oder Dr. Ma untersuchen, ob es Yang Fenfangs Lunge ist?«

»Ja«, antwortet Song. »Sieht nicht gut aus für Zhang.«

»Es ist eine Falle«, sagt Lu. »Der Täter weiß, dass wir Fortschritte machen, und er versucht, uns abzulenken.«

»Da wäre ich mir nicht so sicher.«

»Die Lunge riecht nach Formaldehyd.«

»Ah. Hm. Vielleicht hat er sich gedacht, es würde ihr Aroma verbessern, wenn er sie in Formaldehyd einlegt und in der Erde altern lässt. So wie ein tausendjähriges Ei.«

»Sie machen Scherze, Herr Kriminaldirektor.«

»Wenn der Täter die Lunge dort vergraben hat, bedeutet es zweierlei. Erstens, und da haben Sie recht, hat er Angst, dass wir ihm auf der Spur sind. Und zweitens ist er wahrscheinlich ein Einwohner aus dem Ort. Ach ja, und noch etwas.«

»Was?«

»Er fühlt sich in die Enge gedrängt. Was ihn umso gefährlicher macht.«

Lu legt auf und widmet sich wieder seinem Mord-Diagramm, doch der Geruch des Formaldehyds hängt ihm noch in der Nase, was ihn auf eine Idee bringt. Könnte die Gemeinsamkeit zwischen den drei Opfern vielleicht eine medizinische Einrichtung sein? Ein Krankenhaus, eine Klinik? Vielleicht war der Killer Arzt, Krankenpfleger oder ein Wachmann?

Leider lässt sich das nicht so leicht feststellen. Die Volksrepublik China verfügt über kein einheitliches Computersystem, um die verschlungenen Wege der Patienten in dem komplizierten Gesundheitssystem nachzuverfolgen. Im Allgemeinen führen Krankenhäuser und Kliniken eigene Archive und sind nicht dazu verpflichtet, sie mit anderen Einrichtungen zu teilen. Häufig bleibt es den Patienten selbst überlassen, über ihre Arztbesuche, Medikamentenpläne und Eingriffe Buch zu führen und die Unterlagen zusammen mit Rezepten und handschriftlichen Notizen aufzubewahren.

Es wäre mit erheblicher Lauferei verbunden, die Krankengeschichten von Yang, Qin und Tang zu rekonstruieren. Doch wie das alte Sprichwort sagt: »Eine Reise von tausend *li* fängt mit einem einzigen Schritt an.«

Lu bittet Polizeiobermeister Bing, noch einmal zu Yang Fenfangs Haus zu fahren und nach Yangs medizinischer

Akte zu suchen. Dann ruft er bei der Polizei in Harbin an und beantragt ein zweites Mal Einsicht in Tangs und Qins Fallakten. Man teilt ihm mit, sein Antrag müsse von Polizeipräsident Xu genehmigt werden. Lu bekommt einen Wutanfall und brüllt in den Hörer. Die Person am anderen Ende legt abrupt auf, worauf Lu Kriminaldirektor Song anruft und ihn um Hilfe bittet.

»Keine Sorge«, sagt Song. »Ich kümmere mich darum.«

Fünfzehn Minuten später erhält Lu einen Anruf aus dem Polizeiarchiv von Harbin, die Akten lägen zur Einsicht bereit.

Lu fährt nach Harbin und wird in denselben fensterlosen feuchtkalten Raum wie beim ersten Mal geführt. Auf dem Tisch stehen Archivkartons. Lu wühlt sich durch Tang Jingleis persönliche Papiere und findet ihre Krankenakte. Er notiert sich Namen und Adressen ihrer Ärzte, die Aufenthalte in Kliniken und Krankenhäusern sowie die Laborberichte, alles, was ihm relevant erscheint.

Für Qin Liying liegt keine solche Akte vor. Vielleicht hat ihr ehemaliger Mann sie bei sich zu Hause. Er geht in die Empfangshalle und ruft von dort aus an. Der Professor ist nicht da, Lu hinterlässt eine Nachricht.

Lu kehrt zurück in den Raum und sammelt seine Unterlagen ein. Er schickt sich gerade an zu gehen, als sich die Tür öffnet und Xu hereinkommt, hinter ihm zwei weitere Männer, die wegen ihrer riesenhaften Größe und geringen Moral und Charakterstärke ausgewählt wurden, wie Lu vermutet. Einen der beiden Männer, Han mit Nachnamen, kennt er. Sie haben zusammen unter Xu als Kommissare gearbeitet.

Sie waren sich damals nicht grün, und Lu ist wenig überrascht, dass er jetzt an Xus Rockzipfel hängt.

»Sieh an, sieh an«, sagt Xu. »Wenn das nicht unser Schweineficker Lu ist. Muss ein schwerer Schock sein, so ganz allein in der großen Stadt. Die hohen Häuser, das grelle Licht.«

»Was wollen Sie, Xu?«

»Für Sie immer noch Polizeipräsident Xu.«

»Ich habe es eilig. Lassen Sie mich durch.«

Xu baut sich mit verschränkten Armen vor der Tür auf. Han zwängt sich an ihm vorbei zum Kopfende des Tisches. Der andere Polizist, dessen Name Lu nicht kennt, stellt sich ihm gegenüber auf die andere Seite.

»Das ist *meine* Stadt«, sagt Xu. »Sie sind hier nicht willkommen. Ich dachte, das hätte ich schon vor sieben Jahren deutlich gemacht. Wenn nicht, hole ich es jetzt gerne nach.«

»Haben Sie die beiden Schwachköpfe mitgebracht, um mich zusammenzuschlagen? Hier, im Archiv des Polizeipräsidiums von Harbin?«

»Keine Angst«, sagt Xu. »Wir verschonen Ihr Gesicht, damit die Schäden nicht zu sehen sind.«

Lu sieht zu Han. »Wie ich sehe, haben Sie ganz schön Fett angesetzt. Zu viel Scheiße aus Xus Hintern gefressen, was?«

Han lächelt. »Seit zehn Jahren warte ich darauf, Sie so richtig zu vermöbeln. Heute habe ich endlich die Gelegenheit dazu.«

»Gut. Eine Minute noch.« Lu zieht seinen Mantel aus und legt ihn auf dem Tisch ab. Danach seine Uniformjacke. Er tastet die Taschen ab, ob sie auch leer sind. Er stellt den linken Fuß auf die Tischkante und bindet sorgfältig seinen Schuh zu, danach den anderen.

Han verdreht die Augen. »Endlich fertig?« Er tritt einen Schritt vor.

»Moment noch!« Lu hebt die Hand. »Sie tragen keine Waffen, oder? Es sind schon zwei gegen einen – geben Sie mir wenigstens eine Außenseiterchance.«

Han sieht zu Xu, und dieser winkt ungeduldig ab. Han fasst in seine Gesäßtasche und zieht einen mit Bleischrot beschwerten Slapper aus Leder hervor. Er landet mit einem dumpfen Geräusch auf dem Tisch.

Lu wendet sich dem anderen Polizisten zu, der achselzuckend die Finger spreizt.

»Also gut«, sagt Lu. Er fängt an, die Krawatte zu lösen. »Bin gleich so weit.«

»*Cao ni ma!*«, sagt Xu. »Gib's ihm!«

Lu schnappt sich den Slapper vom Tisch und holt aus, Rückhand, Vorhand, zwei harte Schläge in Hans Gesicht. Eine schnelle Drehung, und mit einem Tritt erwischt er den anderen Polizisten, duckt sich vor der anfliegenden Faust und lässt den Slapper auf die Nase des Gegners niedersausen.

Han ist gegen die Wand gefallen, kommt aber wieder auf die Beine, das Gesicht blutüberströmt. Er versucht einen rechten Cross, den Lu mit dem Unterarm abwehren kann. Lu weicht aus und knallt Han den Slapper hinters Ohr. Han geht bewusstlos zu Boden.

Der andere Polizist kriecht unter den Tisch und hält sich die Nase.

Lu lässt den Slapper fallen, zieht sich seine Uniformjacke

und den Mantel an und setzt die Mütze auf. Er steckt sein Notizbuch ein und steigt über Hans schlaffen Körper. Xu kämpft mit der Tür, versucht zu entkommen. Lu packt ihn an der Schulter, wirbelt ihn herum und stößt ihn gegen die Wand.

»Wenn Sie mich schlagen, lasse ich Sie wegen Körperverletzung verhaften!«, winselt Xu.

»Sie sind erbärmlich«, sagt Lu. »Aber wir vergelten Gleiches mit Gleichem. Sie kriegen Ihre Abreibung noch. Und wenn sich herausstellt, dass Sie etwas mit den Morden zu tun haben, dann kriegen Sie sogar noch mehr, nämlich eine regierungsamtliche Kugel verpasst.«

»Mord?«, stottert Xu. »Lächerlich. Reden Sie keinen Unsinn. Sie sind ja verrückt!«

»Kennen Sie nicht das alte Sprichwort?«, erwidert Lu. »Ein Mann aus Lehm fürchtet den Regen.«

»Wie können Sie es wagen, mir zu drohen!«, brüllt Xu. »Ich werde dafür sorgen, dass Sie Ihren Job verlieren!«

Lu öffnet die Tür und geht. Er beglückwünscht sich, dass er Xu nicht das Knie in die Eier gerammt hat.

Doch Xu kann sich nicht beherrschen. »Sie sind ein Nichts! Eine Fliege. Ein Stück Scheiße. Lassen Sie sich ja nicht wieder in Harbin blicken, haben Sie mich verstanden?«

Lu geht weiter.

»Und nicht vergessen, Sie Idiot, während Sie irgendwo in der Pampa die entlaufenen Hühner von einem Bauerntrampel zusammentreiben, vergnüge ich mich mit echtem Frischfleisch.«

Lu bleibt stehen und dreht sich langsam um.

Xu lacht, doch als er Lus Gesicht sieht, bleibt ihm das Lachen im Hals stecken. Er zieht sich in das Zimmer zurück, doch Lu stürzt los, bekommt die Tür zu fassen und reißt sie mit einem Ruck auf.

»Das hätte ich schon vor sieben Jahren machen sollen«, sagt er. Er täuscht hoch an und greift Xu dann mit der Hand in den Schritt. Xu kreischt vor Schmerz. Lu packt brutal zu, drückt und dreht unbarmherzig. Als er loslässt, klappt Xu wie ein billiger Kartenspieltisch zusammen.

Lu sieht kurz zu Xu hinab, der auf dem Boden liegt und würgt, schließt dann die Tür und geht. In der Eingangshalle nickt er dem Wachhabenden zu.

»Haben Sie bekommen, was Sie gesucht haben, Kommissar?«, fragt der Wachmann.

»Mehr oder weniger«, antwortet Lu.

Lu fährt zurück nach Rabental, wo er zusammen mit Polizeiobermeister Bing die Krankengeschichten von Tang und Yang durchgeht. Weder bei den Ärzten noch den medizinischen Einrichtungen gibt es Überschneidungen. Am späten Nachmittag ruft Professor Qin zurück und informiert Lu, er habe Qin Liyings Akte vor einiger Zeit weggeworfen.

Wieder eine Sackgasse.

Dann kommt Bing auf eine Idee.

»Und wenn es nicht die Opfer selbst waren, sondern ein Familienmitglied?«

»Hmm.« Lu verweist auf sein Mord-Diagramm. »Keine der drei Frauen hatte Geschwister. Nur Qin hatte einen Ehemann, aber natürlich hatten alle drei ihre Eltern.«

Eine Suche in den *hukou*-Dateien ergibt, dass Tang Jingleis Mutter starb, als ihre Tochter noch sehr klein war; ihr Vater jedoch starb erst dreieinhalb Monate vor dem Mord.

Qin Liyings Vater lebt noch, ihre Mutter starb gerade mal fünf Wochen vor dem Mord an Qin.

»Und Yang Fenfangs Mutter starb nur eine Woche vor Yangs Ermordung«, sagt Lu. »Vielleicht haben wir jetzt eine Spur.«

»Das Krankenhaus, in dem die Eltern gestorben sind, muss auf den Totenscheinen vermerkt sein«, sagt Bing.

»Wo Yangs Mutter gestorben ist, wissen wir bereits, im Bezirkskrankenhaus, und Tangs Vater und Qins Mutter sind wahrscheinlich beide in Harbin gestorben.«

»Ist es typisch für medizinische Angestellte, dass sie von Krankenhaus zu Krankenhaus weiterziehen?«

»Das bezweifle ich. Aber vielleicht ja doch, wenn sie zum Beispiel eine Spezialausbildung haben. Wir überprüfen die Totenscheine und besorgen uns eine Liste der zum fraglichen Zeitpunkt in den Krankenhäusern beschäftigten Personen.«

»Ganz schön viel Aufwand.«

»Allerdings.«

Sie hängen zwei Stunden am Telefon, dann haben sie die Kopien der Totenscheine. Tangs Vater starb im Krankenhaus Harbin Nummer eins, im Bezirk Shengli; Qins Mutter auf der Krebsstation im Universitätsklinikum Harbin.

Polizeiobermeister Bing sieht auf die Uhr. »Die Verwaltung der beiden Häuser hat jetzt geschlossen. Wir können gleich morgen früh anrufen und eine Liste der Beschäftigten anfordern.«

»Gut«, sagt Lu. »Es ist schon spät. Gehen Sie nach Hause.«

Lu überlegt, ob er Yanyan anrufen und sie fragen soll, wie es ihr geht, aber es soll nicht so aussehen, als würde er sie stalken. Außerdem hat sie an seinen Hilfsangeboten bisher keinerlei Interesse gezeigt. Vielleicht ist jetzt gerade einfach nicht der beste Zeitpunkt.

Oder er ist einfach nicht der Richtige.

Lu fährt nach Hause, duscht, isst etwas, trinkt zwei Bier, legt sich dann hin und starrt die Risse in der Zimmerdecke an, bis er einschläft.

DONNERSTAG

Eine Untersuchung lässt sich mit den langen Monaten einer Schwangerschaft vergleichen, die Lösung eines Problems mit dem Tag der Geburt. Ein Problem zu untersuchen heißt, es zu lösen.

Worte des Vorsitzenden Mao

Als oberste polizeiliche Ermittlungsbehörde des Landes verfügt das forensische Labor des Ministeriums für Öffentliche Sicherheit in Peking über eine Einrichtung, die DNA-Proben in weniger als zwei Stunden analysieren kann. Die Lunge vom Grundstück der Zhangs kommt mit einem Nachtkurier morgens um zehn an, und mittags meldet sich Kriminaltechniker Hu, um ihm das Ergebnis mitzuteilen.

»Es ist Yang Fenfangs Lunge.«

»Jetzt sollte ich wohl erleichtert sein, dass sie nicht von jemand anderem ist«, sagt Lu.

»Kriminaldirektor Song möchte wissen, ob Sie noch andere Körperteile oder Beweisstücke gefunden haben.«

»Nein. Aber das Formaldehyd auf dem Gewebe haben Sie auch gerochen, oder?«

»Allerdings. Da die Lunge noch nicht verwest war, schätze ich, dass sie kurz nach der Entnahme aus der Leiche des Opfers in eine Formaldehydlösung gelegt wurde.«

»Und wir haben zwar die Lunge auf dem Grundstück der

Zhangs gefunden, aber kein Formaldehyd. Ich wüsste nicht einmal, wo sich der Täter, wenn er nicht gerade Biologieprofessor oder Gerichtsmediziner ist, das Zeug überhaupt beschafft haben könnte.«

»Taobao, wie alles andere auch.«

»Braucht man für den Kauf nicht eine Lizenz?«

»Es ist kein Betäubungsmittel, aber Profis benutzen es heute kaum noch. Mit Profis meine ich jetzt Wissenschaftler und Gerichtsmediziner. Es gibt bessere und weniger geruchsintensive Alternativen. Trotzdem findet man es hier und da immer noch. Formaldehyd ist eine preiswerte Alternative für nichtprofessionelle Probeentnahme, und außerdem wird es bei der Herstellung von Baumaterialien und hunderten Haushaltsgegenständen verwendet. Produkte aus Pressholz etwa, Spanplatten und Klebstoffe, Isoliermaterial.«

»Allein hier in Rabental gibt es Dutzende Fabriken, die solche Produkte herstellen.«

»Ja – ich kann Ihre Bauchschmerzen nachvollziehen, Kommissar.«

Nach dem Mittagessen bespricht sich Lu mit Polizeichef Liang und Polizeiobermeister Bing.

»Alle Unternehmen in Rabental ausfindig zu machen, die Formaldehyd verwenden, ist wie die Suche nach der Nadel im Heuhaufen«, sagt Liang. »Dafür haben wir nicht genug Leute. Und an Zhang müssen wir auch dranbleiben.«

»Ich fahre zur Bezirkshaftanstalt und rede mit ihm, aber wir sind uns doch darüber einig, dass er nicht der Täter ist. Der Fund der Lunge ist der Beweis. Wir haben ihn an dem Samstag nach dem Mord aufgegriffen. Das heißt, er hätte innerhalb von vierundzwanzig Stunden Yang Fenfang töten, ihre Lunge herausnehmen und einlegen, sie vergraben und noch die anderen Organe und Beweise vernichten müssen. Kriminaltechniker Jin hat das Grundstück am Mittwochmorgen abgesucht und nichts gefunden. Wozu überhaupt eine einzelne Lunge vergraben? Und noch etwas ...«

»Schon gut. Ich habe verstanden«, unterbricht ihn Liang und zieht an seiner Zigarette. »Womit wir wieder am Anfang stehen. Jedenfalls beinahe. Wir wissen, dass unser Täter auf die Farbe Rot anspringt, dass er sich Formaldehyd beschaffen kann, ein Auto besitzt, sich in Anatomie auskennt, vielleicht keinen mehr hochkriegt, Angst vor Geistern hat und so weiter und so weiter. Wir wissen tausend Dinge über ihn, und trotzdem kommen wir nicht weiter.«

»Am besten, wir geben auf«, sagt Lu.

»Schlaumeier.« Liang schlürft seinen Tee. »Verfolgen Sie lieber die Krankenhaus-Spur. Jeder in der Provinz Heilongjiang verkauften Flasche Formaldehyd hinterherzujagen wäre reine Zeitverschwendung.«

Lu fährt zur Bezirkshaftanstalt, einem olivgrünen, mehrstöckigen, mit Stacheldraht umzäunten Gebäude aus Stahl und Beton. Er passiert einen Wachposten, stellt das Auto ab, geht hinein und verlangt, Zhang Zhaoxing zu sprechen. Er füllt Formulare aus, wird von einem Sachbearbeiter nach seinem Anliegen befragt und wartet eine halbe Stunde, bis ein Wärter ihn abholt.

Der Wärter führt ihn durch eine Reihe verschlossener Türen zur Krankenstation. Dieser Gebäudeflügel ist nur für etwa zwanzig Patienten ausgelegt, doch in dem Raum liegen mindestens doppelt so viele, einige auf provisorischen, im Mittelgang aufgestellten Feldbetten.

Zhang Zhaoxing liegt ganz hinten an der Wand. Er trägt die blaue Gefängnisuniform, mit Streifen auf der Brusttasche und an den Schultern. Von einem Beutel, der an einem Ständer hängt, führt eine Kanüle in seinen Arm.

»Zhang Zhaoxing«, sagt Lu.

Keine Reaktion.

Lu stellt sich ans Fußende des Bettes. Er ist schockiert.

Zhangs Haut ist bleich und übersät mit Akne. Die Augen, in besten Zeiten bar jeder Intelligenz, sind leblos und eingefallen.

Lu bittet den Wärter, einen Arzt zu holen, dann beugt er sich vor und legt eine Hand auf Zhangs Bein. »Zhang Zhaoxing, schauen Sie mich an.«

Zhang sieht in seine Richtung, mechanisch, ohne das geringste Interesse.

»Sind Sie krank?«, fragt Lu.

»Nein.«

»Warum sind Sie auf der Krankenstation?«

Zhang drehte sich mit dem Gesicht zur Wand.

Ein Arzt kommt. Er ist klein, schmal, jung, mit vorzeitiger Glatze. »Ja?«

»Was ist mit diesem Mann?«

»Er weigert sich zu essen.«

»Ist er krank?«

»Er hat keine Krankheit im eigentlichen Sinn. Er will einfach nur nicht essen.«

»Und was tun Sie dagegen?«

»Wie Sie sehen, hängt er an einem Tropf. Wir wollen nicht so weit gehen, ihm eine Magensonde zu legen. Mehr kann ich nicht tun, oder?«

»Er braucht offenbar psychiatrische Hilfe.«

Der Arzt schnaubt. »Das hier ist eine Haftanstalt, kein Krankenhaus für reiche Ausländer.«

Die Antwort des Arztes überrascht Lu nicht. Seelische Gesundheit ist in der Volksrepublik China ein heikles Thema. Kulturelle und religiöse Stigmatisierungen stehen der Diagnose und Behandlung psychischer Störungen entgegen. Viele Menschen sind noch immer der Ansicht, solche Leiden seien das Ergebnis eines unmoralischen Lebenswandels oder schlechtes Karma. Gleichzeitig mangelt es im Land an qualifizierten Gesundheitsfachkräften, 1,4 Milliarden Einwohnern stehen nur 20.000 ausgebildete Psychiater und 400.000 Therapeuten zur Verfügung.

Lu weiß das, aber es ist ihm egal. »Ich bin Kommissar Lu Fei, stellvertretender Leiter des Amts für Öffentliche Sicherheit der Gemeinde Rabental. Dieser Mann ist wichtig für meinen Fall. Wenn er unter Ihrer Aufsicht stirbt, werde ich Sie persönlich dafür verantwortlich machen.«

»Schauen Sie sich um, Kommissar. Diese Einrichtung ist für zwanzig Patienten gedacht. Im Moment kümmern wir uns um beinahe dreimal so viele. Außer mir gibt es nur noch einen weiteren Arzt und einige Krankenwärter mit medizinischen Grundkenntnissen, mehr nicht. Ich arbeite zwölf

Stunden am Tag, sieben Tage die Woche. Verschonen Sie mich also bitte.«

Lu versteht seinen Standpunkt. »Mir war nicht klar, dass die Situation so angespannt ist. Aber ... könnten Sie mir trotzdem den Gefallen tun, Ihr Bestes zu versuchen? Ich rechne damit, dass er entlassen wird, aber das dauert vielleicht noch eine Woche. Es wäre tragisch, wenn er bis dahin sterben würde.«

»Ich werde mein Bestes versuchen, aber ich kann ihn nicht dazu zwingen zu essen. Er muss leben wollen.«

»Verstehe.«

Nachdem der Arzt wieder gegangen ist, beugt sich Lu über das Bett. »Hören Sie, Zhang Zhaoxing.«

Zhang ignoriert ihn.

»Ich gebe mir große Mühe, Sie hier herauszubekommen«, sagt Lu, »aber was hätte das für einen Sinn, wenn Sie tot sind? Sie müssen essen. Haben Sie mich verstanden, Zhaoxing? Halten Sie noch eine Weile durch, dann kommen Sie hoffentlich bald nach Hause.«

Ein Funken Leben blitzt in Zhangs Augen auf. »Nach Hause?«

»Ja. Nach Hause.«

Zhang fängt an zu weinen.

»Bitte, nicht doch«, sagt Lu. Er sieht sich um, findet kein Papiertaschentuch, zieht dann eins aus Stoff aus seiner Tasche. »Putzen Sie sich die Nase.«

Zhang tut wie geheißen und will Lu das Taschentuch zurückgeben.

»Schon gut, behalten Sie es«, sagt Lu. »Ich muss Ihnen jetzt ein paar Fragen stellen.«

»Ich war es nicht. Das habe ich Ihnen schon gesagt.«

»Das gehört nicht zu meinen Fragen. Ich will wissen, ob Ihr Schweineschlachtbetrieb Formaldehyd verwendet.«

»Ich weiß nicht, was das ist.«

»Sie haben also auch keinen im Haus?«

»Ich weiß nicht, was das ist.«

»In Ordnung. Sie kennen doch Ihre Nachbarin, Frau Yuan, und ihren Hund?«

Zhang lächelt kurz. »Xiao Li.«

»Genau.«

»Er besucht mich manchmal.«

»Xiao Lu hat eine Lunge in Ihrem Garten ausgegraben.«

»Eine Lunge? Was für eine Lunge?«

»Wissen Sie nichts davon?«

»Eine Lunge? In meinem Garten? Ich verstehe nicht, wovon Sie reden.«

Lu ist geneigt, ihm zu glauben. Er drängt Zhang noch einmal, wieder mit dem Essen anzufangen, und bittet dann den Wärter, ihn zurück zum Parkplatz zu bringen.

Auf dem Weg nach Rabental ruft Lu das Büro von Staatsanwalt Gao an. Wie erwartet ist Gao in einer Besprechung, ruft jedoch zu Lus Überraschung fünfzehn Minuten später zurück.

Lu schildert den Fall und warum er meint, Zhang sollte entlassen werden.

»Wenn ein Haftbefehl erst mal ausgestellt ist, wird es schwierig, ihn ohne unwiderlegbaren Beweis der Unschuld des Verdächtigen aufzuheben«, erklärt Gao. »Das wissen Sie, Kommissar.«

»Zhang war es nicht, und wenn wir ihn nicht bald freilassen, wird er in der Haft sterben.«

»Dann sollten Sie schnell herausfinden, wer es wirklich war.«

Als Lu auf der Polizeiwache ankommt, ist es Abend geworden. Er bestellt Polizeiobermeister Bing zu sich ins Büro, um den aktuellen Stand zu erfahren.

»Ich habe mit der Verwaltung der drei Krankenhäuser gesprochen«, sagt Bing. »Lauter Ausweichmanöver. Ich will Sie nicht mit den Details behelligen, aber ich glaube, wir müssen sie alle drei persönlich aufsuchen. Andernfalls mauern sie, die faulen Säcke.«

»In Ordnung, wir fangen gleich morgen an«, sagt Lu. »Teile und herrsche.«

»Gut. Was noch?«

»Qins Kontoauszüge haben auch nichts hergegeben, oder? Ich meine, irgendeine Verbindung zu den beiden anderen.«

»Nicht auf den ersten Blick.«

»Dann wäre es das für heute.«

Nachdem Bing gegangen ist, kocht Lu sich Tee und bleibt allein im Büro. Er lässt die Morde noch einmal Revue passieren und überlegt hin und her, wie die Puzzlestücke zusammenpassen könnten.

In solchen Momenten, glaubt er, wäre ein leichter Rausch ganz zuträglich, um den Gedanken freien Lauf zu lassen, über den Tellerrand zu schauen und mit kreativen Ermittlungsansätzen aufzuwarten. Erkenntnis durch Trunkenheit.

Er fragt sich, ob die Lotusbar noch geöffnet ist und wie es

Yanyan geht. Er überlegt, ob er sie anrufen soll, tut es dann aber nicht.

Stattdessen wandert er unruhig durch die Räume der Polizeiwache. Polizeimeisterin Sun hat Dienst an der Empfangstheke. Sie liest eine chinesische Übersetzung eines Sherlock-Holmes-Krimis. »Wie ist er?«, fragt Lu sie.

»Gut, aber richtige Polizeiarbeit sieht anders aus.«

»Wenn doch nur bei jedem Verbrechen die nötigen Indizien für die Lösung alle schön übersichtlich bereitlägen.«

»Wie läuft es denn bei Ihrem Fall, wenn ich fragen darf?«

»Eiszeit.«

Lu geht weiter zum Aufenthaltsraum. Der große Wang sitzt allein am Tisch und erledigt Schreibarbeiten.

»Nimmt kein Ende, was?«, sagt Lu.

Wang nickt Lu nur kurz zu.

So viel dazu.

Lu kehrt an seinen Schreibtisch zurück, entscheidet jedoch nach einer Viertelstunde, für heute Feierabend zu machen. Er zieht Mütze und Mantel an und geht nach vorn, um Polizeimeisterin Sun eine gute Nacht zu wünschen, als diese gerade einen Notruf entgegennimmt.

»Feuer in der Jianshe-Straße!«, ruft sie ihm atemlos zu. »Ein Großbrand.«

»Alarmieren Sie die Feuerwehr, und rufen Sie Liang und Bing an«, sagt Lu. »Ich schnappe mir Polizeimeister Wang, und wir fahren mit dem Auto hin.«

Lu rennt zurück in den Aufenthaltsraum und reißt den großen Wang aus seiner Schreibtischtätigkeit. Sie steigen in einen der Streifenwagen und rasen in die Jianshe-Straße.

Eine Ladenfront brennt lichterloh, die Scherben der geborstenen Schaufenster liegen verstreut auf dem Boden, Flammen schlagen an der Hausfassade hoch. Die bereits eingetroffene Feuerwehr bekämpft den Brand mit Wasserschläuchen. Lu blockiert mit dem Polizeiwagen die Straße, macht den Brandmeister ausfindig und schreit über den Lärm hinweg: »Was gibt's?«

»Das sehen Sie ja selbst!«, schreit der Brandmeister. »Das Gebäude ist wahrscheinlich hinüber, wir können nur noch verhindern, dass sich der Brand weiter ausbreitet.«

»Ist jemand im Haus?«

»Weiß ich nicht. Das können wir vermutlich erst feststellen, wenn das Feuer gelöscht ist.«

Lu hört eine sich nähernde Sirene. »Schon eine Ahnung, wodurch es ausgelöst wurde?«

»Brandstiftung«, antwortet der Feuerwehrchef.

»Warum sind Sie sich da so sicher?«

»Es riecht nach Benzin. Ich denke, der Täter ist durch die Ladentür dort drüben eingebrochen, hat drinnen Benzin verschüttet, ist wieder rausgekommen und hat vom Bürgersteig aus ein Streichholz reingeworfen.«

Polizeichef Liang und Polizeiobermeister Bing treffen in dem anderen Streifenwagen ein, zusammen mit weiteren Polizisten in einem Mannschaftswagen. Sie riegeln die gesamte Straße ab und beobachten dann, wie die Feuerwehrleute versuchen, die Feuersbrunst zu bändigen. Lu teilt ihnen den Verdacht des Brandmeisters auf Brandstiftung mit. Da er bereits eine Weile hier steht, hat auch er jetzt den Benzingeruch in der Nase.

»Na toll«, sagt Liang. »Erst ein Serienmörder und jetzt auch noch ein Feuerteufel.«

»Heißt es nicht, dass Serienmörder auch gerne zündeln?«, sagt Bing.

»Ja, und Tierquäler und Bettnässer sind sie auch«, erwidert Liang.

Es ist sarkastisch gemeint, doch Bing liegt nicht wirklich daneben. Nach einer alten, in Justizkreisen als die Macdonald-Triade bekannten Theorie entwickeln Kinder, bei denen eine Kombination aus zwei der drei folgenden Merkmale vorliegt – Bettnässer, Brände legen und Grausamkeit gegenüber Tieren –, als Erwachsene eine Neigung zu gewalttätigen Seriendelikten.

Die Vermutung, der Mörder von Yang Fenfang könnte auch die Ladenfront in Brand gesetzt haben, mag etwas weit hergeholt sein, doch bei dem Benzingeruch muss Lu sofort an den beißenden Gestank des Formaldehyds denken, was wiederum Erinnerungen an Yangs entnommene Lunge und die Autopsie im Bezirkskrankenhaus wachruft.

Formaldehyd. Tod. Autopsie.

Beerdigungen.

Lu wendet sich ab und geht davon. Er hört, wie Polizeichef Liang hinter ihm herruft, fragt, wohin er wolle, doch Lu antwortet nicht. Er tippt eine Suchanfrage in seinen Internetbrowser.

Verwenden Bestattungsunternehmen Formaldehyd?

Tatsächlich, sie benutzen Formalin, eine Variante, bei der Einbalsamierung von Toten.

Lu erinnert sich daran, wie er sich bei seinem Besuch im

Begräbnisinstitut Ewiger Friede bei dem Betreiber Zeng nach einem Gerät in der Leichenhalle erkundigt hat, das wie ein Wasserkocher aussah.

»Was ist das?«

»*Eine Einbalsamiermaschine.*«

»*Einbalsamieren? Das wird immer noch gemacht, obwohl die Leiche am Ende verbrannt wird?*«

»*Nein, in der Regel nicht. Aber gelegentlich kommen Familien, die über die ... Mittel verfügen, um sich eine Grabstätte beschaffen zu können. In solchen Fällen balsamieren wir auch.*«

Zeng hat die Bestattung für Yangs Mutter organisiert und muss in dem Zusammenhang auch mit Yang Fenfang Kontakt gehabt haben, jedenfalls in seiner Eigenschaft als Bestatter.

Lu weiß nicht, wo Zeng vor der Übernahme des Begräbnisinstituts Ewiger Friede gearbeitet hat; gut möglich, dass es in Harbin war.

Als Bestatter verfügt er über Grundkenntnisse der Anatomie, und zu seinen Tätigkeiten gehört auch das Herrichten von Leichen. Die Wunden vernähen. Sie ankleiden. Kosmetika auftragen.

Hinzu kommt, dass Zeng nach eigener Aussage an ein Leben nach dem Tod glaubt. Wie hatte er sich doch gleich ausgedrückt?

»*Ich weiß nicht, ich war ja noch nicht da. Aber ich bin mir ziemlich sicher, dass unsere Vorfahren irgendwie mit uns in Verbindung stehen. Und obwohl wir sie nicht mehr als menschliche Wesen betrachten, haben sie doch Gefühle. Sie empfinden Freude, Trauer, Wut.*«

Wut.

Es würde auch den Aufwand erklären, um die Opfer mit Höllengeld zu versorgen und ihre übernatürlichen Kräfte zu kontrollieren.

Dennoch zögert Lu. Zeng scheint ein gütiger und gewissenhafter Mensch zu sein. Wäre er zu so grässlichen Verbrechen fähig?

Dann erinnert sich Lu noch an etwas.

Zeng hat gerade die Bestattung von Yanyans Vater organisiert.

Lu ruft Yanyans Handy an. Es klingelt und klingelt, dann springt die Mailbox an.

Er rennt zum Streifenwagen.

Lu fährt zuerst zur Lotusbar. Alles ist dunkel und verriegelt. Er probiert es an der Eingangstür. Verschlossen. Er läuft ums Haus herum zum Hintereingang. Ebenfalls verschlossen. Er späht durch ein Fenster, kann aber nichts erkennen.

Er fährt zu Yanyans Haus. Bei dem Anblick des erleuchteten Fensters im ersten Stock spürt er eine enorme Erleichterung. Er parkt und klopft an die Haustür. Yanyan reagiert nicht. Plötzlich hat er die Fantasie, sie könnte im Badezimmer sein, nackt, das Make-up unvollendet, ihr Körper zugenäht wie eine alte Lumpenpuppe. Er versucht, die Tür zu öffnen, sie ist nicht verschlossen. Er tritt ein und ruft nach ihr. »Yanyan? Ich bin's. Lu Fei!«

Keine Antwort.

Er läuft zum Badezimmer, reißt die Tür auf, macht den Lichtschalter an.

Leer.

Lu durchsucht das Haus. Er sieht im Garten nach. Yanyan ist nicht da.

Vielleicht hat sie jemanden kennengelernt und sucht Trost in seinen Armen.

Sofort verwirft er die Idee als irrationale Eifersucht. Wenn sie in den Armen eines anderen Mannes liegt, dann ist das ihr gutes Recht, gerade jetzt.

Lu kehrt ins Haus zurück und ruft erneut Yanyans Handynummer an. Er hört es klingeln. Er folgt dem Geräusch bis ins Schlafzimmer. Das Handy liegt auf dem Nachttisch, neben ihren Schlüsseln und ihrem Portemonnaie.

Jetzt ist er sich absolut sicher, dass sie bei einem anderen Mann ist.

Zeng.

Lus Handy zeigt mehrere entgangene Anrufe von Polizeichef Liang und Polizeiobermeister Bing an. Während der Fahrt aus der Stadt, mit Sirene und Blaulicht, ruft er Liang an.

»Ich habe keine Zeit für lange Erklärungen, Chef. Ich glaube, der Bestatter Zeng ist unser Mörder.«

»Was? Zeng?«

»Ich bin auf dem Weg zu seinem Begräbnisinstitut. Schicken Sie Unterstützung.«

»Zeng?«

»Ich kann es Ihnen im Moment nicht im Einzelnen erläutern. Bitte schicken Sie mir einfach Unterstützung.«

Es folgt eine kurze Pause. Lu befürchtet, Liang könnte in

Lachen ausbrechen oder eine ausführliche Erklärung verlangen. Er tut weder das eine noch das andere.

»Sollen wir bewaffnet kommen?«

»Ja. Aber beeilen Sie sich.« Lu will sich auf die Fahrt konzentrieren. »Ich lege jetzt auf.«

Er rast durchs Stadtzentrum, durch Vororte, vorbei an endlosen leeren dunklen Ackerflächen. Er verdrängt den Gedanken daran, seit wann Yanyan wohl in Zengs Gewalt ist und was er im Moment mit ihr anstellt.

Falls sie überhaupt noch lebt.

Schließlich erkennt Lu vor sich ein schwaches blaues Licht, das Begräbnisinstitut.

Er erreicht das Eingangstor, das zu dieser Tageszeit geschlossen ist. Lu stößt es auf und fährt hindurch. Er hält an, steigt aus und rennt den Hang zu Zengs Privathaus hinauf. Die Eingangstür ist verschlossen, er hämmert dagegen.

Lu wartet, dreißig Sekunden, eine Minute. Es dauert zu lange. Er will gerade um das Haus herum nach hinten gehen, als die Tür aufgeht und Zeng herausschaut.

»Kommissar?«

Lu drängt sich unsanft an Zeng vorbei ins Foyer. Zeng ist verwirrt und alarmiert.

»Wo ist sie?«, fragt Lu.

»Wer?«

»Yanyan.«

»Frau Luo? Ich habe keine Ahnung.«

Lu marschiert in den Salon.

Zeng folgt ihm. »Wird sie vermisst? Was ist mit ihr?«

Lu geht nicht auf seine Fragen ein. Er steckt den Kopf

durch die Küchentür, auf dem Tisch steht ein Tablett mit Essen.

»Ich wollte meiner Mutter gerade das Abendessen bringen«, erklärt Zeng. »Bitte, Kommissar, sagen Sie mir, was los ist.«

Lu reißt die Tür zur Leichenhalle auf. Er schaltet das Licht ein. Er sieht den schimmernden Edelstahltisch. Verbrauchte Arbeitsflächen, von denen die Farbe abblättert. Er öffnet den Leichenkühlschrank. Es riecht nach Gefrierfleisch, aber der Schrank ist leer.

»Kommissar?«, sagt Zeng.

Lu läuft zurück ins Foyer und die Treppe hoch. Den Flur entlang zu Frau Zengs Zimmer. Er öffnet die Tür.

Frau Zeng sitzt auf dem Sofa und sieht fern. Sie trägt eine Pyjamahose und einen ausgebeulten grünen Pullover. Sie schnappt nach Luft und bedeckt die Brust mit den Händen. »Hilfe! Kommissar Lu? Haben Sie mich erschreckt, einfach so hereinzuplatzen!«

»Verzeihung, Frau Zeng.«

»Was machen Sie hier zu dieser späten Stunde?«

»Entschuldigen Sie die Störung.«

»Ist alles in Ordnung?«

»Ja. Ich ... Und Sie, Frau Zeng? Ist bei Ihnen alles in Ordnung?«

»Warum sollte es anders sein?«

Zeng steht am Ende des Flurs, am Kopf der Treppe und beobachtet Lu. Lu ist plötzlich verlegen. Vielleicht hat er sich ja doch geirrt.

»Kommissar?«, sagt Frau Zeng.

»Ich erkläre es Ihnen später, Frau Zeng«, erwidert Lu. »Entschuldigen Sie die Unannehmlichkeit.«

Er schließt die Tür. Frau Zeng ruft nach ihm. Er ignoriert sie und geht den Flur entlang zurück.

»Würden Sie mir bitte sagen, was los ist«, verlangt Zeng, diesmal mit deutlicher Verärgerung in der Stimme.

»Ich sagte es doch schon. Ich suche Yanyan.«

»Hier ist sie jedenfalls nicht. Sie dürfen sich überall umschauen. Haben Sie was dagegen, wenn ich in der Zwischenzeit meiner Mutter das Essen bringe?«

Lu überlegt, ob es nicht klüger wäre, Zeng im Auge zu behalten, sagt dann aber: »Machen Sie ruhig.«

Zeng dreht sich um und geht nach unten. Lu sucht die anderen Räume in der ersten Etage ab. Ein Büro, ein Badezimmer und ein zweites Schlafzimmer, vermutlich Zengs. Als er aus dem Schlafzimmer kommt, sieht er Zeng mit einem Tablett das Zimmer seiner Mutter betreten. Die Tür wird geschlossen, und er hört die gedämpften Geräusche eines angeregten Gesprächs. Dann, in der Ferne, eine sich nähernde Sirene.

Lu wartet im Foyer. Polizeichef Liang, Polizeiobermeister Bing sowie der dicke Wang und der stumme Li laufen unterschiedlich schnell den Weg hinauf. Lu öffnet ihnen die Tür. Liang ist außer Atem, als er oben ankommt.

»Und?«, keucht er.

»Ich weiß nicht«, sagt Lu.

»Was wissen Sie nicht?«

Zeng kommt mit dem leeren Tablett nach unten. »Ich warte auf eine Erklärung. Wozu das ganze Theater?«

Liang sieht Lu an. Lu räuspert sich. »Können Sie uns sagen, wo Sie sich heute aufgehalten haben, Herr Zeng?«

»Werde ich verdächtigt, etwas verbrochen zu haben?«

»Beantworten Sie die Frage.«

Zeng klemmt das Tablett unter den Arm. »Möchten die Herren vielleicht auf einen Tee hereinkommen?«

»Nein«, sagt Lu. »Beantworten Sie die Frage.«

»Ich war hier. Sie können meine Mutter fragen.«

»Haben Sie ein Auto?«, will Lu wissen.

»Ja, hinten.«

»Ich möchte es gerne sehen. Und auch das Gelände.«

»Wie Sie wünschen.«

Zeng führt sie durch die Leichenhalle und in den Hinterhof. Lu inspiziert das Auto. Hier scheint alles an seinem Platz zu sein. Er berührt die Motorhaube. Spürt er eine leichte Restwärme? Schwer zu sagen. Bei den Außentemperaturen dauert es nicht lange, bis sich ein Motor abgekühlt hat.

Zeng zieht sich Mantel und Mütze an und führt Lu und die anderen durch den Vorgarten zum Krematorium. Er schließt es auf, zeigt ihnen den Verbrennungsofen, die Aschemühle, in der nicht verbrannte Knochenreste zu einem feinen Pulver verarbeitet werden, und Regale voller Aschebehälter.

Sie gehen nach draußen, den Weg zum Friedhof entlang, betreten nacheinander die erste Urnenhalle, verlassen sie wieder. Es geht vorbei an akkuraten Reihen mit Grabsteinen, den Hügel hinauf zur zweiten Urnenhalle. Sie steigen in den zweiten Stock, von Yanyan keine Spur.

Sie kehren zum Haus zurück. Lu schickt Zeng hinein und

bleibt mit Polizeichef Liang und Polizeiobermeister Bing im Hof stehen.

»Offenbar haben Sie uns wegen nichts aufgescheucht«, sagt Liang. »Sie können sich vorstellen, wer seinen Arsch hinhalten muss, wenn die Medien Wind davon bekommen, dass wir wegen diesem Mist unseren Einsatz bei einem Großbrand unterbrochen haben.«

»Lassen Sie mich erklären, Chef.« Lu erläutert ihm seine Theorie.

»Das ist reine Spekulation«, sagt Liang.

»Ja, aber …«

Liang hebt abwehrend die Hand. »Immerhin nicht die schlimmste Theorie, die ich je gehört habe.«

»Wir müssen uns die Räume ansehen, wo die Trauerfeiern für Tangs Vater und Qins Mutter abgehalten wurden«, sagt Polizeiobermeister Bing. »Vielleicht hat Zeng dort gearbeitet. Nach Rabental ist er ja erst vor gut einem Jahr gekommen.«

Liang zündet sich eine Zigarette an und pafft in der Dunkelheit. »Klingt gut.«

»Ich sehe mir mal Zengs beruflichen Werdegang an, wenn wir wieder in der Stadt sind«, sagt Bing. »Sollen wir Zeng in Gewahrsam nehmen?«

»Ich glaube, dafür haben wir nicht genug in der Hand«, erwidert Liang. »Fürs Erste fahren wir jetzt besser zurück zu dem Großbrand.«

Lu beharrt nicht auf seinem Verdacht, was Yanyans Verschwinden betrifft. Tatsächlich hat er keine nennenswerten Beweise, er verlässt sich allein auf seine Intuition, und er befürchtet, Liang und Bing könnten sich über seine lächerliche Verliebtheit amüsieren.

»Ich entschuldige mich bei Zeng und werde versuchen, die Wogen zu glätten«, sagt Lu. »Sie können ja schon mal losfahren, zurück in die Stadt.«

»Wir lassen Sie doch hier nicht allein mit einem mutmaßlichen Serienmörder«, sagt Liang.

»Ja, genau«, pflichtet Bing ihm bei.

»Na gut, es dauert nur eine Minute«, sagt Lu.

Er klopft an die Tür, und als Zeng öffnet, bittet er ihn um Entschuldigung, in der Hoffnung, dass sie aufrichtig klingt.

»Ich dachte, wir seien Freunde, Kommissar«, sagt Zeng.

»Ich schäme mich«, sagt Lu.

Zeng lenkt ein: »Sie haben nur Ihre Arbeit getan.«

»Wir fahren jetzt los«, sagt Lu. »Dürfte ich Sie bitten, mich bei Ihrer Mutter zu entschuldigen?«

»Selbstverständlich. Gute Nacht, Kommissar. Und machen Sie sich keine Sorgen, Frau Luo wird bestimmt bald auftauchen.«

»Ja, bestimmt.«

Lu geht mit Polizeichef Liang und Polizeiobermeister Bing zum Parkplatz. Der dicke Wang und der stumme Li sitzen bereits bei laufendem Motor in einem der Streifenwagen.

»Fahren Sie doch schon mal mit Wang und Li voraus zu dem Großbrand«, sagt Liang. »Dann können Sie aufpassen, dass die anderen Polizisten ihren Einsatz nicht vermasseln.«

»Wer ist jetzt noch dort?«, fragt Lu.

»Huang, Chu und Wang Guangrong.«

»Ich werde es gern machen, aber ich glaube nicht, dass wir alle Kollegen vor Ort benötigen. Wäre es nicht besser, Sie fahren zurück zur Polizeiwache, und Li und Wang melden sich für heute Abend ab? Ich bin sicher, dass die anderen drei die Sache schon bewältigen.«

Liang zieht zum letzten Mal kräftig an seiner Zigarette und schnippt den Stummel weg. »Gut. Melden Sie sich über Funk, wenn Sie noch mehr Leute brauchen.«

Die beiden Streifenwagen verlassen den Parkplatz und biegen in die Straße, die nach Rabental führt. Lu drosselt das Tempo, um den Abstand zu dem Wagen vor ihm zu vergrößern. Als dessen Rückleuchten in der Dunkelheit verblassen, schaltet er seine Scheinwerfer aus und kehrt um.

Zeng bleibt im Foyer stehen und sieht den Streifenwagen hinterher, um ganz sicher zu sein, dass sie nicht zurückkommen.

Er geht in die Küche und kocht sich Tee, dann steigt er die Treppe in den ersten Stock hinauf, betritt sein Schlafzimmer und beobachtet das Gelände unten vom Fenster aus. Grübelnd und bedächtig trinkt er seinen Tee.

Lu weiß etwas. Aber was? Es hat gereicht, herzukommen und nach Yanyan zu suchen, aber nicht, um Zeng in Handschellen abzuführen. Noch nicht.

Im besten Fall bleiben ihm noch ein, zwei Tage Zeit, rechnet sich Zeng aus, schlimmstenfalls bis morgen früh.

Zeng stellt die Tasse ab und geht über den Flur zum Zimmer seiner Mutter. Sie schläft auf dem Sofa, der Fernseher läuft, auf dem Pullover bemerkt er ein paar Essensreste. Behutsam hebt er sie hoch und trägt sie zum Bett. Sie wiegt praktisch nichts. Er entkleidet sie vorsichtig. Ihr Körper ist dünn und weiß, die Haut faltig und verfärbt, ihre Brüste sind eingefallen wie Ballons.

Zeng streicht seiner Mutter eine Haarsträhne von der Wange. Er küsst sie auf die Stirn, auf den offenen Mund. Ihr Atem riecht nach Verfall. Ihr Körper verfault langsam. Es ist der grausame Zahn der Zeit. Er tut ihr einen Gefallen.

Er löst den Gürtel von seinem Hosenbund und legt eine Schlinge um ihren Hals. Er steigt zu ihr hinauf und wickelt sich die beiden Gürtelenden um die Hände. Er zieht.

Seine Mutter reißt die Augen auf. Ein schreckliches Gurgeln entfährt ihrer Kehle. Sie hebt einen Arm, krallt sich in Zengs Hemdzipfel. Er ist erstaunt, dass sie dazu noch in der Lage ist, wenn man bedenkt, wie viel Medikamente sie nimmt.

»Es ist alles gut, Mutter«, sagt Zeng. »Es ist für alles gesorgt. Lass einfach los.«

Sie kämpft, ihr Gesicht verfärbt sich violett. Zeng zieht die Schlinge noch fester zu. Einen Menschen zu erdrosseln dauert länger, als man denkt. Zeng weiß es aus eigener Erfahrung. Er vernimmt ein reißendes Geräusch, im selben Moment entleert sich der Darm seiner Mutter.

Zeng hält die Spannung, bis seine Arme es nicht mehr aushalten. Er geht ins Badezimmer, lässt heißes Wasser in eine Plastikwanne laufen und nimmt diverse Handtücher aus dem Regal. Er wäscht seine Mutter und zieht die verschmutzten Bettlaken ab, verknotet sie zu einem Bündel und wirft sie ins Badezimmer. Er zieht ihr frische Unterwäsche an, eine Seidenhose und eine gelbe Bluse. Er kämmt ihr die Haare und frischt ihr Make-up auf.

Er nimmt den Gürtel an sich und schnallt ihn sich wieder um. Dann stellt er sich ans Fußende des Bettes und verbeugt sich.

»Bis bald, Mutter.«

Tang Jinglei war die erste Frau, die er getötet hat; da war er bereits fünfundzwanzig und College-Absolvent.

Und das kam so:

Zeng hat gerade sein Studium abgeschlossen und arbeitet als angehender Bestatter in einem sehr großen Unternehmen in Harbin, als er Tang begegnet. Es ist auf der Beerdigung ihres Vaters, und als Erstes fällt Zeng auf, dass Tang keine Träne vergießt.

Auf Beerdigungen wird immer geweint, ob Familie oder Freunde. Selbst wenn die Tränen unecht sind, demonstrieren sie Betroffenheit. Doch Tangs Augen sind so trocken wie Wüstensand.

Respektlos, denkt Zeng. *Unwürdig.*

Als Tang mit Räucherwerk in der hoch erhobenen Hand an den Sarg tritt und sich dreimal verbeugt, fällt Zeng noch etwas anderes auf.

Ein Ring an ihrem Finger. Ein Ring mit einem roten Stein.

Jeder weiß, dass Rot die Farbe der Jugend ist. Der Feste. Der Hochzeit. Des Glücks. Des Lebens. Der rote Ring ragt heraus wie ein Pfau in einem Hühnerstall.

Wochen ziehen ins Land, doch Zeng geht der Ring nicht aus dem Kopf. Es quält ihn, wie ein Steinchen in seinem

Schuh, ein Reiskorn zwischen den Zähnen. Er denkt oft an Tang, in einer Mischung aus Verachtung und Begehren.

Eines Nachts hat Zeng einen Traum. Tang Jinglei im Brautkleid. Zeng ist der Bräutigam. Als er den Schleier lüftet, sieht er, dass ihre Lippen blutrot geschminkt sind. Er küsst sie.

Rotes Hochzeitskleid, rote Lippen. Roter Ring.

Er besorgt sich Tang Jingleis Adresse aus der *binyiguan*-Datenbank. Er fährt zu ihrem Haus. Er folgt ihr auf ihrem Weg zu dem Schönheitssalon, in dem sie arbeitet. Sie kleidet sich provokant. Lange Beine und, für eine Chinesin, große Brüste. Sie ist attraktiv, das lässt sich nicht leugnen.

Zeng war noch nie mit einer Frau zusammen, hatte auch noch nie eine Freundin. Seine Mutter schiebt das auf seine Berufswahl. Keine Ehe, keine Enkelkinder, keine zukünftige Generation, klagt sie. Dabei sind Mädchen schon lange vor seinem Entschluss, Bestatter zu werden, vor ihm zurückgeschreckt. Vielleicht liegt es daran, dass er es ernst meint. Sie sind frivol und rebellisch, und er ist konservativ.

Vielleicht spüren sie auch, was für ein Mensch er in Wahrheit ist, obwohl er sich große Mühe gibt, es zu verbergen.

Eines Tages, nach einem Bericht in den Abendnachrichten über einen Mann, der wegen Mordes an zwei geistig behinderten Frauen und des anschließenden Verkaufs ihrer Leichen als Geisterbräute verhaftet wurde, träumt er erneut von Tang. Es ist nicht das erste Mal, dass Zeng von so einem Fall hört, doch diesmal spricht es etwas in ihm an.

Totenhochzeiten sind ein alter Brauch, der über tausend Jahre zurückreicht.

Die Tradition besagt, dass Tote außer Häusern, Autos, Geld, Handys und vielem anderen auch Gesellschaft brauchen. Unverheiratet zu sterben heißt, zu ewiger Einsamkeit verdammt zu sein.

Und eine unglückliche Seele ist eine gefährliche Seele. Vorfahren besitzen die Macht, von ihrem Grab aus ihr Missfallen dadurch zum Ausdruck zu bringen, dass sie Krankheit und andere Schicksalsschläge unter die Lebenden streuen. Wehe der Familie, die das Wohlergehen der Ahnen vernachlässigt.

Totenhochzeiten bieten eine Lösung. Männer und Frauen, die unverheiratet sterben, können posthum getraut werden, sodass sich die Ehepartner im Jenseits Gesellschaft leisten können. Stirbt ein Mann vorzeitig, kann eine lebende Frau ihn ehelichen, um der Linie ihres Mannes beizutreten und damit zu gewährleisten, dass sie Nachfahren haben wird, die für ihre Seele sorgen werden, wenn *sie* dereinst stirbt.

Weitaus seltener kommt es vor, dass ein lebender Mann eine tote Frau heiratet, doch genau diese Idee verfolgt Zeng. Wenn er Tang ehelicht, kann er nach seinem Tod die Vorzüge einer jungen schönen Frau genießen, und seine Mutter bekommt eine folgsame Schwiegertochter.

Zunächst nur eine fixe Idee, wächst sie sich schnell zu einer Obsession aus.

Er sucht einen Arzt auf und klagt über Schlaflosigkeit. Der Arzt verschreibt ihm Schlaftabletten. Er fängt an, die Tabletten unter das Abendessen seiner Mutter zu mischen, und verlässt, sobald sie schläft, die Wohnung und verfolgt Tang nach der Arbeit, überwacht, wohin sie geht, wen sie kennt, erkundet ihren Alltag.

Zeng vertieft sich in Berichte über Kriminalfälle in Zeitungen und Büchern, studiert Strategien und Methoden. Er durchforstet Buchläden nach Werken über Feng-Shui, Begräbnisriten, taoistische Bräuche und esoterischen Buddhismus.

Seine Recherche liefert ihm Antworten auf einige Fragen, aber nicht auf alle. Er braucht den Rat eines Fachmanns.

Die Volksrepublik ist offiziell ein atheistisches Land, duldet jedoch, verbunden mit mal mehr, mal weniger Schikanen, die Ausübung fünf verschiedener Religionen – Taoismus, Islam, Buddhismus, Katholizismus und Protestantismus. Während der Kulturrevolution erging es allen fünf Religionen schlecht, und die Muslime sind noch immer Repressalien ausgesetzt. Der Taoismus hat in jüngster Zeit dagegen an Bedeutung gewonnen, was vielleicht daran liegt, dass viele Grundlagen der chinesischen Kultur – das Konzept von Ying und Yang, Feng-Shui, traditionelle Medizin und Wahrsagen – ursprünglich dem taoistischem Glauben entspringen.

Zeng verabredet sich mit einem taoistischen Priester, der in einem Vorort von Harbin wohnt. Er hat ihn ausgewählt, weil er sich in seiner Internetwerbung als Experte für die Rituale der schwarzen Magie der Shenxiao-Sekte bezeichnet. Als Zeng an der Wirkungsstätte des Priesters eintrifft – einem winzigen Laden, vollgestopft mit diversen Amuletten, Talismanen, Münzen, Anhängern –, fühlt er sich durch die Schäbigkeit eher beruhigt. Ein übertrieben gewissenhafter Priester wäre ihm gar nicht recht.

Der Mann, der nach einem Einreibemittel und Alkohol stinkt, knöpft Zeng als Erstes das Beratungshonorar ab. »Wie kann ich Ihnen helfen?«

Zeng ist vorbereitet. »Ich werde heimgesucht.«

»Das tut mir leid.«

»Ich bin am Ende meiner Kräfte.«

»Erzählen Sie.«

»Ich war früher mit einer jungen Frau verlobt, aber ich habe die Beziehung beendet.«

»Sie sind noch jung«, sagt der Priester. »Das ist Ihr Privileg.«

»Sie hat Selbstmord begangen und dabei ein rotes Kleid getragen.«

Der Priester pfeift durch die Zähne. »Oh, ich verstehe.«

Jeder weiß, dass eine Selbstmörderin, die ein rotes Kleid trägt, garantiert als rachsüchtiger Geist zurückkehrt.

»Es ist gerade fünf Tage her«, sagt Zeng. »Seitdem sucht sie mich jede Nacht im Schlaf heim. In der ersten Nacht habe ich geträumt, sie stünde vor meinem Haus. In der zweiten hielt sie sich unten in der Eingangshalle auf. In der Nacht darauf stand sie im Flur zu meiner Wohnung. Und gestern Nacht stand sie vor meiner Schlafzimmertür.«

Der Priester legte die Fingerspitzen aneinander. »Sie sind in großer Gefahr.«

»Deswegen bin ich hier.«

»Ich kann einen Schutzbann für Sie sprechen und Ihnen sehr wirksame Amulette anbieten, um böse Geister abzuwehren. Zu einem vernünftigen Preis.«

»Da ist noch etwas. Ich arbeite in einem Begräbnisinstitut, und zufällig ist die Leiche der jungen Frau jetzt bei uns. Sie soll bald beerdigt werden.«

»Hm ... das ist allerdings eine seltsame Fügung.«

»Deswegen ... wollte ich Sie fragen, ob ich da etwas machen kann. Mit der Leiche. Damit das aufhört.«

»Das wäre möglicherweise ... verboten.«

»Ich meine ja nichts Radikales. Nur ... vielleicht ein Amulett, das ich ihr auflegen kann. Oder irgendein anderes Mittel. Eine sichere Methode, um sie aufzuhalten, bevor sie mich ganz überwältigt.«

Der Priester teilt Zeng mit, dazu müsse er einige Texte konsultieren. Er zieht sich in ein Hinterzimmer zurück. Zeng hört ihn auf einer Computertastatur tippen. Zehn Minuten später kehrt der Priester zurück und hält Zeng einen längeren Vortrag über die Fünf Elemente und ihre Beziehung zur menschlichen Seele und verschiedenen Körperorganen.

»Ich kann Ihnen nicht raten, so vorzugehen«, sagt der Priester, »aber wenn Sie das Herz, die Leber und die Lunge entfernen und sie, zum Beispiel, auf einen Altar legen und auch noch Räucherkerzen anzünden und Opfergaben darbringen, gewinnen Sie unter Umständen die Kontrolle über den Geist der Dame.«

»Das ist allerdings etwas extremer, als einfach nur einen Talisman auf ihre Leiche zu legen.«

»Wie gesagt, ich kann einen Schutzbann für Sie aussprechen.«

»Ja, das ist vielleicht doch die bessere Alternative.«

Der Priester zelebriert ein langes und langweiliges Ritual,

das Zeng mehrere Hundert Yuan kostet. Danach überschüttet er ihn mit verschiedenen Papier-Talismanen und Amuletten, und auch für sie muss Zeng bezahlen.

Wirklich begeistert ist er nur von der Fünf-Elemente-Lösung des Priesters, aber das behält er für sich. Sie erscheint ihm logistisch kompliziert, dafür aber absolut sicher.

Zeng wählt einen stürmischen Sonntag, an dem Tang nicht arbeitet. Er zieht Mütze und Gesichtsmaske an und fährt mit seinem Motorroller zu ihrem Wohnhaus. Er klingelt und sagt, er sei vom Begräbnisinstitut Tianfu, und sie müsse noch einige Papiere unterschreiben. Sie ist gutgläubig und öffnet ihm, obwohl sie diese seltsame Ausrede misstrauisch machen müsste.

Sobald er oben in ihrer Wohnung ist, schlägt er sie mit einem Hammer nieder, den er in einem Werkzeuggeschäft erworben hat, und würgt sie, bis sie bewusstlos ist. Er zieht sie ins Schlafzimmer, fesselt ihre Handgelenke mit Klebeband und steckt ihr ein Tuch in den Mund. Sie kommt wieder zu sich, spuckt den Knebel aus und will schreien. Er stopft ihr das Tuch wieder in den Mund und wickelt Klebeband um ihren Kopf, damit es nicht verrutscht.

Zeng zieht sich aus und legt seine Kleider ordentlich zusammengefaltet vor das Badezimmer. Er beabsichtigt, hier und jetzt die Ehe zu vollziehen, muss aber zu seinem Entsetzen feststellen, dass er keine Erektion hat. Er hat sich viele Pornos angesehen, und da war das nie ein Problem. Soll er ihn ihr in den Mund stecken? Dazu müsste er den Knebel entfernen. Außerdem fürchtet er sich davor, was sie mit ihren Zähnen anrichten könnte.

Vielleicht macht sein Körper ja mit, wenn sie erst mal nackt ist. Er kniet sich auf den Badezimmerboden und zerrt an Tangs Hose. Sie strampelt wie wild. Er bekommt ihre Fußgelenke zu fassen und setzt sich auf sie. Er zieht ihr die Hose und die Unterhose herunter.

Im ersten Moment ist Zeng wie gebannt von Tangs Geschlecht. Natürlich hat er den Intimbereich einer Frau schon mal gesehen, und nicht nur auf der Leinwand, aber die Frauen waren in der Regel alt und tot. Tang dagegen ist jung und quicklebendig.

Zeng zieht ihr die Hose und Unterhose ganz aus und wirft sie vor die Badezimmertür. Er spreizt ihre Beine. Tang bäumt sich auf und tritt ihm ins Gesicht.

Durch die Wucht des Fußtritts ist Zeng für einen Moment benommen. Tang tritt noch einmal zu und windet sich auf dem Boden wie ein Insekt. Zeng packt die kalte Wut. Er greift sich das Skalpell aus dem mitgebrachten Instrumentenset, drückt Tang nieder und schlitzt ihr die Kehle auf.

Er sieht zu, wie sie verblutet, die klaffende Wunde wie das Maul eines Fisches auf einer Sandbank.

Als sie tot ist, überlegt Zeng, ob er trotzdem Sex mit ihr haben will. Ihr Körper ist noch warm und geschmeidig, aber überall ist Blut. An ihrem Hals, auf ihrer Brust, im Gesicht. Abstoßend. Entnervt nimmt er den Hammer und schändet Tang mit dem Griff.

Danach zieht er ihr das Hemd aus und spritzt sie ab. Vor dem Badezimmer steht ein Handtuchständer. Zeng trocknet sich mit einem Tuch ab und zieht sich Unterhose, Hose,

Hemd, Strümpfe und Schuhe wieder an. Dann steigt er in einen Plastik-Overall, den er aus dem Begräbnisinstitut mitgebracht hat, und schließt den Reißverschluss. Über die Schuhe zieht er Überschuhe, über die Finger Latexhandschuhe.

Mit seinem Skalpell öffnet er Tangs Bauchhöhle. Er schneidet durch Haut und Muskeln und entfernt mit einer Schere einige Rippen und das Brustbein. Dann entnimmt er Herz, Lunge und Leber.

Für alles benötigt er fast eine Stunde.

Er verstaut Tangs Organe in einem verschließbaren Beutel, setzt den Brustkorb wieder ein und vernäht die Schnitte. Er wäscht Tangs Leiche ein zweites Mal mit heißem Wasser, und das schwarze Blut fließt in den Ausguss. Er tupft die Leiche mit einem Handtuch trocken.

Zeng streift sich neue Latexhandschuhe über und sucht in Tangs Kleiderschrank nach der passenden Garderobe für sie. Er findet ein hübsches Seidenkleid und zieht es über ihren schlaffen Körper.

Tote zu schminken, was er besonders gerne tut, gehörte zu seiner Ausbildung in Bestattungswesen in Changsha. Er versucht sein Bestes mit Tangs Kosmetikutensilien, Make-up und Rouge, Lidschatten und Lippenstift, richtet ihr sogar die Frisur.

Jetzt zum Ring.

Er sucht in Tangs Schmuckkasten nach ihm und ist beunruhigt, als er ihn nicht findet. Er durchsucht ihren Nachttischschrank und stellt die ganze Wohnung auf den Kopf. Schon beinahe in Panik kehrt er zurück ins Badezimmer und entdeckt ihn schließlich in einer Plastikbox unter dem Waschbecken.

Noch eine Kleinigkeit: Zeng faltet einen Schein Höllengeld und steckt ihn Tang in den Mund. Er hat diese Idee den alten Griechen abgeschaut, die Münzen auf die Augenlider der Toten legten als Bezahlung für die Fahrt über den Styx.

Zeng packt seine Sachen in eine Tasche, auch das Handtuch, mit dem er sich abgetrocknet hat, und rückt alles in der Wohnung wieder an seinen angestammten Platz. Dann stellt er sich, noch immer mit Latexhandschuhen, in die Badezimmertür und verbeugt sich.

»Tang Jinglei, ich verspreche, mich ab jetzt um Sie zu kümmern.«

Zeng fährt mit einem Roller zurück zu seiner Wohnung, die er sich mit seiner Mutter teilt. Er sieht nach, ob sie noch schläft, trägt dann seine Tasche in sein Schlafzimmer und stellt einen Stuhl vor die Tür.

Zeng hat in einen billigen Kleiderschrank aus Spanplatten einen zweiten Boden eingezogen. Er stemmt ihn heraus und entnimmt ihm mehrere mit Formaldehyd gefüllte Plastikcontainer. Die Flüssigkeit hat er über Wochen portionsweise in einer Thermoskanne herausgeschmuggelt. Das war leicht. Schwieriger war es, Lebensmittelbehälter zu finden, die groß genug für eine menschliche Lunge oder Leber sind.

Zeng lässt die Organe aus dem Beutel in die Behälter gleiten, verschließt diese, verstaut sie zusammen mit dem Korallenring im Schrank und legt den doppelten Boden wieder ein.

Versteckt unter seinem Bett liegt eine aus Bambusstäben,

Papier und Zeitschriftenfotos grob zusammengeschusterte, menschliche Puppe.

Zeng zündet Räucherwerk an und steckt der Puppe Goldpapier mit Tangs Namen zur Abwehr böser Geister in den Ausschnitt. Dreimal geht er auf die Knie und berührt mit der Stirn den Boden. Er betet zum Jadekaiser, zu Buddha, Yan Wang, dem Herrscher der Unterwelt, zu Tang Jingleis Ahnen und schließlich zu Tang selbst.

Später wird er noch diverse Beigaben aus Papier kaufen und verbrennen, aber er will sie nicht im Haus liegen haben, sonst könnte seine Mutter sie noch entdecken.

Er bietet der Puppe eine Portion Klebreis und einen Schluck süßen Tee an. Er schwört Tang ewige Treue. Dann trägt er die Puppe nach unten in den Garten und verbrennt sie. Es ist schon spät, und abgesehen von den neugierigen Blicken einiger betrunkener Passanten schenkt ihm niemand Beachtung.

In der Nacht träumt er von Tang Jinglei, nackt und schön, und als er aufwacht, sieht er, dass er im Schlaf einen Samenerguss hatte.

Seine Ehe mit Qin Liying folgt dem gleichen Muster.

Wieder ist der Anlass eine Beerdigung, auf der er sie sieht, diesmal jedoch ist er als Trauergast da, nicht als Ausrichter. Die Verstorbene ist Qins Mutter, die eine Bekannte seiner Mutter war. Folglich haben sich seine Wege schon vorher bei ein oder zwei Gelegenheiten mit denen Qins gekreuzt, die ihm allerdings nicht im Gedächtnis geblieben sind.

Sie ist mit ihrem Mann gekommen, und die beiden geben ein wenig elegantes Paar ab. Der Mann ist ein Bücherwurm und nachlässig gekleidet. Qin Liying trägt dem Anlass gemäß dunkle, schlichte Kleidung, die ihre eigentlich gute Figur nicht betont, und auch der kurze, unmodische Haarschnitt ist unvorteilhaft.

Doch ist es gerade die Frisur, die seine Aufmerksamkeit auf einen roten Farbtupfer an ihrem Ohrläppchen lenkt.

Nach der Trauerfeier gelingt es Zeng, sich an Qin heranzupirschen. Sie trägt einen Rubinohrring.

Lange denkt er darüber nach, ob der Ohrring vielleicht ein Zeichen ist. Anders als bei Tang fühlt er sich zu Qin nicht hingezogen. Aber vielleicht geht es genau darum. Zwei Bräute. Jung und hübsch die eine, reif und verlässlich die andere.

Er geht genauso vor wie beim ersten Mal. Er treibt sich vor Qins Haus herum. Sie lebt mit ihrem Mann zusammen, was die Sache kompliziert macht. Zeng findet jedoch heraus, dass der Mann jeden Donnerstag bis weit nach Mitternacht außer Haus ist.

Also wird es an einem Donnerstag geschehen.

Zeng klingelt bei ihr unter dem Vorwand, er sei von einem Kurierdienst und möchte ein Paket zustellen. Qin lässt ihn ins Haus. Den einfachen Hammer aus dem Werkzeuggeschäft hat er gegen einen aus dem Begräbnisinstitut gestohlenen Knochenhammer getauscht, aber sonst verläuft alles wie bei Tang, nur erwürgt er Qin, um das hässliche Blutbad nach einem Schnitt durch die Kehle zu vermeiden.

Diesmal allerdings unternimmt Zeng keinen Versuch, seinen ehelichen Pflichten nachzukommen. Dazu hat er im nächsten Leben noch Zeit. Heute dient ihm der Griff des Knochenhammers als Erfüllungsgehilfe.

Eine Zeit lang ist Zeng zufrieden mit seinen beiden Geisterbräuten, obwohl seine Mutter ständig über seine schlechten irdischen Heiratsaussichten klagt. Zu gerne würde er ihr die Wahrheit sagen, aber die würde sie nicht verstehen. Er verabreicht ihr weiterhin jeden Abend Schlaftabletten, damit er wenigstens eine Stunde Ruhe hat, bevor auch er ins Bett geht.

Im Jahr darauf geht der Direktor des Begräbnisinstituts Ewiger Friede in der Gemeinde Rabental in Rente, und Zeng bewirbt sich auf die Stelle. Nur wenige Vertreter seines Fachs sind bereit, eine quirlige Metropole wie Harbin gegen ein Kaff wie Rabental zu tauschen. Zeng bekommt den Posten. Seine Mutter ist nicht einverstanden mit dem Umzug, doch Zeng denkt nicht einmal daran, sie allein in Harbin zurückzulassen.

Er nimmt seine Pflichten als Sohn sehr ernst.

Verborgen in ihrem neuen Zuhause richten sich Zeng und seine Mutter in einem streng geregelten Alltag ein. Sie bleibt daheim, sitzt vor dem Fernsehgerät, während er sich um sie kümmert und stumm die Wunden leckt, die sie ihm mit ihrer messerscharfen Zunge zufügt. Er zerstößt jeden Abend Schlaftabletten und mischt das Pulver ihrem Essen bei. Sie entwickelt einige körperliche Leiden, ob infolge der Tabletten oder einer akuten neurologischen Erkrankung, vermag Zeng nicht einzuschätzen, und es widerstrebt ihm, einen Arzt mit ihr aufzusuchen. Sorgen macht er sich jedenfalls keine; schlimmstenfalls stirbt sie und wird endlich erkennen, was für einen pflichtbewussten Sohn sie hat.

Zeng beabsichtigt nicht, sich weitere Bräute zuzulegen, doch dann stirbt Yang Hong, und Yang Fenfang kontaktiert das Begräbnisinstitut Ewiger Friede. Als Zeng im Bezirkskrankenhaus eintrifft, um die Leiche abzuholen, sieht er, dass Yang High Heels mit roten Sohlen trägt.

Zeng ist einigermaßen fassungslos. Der Anlass ist keine Beerdigung. Soll er die roten Schuhe als ein Zeichen deuten oder nicht?

Yang Fenfangs gutes Aussehen gibt schließlich den Ausschlag. Insgeheim gesteht sich Zeng seit einiger Zeit ein, dass seine Mutter doch recht haben könnte. Er ist fest entschlossen, auf Erden alleinstehend zu bleiben. Die Zurückweisung, die er in Changsha und Harbin erfuhr, hat sich in der klaustrophobischen Umgebung der Gemeinde Rabental noch verstärkt. Er fühlt sich hier ausgegrenzt.

Auf eine richtige Ehe kann er gut verzichten. Es gibt schon zwei Frauen, die auf ihn warten.

Aber er hat es satt, seine Bedürfnisse mit raubkopierten Pornos zu befriedigen. Er möchte endlich die wahre Liebe.

Eine Woche nach der Beerdigung von Yang Hong klopft er an Yang Fenfangs Tür. Sie öffnet, und der Hund bellt sofort los, als würde er seine Absichten riechen. Zeng trägt einen Stapel Papiere. Es sei schon spät, es täte ihm leid, aber sie müsse noch ein paar Dokumente unterschreiben. *Bu hao yisi*, entschuldigen Sie die Störung.

Übung macht den Meister.

Yang lässt ihn herein. Er entschuldigt sich erneut, er habe

seinen Stift vergessen. Sie dreht sich um, will ihm etwas zum Schreiben holen, er schlägt sie mit dem Knochenhammer nieder. Sie fällt gegen den Schrank im Wohnzimmer. Zeng sperrt den Hund ins Schlafzimmer und zieht Yang ins Bad. Als sie nackt ist und ihre Handgelenke mit Klebeband gefesselt, entkleidet er sich und zupft und zerrt an sich herum. Vergeblich. Seine Enttäuschung ist maßlos. Er erwürgt Yang und vergewaltigt sie mit dem Hammergriff. Danach sucht er in ihrem Kleiderschrank nach den roten Schuhen.

Beim Hinausgehen legt er die Sachen im Schrank wieder ordentlich hin und scheucht den Hund nach draußen, in der Hoffnung, dass er erfriert.

Und schließlich Luo Yanyan.

Bei ihr liegen die Dinge anders. Er kennt sie zwar nicht gut, aber sie ist auch keine völlig Fremde für ihn. Und sie gehört zu den wenigen Personen in der Gemeinde Rabental, die ihn nicht gewohnheitsmäßig wie einen Aussätzigen behandeln. Er fühlt sich ihr stärker verbunden als irgendeiner seiner Eroberungen.

Er erinnert sich an ihre allererste Begegnung. Es war an einem warmen Sommerabend. Er hatte den ganzen Nachmittag in der Stadt Besorgungen gemacht, Essen eingekauft, in der Apotheke Medikamente für seine Mutter abgeholt und noch das Auto vollgetankt.

Mit der Kassiererin im Lebensmittelmarkt hatte er ein belangloses Gespräch anfangen wollen. Sie war hübsch, auf eine billige Art – gefärbte Haare, dicker Lidstrich, mit kitschigem Schmuck gepiercte Ohrläppchen. Er hatte irgendeine harmlose Bemerkung über die Hitze gemacht, die sie mit einem kalten, gleichgültigen Blick quittierte.

Er hatte sich so klein gefühlt. So bedeutungslos.

Der Tankwart an der Tankstelle, ein klappriger alter Mann in dreckigen Lumpen und mit Schmiere unter den Fingernägeln, weigerte sich, das Geld aus Zengs Hand entgegenzunehmen. Er zwang ihn, es auf die Theke zu legen, und starrte es dann an, als wäre es eine Giftschlange.

Zeng ist solche Blicke gewohnt. Geflüsterte Bemerkungen. Die Abneigung gegen körperlichen Kontakt. Doch manchmal ist die Ausgrenzung schwer zu ertragen. Er sehnt sich nach einem freundlichen Wort, einer sanften Berührung. Einem Zeichen, dass er nicht völlig aus der menschlichen Gemeinschaft verbannt wurde.

An diesem bestimmten Abend geht er noch in die Bar Zum Roten Lotus, mit der verlockenden Aussicht auf eine Klimaanlage, auf ein Glas Bier oder Wein und eine normale Unterhaltung. Yanyans Lächeln zur Begrüßung ist wie Wasser für einen Verdurstenden in der Wüste. Als sie ihm sein Glas am Tisch serviert, fällt ihm sofort das zinnoberrote Armband auf. Es ist keine Kostbarkeit, wie er sogleich erkennt, hundert Yuan wert, wenn überhaupt.

Doch das Armband erinnert ihn an den Korallenring. An die rubinroten Ohrringe. An die Weisheiten der Yue Lao, der Gottheit der Ehe und der Liebe, die mit einer unsichtbaren Seidenschnur jene vereint, die das Schicksal bei ihrer Geburt zu Liebenden auserkoren hat.

Jedes dritte oder vierte Mal, wenn er sich in der Stadt aufhält, sucht er die Lotusbar auf. Er bemerkt, dass Yanyan das

Armband immer trägt – es muss einen emotionalen Wert für sie haben. Er belauscht ein Gespräch am Nachbartisch; es wird gemunkelt, Yanyan sei eine Witwe. Daraus schließt er, dass das Armband ein Geschenk ihres Mannes ist.

Zweimal bei diesen Gelegenheiten sieht er auch Lu in der Lotusbar, doch der Kommissar ist zu betrunken, um ihn zu bemerken. Zeng ist ein Mensch, der mit seiner Umgebung verschmilzt, das kommt ihm zupass. Von seiner Ecke aus beobachtet er ruhig, wie der Kommissar Yanyan anstarrt, so wie viele Männer in der Bar sie anstarren.

Ursprünglich hatte er nicht vor, Yanyan zur Frau zu nehmen, schon gar nicht so kurz nach seiner Hochzeit mit Yang Fenfang. Zwei Frauen in so einer kleinen Stadt würden ein zu hohes Risiko darstellen. Doch dann stirbt Yanyans Vater, und sie trägt das Armband auf der Beerdigung.

Was soll er machen? Das Schicksal hat es so gewollt. Die unsichtbare Schnur von Yue Lao.

Die Beerdigung von Yanyans Vater ist am Dienstag. Abends sieht er von seinem Auto aus, das er in einiger Entfernung vom Haus geparkt hat, wie Lu Fei ihr einen Besuch abstattet.

Er weiß, dass es klüger wäre, so lange zu warten, bis die Ermittlungen im Mordfall Yang Fenfang etwas in den Hintergrund rücken, aber er hat Angst. Angst, dass er trotz aller Bemühungen mit hineingezogen werden könnte. Angst, dass die offensichtlichen Absichten des Kommissars Früchte tragen könnten. Es bleibt ihm keine andere Wahl, als schnell zu handeln.

Am Mittwoch kauft er mehrere Kanister und füllt sie an einer Tankstelle mit Benzin. Das verleitet den Tankwart zu einer Bemerkung: einem Witz über Leichenverbrennungen. Zeng lächelt, gibt aber keine Erklärung.

Er weiß, dass die Polizei im Anschluss an das Feuer eine Untersuchung einleiten, Nachforschungen in der Stadt anstellen und ihn, falls die Polizei sich als kompetent erweist, sehr schnell als Täter identifizieren wird.

Das ist Zeng egal. Bis dahin ist sowieso alles vorbei.

Das Feuer soll nur ablenken, damit der Kommissar sich nicht weiter in der Nähe von Yanyan herumtreibt. Ob es funktioniert oder der Kommissar sich um etwas anderes kümmern muss, weiß Zeng nicht, jedenfalls ist Yanyan allein, als er am Donnerstagabend zu ihr fährt. Vor dem Haus ist kein Streifenwagen zu sehen.

Zeng klopft an ihre Tür. Es dauert, bis Yanyan öffnet. Sie trägt Jogginghose, Pullover und Hausschuhe, im Gesicht Abdrücke von Knitterfalten des Bettlakens, auf dem sie gelegen hat. *Armes Mädchen*, denkt Zeng. *Sie kann sich kaum dazu durchringen aufzustehen.*

Er setzt sein einnehmendstes Lächeln auf. »Entschuldigen Sie vielmals die Störung, Frau Luo.«

»Was gibt es denn?«, fragt Yanyan. Für mehr Freundlichkeit ist sie zu erschöpft.

»Es gibt noch ein Formular, das ich vergessen habe, Ihnen zur Unterschrift vorzulegen. Der Staat verlangt es, und morgen läuft die Frist ab. Sonst hätte ich Sie nicht damit belästigt. Dürfte ich Sie bitten? Es dauert nur eine Minute. Entschuldigen Sie nochmals die Störung.«

Yanyan seufzt. »Kommen Sie herein.«

Er tritt ein, und sie schließt die Tür. Sie schnuppert in der Luft. »Riecht es hier nach Benzin?«

»Ich habe eben getankt. Dabei habe ich leider etwas auf meine Schuhe verschüttet. Ich ziehe sie besser aus.« Zeng löst die Schnürbänder seiner Schuhe und stellt sie auf einen Holzständer im Flur.

Yanyan dreht sich um und sagt: »Gehen wir doch ins Wohnzimmer.« Im selben Moment versetzt Zeng ihr mit dem Knochenhammer einen Schlag, und Yanyan sinkt zu Boden. Er fesselt sie mit einem Klebeband an den Handgelenken und trägt sie nach draußen zum Auto. Er legt sie auf den Rücksitz, setzt sich hinters Steuer und rast los.

Yanyan bleibt etwa fünf Minuten regungslos liegen, dann richtet sie sich benommen auf. Verwirrt sieht sie aus dem Fenster. »Wo bin ich?«

»Legen Sie sich hin«, sagt Zeng, den Blick auf die Straße gerichtet.

»Was ist passiert?« Yanyan erkennt, dass sie mit gefesselten Händen auf der Rückbank eines Autos sitzt. »Warum sind meine Hände ... Was ist los?« Sie hat Kopfschmerzen, verspürt Brechreiz, am Hinterkopf ist es feucht, irgendetwas klebt.

Zeng schaltet das Radio ein.

Plötzlich begreift Yanyan. Sie schreit. Zeng stellt das Radio lauter. Yanyan tritt gegen die Tür.

»Aufhören!«, blafft Zeng.

Yanyan zielt auf das Fenster. Sie trägt Hausschuhe, deshalb sind die Tritte folgenlos, aber sie versucht es trotzdem. Das Glas scheppert.

Zeng fährt abrupt an den Straßenrand. Er stellt das Radio leiser und zeigt Yanyan den Knochenhammer. »Seien Sie still, oder ich schlage Ihnen damit ins Gesicht!«

»Warum machen Sie das?«

»Ich tue Ihnen nicht weh, wenn Sie machen, was ich Ihnen sage.«

»Herr Zeng, bitte.«

»Sie müssen nur still sein.« Er schwingt den Hammer, und Yanyan weicht zurück auf den Sitz.

Zeng setzt sich wieder hinters Steuer. Er bereut, dass er damit gedroht hat, ihr ins Gesicht zu schlagen. So etwas Schreckliches würde er niemals tun.

Yanyan versucht es mit Zureden. Mit Bitten. Er ignoriert sie. Sie verfällt erneut in Panik und schlägt um sich. Schließlich hält Zeng an, steigt aus und holt aus dem Kofferraum einen Lappen, mit dem er sonst die beschlagenen Autoscheiben abwischt. Er reißt die Tür auf, stopft Yanyan den Lappen in den Mund und bindet sie mit dem Sicherheitsgurt fest. Sie brüllt durch den Lappen hindurch.

Zeng steigt wieder hinters Steuer und fährt, so schnell er kann. Endlich sieht er ein Stück weiter vor sich das vertraute Licht. Das Begräbnisinstitut Ewiger Friede.

Lu parkt auf dem Seitenstreifen und schaltet den Motor aus. Aus dem Handschuhfach holt er eine kleine Taschenlampe. Er öffnet den Kofferraum und sucht nach etwas, das er als Waffe benutzen kann. Er überlegt, ob er den Reifenheber nehmen soll, entscheidet sich aber dagegen. Er geht die unbeleuchtete Straße entlang, die zum *binyiguan* führt.

Er schleicht über den Parkplatz in den Vorgarten, duckt sich in den Schatten und beobachtet das Haus. In einigen Fenstern sieht er Licht, aber es bewegt sich nichts.

Er wartet gute fünf Minuten, doch dann wird ihm zu kalt, um weiter regungslos zu verharren. Er geht auf die Rückseite des Hauses und probiert die Tür zur Leichenhalle.

Sie ist unverschlossen.

Er schlüpft durch die Tür in den dunklen Raum, schließt die Tür hinter sich und bleibt stehen. Lauscht. Schaltet die Taschenlampe ein. Es ist alles unverändert. Ein leerer Tisch. Arbeitsflächen. Regale. Er durchquert den Raum, lauscht an der Tür gegenüber, öffnet sie, geht hindurch. Er schaltet die Lampe aus und steckt sie in die Tasche.

Weiter geht es durch die Küche, den Salon, das Foyer. Zwischendurch hält er mehrmals inne. Im Haus ist es still.

Er steigt die Treppe hinauf. Die Stufen knarren. Er erreicht den Absatz und spitzt die Ohren. Die Tür zu Zengs Zimmer steht offen. Er geht hinein. Er verbringt nicht viel Zeit dort, zieht ein paar Schubladen auf, schaut unterm Bett nach, durchsucht anschließend das Badezimmer und das Büro.

Das letzte Zimmer ist das von Frau Zeng. Die Tür ist zu. Er legt das Ohr an die Tür. Er hört das eingeschaltete Fernsehgerät. Durch den Spalt unter der Tür dringt Licht. Er dreht vorsichtig am Türknauf und drückt langsam die Tür auf.

Das Sofa ist leer. Das Fernsehgerät läuft ohne Zuschauer. Lu wittert einen üblen Gestank.

Er sieht Frau Zeng auf dem Bett liegen. Er muss gar nicht

hingehen und den Finger an ihre Halsschlagader legen, um festzustellen, ob sie tot ist. Er erkennt es auch so. Er tut es trotzdem.

Er holt sein Handy aus der Tasche und ruft Polizeichef Liang an. »Kommen Sie schnell«, sagt er. »Zeng ist unser Mann.« Er legt auf, ehe Liang anfängt, ihn mit Fragen zu behelligen. Er ist fest davon überzeugt, dass Zeng hier irgendwo Yanyan festhält. Vielleicht ist sie sogar schon tot.

Lus Handy brummt. Liangs Rückruf. Lu geht nicht dran, macht ein Foto von Frau Zeng und schickt es Liang mit einer SMS. Das sollte vorerst als Erklärung genügen.

Lu geht nach unten und verlässt das Haus durch den Haupteingang. Erst vor zwanzig Minuten hat er das Anwesen gründlich abgesucht.

Was hat Zeng mit Yanyan angestellt?

Yanyan sitzt in völliger Finsternis, bei eisiger Kälte. Ob es so ist, wenn man tot ist?, fragt sie sich.

Sie rechnet damit, dass sie die Antwort auf diese Frage schon bald erfahren wird.

Nach der Ankunft im Begräbnisinstitut führt Zeng sie im Eilmarsch zum Friedhof. Die Außentemperatur beträgt minus 25 Grad. Als sie die Urnenhalle auf dem Hügel erreichen, hat Yanyan kein Gefühl mehr in den Zehen und Fingern. Sie zittert ununterbrochen.

Nicht nur wegen der Kälte.

In der Urnenhalle gibt es einen geheimen Raum, über dem zweiten Stock, der über eine verborgene Treppe hinter einer Hohlwand zu erreichen ist. Eigentlich ist er als Lagerraum gedacht, als Aufbewahrungsort für Urnen, solange die für sie bestimmten Nischen noch vorbereitet oder renoviert werden.

Zeng hat diesen Raum zweckentfremdet.

Er führt Yanyan hinein und stößt sie zu Boden. Er schaltet das Licht ein, setzt sich auf ihre Beine und fesselt sie an den Fußgelenken.

Ängstlich betrachtet Yanyan ihre Umgebung: ein aus Holzresten selbst gebauter Altar, zinnoberrot gestrichen, eine Farbe wie ihr Armband; zwei Benzinkanister neben der Tür; an den Wänden aufgereihte Begräbnisbeigaben aus Papier – ein kleines Haus, ein Auto, Bedienstete, Möbel, Höllengeld, Papierkleider und, besonders irritierend, ein lebensgroßes Brautpaar aus Pappmaschee und Bambus.

Über dem Altar stehen auf einem Regalbrett mehrere mit einer Flüssigkeit gefüllte, kugelrunde Glasbehälter, in denen graue Klumpen schwimmen. Räuchergefäße. Obstschalen. Drei Ahnentäfelchen aus Holz.

Die Namen auf den Ahnentäfelchen kann Yanyan nicht erkennen, doch neben einer steht ein Paar High Heels.

Hong Di Xie.

Yanyan fängt an zu weinen.

Nachdem er Yanyan festgebunden hat, steht Zeng auf, geht hinaus, kehrt zurück, um das Licht auszuschalten, und schließt die Tür.

Zeit vergeht. Dreißig oder vierzig Minuten. Yanyan versucht verzweifelt, sich von der Klebebandfessel zu befreien. Sie ringelt sich wie ein Wurm über den Boden, sucht nach einem Holzsplitter, einem Metallstück, irgendetwas, das sie als Hilfsmittel benutzen kann. Sie stößt dabei gegen eine der

Begräbnisbeigaben aus Papier und krümmt sich bei der Berührung zusammen.

Nach einiger Zeit geht die Tür auf, Zeng betritt den Raum und schaltet das Licht an. Er hat eine Tasche dabei. Er stellt sie auf den Boden und schließt die Tür. Dann zieht er Mütze und Mantel aus.

»Ich nehme jetzt den Lappen aus Ihrem Mund und gebe Ihnen etwas zu trinken«, sagt Zeng. »Sie können schreien, aber es wird Sie niemand hören.« Er holt eine Wasserflasche aus der Tasche und zeigt sie ihr. Er geht in die Hocke und zieht ihr den Lappen aus dem Mund. »Mund auf«, sagt Zeng. Er setzt die Flasche an ihre Lippen. Sie trinkt und hustet. »Besser?«, fragt Zeng.

»Bitte«, fleht Yanyan.

»Nein«, sagt Zeng. »Tun Sie das nicht. Dies ist ein freudiger Anlass.« Er zeigt auf die Beigaben aus Papier. »Das habe ich alles für Sie vorbereitet.«

»Nein«, sagt Yanyan und schüttelt den Kopf. »Bitte, Herr Zeng.«

»Sagen Sie Bruder Zeng zu mir. Bitte keine Förmlichkeiten.«

»Bruder Zeng. Lassen Sie mich gehen. Ich werde auch niemandem etwas sagen.«

»Ich verstehe, dass Sie Angst haben. Das brauchen Sie nicht. Sie sind nicht allein. Ich gehe mit Ihnen. Wir treten diese Reise gemeinsam an.«

Yanyan holt tief Luft und schreit. »*Hilfe!*«

Der Widerwille, der ihm entgegenschlägt, kränkt ihn nicht. Angst vor dem Unbekannten ist vollkommen normal.

Er geht zu seiner Tasche und fängt an, sein Besteck auszulegen. Ein Skalpell-Set mit grünen Griffen und Einwegklingen. Rippenscheren. Nadel und Faden. Handschuhe oder Schutzkleidung benötigt er nicht. Es wird keine Beweise geben. Alles wird vom Feuer dahingerafft werden. Außerdem wird er selbst tot sein.

Er nimmt eins der Skalpelle, entfernt die Schutzhülle und geht auf Yanyan zu. Sie weicht zurück.

Zeng packt sie am Arm und wirbelt sie herum, auf den Bauch. Ihr Schrei hallt von den Wänden wider. Zeng setzt sich auf sie, mit dem Rücken zu ihrem Kopf, und durchtrennt ihre Fußfessel. Sie tritt wild um sich wie ein tobsüchtiges Kind. Zeng muss das Skalpell beiseitewerfen, um sich nicht versehentlich zu verletzen.

Er fährt mit der Hand unter den Bund ihrer Jogginghose und zieht sie herunter. Darunter trägt sie einen Baumwollschlüpfer. Der Stoff ist sauber und weiß wie frische Milch. Zeng zieht ihr die Hausschuhe und die Hose aus und schleudert sie beiseite. Yanyan kämpft wie eine Furie. Er überlegt, ob er sie mit dem Hammer traktieren soll, entscheidet sich aber dagegen. Er will, dass sie bei Bewusstsein ist.

Er dreht sie auf den Rücken und tritt zurück.

Sie liegt auf dem Boden, die gefesselten Hände unter sich, den Rücken gekrümmt, der Pullover hochgerutscht, sodass ihr flacher blasser Bauch zu sehen ist. Unter dem Schlüpfer erkennt Zeng schemenhaft dunkles Haar.

Er packt sich in den Schritt. Er verspürt Erregung. Aufsteigende Wärme.

»Ich bin froh, dass Sie es sind, Yanyan«, flüstert er.

Sie schreit und wälzt sich auf dem kahlen Boden.

Zeng schließt die Augen und knetet sein Gemächt. In seiner Fantasie hatte er sich diesen Moment anders ausgemalt: Er würde auf Yanyan liegen und auf ihre Lippen schauen, während sie, um ihn anzuspornen, unsagbar schmutzige Dinge von sich geben würde. Doch Yanyans Gezeter lenkt ihn ab.

Seufzend holt er aus seinem Mantel den Knochenhammer. Als er sich umdreht, sitzt Yanyan mit dem Rücken an der Wand, zufällig neben der Brautpuppe.

Zeng mustert das Paar. Die eine aus Pappmaschee. Die andere aus Fleisch und Blut.

Das Gesicht der Braut ist flach und ausdruckslos. Zwei schwarze Ringe bilden die Augen, ein roter hingepinselter Strich den Mund.

Yanyans Augen dagegen brennen vor Wut. In wilder Entschlossenheit presst sie die Lippen aufeinander. Hinter ihrem Rücken ringen die Hände damit, das Klebeband von den Handgelenken zu streifen.

Zeng schüttelt den Kopf. »Hören Sie auf zu kämpfen. Akzeptieren Sie Ihr Schicksal.«

»*Qui si!*«, schreit Yanyan. *Verpiss dich und stirb!*

Zeng greift Yanyan ins Haar, zieht sie am Schopf und hebt den Hammer.

Im selben Moment spürt er einen Stich im Bein. Er schaut hinunter und sieht den grünen Skalpellgriff seitlich aus dem Kniegelenk ragen.

Zunächst spürt er nicht viel. Er ist verwirrt. Irritiert. Woher kam der Stich? Dann trifft es ihn wie ein Schlag. Ein scharfer, glühender Schmerz.

Zeng hebt erneut den Hammer. Er wird ihr Gesicht zertrümmern.

Yanyan stößt Zeng von sich. Er fällt nach hinten, brüllt vor Schmerz, als sein Knie umknickt. Yanyan krabbelt auf allen vieren davon, erreicht die Tür, reißt sie auf. Zeng spürt die kalte Zugluft in den Raum strömen und hört das Klatschen von Yanyans bloßen Füßen auf den Treppenstufen.

Lu rennt durch den Vorgarten und reißt die Tür zum Krematorium auf. Es stinkt nach verbranntem Haar und gekochtem Schweinefleisch. Kein Zeng. Keine Yanyan.

Er inspiziert die Aufbahrungshalle. Sie ist dunkel und verwaist. Er folgt dem Weg zum Gräberfeld. Die Taschenlampe schaltet er nicht ein. Falls Zeng sich irgendwo versteckt, will Lu ihn nicht gleich vorwarnen.

Er kommt an die erste Urnenhalle. Er durchsucht sie. Sein keuchender Atem hallt von den Steinwänden wider. Er wirft einen Blick in die Nische mit Yang Fenfangs Urne. Er fragt sich, wo Zeng ihr Herz, ihre Leber und die andere Hälfte der Lunge versteckt hat.

Und diese verdammten Schuhe.

Lu erklimmt den Hügel, schlängelt sich zwischen Grabsteinen, Miniaturschreinen und Formschnitthecken hindurch.

Er nähert sich der zweiten Urnenhalle, bleibt am Eingang stehen und lauscht. Er vernimmt ein fernes Geräusch. Er betritt die Haupthalle. Nichts. Er geht hinauf in den ersten Stock, ebenfalls nichts, dann in den zweiten Stock.

In einer Wand sieht er eine schmale Öffnung, die es vorher nicht gab. Dahinter herrscht Dunkelheit. Er steckt den Kopf hindurch. Eine enge Stiege führt zu einer geöffneten Tür. Ein metallisches Klappern ist zu hören.

Jetzt hätte er gern eine Schusswaffe dabei, aber er hätte schlecht Liang oder Bing um ihre Waffen bitten können, ohne sich zu verraten.

Leise geht er die Stufen hinauf. Hält vor dem Eingang zu dem Raum dahinter inne.

Er sieht Zeng vor einem Altar stehen, mit dem Rücken zu ihm. Begräbnisbeigaben aus Papier. Kleider auf dem Boden.

Er hustet, und seine Augen tränen. Benzingeruch.

Zeng dreht sich um. »Kommissar. Schon zurück?«

»Wo ist sie?«

»Wer?«

»Hören Sie auf mit den Spielchen, Sie kranker Bastard.«

»Bleiben Sie doch nicht in der Tür stehen. Kommen Sie herein.«

»Nein, danke.«

Zeng hält ihm die Hände hin. »Sind Sie gekommen, um mich festzunehmen? Ich werde keinen Widerstand leisten.«

»Kommen Sie her.«

»Ich kann nicht.« Zeng deutet auf das Blut an seinem Bein. »Ich bin verletzt. Ich brauche Hilfe.«

Lu sieht, dass Zengs Haare am Kopf kleben. Der Boden ist feucht. Die Wände sind übersät mit dunklen Flecken. Die Braut und der Bräutigam aus Pappmaschee sind zusammengesunken, als hätten sie im Regen gestanden. »Kriechen Sie her.«

»Warum so grausam? Wenn Sie mir nicht helfen, verblute ich.«

»Das wäre schade.«

»Dann wird es zu spät sein.«

»Wozu?«

»Um Luo Yanyan zu retten.«

Lu widersteht dem Drang, Zeng nacheinander sämtliche Knochen zu brechen. »Wo ist sie, Zeng?«

»Kommen Sie näher«, sagt Zeng. »Ich flüstere es Ihnen ins Ohr.«

Lu ballt die Fäuste, rührt sich aber nicht von der Stelle.

»Ticktack, die Uhr läuft«, sagt Zeng.

Lu beschließt, die Sache rasch hinter sich zu bringen – Zeng am Genick zu packen und nach draußen zu ziehen. Er tritt über die Schwelle.

Zeng fällt sofort auf die Knie, legt die Hände auf den Boden und berührt mit der Stirn die Stelle zwischen ihnen. »Vergeben Sie mir!«

»Stehen Sie auf«, sagt Lu.

Zeng hebt den Kopf, verbeugt sich dann wieder. »Ich habe tausend qualvolle Tode verdient.«

»Jetzt stehen Sie schon auf, verdammt!«

Zeng macht zum dritten Mal einen Kotau. »Bitte bestrafen Sie mich für meine bösen Taten.«

Lu flucht, tritt vor und packt Zeng am Kragen. Zeng kommt taumelnd hoch und schlingt die Arme um Lus Taille. Lu versucht ihn abzuschütteln, doch Zeng klammert sich an ihn wie eine Klette. Sie tanzen ungelenk im Kreis, bis Zeng schließlich loslässt und zu Boden gleitet.

»*Ta ma de!*« Lu wischt sich die Hände am Mantel ab. Sie sind glitschig und ölig. Sein Mantel ist feucht.

Zeng kommt auf die Beine, schlurft zur Tür und schließt sie. Er dreht sich um und hebt eine Hand. Erst als Zeng das Ratschen am Rädchen hört und eine Flamme aufschießen sieht, wird Lu klar, dass er ein Feuerzeug in der Hand hält.

»*Wo kao!*«, sagt Lu.

»Kommen Sie, Kommissar«, sagt Zeng. »Sterben wir als Freunde.«

»Weg von der Tür!«, blafft Lu ihn an.

Zengs Augen sind auf Lu gerichtet, als er das Feuerzeug hochhält und die Flamme an seinen Ärmel führt. Der Stoff entzündet sich, Flammen schießen den Arm empor, über die Brust, das Hemd hinunter.

Zeng gibt keinen Laut von sich. Nicht einmal, als die Flammen an seinem Kinn züngeln, das Haar sich kräuselt und verkohlt. Er taumelt auf Lu zu wie Frankensteins Geschöpf.

Lu weicht zurück. Zeng lässt das Feuerzeug fallen, und die Flammen erfassen die benzingetränkten Holzdielen. Die Begräbnisbeigaben, der Altar, die Wände, alles brennt.

Lu springt über die Flammenherde, stößt dabei gegen den Altar. Einer der Glasbehälter fällt herunter und zerschellt auf dem Boden. Der penetrante Geruch von Formaldehyd mischt sich kurz mit dem Benzingestank. Ein grauer Fleischklumpen liegt zwischen den Scherben.

Ein menschliches Herz. Es brutzelt und verschmort.

Zeng, eine lebende Fackel, verfolgt Lu wie eine Wärmesuchrakete.

Lu weicht Zengs ausgestreckter Hand aus, stürzt auf die geschlossene Tür zu. Zeng folgt Lu taumelnd, bricht dann jedoch zusammen. Er schreit. Es ist ein Schrei aus den Untiefen der Hölle. Lu kann nicht anders, er muss hinschauen. Zeng auf den Knien, die Kleidung verschmilzt mit dem verkohlten Fleisch, die Gesichtshaut zerfließt wie Wachs. Es riecht nach verbranntem Fleisch, Lu muss würgen.

Lu wendet sich wieder der Tür zu, ergreift die Klinke. Zeng schafft es noch einmal, sich aufzuraffen, macht ein paar Schritte und greift Lu an.

Mit einem Schlag spürt Lu die Hitze. Er wehrt Zeng ab, dafür hat sein Mantel Feuer gefangen. Mit bloßen Händen schlägt er auf den Stoff. Die Benzinreste an seinen Händen entzünden sich. Wie wild wedelt er mit den Armen in der Luft, klatscht die Hände an der Hose ab. Das Feuer breitet sich unbarmherzig aus.

Lu ringt mit dem Mantel, reißt ihn sich vom Leib und tritt ihn fort. Er hustet. Der Rauch nimmt ihm die Sicht. Er kann die Tür nicht mehr sehen. Er streckt die Hände aus, die sich zu Klauen verkrampft haben.

Mit den Fingerspitzen ertastet er Holz. Er findet die Klinke, öffnet die Tür, stolpert die Stiege hinunter. Seine Uniformjacke schwelt, er wirft sie ab. Er erreicht den zweiten Stock, den ersten, das Erdgeschoss. Er taumelt aus der Urnenhalle nach draußen in die eisige Kälte, wischt sich mit dem Handrücken Tränen aus den Augen und wankt schwer angeschlagen den Weg hinab, der über den Friedhof führt.

Es ist eine Qual. Die unerträgliche Kälte, die glühende Hitze. Hin- und hergerissen zwischen Extremen.

Er schafft es bis zum Friedhofstor und bricht schließlich im Vorgarten des Hauses zusammen. Frost beißt an seiner mit Blasen bedeckten Haut.

So liegt er eine ganze Weile da, von Schmerzen gequält, als löste er sich in der Erde auf. Und er fragt sich, was ihm am Ende den Tod bringen wird, das Feuer oder die Kälte.

Er hört eine Stimme. »Bruder Lu? Gnädiger Buddha!« Hände berühren ihn, drehen ihn auf den Rücken. Lu schreit vor Schmerz. »*Tian!*«, ruft die Stimme. »Können Sie mich hören?«

Lu öffnet die vom Rauch verquollenen Augen. »Yanyan?«

»Ja.«

»Bin ich tot?«

»Nein.«

»Und Sie?«

»Nein!«

»Was ist passiert?« Der Schmerz trübt seinen Verstand.

»Bleiben Sie wach, Bruder Lu. Ich höre eine Sirene.«

Lu lauscht. »Ich auch. Helfen Sie mir aufzustehen.«

»Bleiben Sie besser liegen.«

»Hoch!«

Yanyan weiß nicht, wo sie Lu anfassen soll, ohne ihm wehzutun. Schließlich legt sie eine Hand an seinen Hinterkopf und bringt Lu in eine aufrechte Sitzhaltung.

Lu blinzelt, sieht Yanyan an. Sie zittert, auf ihren Wangen sind vereiste Tränen, die Lippen sind blau verfärbt. »Hat er Sie verletzt?«, flüstert Lu.

Yanyan zögert, dann schüttelt sie den Kopf.

Die Sirene wird lauter.

Lu hustet. Irgendetwas tief in seiner Brust reißt sich los.
»Yanyan?«
»Ja, Bruder Lu?«
»Wo haben Sie Ihre Hose gelassen?«

EPILOG

Die Welt gehört euch, ebenso wie uns, aber letztlich gehört sie euch. Euch jungen Leuten, die ihr voller Elan und Lebensfreude seid, in der Blüte eures Lebens, so wie die Sonne um acht Uhr morgens. Unsere Hoffnung ruht auf euch. Die Welt gehört euch. Chinas Zukunft gehört euch.

Worte des Vorsitzenden Mao

Polizeichef Liang bleibt mit dem dicken Wang und dem stummen Li zurück, während Polizeiobermeister Bing Kommissar Lu und Yanyan zur Klinik Rabental bringt. Der dortige Assistenzarzt muss feststellen, dass Lus Verletzungen sein ärztliches Können übersteigen. Lu wird in das Bezirkskrankenhaus verlegt, wo er wegen Verbrennungen zweiten und dritten Grades und einer Rauchgasvergiftung behandelt wird.

Yanyan wird wegen einer Kopfverletzung und Unterkühlung behandelt und dann entlassen.

Zengs verkohlte Leiche wird erst nach zwei Tagen aus den Ruinen der Urnenhalle geborgen. Das Kriminalamt beschlagnahmt den Leichnam, der anschließend in Rauch aufgeht. Lu vermutet, dass Zeng würdelos in einem anonymen Grab abgeladen wird. Eine Ironie, wenn man seine Obsession mit Bestattungsriten bedenkt.

Kriminaldirektor Song fliegt nach Rabental, um noch ein paar ungelöste Fragen zu klären, und schafft es dabei, sich ins Blitzlichtgewitter der Journalisten zu drängen. Polizeichef Liang schimpft darüber, als er Lu eine Woche nach den tödlichen Ereignissen im Begräbnisinstitut Ewiger Friede im Krankenhaus besucht.

»Denken Sie daran«, sagt Lu zu ihm, »wer sich hervortut ...«

»Ja, ja, Sie haben recht. Lieber unbedeutend und glücklich als berühmt und trübselig. Übrigens, wenn ich das noch sagen darf: Eigentlich bin ich sauer auf Sie wegen der Nummer, die Sie beim *binyiguan* abgezogen haben. Warum haben Sie mir nicht vertraut, dass ich Ihnen den Rücken freihalte?«

»Entschuldigen Sie. Das war dumm. Aber ich war mir nicht sicher, ob ...« Lu räuspert sich und sieht zur Decke.

»Ob was? Die Frau, die Sie lieben, tatsächlich von Zeng entführt wurde?«

»Was? Ich weiß nicht, wovon Sie sprechen.«

»Wie gut, dass Sie Polizist sind. Sie sind nämlich ein schlechter Lügner.«

»Müssen Sie nicht Strafzettel verteilen?«

»Nein. Ich habe hier das Sagen. Und das heißt, wenn ich will, kann ich Sie den ganzen Tag verhören.« Liang lehnt sich auf seinem Stuhl zurück und verschränkt die Hände hinterm Kopf. »Nun, was diese Frau betrifft ...«

Die Tür fliegt auf, und Song tritt ein. Er trägt einen Obstkorb, den er vermutlich irgendwo geschnorrt hat. »Wie geht es Ihnen, Kommissar?«

»Herr Kriminaldirektor!«, sagt Lu. »Nett, dass Sie mich besuchen kommen.«

Polizeichef Liang springt von seinem Stuhl auf. Er nickt Song höflich, wenn auch wenig begeistert zu. »Herr Direktor.«

»Herr Liang«, sagt Song. »Komme ich ungelegen?«

»Nein, nein. Ich wollte sowieso gerade gehen«, antwortet Liang. Er beugt sich vor und tätschelt Lus Arm. »Entschuldigen Sie, ich muss los. Die Arbeit ruft.«

»Kann ich mir vorstellen«, sagt Lu, und Liang verabschiedet sich und verlässt den Raum.

Song stellt den Fruchtkorb ab und nimmt sich den Stuhl. »Na?«, sagt er. »Sie sehen ja schon wieder ganz manierlich aus.«

»Sie aber auch.«

»Ich erhole mich, danke. Meinen Glückwunsch, dass Sie den Fall geknackt haben.«

»Ohne das Kriminalamt hätte ich es nicht geschafft.«

»Stimmt.« Song holt eine Packung Chunghwas aus der Hosentasche.

»Tut mir leid, aber Rauchen ist hier verboten«, sagt Lu.

»Sie werden mich schon nicht verpetzen, oder?« Song geht zum Fenster und öffnet es einen Spalt. Er zündet sich eine Zigarette an und zieht kräftig daran. »Es könnte Sie vielleicht interessieren, dass der Chef des Morddezernats, Ihr alter Busenfreund Xu, Anzeige gegen Sie erstattet hat. Sie hätten ihn und noch zwei andere Polizisten angegriffen.«

»Dieser miese Bastard.«

»Ja. Die Anzeige hat es bis ganz nach oben in die Personalabteilung des Ministeriums für Öffentliche Sicherheit geschafft, aber keine Sorge, ich kenne den Direktor. Unsere Frauen spielen jeden Sonntagnachmittag Mah-Jongg zusammen. Und natürlich hat er mich um meine Einschätzung gebeten, weil er weiß, dass wir beide erst kürzlich zusammengearbeitet haben. Ich habe ihm gesagt, dass Sie mir das Leben gerettet und obendrein einen Serienmörder enttarnt haben. Sie sind so was wie ein Nationalheld! Und vielleicht habe ich auch angedeutet, dass Xu auf minderjährige Prostituierte steht. Muss ich noch erwähnen, dass die Anzeige gleich im Schredder gelandet ist?«

»Das weiß ich zu schätzen, Kriminaldirektor. Wirklich.«

Song winkt mit der Zigarette. »Nicht der Rede wert.« Er nimmt einen letzten Zug und schnippt die Kippe durch den Fensterspalt. »Noch etwas. Wenn Sie Ihre Trümpfe richtig ausspielen, könnte eines Tages vielleicht eine Stelle im Kriminalamt für Sie drin sein.«

»Das ist sehr schmeichelhaft«, sagt Lu, »aber … ich bin ganz zufrieden hier.«

Song zuckt mit den Achseln. »Wenn Sie Ihre besten Jahre damit verbringen wollen, sich von Instantnudeln zu ernähren, dann ist das Ihr gutes Recht.« Er schaut auf seine Uhr. »Wie auch immer, meine Arbeit hier ist erledigt, und ich muss meine Maschine kriegen. Man sieht sich, Kommissar.«

»Guten Flug«, sagt Lu.

Song wendet sich zum Gehen, dreht sich an der Tür aber noch einmal um. »Ach, beinahe hätte ich es vergessen. Dr. Ma lässt Sie grüßen.« Er lächelt hintergründig, dann ist er fort.

Im Laufe des Nachmittags kommt Yanyan zu Besuch, wie beinahe jeden Tag. Sie bringt Lu immer etwas zu essen mit, heute jedoch hat sie eine Extraüberraschung für ihn – einen Schluck Shaoxing-Wein in einer Thermosflasche.

»Lass dich nur nicht von den Schwestern erwischen«, sagt sie, als er den Wein aus einem Plastikbecher trinkt.

»Ach, egal«, sagt Lu. »Ich werde sowieso in ein paar Tagen entlassen.«

»Wirklich?«

»Die Brandwunden verheilen gut. Ein paar Narben werden zurückbleiben, aber an Stellen, wo es nicht auffällt. Ansonsten bin ich topfit.«

»Haben die auch Ihre Leber untersucht?«

»Haha. Apropos Leber – was macht das Geschäft?«

»Die Lotusbar ist jeden Abend gerammelt voll. Lauter Sensationshungrige, die alles über den verrückten Bestatter aus Rabental wissen wollen.«

»Nennen die Zeitungen ihn so? Wahrscheinlich könnten Sie Ihre Geschichte für ein hübsches Sümmchen an einen Filmproduzenten verkaufen. Dann bräuchten Sie die Bar nicht mehr.«

»Ich stehe gern hinter der Theke.«

»Das trifft sich gut. Ich trinke da nämlich gern meinen Wein.«

»Dort«, sagt Yanyan. »Und hier. Und in Ihrer Wohnung. In einer Besenkammer. Im Grunde trinken Sie immer gern, egal wo.«

»Sie machen Witze. Viele Witze.«

Yanyan lacht, und es lässt Lus Herz höherschlagen. Er

möchte den Mund aufreißen und seine Gefühle hinausschreien.

Plötzlich hört Yanyan auf zu lachen und sieht auf ihr rotes Armband. Abgrundtiefe Traurigkeit macht sich auf ihrem Gesicht breit.

Sie unterhalten sich lange, bis Lu seinen Wein ausgetrunken hat und es für Yanyan Zeit wird, die Lotusbar zu öffnen. Nachdem sie gegangen ist, liegt Lu allein in seinem Bett, ein bisschen betrunken, und denkt an ein Gedicht von Li Yu, dem letzten Herrscher des südlichen Tang-Reiches, der einen frühzeitigen Tod durch Gift starb.

Wie viele Tränen
Laufen dir übers Gesicht und die Wangen hinunter?
Sprich nicht, wenn Sorgen dich zum Weinen bringen
Spiel nicht mit Tränen die Phönix-Flöte
Sonst bricht dir dein Herz umso mehr.

DANKSAGUNG

Großen Dank bin ich meinem Lektor Keith Kahla schuldig – ich hoffe, es ist der Beginn einer wunderbaren Freundschaft; meinem Agenten Bob Diforio dafür, dass er mich nicht aufgegeben hat; meinen Schreibgefährten Chris Alexander und Nicholas Sigman für ihre Unterstützung, Anmerkungen, Vorschläge und, wenn berechtigt, brutale Offenheit; Chris außerdem für die unschätzbaren Details über die Polizei und Nick für die Blues Licks; meinen alten Freunden Ace St. George und Graham Sanders, Gentlemen und Gelehrte, für ihren Rat in lyrischen Fragen und ihre Korrekturen; meinen Eltern, wie immer, für alles; und Sophie und Sylvie, dass sie mich stets daran erinnern, was wirklich zählt im Leben.

Die Geschichte ist frei erfunden. Ich habe mich jedoch ehrlich und respektvoll bemüht, einen Einblick in die sich rasant entwickelnde chinesische Gesellschaft zu vermitteln. Außer auf meine persönlichen Erfahrungen habe ich auf literarische, akademische und journalistische Quellen zurückgegriffen. Dankbar bin ich auch jenen Dichtern und Philosophen, Wissenschaftlern, Reportern, Satirikern, Aktivisten und Gesellschaftskritikern, die uns dieses komplexe Land und seine Bewohner nähergebracht haben.

Alle Mängel, Ungenauigkeiten und Fehler in diesem Buch sind ganz und gar mein eigenes Verschulden.